JN032896

米特殊部隊CCT 史上最悪の撤退戦

Combat Control Team

ダン・シリング＆ロリ・チャップマン・ロングフリッツ
峯村利哉 訳

ALONE AT DAWN

Medal of Honor Recipient John Chapman and the Untold Story of the World's Deadliest Special Operations Force

Dan Schilling & Lori Chapman Longfritz

早川書房

米特殊部隊ＣＣＴ　史上最悪の撤退戦

日本語版翻訳権独占
早　川　書　房

© 2024 Hayakawa Publishing, Inc.

ALONE AT DAWN

*Medal of Honor Recipient John Chapman
and the Untold Story of the World's Deadliest
Special Operations Force*

by

Dan Schilling and Lori Chapman Longfritz

Copyright © 2019 by
Dan Schilling and Lori J. Longfritz
All rights reserved.

Translated by
Toshiya Minemura
First published 2024 in Japan by
Hayakawa Publishing, Inc.
This book is published in Japan by
arrangement with
Grand Central Publishing, New York, New York, USA
through The English Agency (Japan) Ltd.

Maps by Jeffrey L. Ward
Print book interior design by TexTech/Jouve and Thomas Louie.

装幀／大滝謙一郎（k2）

最後の審判のラッパが鳴るまで　朝の平原に横たわっているかも知れぬ
君が死んだ所で友たちの心を　重く鳴かせるかも知れぬ。
――A・E・ハウスマン『シュロップシァーの若者』星谷剛一訳（垂水書房）

タクルガル山で死んだ七名の米国軍人に本書を捧げる。
マーク・アンダーソン特技兵
ジョン・チャップマン曹長
マシュー・コモンズ伍長
ブラッドリー・クローズ軍曹
ジェイソン・カニンガム上等空兵
ニール・ロバーツ一等兵曹
フィリップ・スヴィタク軍曹

目次

はじめに　23
プロローグ　26
第一部　進化　35
第二部　アナコンダ　155
第三部　余波　361
エピローグ　386
謝辞　397
参考文献抜粋　407
訳者あとがき　411

アナコンダ作戦

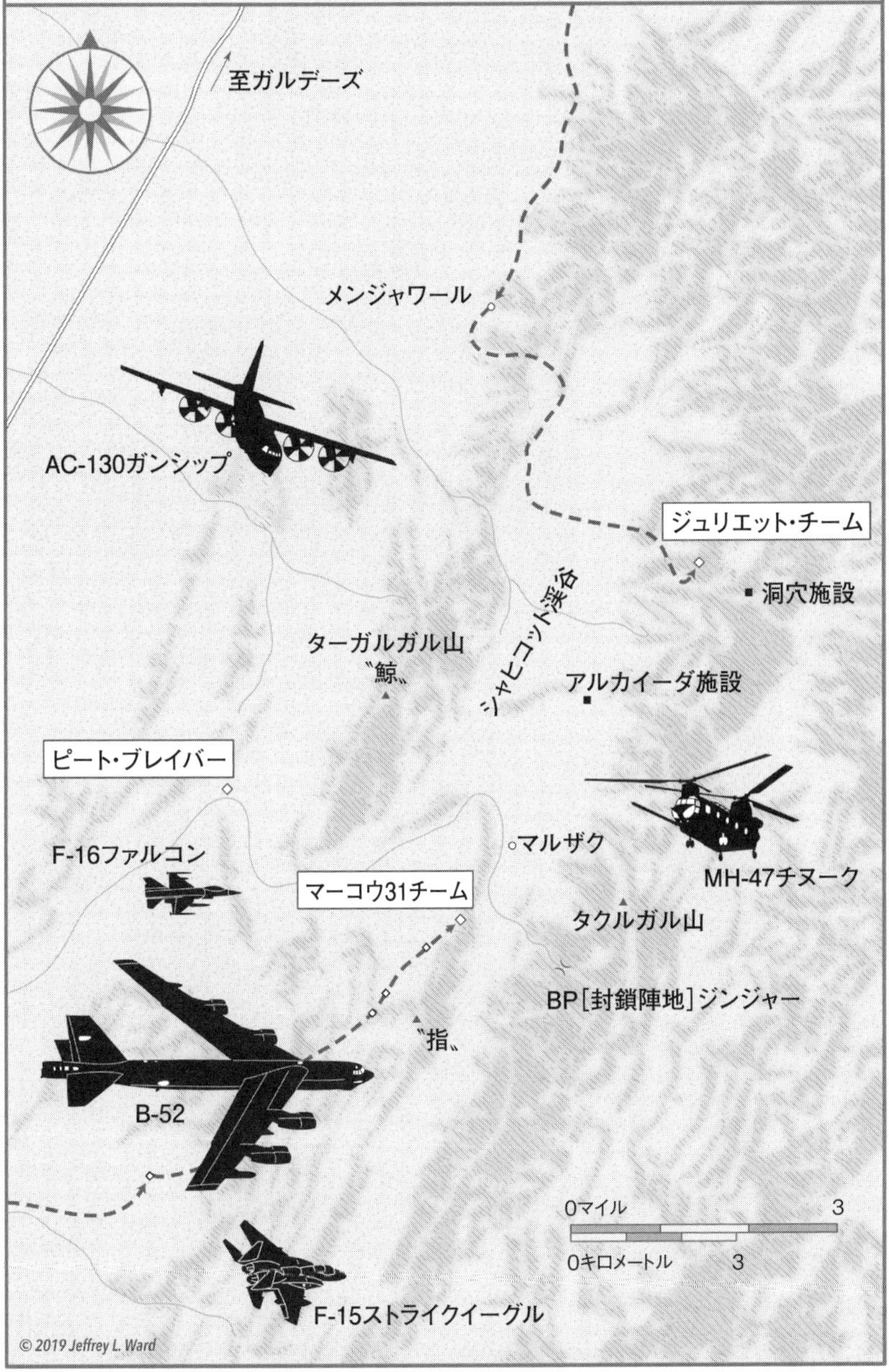

© 2019 Jeffrey L. Ward

アフガニスタン

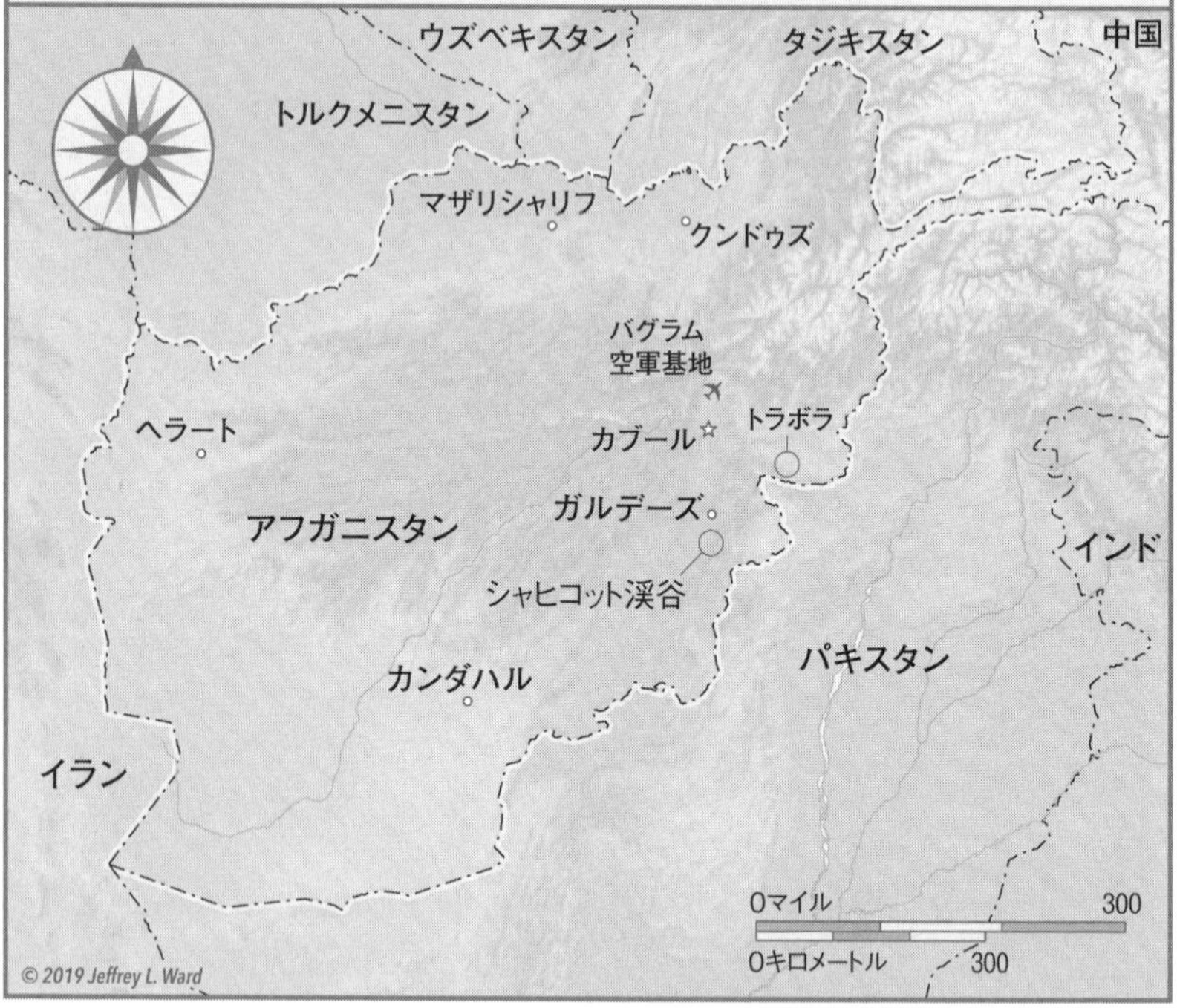
ウズベキスタン
タジキスタン
中国
トルクメニスタン
マザリシャリフ
クンドゥズ
バグラム
空軍基地
ヘラート
カブール
トラボラ
ガルデーズ
アフガニスタン
シャヒコット渓谷
インド
パキスタン
カンダハル
イラン
0マイル
300
0キロメートル
300
© 2019 Jeffrey L. Ward

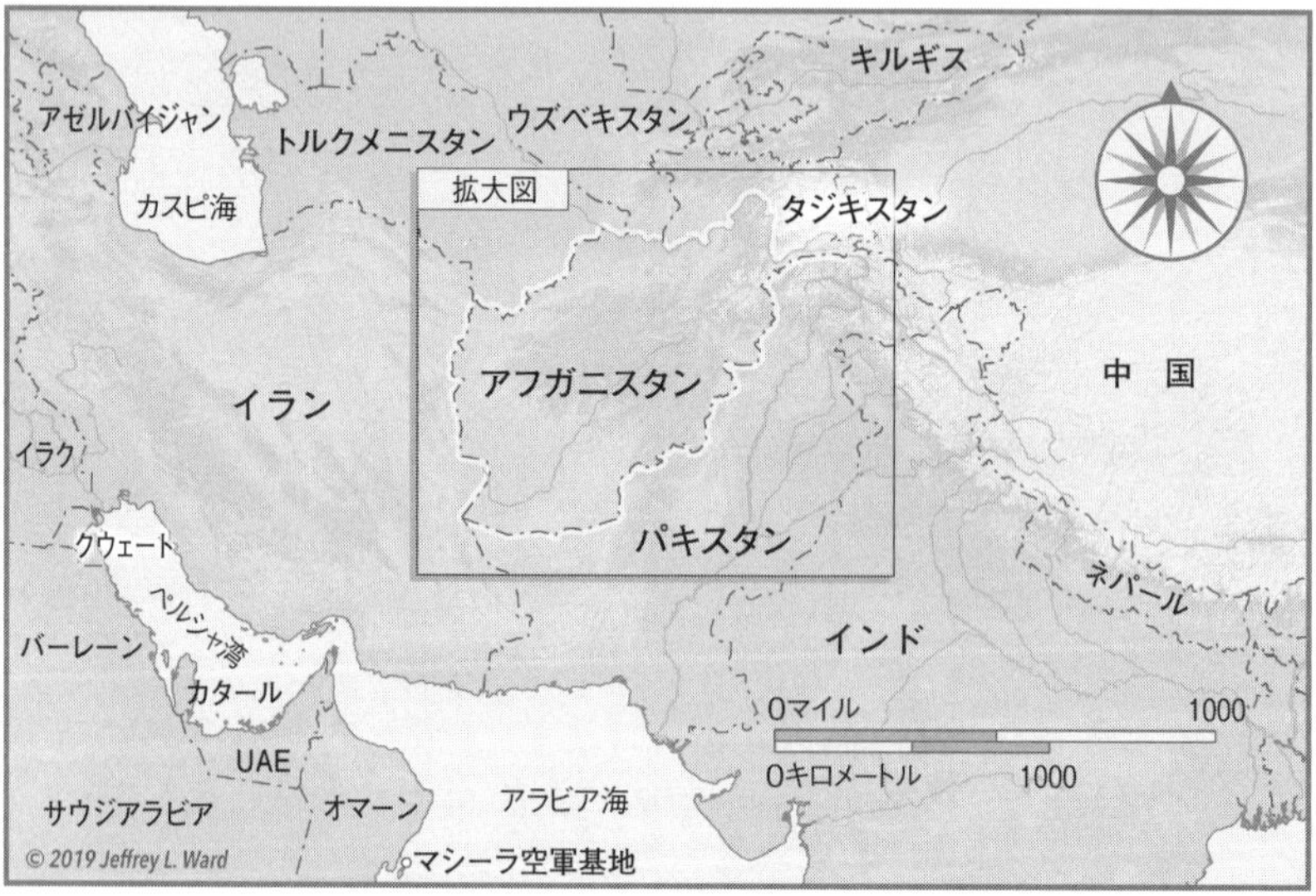
キルギス
アゼルバイジャン
トルクメニスタン
ウズベキスタン
カスピ海
拡大図
タジキスタン
アフガニスタン
中国
イラン
イラク
クウェート
パキスタン
ペルシャ湾
ネパール
バーレーン
インド
カタール
0マイル
1000
UAE
0キロメートル
1000
サウジアラビア
オマーン
アラビア海
© 2019 Jeffrey L. Ward
マシーラ空軍基地

1968年のジョン・チャップマン。第一次世界大戦の退役兵とともに。ロリ・ロングフリッツ提供

ジョンと友達のメアリー・ターサヴィッチ。ロリ・ロングフリッツ提供

ラオス北部でジム・スタンフォードが要請した空爆（のちのち空爆の映像は戦闘管制員の象徴となる）。キャサリン・ボンド提供

1966年のラオスにて、ジム・スタンフォードCCTとO-1バードドッグ。キャサリン・ボンド提供

1981年、飛板飛込の練習をするジョン。ロリ・ロングフリッツ提供

1986年、自慢の〈ポンティアック・ルマン〉とともに写る若きチャップマン空兵。ロリ・ロングフリッツ提供

1980年、作戦失敗の直前にデザート・ワンで撮影されたブランドX所属のＣＣＴたち、マイク・ランプ提供

1989年、ＯＬ‐Ｈ講習を卒業した後のジョン・チャップマン。ロリ・ロングフリッツ提供

1990年、戦闘管制学校の卒業当日のジョン・チャップマンと、養成課程をともに生き残った同期生のジョー・メイナー。ジョー・メイナー提供

1992年、結婚式でのミスター・ジョン・チャップマンとミセス・ヴァレリー・チャップマン。ロリ・ロングフリッツ提供

1996年、市街地戦闘訓練を行なう第24特殊戦術飛行隊グリーン隊。ジョンは前列の左端。のちにジョンの遺体を回収するキーリー・ミラーは、中列の左から二番目。パット・エルコは後列の左から三番目。パット・エルコ提供

2001年、アフガニスタンで空爆の目標を見定めるカルヴィン・マーカム。カルヴィン・マーカム提供

2001年のカブールで集合写真を撮る戦闘管制員、ビル・ホワイトとマーカス・ミラードとカルヴィン・マーカム。閉鎖中の合衆国大使館前。カルヴィン・マーカム提供

2001年のバグラム飛行場。旧ソ連製のMiG戦闘機の上で撮影するジョー・オキーフ（右）とデルタフォース隊員二名。ジョー・オキーフ提供

2001年12月のトラボラ、タリバンの武器集積用トンネルで撮影するマイク・ストックデールとデルタフォース隊員二名。マイク・ストックデール提供

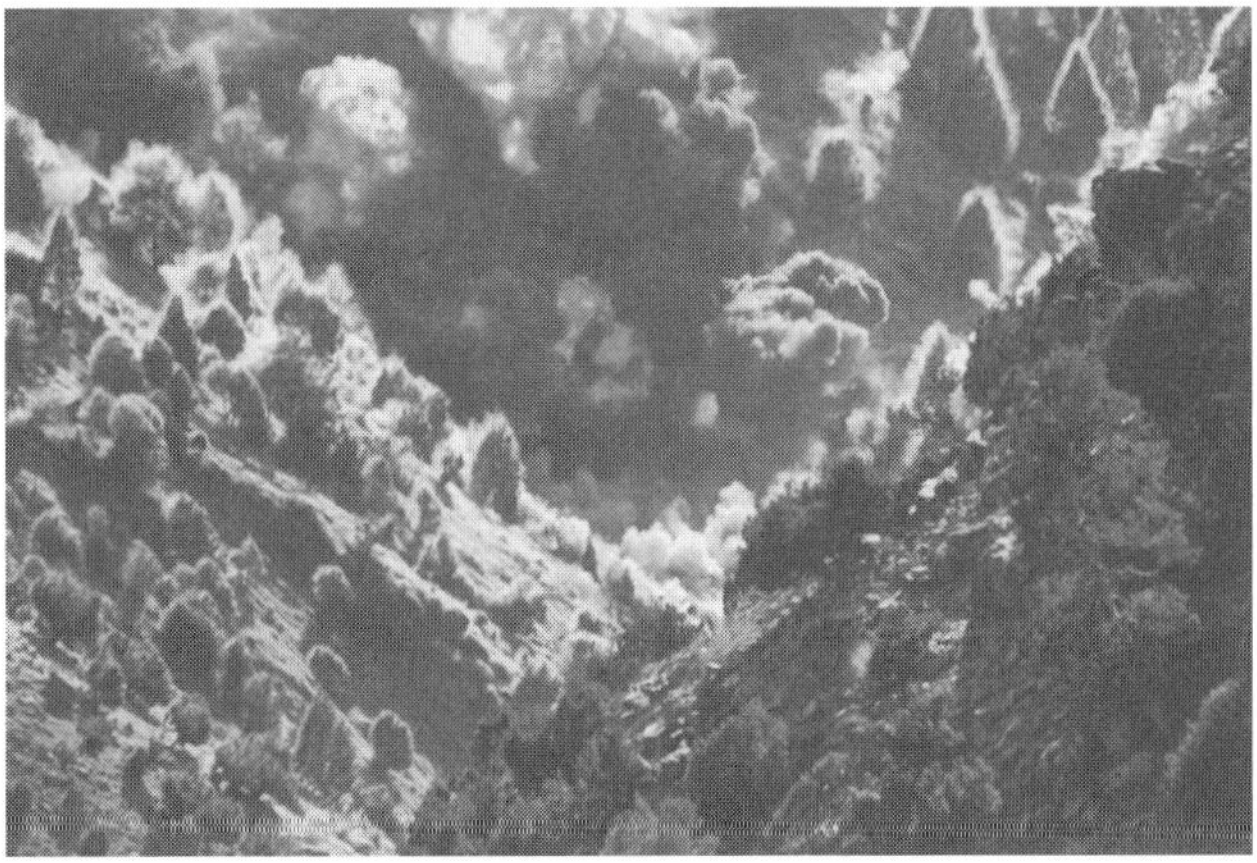

2011年12月のトラボラ、オサマ・ビンラディンの捜索中に戦闘管制員が要請した空爆の様子。ジョー・オキーフ提供

2001年夏、毎年恒例の休暇でヴァージニアビーチを訪れた際のジョンとヴァルと娘たち。ロリ・ロングフリッツ提供

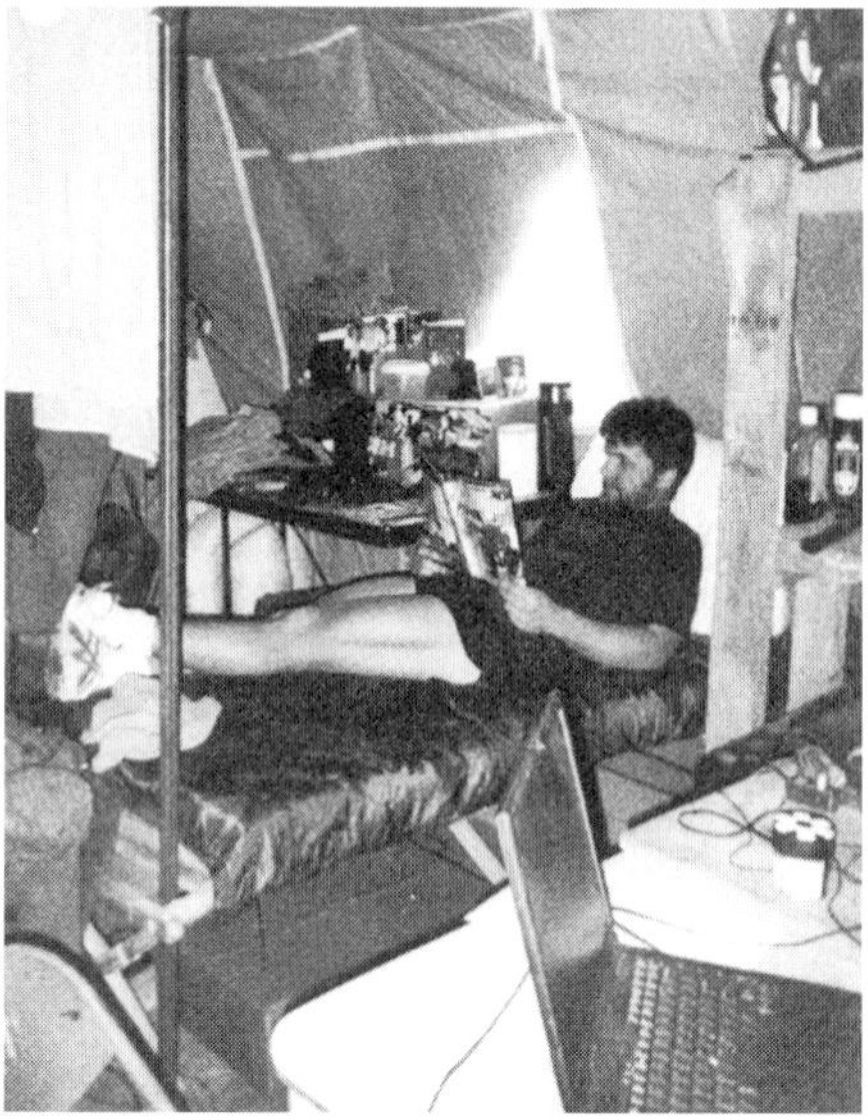

バグラム基地の自分の簡易ベッドで休むジョン。ロリ・ロングフリッツ提供

ムッラー・オマル探索任務の最中、逗留した地元民家で撮影されたジョンとアフガニスタン人の赤ん坊。この写真はのちのち、勇猛な戦士の姿の下に情け深い博愛主義者が同居する、というジョンの生き様を象徴する一枚となった。ロリ・ロングフリッツ提供

哨戒任務中にアフガニスタンの村に立ち寄るジョン。ロリ・ロングフリッツ提供

雪嵐のあとの山々。アンディ・マーティン提供

オマルを追って山岳地帯へ徒歩で移動するＳＥＡＬｓ部隊とＣＣＴ。アンディ・マーティン提供

ＳＡＴＣＯＭ通信を行なうアンディ・マーティンと、ラバの隊列を怪訝な表情で見るジョン。アンディ・マーティン提供

住居というより要塞を思わせるガルデーズの秘密施設。ジェイ・ヒル提供

山岳地帯への浸透に先立ち、ガルデーズ周辺地域を試験的に探査するＡＦＯ部隊。ジェイ・ヒル提供

敵勢力圏内でＡＴＶ（全地形対応車）に乗るジェイ・ヒル。ジェイ・ヒル提供

マーコウ31が捉えた敵の野営地。アンディ・マーティン提供

空中炸裂弾を使った早朝の航空攻撃。標的は開けた地形にいる敵兵。アンディ・マーティン提供

オーストラリア軍部隊の監視所と、敵陣地を目標に設定するジム・ホータリングＣＣＴ。ジム・ホータリング提供

マーコウ31の二番目の監視所で撮影されたアンディ・マーティン。アンディ・マーティン提供

アンディ・マーティンの標的に向かう途中、敵と間違えて味方部隊を攻撃しかけたアパッチ編隊の一機。アンディ・マーティン提供

Ｊチームが休みなく猛攻を続けるなか、弾着標定鏡の横に横たわるジェイ・ヒル。ジェイ・ヒル提供

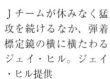

タクルガル山の頂（国防総省）

レイザー03が不時着した直後の写真。こののちに現場で破壊される（国防総省）

タクルガル山頂部のバンカー・ツー（国防総省）

タクルガル山の頂上を占めるＤＳｈＫ陣地。この重機関銃によってＱＲＦ（緊急対応部隊）が壊滅させられるのを、ジョン・チャップマンは防いだ（国防総省）

運命の任務の数日前に撮影された特殊戦術飛行隊ＣＳＡＲチーム。左からキーリー・ミラーＰＪ、ジェイソン・カニンガムＰＪ、ゲイブ・ブラウンＣＣＴ。ゲイブ・ブラウン提供

戦闘直後に上空から見たタクルガル山。レイザー03と同様、レイザー01ものちにAC‐130の攻撃で破壊される（国防総省）

アナコンダ作戦中、〝鯨〟に対して行なわれた空爆（国防総省）

タクルガル山で戦死した七名を追悼するバグラム基地のモニュメント。ロリ・ロングフリッツ提供

2005年に改名されたＭＶ〈ジョン・Ａ・チャップマン一等軍曹〉号の船尾を背にするマディソン。ロリ・ロングフリッツ提供

ＳＥＡＬｓ第６チームの慰霊碑。ジョンは非ＳＥＡＬｓ隊員として初めて追加された（彼の名前は左列のいちばん下にある）。ロリ・ロングフリッツ提供

ホワイトハウスにおけるジョンの名誉勲章の授与式典で、共著者のダン・シリングとロリ・ロングフリッツに挟まれたヴァレリー。ダン・シリング提供

はじめに

　これからお読みいただくのは、人類の戦史において最も知名度が低く、最も情け容赦のない戦闘集団のひとつに関する選りすぐりの歴史絵巻だ。英雄譚の多くがそうであるように、本書の冒頭も危機で始まる。

　本書はひとりの男、ジョン・チャップマン戦闘管制員の物語でもある。彼は自らの死も厭わず、二三名の仲間の命を救い、勇者に対するアメリカ合衆国最高の栄誉を与えられることとなる。

　さらに言えば本書は、ジョン・チャップマンと同じ戦闘管制員たちの、〝アナコンダ作戦〟における活躍を描いた歴史書でもある。アナコンダ作戦とは、今なお続く世界規模の〝テロとの戦争〟において、アメリカが最初に遂行した大きな作戦だ。実際の戦いでは、一握りの戦闘管制員が比類なき専門技術と機知を駆使して、膨大なアルカイーダとタリバンの戦力を撃退し、大惨事になるのをかろうじて食い止めた。この経緯は歴史に刻み込まれたが、秘匿された作戦の負の側面については、今日に至るまで真実の暴露が続いている。

　本書のページ上に綴られるのは、戦闘管制チーム（軍内部では頭字語の〝CCT〟〔Combat Control Team〕で通っており、チーム全体だけでなく個々の部隊員もCCTと呼ばれる）に所属する男たちの歴史だが、歴史といっても概要を辿るようなものではなく、むしろ、CCTの卓越した能力と献身ぶりと成功と失敗が凝縮された代表的な事例を取りあげていく。オサマ・ビンラディン捜索を主導した米陸軍特殊部隊デルタフォースの士官、トム・グリーア（筆名はドルトン・フュアリー）は自著『キル・ビンラディン（*Kill Bin Laden*）』の中で、次のように語る。戦闘管制員は「この地球上で最もオールラウンドかつユニークな訓練を受けた兵士である。空軍の特殊戦術飛行隊の戦闘管制員が、初歩訓練の〝パイプライン〟を最後まで乗り切るのに必要な時間と汗の量は、海軍特殊部隊のSEALsや陸軍特殊部隊のデルタフォースと比べて二倍は下らない……。彼らはここまでしてようやく、仕事場に赴くことを許され、必殺の空爆を要請する、という訓練の目的達成に挑めるのだ」。

CCTの役割がユニークなのは、必要があればどこへでも出向く点だ。『キル・ビンラディン』の中で、グリーアは次のように記している。「〝黒い〟SOF（特殊作戦部隊）の世界は比較的狭いが、突撃兵と狙撃兵は掃いて捨てるほどいる。もちろん彼らは、人殺しの技能の組み合わせをいくつも修得し、対テロ用の闇の技術まで身につけた男たちだ。しかしながら……最高の中の最高であるということは、すべての面で最高ということを単純には意味しない。そして、デルタフォースの隊員は、能力面で空軍戦闘管制員に劣らないと太鼓判を押せるものの、緋色のベレー帽をかぶった男の随伴なしに、敵との〝激突〟の現場に赴くことは極めて稀なのである」。CCTはほかの部隊とともに闘う際、陸軍の特殊部隊（SF）や海軍のSEALs部隊に恒久的に転属する形はとらず、戦闘任務の必要が生じるたび、軍事用語でいう〝一時編入〟（他部隊と一体化させる、もしくは、他部隊と組み合わせること）を行なってきた。結果として空軍の戦闘管制員たちは、アメリカ史上最長の戦争において、戦闘行動の経験をどんどん積みあげていった。CCTの総計でみたとき、陸海軍の特殊部隊と比べても、経験の量は上回っており、空軍の戦闘管制員の一部は、アメリカが過去に関与した全戦争の兵士の中で、最も経験豊富な古参兵という立場を築きあげている。またCCTはしばしば、世界各地で人道の危機が勃発したとき、何の支援もなしに誰よりも早く現場入りし、ほかの即応部隊では不可能な救済を人々にもたらしている。彼らのモットーは〝一番乗り〟だ。

第二次世界大戦中、アメリカは戦場へ空挺部隊を送り込む最初の試みで悲惨な結果に終わった。そして、この失敗から生まれた空軍の戦闘管制員は、知名度で遥か上をいく姉妹組織、SEALsやデルタフォースよりも誕生が早い。以降の数十年のあいだに、CCTはアメリカ史に残る劇的な作戦のいくつかで、縁の下の力持ちとしてSEALs部隊やデルタ部隊を支えてきた。本書はそんな作戦のひとつにまつわる物語である。

プロローグ

〝ナイトストーカー〟はアフガニスタンのシャヒコット渓谷の暗闇を、凍てつくような寒さの中を切り裂いて飛行していた。機体の両側面には、毎分六〇〇〇発の弾丸を発射できるM134ミニガン二基が据えつけられ、後部の乗降口にはM60機関銃の姿も見える。これらは、タリバンの戦闘員からの小火器攻撃を想定した装備である。

アラン・マック上級准尉は、米軍の特殊作戦の御用達と言うべきヘリコプター、MH－47Eチヌークの操縦桿を握っていた。陸軍第一六〇特殊作戦航空連隊、通称〝ナイトストーカーズ〟に所属するこのヘリのコールサインは、〝レイザー03〟。機体後部には、合衆国海軍の歴史上で最も有名な部隊、SEALs第六チームから派遣された六名のSEALs隊員が座っていた。マックが預かる乗客の最後のひとり、選りすぐられた積み荷の七人目は、ジョン・チャップマンという米国空軍の戦闘管制員だ。七名は全員、高度な技能を習得しており、多くの武器と固い意志を身にまとっていた。彼らの作戦上のコールサインは〝マーコウ30〟。これは二〇〇二年三月四日の早朝のことだった。

アメリカは9／11という背徳行為に対応すべく、世界規模での〝テロとの戦争〟という新たな天命に身を投じてきたが、マックはその初期段階から数え切れないほどの隠密侵入任務でヘリを飛ばしてきた。アフガニスタン駐在は数カ月間に及んでおり、山岳性の危険な地形や敵方の習癖にはもう慣れっこになっていた。この夜、チームの侵入地点を、タクルガルという山の頂上に設定したのは、最後のぎりぎりの瞬間だった。マックはヘリを目標地点にうまく降ろす自信がなかったが、SEALs部隊の指揮官とふたりで話し合い、とにかく試みてみようと合意した。使用するヘリの機体さえも、最後の最後で変更された。元々のヘリの第二エンジンが〝暴走〟――回転速度の上昇が制御不能になる状態――したため、離陸を断念してエンジンを緊急停止させなければならず、マックと副操縦士のタルボット上級准尉は機体の交換を余儀なくされたのだ。ふたりのパイロットが乗り込んだ新しい〝ヘリコ〟には、下士官乗組員があと四名割り当てられていた。航空機関士（右扉側の射撃手を兼務）がひとり、左扉側の射撃手がひとり。後部乗降口に配置された二名のうち、一名はM60機関銃の担当だった。短い乗組員ブリーフィングのあと、レイザー03は歓迎されざる空へと飛び立っていった。

ナイトストーカーは夜闇の中を進み、コクピット後方のふたつの扉から、凍てつく空気が貨物室へ注ぎ込まれてきた。左右の扉ではそれぞれ、射手がM134ミニガンの後ろに立ち、いつでも撃てる状態の六銃身の得物の先を、開放された扉の向こう側へ突き出させている。ヒーターは用をなしていなかった。

後部乗降口では、パドラサ軍曹が自らの持ち場につき、〝機尾機銃《スティンガー》〟――ストラップで固定された七・六二ミリM60機関銃――を構えたまま、暗視ゴーグルごしに〝お客様方〟を観察している。合衆国内での作戦訓練のときとは違って、この夜、SEALs隊員とチャップマンは近づきがたい雰囲気を漂わせていた。乗客の男たちはレイザー03によって、標高一万四六九フィートの山頂に直接送り込まれ、監視所（OP）を設営する。そして見晴らしのよい山頂から、チャップマンがチーム唯一の航空専門家として、渓谷のあらゆるタリバン陣地に対し航空攻撃を要請する手はずだ。〝マーコウ30〟

チームの重苦しい雰囲気は、土壇場での複数の作戦変更によっていや増していた。上層部はいい気なものだ。マーコウ30をタクルガル山頂に直接侵入させろと、命令を変更するだけでいいのだから。最初の計画どおり、少し離れた場所にチームを降下させれば、敵の位置と能力を割り出しつつ、隠密裏に山頂へ接近することができたのに……。

マックは操縦席から、別のSEALs部隊の〝ヘリコプター着陸ゾーン（HLZ）〟を、上空を通過する際に視認した。このHLZを割り当てられたもう一機のナイトストーカーは、すでに〝マーコウ21〟を隠密侵入させたあとだった。ヘリコプターは目標の山に北側から接近し、山頂のおよそ二〇〇フィート上空に到達した。長い最終着陸態勢に入って以降、ヘリの操縦桿を握っていたのはタルボット副操縦士。マックは暗視ゴーグルごしに、自機に割り当てられたHLZの目視探査を続け、ツインローター式ヘリコプターの巨体を着陸させられる場所を識別した。山頂のすぐ下、小さな木立に隣接する比較的平坦な一画だ。着陸予定地点まで距離を詰めていく際、マックは雪で覆われた斜面に足跡があることに気づいた。これ自体は警戒を喚起する事態ではない――アフガニスタン人はどんな荒天であろうと、人里離れた急峻地を平気で歩き回る――が、ヘリコプターが着陸態勢に入り、四方八方に激しく雪を吹き飛ばした瞬間、九時の方向にある小山の後ろに、頭を引っ込める人間の姿が見えた。

マックは機内通話装置（インカム）のマイクのスイッチを入れ、SEALs部隊の指揮官、ブリット・スラビンスキーに話しかけた。「九時に人影だ。頭を出して引っ込めた」

「武装してたか？」とスラビンスキーが訊く。

「わからん」

ヘリコプターを離れる用意はすでに整っている。SEALs部隊がもっと状況を制御できるよう、スラビンスキーは地上への降下を切望した。「ラジャー、着陸ゾーン《LZ》につけてくれ」

　マックはヘリの最前部から暗視ゴーグルごしに、SEALs隊員たちとチャップマンの降機準備を見守っていたが、ふと一時方向へ視線を向けたとき、旧ソ連製のDShK《デシーカ》重機関銃の影が目にとまった。ほぼ真正面、水平方向にわずか一五〇フィートの距離だ。デシーカは恐ろしい威力を持つ対空兵器で、この距離は直射の範囲内だ。マックが各部の射手に〝接敵〟を報せる前に、複数の接敵報告が同時に入ってきた。三時方向にロバ一頭、一〇時方向に身を隠す男一名。スラビンスキーはこの状況下でもHLZへの着陸を望むと繰り返し、マックは自分にうなずいてから、左側面の射手に一〇時方向の男を狙えるかと尋ねた。答えは「イエス」だった。

　しかし、左射手に〝交戦〟する許可を与える寸前、周りの世界が爆発した。二発の対戦車擲弾発射筒（RPG）が、ヘリコプターの左側面に命中したのだ。一発目の弾頭は、機体左の電装区画を貫通し、弾薬箱に当たって爆発した。射手が負傷したため、攻撃者に応射することができなくなった。いずれにせよ、マックからの交戦許可はまだ下りておらず、タリバン側が先制パンチを放った形だった。しかも、ノックアウト級のパンチを……。RPGは交流電気系統を完全に断ち切り、手負いの〝鳥〟は電気駆動のミニガンを失った。射手もヘリの床に叩きつけられていた。ヘリコプター機内の誰かが反応する前に、RPGからの二発目が命中し、マルチモード・レーダーシステムが機能不全に陥る。

　機体後部では、SEALs部隊とチャップマンが平静を保ちつつ、いつでも降機できる態勢にあった。後部乗降口を管理するダン・マッデン軍曹は、自分たちの世界が火に包まれる瞬間、片腕を横へ突き出してSEALs部隊の脱出を押しとどめた。続いてコクピットの操縦士たちへ呼びかける。

「後部よし。ゴーゴーゴー、上昇してくれ！」

　マックは先任のパイロットとして、傷ついた鳥の操縦をタルボットから引き継いだが、ヘリコプターの制御システムが次から次へと落ちはじめた。まずは多機能ディスプレイが消え、続いて航法システム、自動操縦システム、そしてすべての無線が停まった。コクピットの中も真っ暗。唯一の救いは、直流電気系統が生き残ってインカムを使えたため、敵との戦闘は不可能でも乗員間での会話が可能だったこと。乗員の暗視ゴーグルも、ヘルメットに取り付けられたバッテリーを電源としており、ぼろぼろのヘリの機能が次々に失われていくなか、視界が失われる心配はしなくてよかった。

マックはコレクティブ・レバーを操作して、エンジンの出力をさらに上げ、ヘリコプターを離昇させた。しかし、極限の条件下で推力を増加させ、高高度の上昇を行なったことは、危険な展開をもたらした。回転翼の勢いが弱まりはじめたのだ。コクピット内の計器類を見る限り、その兆候を示すものはなかったものの、長年の経験を持つマックは、回転するローターの音の高さが変化するのを聞きつけ、問題が起こっていることを知った。正常な状態に立て直すべく出力を下げ、今いちばん必要なローターの毎分回転数を取り戻すと、〝るつぼ〟と化した着陸ゾーンと山の上空で、ヘリコプターの機体は激しい上下動を見せた。

機体後部では、ニール・ロバーツ一等兵曹が命綱もつけずに、乗降用ランプのヒンジの横に立ち、いつでも降機できる態勢のまま、目の前の暗闇と向かい合っていた。彼はインカムにつながっていないが、それは問題ではなかった。乗員の指示がなければヘリの外へは出られないし、乗降口はマッデンが腕で塞いでいたからだ。

満身創痍のヘリが上昇しようともがいていると、状況はさらに悪化した。闇の中から甲高い音とともに三発目のRPGが飛来し、今度は機体の右側面に直撃して、右側の配電ボックスを吹き飛ばす。ヘリが敵との距離を広げる間もなく、ロバーツとマッデンと機尾射手のパドラサ軍曹がいる乗降口に、さらにもう一発のRPGが命中した。この衝撃でフレア射出器が破壊され、ヘリの機体が激しく揺れ動く。下げられている乗降用ランプを、ロバーツが滑り落ちていき、そのすぐ後ろをパドラサが必死に追いかけ、何とかロバーツの落下を防ごうとした。八〇ポンドの背嚢に、戦闘装備一式に、M249SAW軽機関銃と、めいっぱい荷物を身に着けているため、ロバーツの重量は合計三〇〇ポンド超。開いた乗降口の数フィート手前で、ふたりはどうにか互いの体を摑んだ。

マッデンも猛然とふたりのあとを追った。ロバーツの両脚は宙に投げ出されている。射手用のハーネスで機体につながっていたマッデンは、SEALs隊員の足首を摑んだが、いっしょに引きずられてしまい、ハーネスが伸びきったところで、がくんと体が止まった。四肢をばたつかせながら、虚無へ向かって転げ落ちるロバーツ。マッデンとパドラサはその足首を握り、雪に覆われた山の斜面の上空で、SEALs隊員の体が一瞬だけ宙吊りになる。

そして、ロバーツは機外に消えた。

一方、マックはコクピットで皆の命を救うために奮闘し、どうにかヘリコプターの速力を上げさせたが、背後で起こった事態にはまったく気づいていなかった。マッデンが何もできずに見守るなか、ロバーツは一〇フィートの高さを落下し、背中から雪の上に叩きつけられた。ヘリコプターはただただしく飛び去り、彼の姿は夜に吞み込まれていった。

マッデンが〝人的損失〟を報告する前に、無慈悲な状況はなおいっそう悪化した。乗員のひとりがインカムを通じて、片方のエンジンを失ったと言ってきたのだ。SEALs隊員一名が失われたことをまだ知らないマックも、エンジン一基だけで飛行できないことは知っていた。計器パネルが死んでしまったため、左右のどちらのエンジンが停止したかを確かめるすべがないことも知っていた。この状況下では、正面方向のどこか、敵勢力圏内である山の麓のどこかに、オートローテーション（自転降下、推力を切って着陸する手法で、制御された墜落と言い換えてもいい）を行なうのが最善策だ。マックが推力不足、滑空角の調整、着陸地点の選定、無計器飛行という難問に取り組んでいるあいだ、射手用のストラップで乗降口から宙づりになり、荒々しく揺さぶられていたパドラサを、マッデンはどうにか引きあげた。それからインカムに向かって、「エンジンは両方とも生きてるぞ！」と何度も叫んだ。ヘリの後部に設置されている二基のエンジンは、ちょうどマッデンの頭上にあり、作動音は途切れていなかったのだ。

マックは真偽を確かめるべく、間髪容れずに〝推力上昇〟を行ない、結果としてヘリの水平飛行という報償を得ただけでなく、インカムの報告が正しかったことを実証した。これでオプションが増えたわけだが、ほどなくヘリが振動しはじめ、機体の制御がしにくくなる。マックの手には、操縦桿の操作が〝重く〟感じられ、直ちにヘリを着陸する必要があると彼は理解した。

一八〇度の転回をして機首を北へ向け、着陸できそうな場所を探していると、機体後部から報告が入った。ＨＬＺのどこかで人員が行方不明になったと。なんてこった。「確かなのか？」とマックは訊いた。このときにはもう、マッデンがパドラサを引きあげたあとだったので、インカムには「イエス！」というふたり分の声が同時に響く。

マックは決心を固めた。「助けに戻るぞ」とインカムに告げ、乗員全員がこの判断に同意したが、射手たちからは、使える武器がないと注意喚起があった。マックは試射をするよう命じたが、三門の火器はうんともすんとも言わなかった。

とにかくマックは右旋回を始めた。方向転換してＨＬＺへ戻れば、一方的な猛襲にさらされるのは間違いないだろう。しかし、マックはあえて引き返した。いまだ機体の制御は、パイロットに抗いつづけている。コレクティブ・レバーが利かなくなり、どれだけ取っ組み合っても動かせなくなった。翼も眼も失ったヘリは、マックの周りでがらがらと崩れ、空から落下しはじめた。結局、ＨＬＺに取って返すのは不可能となった。ナイトストーカーがよろよろと山腹沿いを降下し、眼下の暗闇に呑み込まれていく。ロバーツ救助の望みはもうなきに等しかった。

ハリケーンの中を走る〈フォルクスワーゲン・ビートル〉の車内みたいに、揺らぎ傾《かし》ぐ後部貨物室で翻弄されながらも、チャップマンはネット形の座席にしっかりしがみついていた。この時点での彼は、ロバーツの運命に対しても、自らの運命に対しても、無力だった。乗降用ランプの開口部の向こう、暗闇に溶け込んでいくあの山で、ひとりぼっちのロバーツに何が待ち受けているのかも、チャップマンにはわからなかった。数分もすると、敵からの攻撃を受けたあのHLZは、シャヒコット渓谷を取り囲む特徴なき山々の頂に紛れ、判別できなくなってしまった。数十人の屈強なチェチェン兵とウズベク兵に捕らわれた同僚がどんな未来を迎えるのか、当時のチャップマンが理解していたのかどうかを確かめるすべなどない。この二時間後、チャップマンもロバーツとまったく同じ状況に直面するのだが、本人はうっすらとも感づいていなかった。ふたりの運命は、いくつもの段階で分かたれていたものの、単身で多数の敵と闘うという点では同一だったのだ。

もしも、チームを構成する七名のメンバーのうち、敵の支配地で圧倒的多数の兵士を相手に、独りで生き残れる者がいるとすれば、孤高の戦闘管制員たるチャップマンをおいてほかにいないだろう。米軍の全航空戦力の絶大な火力を背に、指先を向けるだけで死をもたらすことができるのは、チャップマンだけであり、航空攻撃を巧みに使いこなすための専門知識を持ち、個人に対する精密爆撃のみならず、特定の山や大軍勢に対する万ポンド単位の絨毯爆撃を実現できるのも、チャップマンだけなのだから。

真っ暗なヘリコプターの機体後部にいるジョン・チャップマンは、この時点で知る由もなかった。間もなく、残りのSEALs隊員五名の命を救うことになるとは。そして、自分とSEALs部隊を救出すべく、覚悟を決めて出動してきた一八名の兵士の命も救うことになるとは……。ジョンが極寒のタクルガル山頂で八面六臂の活躍をし、英雄となった経緯を辿っていけば、アメリカの軍事史上最も姿が見えづらく、最も認知度が低い戦闘集団、すなわち合衆国空軍戦闘管制員についての比類なき唯一無二の物語が浮かびあがってくる。当時、タクルガル山の周辺にいた戦闘管制員は、ジョン・チャップマンだけではなかった。じっさい、〝アナコンダ作戦〟――タリバンを破滅の瀬戸際まで追い詰めるための作戦で、チャップマンのチームも小さな役割を担っていた――を遂行する米国と同盟諸国の特殊作戦部隊の影で、一〇〇人以上の名もなき戦士が活動していたのだ。

これまで人類の戦争の歴史において、兵士一個人が極めて精密な力を持ち、敵の生殺与奪の権を握った例はない。本書は、ジョン・チャップマンとその〝兄弟たち〟の物語、言葉を換えれば、歴代の戦場で最も情け容赦のない戦士たちの物語である。

第一部

進化

第一章　一九六六年七月

四機の戦闘機が設定目標に向かって、山々の頂の上を咆哮をあげて飛び、山のあいだの谷に黒い影の縞をつけていった。パイロットのひとりであるエド・ラジマス中尉は、友軍の兵士たちが危機にあることを理解していた。なぜなら、〝ウィップラッシュ・ブラボー〟のコールサインの下で緊急発進したのは、前線の戦闘管制員に精密な航空支援を提供するためだったからだ。操縦席のエドは、厳しい任務になると気づいていた。〝ウィップラッシュ・ブラボー〟は〝インド地域〟の奥深くまで入り込んでおり、気づかないほうがおかしかった。眼下に住む人々の宗教は、イスラム教ではなく、仏教のスパイスが強く効いたアニミズムだ。時は一九六六年の夏。エドの視界は四方とも、ラオスの生い茂る密林に埋め尽くされていた。うんざりするほどの暑さと湿気が、もくもくと雲を創り出していて、低く立ちこめた灰色のキルトみたいな雲は、前方の地勢だけでなく、潜在的な敵航空機の位置をも覆い隠していた。ここは長居をしたくない場所だ。

編隊のパイロットのひとりが、戦闘管制員（コールサインは〝バタフライ44〟）を呼び出そうとした。無機質な管制員声で、航空攻撃の指示が下されるはずだったが、返答はなし。編隊は高速で移動を続け、ランデブー地点までわずか四〇マイルに迫ったとき、息切れしたような弱々しい通信が電波に乗って流れ込んできた。「ハロー、ウィップラッシュ。こちらはバタフライ44。聞こえてるか？」

やっとのお出ましだ。「ラジャー、バタフライ。ニッケル［Ｆ－１０５戦闘爆撃機］四つのお届けだ。ネイプ缶［ナパーム弾］二四本と、トウェンティ・マイクマイク［二〇ミリ機関砲］を載っけてきた。遊べる時間は二〇分ほどで、あんたのところまでは四〇マイルだ」

バタフライ44ことジム・スタンフォード戦闘管制員は、空の上にはいなかった。二九歳で空軍在籍一一年目の古参兵が、息を切らしながら続ける。「礼を言う、ウィップラッシュ。数字は了解した。こちらは現在、地上に降りて給油中。翼の上に立って、飛行機にポンプで燃料を注ぎ込んでいるが、あと約三分で空へ戻れるだろう。標的はそう遠くない」

エドはＦ－１０５戦闘爆撃機のコクピットで、この情報を咀嚼しなければならなかった。〝バタフライ44が地上にいる？　自分の手で飛行機に給油中？　敵地の真っ只中で？〟息遣いが乱れてはいるものの、無機質な管制員の声から過度な懸念は感じられなかった。Ｆ－１０５の四機編隊は、航路を定めたまま、さらなる指示を待った。

非武装・無装甲の単発小型機〈ピラタス・ポーター〉を空き地から飛び立たせた直後、スタンフォードはこう尋ねた。「ウィップラッシュ、バタフライ44は順風満帆。すぐに合流できる。ブリーフィングの準備はいいか？」彼とパイロットの二名が乗り込む小型機は、燃料切れでジャングルの空き地に着陸し、タンクへの燃料補給を余儀なくされていた。パイロットはＣＩＡの雇われで、〈エア・アメリカ〉というダミー会社の所属だ。ジム・スタンフォードとのコンビは、現地での活動時間が一六〇〇時間超に達していた。タイからメコン川を挟んだ対岸、ラオスにおける米国の隠密かつ非合法な戦争では、ジャングルの短い長方形の空き地に着陸することなど、単なる日常のひとこまと言っていい。しかも、これは今日初めての出撃でもなかった。

「ラジャー、バタフライ。続けてくれ」エドは戦闘管制員も自分たちと同じく、タイ国境を密かに越えてきたと推測しており、声の主の実像を思い描いてみた。『ラオスに密入国してきた〝俺〟が、ちんけなホイールキャップ泥棒だとしたら、きっとこの男はひとかどの車泥棒だろう』。いずれにせよ、真綿みたいな厚い雲が地表のほとんどを覆っているため、難しい攻撃になるのは間違いなさそうだった。

「OK、ウィップラッシュ。自分［の位置］から北方三マイルに谷があって、推定一五〇〇人のパテト・ラオ［南ベトナムと米国を相手に闘うラオス勢力］の正規兵がいる。南側の小高い稜線では、亡命政府派の兵士二〇〇人が待機中だ。諸君には、ナパーム弾を谷へ叩き込んでもらいたい。我々はできるだけ火を広めるつもりだ。無料のペア入場券を複数枚、用意してもらえると助かる」

「お安いご用だ、バタフライ」。エドはバタフライ44の評価を修正した。『彼はキャップ泥棒〝とか〟車泥棒〝とか〟のタマじゃない。マフィアの組織を取り仕切るレベルだ』

「ウィップラッシュ、バタフライ44は諸君を視界に捉えた。一〇時の下方を確認すれば、わたしを視界に捉えられるだろう。白い〈ピラタス・ポーター〉が高度六〇〇〇フィートを水平飛行で左旋回中だ。この地域の防御態勢は小火器と自動火器で、今日もついさっき、谷で二三ミリと三七ミリを目撃したとの報告が入っている。諸君には、東から西へ向かって谷に突入し、攻撃後は南へ抜けてほしい。友軍は南側の丘の稜線にいる。わたしを視認したら教えてくれ」

「OK、バタフライ。ウィップラッシュ・リーダーはあんたを視認した」

「ウィップラッシュ、すまないが、標的の明示はできない。ROE［交戦規定］上の制限で、当機は観測機器の搭載を禁じられている。しかし、わたしを視認できているなら、左の翼端で、目標エリアを指し示すことは可能だ」

エド・ラジマスは高度一万四〇〇〇フィートからバタフライ44を見下ろした。緑色のジャングルを背景に、いやでも目につく白い小型機が、旋回しながら翼端部を一瞬だけ下げ、ジャングルの一角をそれとなく示唆する。

F－105編隊の一号機は、目標を確認したあと、「東から侵入する」と告げた。

「ウィップラッシュ、承認する。当機は北で待機する」

ラジマスは一号機の様子を今でも憶えている。「ぴかぴかのアルミ製のナパーム弾が発射されるのを、俺は目の当たりにした。フィンの働きで空気力学的に直進性が保たれてたから、弾体はそれることなく目標に油をぶちまけたんだが、ジャングルの中で弾けた火の玉は、今でも心に刻みつけられてる」

格好の標的と言っていい低速の軽飛行機から、スタンフォードは言った。「一号機、ナイスヒットだ。二号機は一発目の煙のちょっと西側を狙え。三号機はさらに西側へ侵入を。四号機は谷のどん詰まりを焼き払ってくれ。二号機、攻撃を承認する」

F－105編隊はパテート・ラオへのナパーム弾投下を続け、〃ネイプ缶〃が底をつくと、二〇ミリ機関砲による機銃掃射の許可を求めた。最終的に〃ビンゴ〃――燃料切れ――となった戦闘爆撃機の編隊が、ジャール平原近くの小さな谷を離れる際、スタンフォードは感謝とともに見送った。「ありがとう、諸君。明日、うちの連中が現地を確認したあとで、BDA［戦闘成果評価報告書］を送るつもりだが、今わたしに言えるのは感謝の言葉だけだ。諸君のおかげで砦は守られた。少なくともあと一晩は」

国境へ、タイという安全地帯へ向かうとき、ラジマスは心の中でつぶやいた。『彼の置かれた状況は想像を絶する。圧倒的多数の敵地上軍を相手に、小型機一機だけでジャングルでの活動を続けるなど、想像の域を超えてる。あんな場所で生活しながら、応射さえ許されない状況で航空戦を指揮するなど、とても信じられない。彼の正体に思いを巡らせる自分は今、エアコンの効いた部屋と、まっさらなシーツと、熱いシャワーと、士官クラブのきんきんに冷えたビールが待つ、安全な航空基地への帰途についてる。できればバタフライ44には、いい夜を迎えてほしい。一晩と言わず、何日でも幾晩でもいい夜を過ごしてほしい。彼にはその資格があるんだから』

スタンフォードとパイロットも帰途についていた。向かう先は、世界で最も機密性の高い航空基地。内々に〝リマ・サイト20オルタネイト〟として知られ、単に〝オルタネイト〟とも呼称される基地は、一本の未舗装の滑走路しかなく、ＣＩＡによってジャングルのど真ん中で開設・運営されている。ほとんどの場合、ジムはその日の仕事を１７３０時に終了したが、勤務時間中は、航空攻撃の実施や、救出作戦の調整や、伝説的なヴァン・パオ将軍が率いるラオス王国政府軍の支援で大忙しだった。

「太陽が沈むと、我々の空での一日が終わる。そのあとは、ヴァン・パオ将軍と会って、〈エア・アメリカ〉社のポーチにのぼって、仲間たちと談笑し、酒を何杯か酌み交わし、犬や檻の中の熊と戯れるんだ」

たいてい話の中心は、翌日、〈エア・アメリカ〉のパイロットの誰が、戦闘管制員の運び役になるかということ。この夜ごとの決断は、命に関わる結果を招きかねず、じっさい、すでに二名のＣＣＴがパイロットともども撃墜されていた。二名とも〝戦闘中行方不明〟の扱いだが、生きていると考える者はいない。一九六五年から六七年にかけてのラオス国内で、同時に活動していたＣＣＴは最大でも四名。ラオスの航空戦に関しては、この少人数で標的設定をすべて取り仕切っていたのだが、当時、彼らの活動を耳にした者は皆無だった。

スタンフォードがラオスでお疲れ様のビールを楽しんでいるころ、地球の反対側の合衆国コネティカット州ウィンザーロックス——アメリカのいちばん新しい戦争から世界ひとつ分離れた場所——では、ジーンとテリーのチャップマン夫妻が第三子の子育てにいそしんでいた。第三子のジョン・アラン・チャップマンは、一九六五年七月一四日生まれ。ウィンザーロックスはノーマン・ロックウェルの絵の時代に先祖返りしたような町で、いかにもニューイングランド地方というステレオタイプな雰囲気を持っている。町じゅうの狭い通り沿いでは、老齢の硬木——楡や樫や楓——が枝葉を広げており、暑い夏の日に日陰を提供してくれるだけでなく、爽快な秋の日には、鮮やかな炎の色の天蓋を創り出してくれる。ウィンザーロックスは、隣家に砂糖を借りにいけるような、近所の子供たちが屋外でいっしょに遊ぶような、大人たちが自分の子供だけでなくすべての子供の行動に目を光らせてくれるような町だ。あまり裕福でない家に、最も新しい家族の一員として生まれたジョンにとって、これは理想的な環境と言ってよかった。

第三子が幼き視点と若き視点でウィンザーロックスを探検していたころ、チャップマン家の人々は想像すらしていなかった。まさかジョンが歴史上有数の戦士になるとは。そして、ラオスにおける米国の秘密戦争が、一本の線で直接ジョンとつながることになろうとは……。

〝ベトナム〟という単語がアメリカの一般家庭で当たり前に使われはじめたとき、CCTは創設から一〇年以上が経過していた。彼らを完全に理解するためには、世界じゅうを地獄にした第二次世界大戦まで遡る必要がある。そもそもCCTが組織された目的は、開戦という惨事の直後に敵地への侵攻を先導すること。具体的な特徴として挙げられるのは、早期の段階における空挺作戦の試行だ。アメリカの落下傘兵が初めて実戦に投入されたのは、一九四三年七月のシチリア島侵攻、いわゆる〝ハスキー作戦〟のときだった。この作戦は立案も実行もお粗末だったため、投入戦力の一部は、目的地から五〇マイルも離れた場所に降下してしまった。また、海岸に上陸していた海軍と陸軍の兵士たちは、極度の緊張状態にあり、空を飛ぶものはすべて敵と見なしたため、落下傘部隊を運ぶ輸送機一四四機のうち、友軍の誤射によって二三機が破壊され、三七機が甚大な損傷を負った。輸送機のパイロットのひとりが、この作戦を次のように要約している。「どうやら今夜の我々にとって、シチリア島の上空でいちばん安全だったのは、敵の勢力圏の上空だったらしい」。しかしながら、作戦失敗の主な原因は、連合国軍の航空機群のために、降下地点の位置を明示できず、適切な誘導も行なえなかったことだ。

　米軍と英軍は上記の難題を解決すべく、一九四四年六月の〝ノルマンディ上陸作戦〟で地上誘導員チームを編制したが、限定的な成功しか収められなかった。またもや投入された空挺戦力は、ひなびたノルマンディ地方のあちこちに散らばってしまっていた。とはいえ少なくともひとつ、意図せぬ好影響がもたらされた。連合国軍の戦力分散が数多く報告されたため、ドイツ軍は自慢の機甲師団と予備の親衛隊《SS》を、どこへ急派させればいいか判断できなかったのだ。

　一九四五年三月二四日、米英軍は〝ヴァーシティ作戦〟を遂行した。ライン川を越えての連合国軍の猛攻は、第二次世界大戦における最後の大規模空挺作戦でもあった。侵攻初期段階の混乱を打開する最後の一手として、計画には〝兵員輸送グライダー戦闘管制チーム〟二部隊が含まれており、件のグライダーには最新鋭の航行ビーコンが搭載されていた。作戦に参加した五名一組の合計八チームは、史上初めて〝戦闘管制員〟という名称を与えられた。各チームはグライダーで送り込まれ、着陸ゾーン（ＬＺ）の範囲に標識を設置し、大規模な兵員輸送が行なわれる二日のあいだ、空中の行き来を取り仕切った。使用された装備と戦術は一部が成功しただけだったが、一歩前進できたことに変わりはなかった。しかし、わずか数ヵ月後に戦争が終わった瞬間、戦闘管制員の能力と必要性は優先順位が下がり、戦後やがて完全に忘れ去られてしまった。

一九四七年国家安全保障法の成立によって、陸海軍とは別個に空軍が創設されたとき（独自の資金源を持つ中央情報局《ＣＩＡ》も同時に新設された）、作戦における投下ゾーンと着陸ゾーンの重要性が再認識された。そして、陸軍と空軍のあいだでは、当該作戦に関する縄張り争いが勃発した。陸軍の主張では、地上兵力がつつがなく戦闘に入るためには、陸軍が指揮権を掌握し、最善の兵員配置を確実にする必要があった。空軍のほうは、ハスキー作戦などで航空機と操縦士が低い優先順位に甘んじた事実を指摘し、陸軍部隊が戦場に投入されるまでは、空軍が指揮権を持つべきだと主張した。この争いは、一九五三年まで空軍側の一方的な勝利だった。空軍は〝あらゆるもの〟の投下任務を拒みつづけ、五三年に誕生した戦闘管制チームの同行を条件に、初めて陸軍の地上誘導員部隊への協力を解禁したからだ。

とはいえ、空軍はＣＣＴを永続的な組織として創設したわけではなく、航法支援システムの発達と全般的な能力向上により、やがては戦闘管制チームそのものの必要性がなくなると想定していた。空軍は他軍との合同任務に及び腰で、人材の募集にも装備の充実にも訓練の強化にも、陸軍と同程度の優先順位しか置いていなかった。いや、ひょっとすると陸軍より優先度は低かったかもしれない。空軍首脳部のこの姿勢の下、空港業務大隊（任務は物資の管理と輸送）に押し込められたＣＣＴは、ろくな装備を与えられず、多くの場合、指揮官の顔ぶれは貧弱だった。陸空軍の縄張り争いと、合同任務に対する空軍の優先度の低さは、二〇世紀の終わりを迎えつつあるアメリカに、広範囲の影響を及ぼそうとしていた。

このような不作為にもかかわらず、ラオス内戦とベトナム戦争のあと、戦闘管制員は変容を続けた。彼らは数々の作戦で経験を積み、環境に適応できるよう部隊を形作っていった。当時のアメリカは、新種の限定的な紛争を闘い、増加する現代的なテロに対抗しなければならなかったのだ。東南アジアでの戦争が終わった五年後、CCTを最大の変化が襲った。歴史に見過ごされたある空軍少佐と、最近の戦争で派手な経歴を築いた陸軍大佐が、思いもよらぬ協力を行なったことがきっかけだった。

一九七九年晩夏、マイク・ランプ戦闘管制員は、ベトナム人妻のトゥイとフィリピンに駐在しており、この任期中に、空軍少佐のジョン・カーニー——空軍士官学校でフットボールの指導者だったため、〝コーチ〟もしくは〝あのコーチ〟で通っていた——と知り合う栄誉に浴した。〝コーチ〟ことカーニー少佐は、〝レクイジション計画〟を推進すべく、優秀な戦闘管制員を探していた。レクイジション計画は一九七八年に始まったのだが、ちょうど時を同じくして陸軍でも、チャーリー・ベックウィス大佐が配下の組織——将来的に世界最高の対テロ部隊、すなわちデルタフォースとなる——の独り立ちに取り組んでいた。ベックウィスは〝ブルーライト〟——デルタの前身——の指揮を執って作戦を遂行しはじめており、コーチは空軍側からそれを支援するため、非凡な才能を持つ硬骨漢たちをかき集めていったのだ。

ランプは当時について説明する。「コーチはベックウィス大佐の部隊立ちあげを支えるために、複数のチームを集約して、ごちゃ混ぜの部隊をひとつにまとめあげようとしてたんだ」。彼がコーチと邂逅したのは、フロリダ州キーラーゴ島でのこと。ランプを含む数人——全員がスキューバ戦闘の免許皆伝——が、駐在先のフィリピンから本土へ派遣され、コーチとその配下の選抜兵たちに、スキューバダイビングの訓練を施したのだった。

〝コーチ〟はランプのプロ意識に感銘を受け、サウスカロライナ州チャールストン空軍基地の格納庫の裏で、自分のチームに参加しないかと誘いをかけた。ラオスと東南アジアで複数の勤務期間を生き抜いてきたランプは、ようやく平時の仕事人生に移行し、幸福な家庭生活に慣れはじめており、年若い家族とともに次の異動の準備をしているところだった。彼はこう回顧する。「わたしはコーチに答えた。『ありがたいお話ですが、ドイツのライン＝マイン空軍基地に赴任して、第七特殊部隊群を支援するよう命令を受けております。またの機会があれば』」

秋が近づき、マイクとトゥイと幼い息子は、ドイツに引っ越す準備を進めていた。これは今までの苦労が報われた栄転であり、興味をそそられる新しい冒険でもあった。一家はすでにフィリピンのクラーク空軍基地の居住区画を退去し、一時滞在用の宿泊所への移動を済ませていた。「文字どおり、あとは飛行機に乗るだけってときに、ＣＢＰＯ［基地の人事担当部局］から連絡が来たんだ。『こっちへ来てもらったほうがいいな』って。

呼び出しに応じて、『いったい何事だ？』って訊いたら、『君への命令が変更された』って言われたんで、『そんなことはありえない。ドイツ行きの命令はこの部屋で受けたんだぞ』って言い返した。『第二一空軍のカーニー少佐を知っているだろう？　彼が君の命令に口を挟んで、チャールストンの第四三七空輸航空団行きに変えさせたんだ』。命令変更は正式なものだった。ドイツが消えてチャールストンが入ってきたのである。

ランプの第四三七空輸航空団への転属は、コーチによる目くらましの工作だった。新たに組織されたデルタフォースを支援する、というチームの活動はまだ公にできなかったのだ。第四三七空輸航空団を隠れ蓑にし、正式な名前を持たないチームの男たちは、自らを〝ブランドＸ〟（広告に登場する比較対象の匿名ブランドのこと。創造力の欠如から陳腐な名称になった）と呼んだ。第四三七空輸航空団に実在するＣＣＴは、空中投下の遂行と、物資運搬員向けの厳格な飛行場演習の実施を、正規の任務としていた。書類上、コーチは担当士官として演習の責任を負っていたが、実際には、本来の退屈な業務にはいっさい手をつけず、演習を部下の下士官（ＮＣＯ）のひとりに押しつけ、ベックウィス大佐とデルタフォースに傾注したのだった。

一九七九年一一月一日、マイク・ランプはチャールストンに出頭した。一一月四日には、テヘランのアメリカ大使館がイラン革命勢力の手に落ち、五二名の米国人が人質に取られた。この事件によって、アメリカとイランの二国間関係は負のスパイラルに陥り、二度と元には戻らなくなってしまった。ランプが妊娠中の妻と幼い息子をチャールストンの新居に落ち着かせようとしていたころ、国際社会を揺るがす米大使館人質事件が勃発して、数々の作戦行動と悲劇が引き起こされ、結果として世界最大の特殊作戦軍創設につながっていくのである。しかし事件当時のランプも、コーチ配下のほかの戦闘管制員たちも、のちの展開を想像することすらできなかった。

「感謝祭の日に自宅にいたかどうか、わたしは憶えてない。すべてがぼんやりとしているんだ。当時のチームメンバーは少数で、たぶん六人か七人だったはずだが、羅針盤のあらゆる方位に散らばってた」。この時点で検討中の救出計画には、四つの組織が関わっていた。作戦を主導するのは、デルタフォース。陸軍第七五レンジャー連隊第一大隊Ｃ中隊は、安全確保と即応攻撃の面から、デルタを支援する役目を負った。フロリダ州ハルバート・フィールドの空軍第一特殊作戦航空団は、ＭＣ‐１３０〝コンバットタロン〟の所有者であり、コンバットタロンはＣ‐１３０輸送機を特殊作戦用に改装した世界唯一の侵入任務専用機だった。最後はコーチことカーニー少佐の戦闘管制チームだが、このときはまだ、現実の部隊としての体裁さえできあがっていなかった。

一九七九年、サウスカロライナから六つ北の州では、ジョン・チャップマンがひとかどの青年となっていた。他人の心情に寄り添うという生まれながらの才覚の持ち主だったが、このような態度は年齢にしては早すぎたため、本能のままに振る舞うほとんどのティーンエイジャーたちと摩擦を生じた。高校時代のジョンは分け隔てなく友情を結んだが、型にはまらぬ絆の一部は、〝ジョック・スクアッド〟――イケてる運動部軍団――のメンバーからは、許容範囲内の行為とは看做されなかった。彼自身は傑出したアスリートだったので、〝人気者〟の集団にたやすく溶け込めた。しかし、人気者たちの社会活動の中に、障碍者の受け入れは含まれていなかった。特殊な支援を必要とする生徒は、別のクラスに分けられ、遠ざけられ、廊下で嫌がらせをされた。今でもティーンエイジャーのあいだでよく見られるように……。

障碍を持つ女生徒のキャラは、ジョンをよく知っていた。彼はいつも挨拶をしてくれ、近況を尋ねてくれたからだ。ある日、彼女はいつもいじめてくる生徒たちから、廊下で本当にひどい仕打ちを受けた。何とか逃げ出して角を曲がると、反対側からジョンが歩いてきた。ジョンはキャラに気づき、いつもどおり快活に「やあ！」と言った。しかし、いじめに狼狽しきっていた彼女は、思わず「くたばれ、ジョニー・チャップマン！　くたばっちまえ！」と吐き出し、すごい勢いで廊下を進んでいった。笑い声をあげる生徒もいれば、気まずそうに目をそらす生徒もいたが、ジョンはあとを追いかけ、半ば走るようなキャラの横に並んだ。彼女は追い払おうとしたが、ジョンは決して離れなかった。それどころか、取り乱した少女をなだめ、落ち着かせ、始業ベルが鳴っていじめっ子たちがいなくなったあとも、ずっといっしょに座りつづけたのだった。

ジョンの高校時代の友人であるリン・ノイズは、当時の彼の振る舞いを決して忘れなかった。「自分と違う人たちを受け入れて元気づけることに関して、彼は誰よりも素晴らしい仕事をしてたわ。わたしは意地悪な人間じゃなかったけど、みんなから腫れ物扱いされてる人に、わざわざ近づいていって、何か良いことをするなんて無理だった。でも、あれがジョンという人なの。彼はまさに……別の時代から飛び出てきた人みたいだった。サッカー場じゃラフプレーも辞さないけど、誰よりも優しい心を持ってるし、人の目なんてまったく気にしないのよ」。リンは次のように話を締めくくった。

「故郷の同窓会にはもう行ってない。出席するただひとつの理由は、ジョンと会うことだったのに、彼はもう、同窓会には……」

第二章　一九八〇年四月中旬

いつもの行動パターンどおり、コーチは東方の国防総省《ペンタゴン》とホワイトハウスに出向き、ランプが〝お偉いさん巡りと計画作り〟と呼ぶ仕事をこなした。訓練とシナリオ作成の催しに参加したのは二回だけだが、三月のほとんどの期間は海外出張に費やされ、救出作戦時に使える着陸地点を見繕うべく、イラン国内の辺鄙な砂漠地帯に隠密潜入工作を実行した。コーチは隻脚のＣＩＡパイロットのみを伴い、エイプリル・フールの早朝、数時間のあいだカヴィール砂漠を歩き回り、遠隔操作可能なライトを密かに埋設した。デルタフォースがイラン領内をさらに進撃するための中継地点として使おうというわけだ。この地点は〝デザート・ワン〟と名付けられた。

一九八〇年四月、ジョン・チャップマンは大人に近づきつつあった。そして、イランでの米国大使館員の人質事件が長引く一方、マイク・ランプと〝ブランドＸ〟は、ユマ試験場でデルタフォースＢ中隊の三〇名とともに、利用できそうな浸透手段の開発に取り組んでいた。バイクと〈ミュール〉——ベトナム戦争時代の輸送用四輪バギー——を使って、車両による砂漠の陸上移動を練習した。一晩じゅう砂と格闘してわかったのは、過酷な地勢で人員と物資を輸送したいなら、当時の装備では好ましい結果が望めないということ。そんなとき、ランプたちは呼び出しを受け、ノースカロライナに飛んで帰った。

ユマで訓練をしていた者たちはみな、呼び出し命令の真の意味を知る由もなかったが、訓練中に引き揚げさせられるなどという事態は初めてだった。急いで試験場から基地に駆けつけると、滑走路でぽつんと待っていたのは、彼らを連れ戻すために用意されたC－141輸送機。チャールストン空軍基地に到着した際は、コーチがじきじきに出迎えてくれた。「ゴーサインが出た。武装を整え、機器をそろえ、すべてを外のC－141に積み込め」

ブランドXを構成するランプと八名の戦闘管制員は、あれこれ考える暇を与えられず、照明装置、ビーコン、武器、無線通信機、そして、デザート・ワンで使用するためにデルタから供与されたバイクを輸送機に搬入し、華やかなファンファーレもなしにアメリカの大地を飛び立った。

ブランドXとデルタフォースの最初の試練は、立ちあがったばかりの特殊作戦部隊（SOF）を根底から揺るがした。何の明かりもない僻地でのアメリカ人には、次から次へと災難が降りかかった。最初の飛行機が着陸したとき、突如として夜闇の中から、イラン人を満載したバスが出現し、特殊部隊員たちはバスを監視下に置かざるを得なくなった。海兵隊のRH－53ヘリコプター（砂漠環境には適していない機体）八機は、急襲部隊のテヘラン移動に使われる予定だったが、発進元の航空母艦ニミッツを飛び立って以降、送り込み作戦のあいだじゅう機械故障に悩まされつづけた。

ランプを含むCCTが、干上がった湖床に臨時の滑走路を造っているとき、文字どおり次の危機が〝爆発〟した。仮設飛行場の周囲を警戒する特殊部隊員たちは、未舗装の道路を進んでくる燃料密輸業者の車両を発見したが、タンクローリーに停車する気配がないため、LAW対戦車ロケットをぶっ放した。タンクローリーの積み荷が爆発し、高さ一〇〇フィートの火球が夜を明るく照らし出したのだった。

海兵隊のヘリコプターが一機また一機と到着しはじめた。「我々はヘリコプターが来てくれるのを待ってた。ようやく現れた六機目が、危なっかしい飛び方をしてたんだが、案の定、着陸時に故障を起こしてしまった。油圧系がイカれたんだ。聞こえてきた話だと、あれが最後のヘリってことだった。我々は地上で雁首をそろえてて、まだ地平線じゃタンクローリーが燃えつづけてて、相変わらず我々の銃口の先じゃ、五〇名のイラン人が困惑の表情を浮かべてて、舞いあがった砂で視界は遮られてた。使えるヘリコプターはわずか五機だけ。全員が知ってるとおり、作戦遂行の絶対最小値は六機だった」。ランプはしばし話を止め、改めて事の重大性をかみしめた。「最終的に決断が下された。撤収。我々は引き揚げに取りかかった」

仮設飛行場から退避するためには、MC－130の一機にEC－130から給油をする必要があり、ヘリコプター二機の駐機位置を変えなければならなくなった。続いて起こった出来事を、ランプは今でも憶えている。「ヘリとは一〇〇ヤード離れてたんだけど、飛び立ったと思った直後、砂嵐がぶり返して、わたしは砂塵から顔を背けた。ヘリが高度を失って横滑りをはじめるのが、視界の端に映った。そして、爆発が起こった。どこもかしこも砂まみれだったけど、わたしは巨大な火球を目の当たりにした。［ヘリはすぐ隣のEC－130給油機に激突していた］」。乗員は黒焦げになって一巻の終わり。給油ホースはすでに接続済みで、デルタの射手たちも定位置に配置済みだった。機体右側の降下用ドアから人間が流れ出てくる光景は、今でも忘れられない」

大惨事のさなか、ランプを含むCCTと、デルタフォースの戦闘員と、C－130編隊の乗員は、どうにかこうにか犠牲者の遺体を回収し、生存者すべてを残ったMC－130に分乗させた。安全圏へ向けて飛行するあいだ、ランプは「誰かを取り残してはいないだろうか？」と考えずにはいられなかった。「じっさい、我々は搭乗員のひとりを置いてきてしまった。仲間の兵士なのに」。アメリカ史上初の本格的な対テロ作戦は、不幸な結末を迎え、海兵隊員と飛行乗務員、計八名の命を代償として支払った。一方、ブランドXの面々は数々の難題を克服し、飛行場仮設の任務を成功裏に終わらせ、空軍首脳部の怠慢に対する勝利を収めた。ほろ苦い一里塚ではあったが、彼らは自信にあふれていた。実戦で立証されたこの能力をもってすれば、新部隊はデルタフォースとともに、将来も発展しつづけることができるはずだと。

控えめな性格で口調も柔らかいトム・アレンは、ウィンザーロックスで警察官をしており、一九七七年、ウィンザーロックス高校の飛込チームのために、ボランティアのコーチを始めた。一年目の教え子には、ジョンの兄ケヴィンがいた。高さ一メートルの飛板からのダイビングを何度も何度も練習するケヴィンの姿を、八年生のジョンはいつも見守っていた。兄の打ち込みぶりは弟の心をわしづかみにした。ジョンは高校生に混じって練習したいと、コーチのアレンに頼み込み、アレンはジョンの父親に相談して、この申し出をどう思うかと質した。「あの子はここらで一番のアスリートだ」と父親は自分の三男を評して言った。結局、トム・アレンはジョンの練習参加を許可した。高校一年生になって、チームに正式加入したジョンの実力は、競合する周りの高校の選手たちはもちろん、地域の代表レベルの選手たちをも凌駕していた。

ジョンは加入一年目に、二年生のチームメイト、マイケル・デュポンと親友になった。ジョンとマイケルはそれから二年間、演技の幅と精度を高めるべく切磋琢磨し、大会では常に一位と二位を争ったものだった。偉大なコーチがそうであるように、トム・アレンはチームの両雄に関するかぎり、指導する必要がほとんどないことを理解していた。ふたりのライバル関係と仲間意識がさらなる努力を呼び、自分の指導力では実現できないほどの好影響をもたらしていたからだ。マイケル・デュポンは親友を次のように追憶する。「［いちばんの想い出は］彼の旺盛な競争心と、いっしょに競技することで得られる刺激かな。彼と友達で何が嬉しかったかって、僕が四年生のとき、大会ごとに順位が入れ替わりながら、どんどん飛込の記録を更新していったことだ。彼が最初に新記録を出して、次に僕が彼の記録を破って、それが繰り返される。たぶん今も、最高得点の記録は彼が持ってるはずだよ」

ジョンの高校時代の飛込成績は、四年のあいだに少しずつ上昇していった。一年生時は州選手権で五位、翌年の二年生時は三位。三年生時と四年生時は優勝に到達し、コネチカット州のランキング首位に輝いた。ウィンザーロックス高校から飛込のトップが輩出されるのは、史上初の快挙だった。

ジョンは一九八三年六月に卒業し、そのままコネチカット大学――通称〝ユーコン〟――に進学した。彼の人生は計画通り運んでいるように見えた。専攻には工学を選び、ユーコンの男子飛込チームに入部した。所属する大学リーグでは、一メートル飛板飛込でランク一位、三メートル飛板飛込で三位という名門チームだった。大学生のあいだはずっと競技を続けて、きちんと学位を取り、自分にふさわしい女性を見つけ、自分にふさわしい仕事も見つけ、自分の人生は収まるべきところに収まるだろう、とジョンは思い描いていた。

一九八三年一〇月二〇日、ジョンが初めての工学の授業と、大学のプールに没入していたころ、コーチことカーニー少佐はノースカロライナ州フェイエットヴィルの自宅で、一杯のビールと、木曜夜のアメフトのテレビ中継を楽しんでいた。フロリダ州立大学がルイヴィル大学をぶちのめしている最中に、電話のベルが鳴った。かけてきた相手は、近くのフォートブラッグにある〝統合特殊作戦コマンド（ＪＳＯＣ）〟の作戦指揮所。ＪＳＯＣ司令官のディック・ショルティス少将が、カーニーの出頭をご所望とのことだった。すでに七対五一のスコアで炎上中のルイヴィル大学は捨て置き、２２０0時、コーチは警戒厳重なＪＳＯＣの施設に到着した。少将とその部下たちが精査していたのは、グレナダという特段重要とも思えない島の地図と衛星写真だった。

遡ること三年前、デザート・ワンの悲劇の余波がさめやらぬ一九八〇年夏、コーチはホロウェイ委員会で証言を行ない、結果として統合特殊作戦コマンド（Joint Special Operations Command）の新設をもたらした。ＪＳＯＣの略称で知られるこの新たな組織には、すでに実効性が証明されていながら、傷物となってしまったデルタフォースも編入された。海軍のＳＥＡＬｓ第六チーム（ＳＥＡＬｓのチームでは最も新しく、ＪＳＯＣのために特化して創設された）が立ちあげられ、第一六〇特殊任務部隊（陸軍随一のヘリコプター部隊）が加わり、コーチのブランドＸがＭＡＣＯＳ第一分遣隊になるなど、ＪＳＯＣは着々と形を整えていった。ＭＡＣＯＳとは、軍事空輸軍団作戦参謀部（Military Aircraft Command Operations Staff）の略称。空軍で最も秘匿性の高い新組織は、第一分遣隊《デット・ワン》という当たり障りのない名前で呼ばれ、空軍からＪＳＯＣに対して恭しく差し出されたのだ。これが将来、空軍で最も多様かつ活発な特殊作戦部隊になるとは、関係者は誰ひとり想像もできなかった。

当時、デット・ワンの若い兵士たちは、サウスカロライナ州チャールストン空軍基地の格納庫で、漂泊民みたいな生活をしていた。ある日、コーチが告げた。「良いニュースと悪いニュースを持ってきた」。一九八〇年秋、第二の人質救出作戦の計画作成を終え、基地に戻った直後のことだった。

「良いニュースから言うと、我々は独自のスタンドアローン部隊を編成する」

「悪いニュースのほうは？」とマイク・ランプが訊く。

「我々は本拠をフォートブラッグに移し、デルタとお隣さんになる。〝フェイエットナム〟に引っ越しだ」。いくつもの軍事施設で構成されるフォートブラッグは、ノースカロライナ州フェイエットヴィルの近くに存在しており、兵士たちがふざけて用いる〝フェイエットナム〟は、ベトナムをもじった蔑称だった。

一九八一年、チームがフォートブラッグ内のポープ空軍基地に移動した当初、男たちは環境が改善されるまで、廃車になったトレーラーハウスでの暮らしを強いられた。「我々は二台目のトレーラーハウスを入手した」という素っ気ないランプの言葉は、住環境の〝改善〟についての説明だった。一九八三年一〇月、コーチがJSOCに呼び出されたときのデット・ワンは、二四人の大所帯に育ち、（施設面の不備にもかかわらず）練度をより高め、レンジャー部隊やデルタフォースとの三年間の演習実績という基盤を築きあげていた。

一九八三年一〇月一三日、コーチの戦闘管制員たちが米国内で腕に磨きをかけているころ、世界における最も新しいクーデターがグレナダで勃発し、マルクス主義を奉じるモーリス・ビショップが首相の座を追われた。アメリカに交渉を持ちかけていたものの、政敵に軟禁された末の政権転覆劇だった。一〇月一七日、ビショップは支援勢力によって自由の身となるが、三日後には暗殺されてしまう。カリブ海の小さな島国は戒厳令を発し、二四時間、違反者は見つけ次第射殺するという態勢を敷いた。アメリカの裏庭たる中南米地域では、キューバが大きな存在感を示し、ソ連も影響力を拡大してきていたが、アメリカ政府にはもうひとつ別の懸念があった。現地にいる米国人の医学生と観光客、合わせて数百名の安全が脅かされかねない点だ。アメリカ当局は次のような計画を立てた。まずは陸軍レンジャー部隊とCCTがグレナダのポイント・サリンス国際空港を掌握。ここを空挺堡として利用し、第八二空挺師団とその他の後続戦力を迎え入れる。ポイント・サリンス国際空港に近いトゥルーブルー医学部キャンパスから、デルタフォースが医学生を救出する一方、CCTは空挺堡をしっかり固め、降下から三〇分以内に空港の機能を使えるようにする。この三〇分以内という数字は、作戦遂行時の基準として宣伝され、今日でも相変わらず通用している。

一〇月二四日夕刻、作戦に青信号がともった。戦闘管制員たちは第一レンジャー大隊の兵士とともに、うだるような暑さのジョージア州で、数日のあいだ訓練を続けてきており、まったくと言っていいほど休みをとれていなかった。不測の事態が待ち構えているにもかかわらず、彼らは飛行機に乗り込むと、この好機を天恵とばかりに、死ぬほど必要な睡眠をしばし貪ったのだった。

レンジャー隊員と戦闘管制員たちは、数時間の休憩とも言い換えられる飛行中に、五〇〇フィート降下のためのパラシュートを装着しはじめた。「予備傘をつける者もいれば、つけない者もいた」とランプは説明する。通常なら戦闘降下高度は八〇〇フィートで、今回はそれより三〇〇フィート低い。ポイント・サリンス国際空港を取り囲む丘々には、高射砲が配置されており、侵攻機はその下を飛ぶ予定なのだ。高射砲の銃身は水平より下へ向けられないため、直射を心配する必要はないと考えられていた。

海兵隊には夜間活動の能力がないため、全部隊は払暁とともに侵攻を始め、島のもうひとつの主要戦略目標、パールズ空港の掌握も同時に行なった。ノルマンディ上陸の開始予定日が〝Dデイ〟とぼかされたように、本作戦の開始予定時刻も、創造性に欠ける〝Hアワー〟という呼称が使われていた。デザート・ワンの苦い教訓を認識していなかったのか、それとも意図的に無視したのか（後者の可能性が高い）、米軍統合参謀本部は作戦上の適性を犠牲にしてでも、すべての機関を参加させる方向に突っ走ってしまった。

「視界に捉えられた海岸は、〝低く〟見えた。急に降下したときは、五〇〇フィートなんかじゃなく、もっとくっそ低く思えたんだ。そのとき、突如として銃撃音が響いた。対空火器《トリプルA》からの曳光弾の軌跡を今でも憶えてるが、本当なら弾は頭の上を飛んでいくはずだった。待てよ、ちくしょう。あのときのわたしは、予備のパラシュートをつけてなかった」とランプは回顧する。

パラシュートを折りたたんだ整備係に、ちょっとした祈りの言葉を贈ったあと、ランプは機体左側面の降下扉から飛び出した。空は曙光に包まれており、真っ裸になったように感じつつ、弾丸が肉に打ち込まれるのを待ち構えていると、パラシュートが開傘して体が横方向へ強く引っ張られた。

空港では多少なりとも時間の余裕があった。CCTは航空交通管制（ATC）の役割を担い、最初の友軍機を迎え入れるべく進路をクリアにし、その後は、次から次へと飛来する航空機を着陸させて割り当ての駐機場所まで誘導する、という業務を粛々とこなした。「輸送機は〝実戦用荷下ろし〟で貨物を落とすと、すぐにまた引き返してった。機体後部の扉を開けたまま、操縦士がスロットルをふかすと、装備の詰まったパレットや機銃付きのジープが、傾斜路を滑り下りてくるんだ」。戦闘活動が行なわれているあいだ、CCTは空港を切り盛りしつづけた。米軍部隊が駐留キューバ勢力を封じ込めて島を安定化させ、トゥルーブルー・キャンパスの米国人医学生二三三名を救出したあと、ようやく空港の運営権限は民間に返還されることとなる。

ほかの指定目標を制圧するため、CCTはデルタフォースの各所に散らばっていた。主たる任務は、航空攻撃、とりわけAC-130ガンシップによる攻撃を管理統制すること。陸海空軍間の政治的駆け引きや挫折はあったものの、この作戦はCCTにとって成功と言えた。アメリカ史上最も大規模に臨時空港を運営し、デルタフォースの同胞と協働し、完全無欠な結果を出してみせたのだから。グレナダ侵攻はデット・ワンの組織の円熟ぶりを象徴していた。この後も、デット・ワンはデルタやSE

ＡＬｓとともに成長を続けるが、次の一〇年期は、グレナダ侵攻当時の組織形態を維持した。

　ジョン・チャップマンは侵攻のニュースを、残りのアメリカ人たちといっしょに見守っていた。起こった事実に対して多少の興味はあったが、大学新入生の心に鳴り響くほどの出来事ではなかった。実のところ、彼は落第への道を突き進んでいた。侵攻と学期が終わるころには、成績があまりにもひどいため、飛込競技に力を入れるどころの騒ぎではなかった。ジョンは間違いなく賢い若者だったが、姉のロリの回想によれば、弟はこんなふうに自己評価をしていたらしい。「勉強とは〝そり〟が合わないんだ。実践こそが僕の流儀さ」

　大学に興味を失った若者の大多数と同じく、ジョンは実家に戻り、空軍に行こうかどうかをじっくり検討しながら、自動車修理工兼レッカー運転手として働いた。そして一九八五年八月の第三週、ようやく空軍に志願入隊した。ジョンは母親にできるだけ〝安全な〟仕事をすると約束しており、情報システム特技兵の職種を選んだ。しかし、姉のロリは弟の本音を訊き出していた。「ウィンザーロックスで一生を終えるんじゃなくて、もっと別の何かをやってみたい。僕は世界が見たいんだ。ここに留まるわけにはいかない」

　テキサス州ラックランド空軍基地で基礎訓練を積んでいるとき、ジョンはＣＣＴの採用説明会に出席した。男子訓練生は全員が説明を受けることになっていたのだ。情報システム特技兵の訓練に参加する、という内容で空軍と契約を結んでいたが、ＣＣＴは有望な候補者をスカウトする権限を持っており、ＣＣＴに興味を示した訓練生は、空軍との捺印契約を破棄して適性試験を受けられる。飛行二級の身体検査の基準を満たし、ＣＣＴの肉体能力持久力テスト（ＰＡＳＴ）に合格すれば、晴れて加入が認められる。[1] 戦闘管制員が飛行機から降下する場面、バイクを乗り回す場面、スキューバ装備で潜水する場面、空爆要請を行なう場面、戦闘地域での強行着陸を指揮する場面、などを次々とビデオで見せられ、ジョンは最も強い欲望を刺激された。挑戦と興奮だ。

しかし、彼は母親との約束をしっかりと守り、戦闘管制員という別の未来を追い求めなかった。ミシシッピ州キースラー空軍基地で基本訓練と技術訓練を完了したあと、一九八六年二月、最初の勤務地であるコロラド州オーロラのラウリー空軍基地に着任。空軍を楽しみつつ、新しい仕事と人生に打ち込んだが、すぐさま、〝もっと〟何かをしたいという衝動がぶり返してきた。残念ながらジョンには最低三年間、キーボードとモニターに縛りつけられる仕事を続ける義務があったが、一九八八年末には、多職種兼務の形でCCT移籍に挑戦する決意を固めていた。

戦闘管制員についての情報は、以前からぽつぽつと追ってきていた。物の本によれば、グレナダの件もデザート・ワンの件もラオスとベトナムの件も、ほとんど教訓として生かされていないらしく、ジョンは可能な限り多くを学び、PASTの準備をぬかりなく進めようと自分に誓った。最初に安全な職種を試したのだから、母親との約束はすでに守ったという感覚があり、彼は三年が経過すると、多職種兼務に必要な書類を提出した。ジョンが欲しかったのは、一度の――たった一度の――挑戦。軍人の上位一パーセントに引き上げてくれるような、極めて困難な事柄を達成できると証明したかったのだ。

一九八九年春に許可が下り、夏にはラックランド空軍基地をふたたび訪れて、戦闘管制員インドクトリネーション（教化）講習に参加した。非公式に〝インドック〟と呼ばれるこの講習は、全課程の中で最もタフな授業であり、志願者の大多数がふるい落とされる。CCTに応募した兵士の九〇パーセントが、訓練をやり遂げられずに失格することを、ジョンは理解していた。しかし、一〇パーセントの合格率が正確に何を意味するのかは、理解できていなかった。やり抜く気持ちを志願者が持っていないのか、それを持てないほどの厳しさなのか……。とにかく、数多くの障害と未知のものが待ち受けているのは確かだ。一人前の戦闘管制員まで辿り着くには、陸海空軍の一〇講座を乗り切らなければならず、〝インドック〟はその最初のひとつでしかない。〝長い〟一年半になりそうだった。

グレナダ侵攻が遂行されたときと、ジョン・チャップマンが多職種兼務を認められたときとのあいだに、マイク・ランプとデット・ワンは大きな変貌を遂げていた。一九八九年当時、ランプは最上級曹長に昇進しており、部隊内では先任監督下士官（空軍の飛行隊では最高位の下士官）の地位に就いていた。コーチも昇進の階段を上りつづけ、デット・ワンは素性と目的を隠すため、何度も改名を繰り返した。[2] コーチと新しい部隊長のクレイグ・ブロッチー少佐は、正式な選抜手順を実施してきた。

1　PASTは有資格のCCT、特殊戦術士官、認証済みの空軍徴募官のいずれかによって、次のような手順で行なわれる。五〇〇メートル水面水泳（上限タイム一五分〇〇秒）。懸垂（最低六回）。腹筋（最低五〇回）。腕立て伏せ（最低四二回）。一・五マイル走（上限タイム一一分三〇秒）。運動中に志願者が止まったり、休んだり、筋肉の不具合で継続が不可能な場合、テストはその時点で強制終了され、志願者は失格となる。選考基準が眉をひそめたくなるほど低いのは、一般的な志願者の経験がとても浅く、二年間の訓練をまだ満了していないことを示している。

2　実際に使われた部隊名は、次のような変遷を辿ってきた。一九七七年～一九八一年六月、ブランドX。一九八一年六月～一九八三年六月、デット・ワンMACOS。一九八三年七月～一九八七年四月、デット・フォーNAFCOS。一九八七年五月～一九八七年九月、第一七二四戦闘管制飛行隊。一九八七年一〇月～一九九二年三月、第一七二四特殊戦術飛行隊。一九九二年三月～現在、第二四特殊戦術飛行隊（非公式には〝ザ・ツー・フォー〟の名で知られる）。

デルタフォースの有名な評価方式――〝長いお散歩《ザ・ロング・ウォーク》〟で最高潮を迎える――をそのまま真似たものだが、際だった違いがひとつあった。デルタフォースは経歴にかかわらず、すべての陸軍兵士に門戸を開いていた。一方、（現在の）第一七二四特殊戦術飛行隊――ポープ空軍基地を見おろすＪＳＯＣの施設内にあるため、遠回しに〝あの丘《ザ・ヒル》〟と呼ばれる――は、戦場派遣型の戦闘管制員に応募する条件として、二年間の実務経験と、所属部隊の司令官の推薦を課していた。

一九八九年夏、チャップマンが〝インドック〟に到着したとき、世界ではまた新たなる危機が広がっていた。パナマの独裁者マヌエル・ノリエガは大統領選挙の結果を無視し、権力の座にしがみつくことを選択しただけでなく、実入りがいいコカイン輸出帝国の切り盛りも続けていたのだ。一二月一五日、自分の〝製品〟に影響されてしまったのか、ノリエガはパナマとアメリカ合衆国とのあいだに戦争状態が存在すると宣言した。翌日、パナマ国防軍が米国の海兵隊員一名を殺害し、続いて海軍中尉とその妻に暴行を加えた。一二月一七日、ジョージ・Ｈ・Ｗ・ブッシュ合衆国大統領は、独裁者が戦争を望むならば叶えてやろうと、〝大義名分作戦〟すなわちパナマ侵攻にゴーサインを出した。

一二月一六日、マイク・ランプは自宅にいた。突然ポケベルが鳴りだし、侵攻のニュースをテレビで観ていた子供たちは、仕事に行く父親を止めようとしたが、クリスマス休暇の家族旅行に変更はないとランプは約束した。予定の時間までには戻ってきて、ニューハンプシャーに車で出発するぞと。

部隊に出頭したランプは、七回も予行演習した作戦にようやくゴーサインが出たことを報された。アメリカの最新の大規模海外軍事介入を、ふたたびＪＳＯＣが主導するわけだ（第二次世界大戦からこっち、米国は宣戦布告を避け、〝名前付き作戦〟の発動を好んできた）。今回は第二次大戦以降、最大の空挺侵攻作戦であり、伝統となりつつあるように、ＪＳＯＣ内の姉妹組織に先駆けて、ＣＣＴが戦域《シアター》に潜入する手はずとなっていた。

一二月二〇日零時を少し回ったころ、Ｃ－１３０輸送機三〇機から成る侵攻軍は、リオ・アト国際空港とオマル・トリホス（トクメン）国際空港の上空に到達した。〝バイクの糞《ふん》〟と呼ばれるＣＣＴたち――バイクを投下した直後にＣＣＴが続くため、このような渾名がつけられた。空港を掌握したあと、滑走路上に障害物がないかを確認する際、彼らはバイクを使用する――は、パラシュート降下の第一陣として指揮機からジャンプした。文字どおり、ＣＣＴのモットーである〝一番乗り〟を実現したわけだ。しかしながら、侵攻軍の落下傘降下が始まる前に、ＣＣＴ三名がオマル・トリホス空港に潜入していた。空港内に足場を築き、状況を評価し、空からの侵攻を統御するために。

パナマ侵攻では、当時の史上最多の戦闘管制員が動員された。ＣＣＴの労働力需要が甚だしく高まったため、第一七二四飛行隊は任務を遂行するにあたり、フロリダ州ハルバート・フィールドの第一七二三特殊戦術飛行隊の兵士で、要員を水増しすることを余儀なくされた。

宣伝文句どおり、闇の中への降下から三〇分以内に、戦闘管制員たちはふたつの国際空港を取り仕切っていた。彼らは管理下に置いた味方機を、いったん着陸させてから、パナマ国内のさまざまな目標の制圧に向かわせた。近接航空攻撃は圧巻で、特殊作戦用の航空機一七一機と、それとほぼ同数のヘリコプターが、中米の小国の上空域を行き交った。そして、ほとんど全機がＣＣＴの指示か誘導を受けていた。作戦空域の広さは二〇×二〇マイル。ワシントンＤＣの環状道路内の面積とほぼいっしょだ。事前に飛行計画を立てず、レーダーも使わなかったのに、ひとつひとつのフライトには安全な間隔が維持されており、航空機同士の衝突はもちろん、ニアミスや地上での事故も一件もなかった。侵攻中に失われたのは一機のみで、原因は墜落もしくは撃墜だった。

マイク・ランプは侵攻二日目、どうにか陸軍レンジャー小隊と合流し、リオ・アト空港に近いノリエガ将軍の海辺の隠れ家を急襲した。居場所を示唆する情報はないかと、レンジャーたちは独裁者のオフィスをくまなく捜索した。実のところ、彼らはわずか一五分差で獲物を取り逃がしたのだが、まったくの手ぶらで戻ってきたわけではない。ノリエガの机の中には、一四金のクリップが数百個うなっており、ランプはレンジャーのひとりからクリップをひとつ手渡された。とっくにクリスマスが過ぎて帰宅したとき、彼は妻にクリスマス・プレゼントとして金のクリップを贈った。妻からのお返しは、美しく包装された靴箱。中に詰められていたのは、「従業員急募」という民間の求人広告だった。

第三章　一九八九年七月

　パナマ侵攻の六カ月前、ジョン・チャップマン軍曹はラックランド空軍基地に戻ってきた。前回と違うのは、目的がきっちりと定まっているところ。以前とは段違いの成果をあげるべく、彼は自己修練の道を歩みはじめていた。高校時代の飛込は、勝利を求める競争心が根底にあった。一方、あえて苦難に挑む者たちにとって、延々と続くCCTの訓練課程は自分自身を計測する物差しだ。それでもジョンからしてみると、過去の経験とは大きくかけ離れていたが……。もし一年余りの期間を乗り切れたら、一般大衆とは別物の人生が最期まで続く、ということをジョンは知っていた。しかし、訓練開始から数週間で、勇猛な男たちの心を挫き、多数を脱落に追い込む原因は何なのだろうか？　何であろうと構わないと考えながら、ジョンはタクシーを降りた。目の前には、新たな旅における最初の我が家があった。答えはすぐに自分自身で確かめることとなるはずだ。

　オペレーティング・ロケーション－H――略称OL－H――は、ラックランド空軍基地の〝低家賃区域〟にあり、ベトナム戦争時代の二階建て施設の二棟分を占めていた。殺風景な建物はくたびれており、淡褐色と濃褐色の装飾さえもが、放置具合を世に知らしめていた。腕試しに来た若者たちから〝OL《オー・エル》〟もしくは〝インドック〟と呼ばれる建物は、終着駅までの切符を求める訓練生にとって、最初に立ち塞がる門番みたいな存在と言えた。OL－Hの真正面には、過ぎ去りし時代の象徴、ヒューイH型ヘリコプターが鎮座していた。金属製ポールの上に固定された姿は、まるで、近くの歩道を暢気に歩く人々に狙いを定め、急降下からの機銃掃射を行なおうとしているようだ。建物側から見ると、前面はコンクリート敷きだが、その奥には、木の板で仕切られた縦横五〇×二〇フィートの地べたが広がっていた。懸垂用の鉄棒と逆U字型のディップバーがいくつも設置され、木製のアーチ型の構造物からは、長さ三〇フィートの縄が二本吊り下げられている。アーチ最上部の梁、縄と縄のあいだには、ぴかぴかの真鍮製の鐘が見えた。建物の扉には〝OL－H MACOS〟という看板が取りつけられ、中央を横切るように〝量より質〟という標語がステンシルで記されていた。看板の左右にはひとつずつ部隊の徽章がある。いわば中世ヨーロッパの紋章の現代版だ。片方の徽章には、天使が描かれていた。大きく広げられた翼と、地球を包み込むような両腕。〝合衆国空軍パラレスキュー〟という部隊名の下には、〝他を生かすために〟という標語が刻まれている。もう片方の徽章は、リースの形をしていた。頂上部へ伸びていく葉が外縁を成し、中央部には、緯線と経線で表現された地球。右上から左下へ向かって、斜めに黄色い稲妻が走り、右下には八方位の羅針図《コンパスローズ》、左上にはパラシュートが描かれていた。リースの最下部には、〝合衆国空軍戦闘管制〟の文字が記され、葉の頂点と頂点のあいだに、〝一番乗り〟のモットーが見える。

ジョン・チャップマンが参加するクラスは、二、三週間後に一二〇人以上で始まる予定だった。扉の徽章が示すとおり、OL－Hは戦闘管制員の候補者だけでなく、パラレスキュー隊員（〝PJ〟と呼ばれる）の訓練生のための施設でもあった。戦闘管制員とパラレスキュー隊員が、空軍内で一、二を争う厳しい職種なのは論を俟たず、両者には共通点が多い。じっさい、養成課程の内容は三分の二が重なっているため、合同で訓練が開始されるわけだ。一二〇人のうちかなりの割合が、宣伝力でも知名度でも勝る〝ＰＪ〟の志願者。ＣＣＴを目指すのは五〇人ほどに過ぎない。

　チャップマンとほぼ同時刻に到着したジョー・メイナーは、〝テネシー州の田舎者〟を絵に描いたような人物だった。メイナーの故郷のアセンズは、村より少しましな程度の町で、〝大都会〟チャタヌーガの北方六〇マイルに位置する。彼は基礎訓練の途中で採用説明会に参加し、「何が起こるか試してやろうじゃないか」と考えた。そして、ＰＡＳＴと飛行二級の身体検査をどうにか乗り切り、ＯＬ－Ｈの正面扉の前で、〝インドック〟を受ける別の志願者と出会ったのだった。志願者たちは歩くことを許されない。彼らはどんな場所でも、走る。昼食に向かうときも、訓練に向かうときも、酒保に向かうときも、出頭報告に向かうときも……。だから、メイナーは勇猛な（もしくは無鉄砲な）数人とともに、駆け足で新たなる目的地へ向かった。自分の決断は間違っていたのでは、という疑問がわいてくる。俗世の持ち物が詰まった雑嚢を引きずり、テキサスの熱暑の中を走っていくと、まだ出頭前だというのに汗がぽたぽたと滴りはじめていた。

　メイナーとチャップマンは大勢の名もなき若者と手続きを進めた。新しく到着した志願者に対しては、見下すような態度や冷淡な態度がとられる。主たる理由は、まだ講習も始まっていない待機期間中に、かなりの数が落ちこぼれてしまうからだ。志願者たちが最初に思い知らされるのは、〝仮《カジュアル》〟の身分しか与えられないこと。つまり、正式な訓練を受けるわけでも、命令上の任務につくわけでもないという意味であり、この身分は実際に呼称としても用いられた。名前を呼ぶ価値さえない相手に、教官陣は「おい、カジュアル」と声をかけた。講習がかなり進むまで、わざわざ名前を覚える必要などないのだ。二番目に思い知らされるのは、〝仮《カジュアル》〟の身分が〝気楽《カジュアル》〟とはほど遠いこと。来たるべき七週間の試練に備え、志願者は毎朝、柔軟体操とランニングとプール運動に時間を費やした。若者たちはこの期間内に、自らの選択と現実とのギャップに直面させられる。ＣＣＴの訓練は、パラシュートやバイクや異国情緒あふれる土地とは縁もゆかりもない。訓練には苦痛がつきものので、常に不足をあげつらわれる。速さが足りない、強さが足りない、水中での滑らかさが足りない……。間違いに気づくのが早ければ早いほど、苦しみは少なくてすむ。辞めるためには、それを言葉にするだけでいい。ここの教官陣――特別に選抜された老練なＰＪと戦闘管制員――は、弱っている個体や弱っている瞬間を見抜くことにかけては悪い定評があり、注意喚起のために間引くことをためらわなかった。大きすぎる群れを小さくすべく、〝カジュアル〟全員を泥溜めの中で訓練させ、誰かが辞めると言い出すまで、厳しくしごきつづける場合もあった。

九月初旬に講習が始まる時点で、教官陣は志願者数を手頃な七〇人にまで削り落としており、どうにかメイナーとチャップマンはその中に含まれていた。

七週間にわたるＯＬ‐Ｈ講習では、体調管理と体力試験が課されるだけでなく、同時並行的に、〝スキューバダイビング物理学〟などの科目を基礎教養として履修させられる。とはいえ、志願者たちは一日一、二時間の座学の機会を、もっぱら体力の回復に充てていた。講習の中身は週を追うごとに、強く、速く、長くなっていった。

毎日、朝はとてつもなくきつい柔軟体操で始まり、三ないし六マイルの長距離走、もしくは近くの陸上トラックでの短距離離走が続く。しかし、最悪なのはプール運動だ。昼食後、志願者たちが身をもって学ばされるのは、人体にとって酸素がどれほど重要かという点。プール運動の授業は、いくつかの種目を順に受けていく形式だが、どれもが精神と肉体を強化するよう――そして、〝最強の男〟と〝その他大勢〟を仕分けるよう――組み立てられている。人間の肉体の中には、酸素に対する欲求以上の抑えがたい衝動は存在しない。この衝動は思考を凌駕する。いわば、最も本能らしい本能だ。呼吸したいという精神的欲求に打ち勝つことは、自分自身の支配者となることに等しい。ＯＬ‐Ｈが開発してきた訓練手法は、この仮説をほぼ確実に実地検証していた。

　志願者が受けさせられる無酸素運動の一番手は〝潜水〟だ。水中に潜ったまま長さ五〇メートルの公認プールを泳ぎ、反対側の壁にタッチしたあと、今度は水面を自由形で戻ってくる。これを八回繰り返すのだが、次回までの間隔はどんどん短くなり、酸素の再補給もどんどん難しくなる。いや、そもそも始めから完全な回復に必要な時間など与えられていないが……。八回の潜水中に一度でも水面に出てしまったら、失格と看做されてすぐさま講習から放逐される。教官陣のもうひとつのお気に入り種目は〝溺死防止泳法〟だ。志願者は両手を背中側で縛られ、プールに突き落とされる。最後まで生き残るためには、まず深さ一二フィートの底まで潜り、両足でコンクリを蹴ったあと、くねくねと体をうねらせて上昇し、水面で一回だけ息継ぎをする、という動作を五分のあいだ繰り返さなければならない。ここまで来ると、科学ではなく技術の問題だ。両手両腕を使わずに浮いたままでいるのは不可能であり、水面であがいてみる試みは、いずれにせよ失敗に終わる。

　次に登場するのは〝交差〟だ。この単語は、経験者の五臓六腑にもれなく恐怖を染み渡らせる。交差が導入される三週目までに、志願者たちはさまざまな種目を通じ、酸素欠乏の状態に慣らされてきた。しかし、すべての野蛮な水責め運動の中で、交差は紛れもなく最悪の種目であり、しかも卒業するためには合格が必須となっている。志願者はまず、レギュレーターがついていない亜鉛メッキ鋼の二本組み酸素ボンベを背負った（実際のところ、容量八〇立方フィートのボンベは、酸素供給に用いられるわけではない）。それから水中ゴーグルと足ヒレを装着し、仕上げとして腰まわりに一六ポンドの錘をくくりつける。

　プールの長辺側の最も深い部分で、志願者たちは足から水に飛び込み、安全地帯である壁に片腕で体を固定させる。壁沿いにびっしりと並ぶ彼らは、斜めに打ち込まれた楔の列を彷彿させ、互いに隙間なく密着しているため、まさに〝タマとケツが接する〟状態。ここで教官から「交差、準備」と号令がかかる。最後の深呼吸で肺を満タンにしておけという合図だ。一瞬ののち「交差！」の命令が発される。志願者全員はいったんプールの底まで潜り、今度は足ひれ《フィン》を使い、反対側の壁に向かって全速力で泳ぎはじめる。実は、反対側でも同様の志願者グループが同時に出発している。両グループはプールの中央で出会うが、あらかじめ指定されたとおり、片方のグループが〝高め〟を、もう片方が〝低め〟を進んで交差し、それぞれが反対側の壁を目指して泳ぎつづける。目的地の壁に辿り着いて初めて、プールの底面を蹴って水面に浮上し、待ち焦がれた貴重な空気と対面することが許される。

　息を止めた男たちは、プールの底ですれ違い、空気を求めて必死に泳ぎ、両側の壁際で水面を割って出てくる。これが計八回繰り返され、次の〝交差〟までの猶予は、四五秒から三〇秒へと漸減する。興奮に花を添えるべく、教官陣もプール内に配置される。溺れかけるのが珍しくない種目では、もちろん安全を確保する必要性はあるが、志願者への嫌がらせも目的のひとつだ。志願者のゴーグルをはぎ取ってパニックを誘発することもあれば、志願者の背後に立ってボンベの配管部をつかみ、〝波が直撃〟したみたいに数フィート動かしてやることもある。途方もない引力を加えられた結果、志願者は命がけで水をかくはめに陥るのだ。

　プールの浅い側では、次のグループが冷たい水の中に立ち、寒さに震えながら順番を待っている。一方、泳ぎ切って空気を求めてあえぐ志願者たちは、教官陣から〝励まし〟の言葉をかけられる。「ほらほら、本音じゃ辞めたいんだろう？」「もうおしまいにしろ。すてきな空軍のお仕事がおまえを待ってるぞ。辞めればすべて解決だ」。志願者の誰かに関して、限界に近づいていることが感知できたとき、もしくは弱気の虫に取り憑かれていると看取できたとき、教官陣はびくびくする若者を一点集中で責め立てる。「言え！　あの言葉を言うんだ！」

「辞めます」

消え入りそうな声で発される場合もあれば、最後の抵抗として怒鳴り返される場合もあるが、この言葉で教官陣の表情は一変する。憤怒もあらわに個人を挑発する人間はいなくなり、代わりに道理をわきまえた冷静沈着な人間が現れて、簡潔な指示を告げる。「プールの浅い方まで移動しろ。装備を外して、管理部に報告するんだ」

志願者のリーダーを務めるジョン・チャップマンは、若い同級生たちに目を配っており、彼らのほとんどが昼食をとらないことに気づいていた。一日に数千カロリーを燃焼させる状況で、本来なら可能な限りの炭水化物を摂取しなければならないのに、〝プール〟は若者たちの食欲を〝水っぽい〟掌の上で踊らせていたのだ。必要な栄養の摂取を試みたものの、プール運動への不安から、宿舎で吐いてしまう志願者もいた。運動中、プールを出ていって嘔吐する者もいれば、その場からプールサイドに嘔吐する者もいた。

プールの中で一線を越え、二度と戻れなくなる者もいた。彼らは水中で気を失い、教官陣の手で水面へ引き揚げられ、蘇生措置を受ける。そして、意識が回復したとき、選択を突きつけられる。「プールに戻れ、さもなくばロッカーに行け」。毎日のプール運動には、〝水中結節〟（一回の潜水中に決められた種類の紐結びを完成させる）や、〝二人呼吸〟（一本のシュノーケルをふたりで順に使用するが、うまく呼吸できないよう教官陣から邪魔が入る。ふたりのあいだが引き離されれば、それは志願者側の失敗を意味する）が含まれている。そして、最後を締めくくるのは、最短一五〇〇メートル最長四〇〇〇メートルの自由形水泳もしくはフィン水泳だ。

陸に上がっても、状況はほとんど良くならない。泥溜めの中でのしごきや、追加で課される数千回の腕立て伏せと懸垂や、〝掛け声〟ランニングなどが日常的に行なわれる。抜き打ちの宿舎検査では、教官陣がどんな禁制品も規則違反も見逃すまいと、志願者全員の私物をひっくり返すため、一時たりとも気の休まる暇はない。チャップマンを含む下士官（ＮＣＯ）身分の志願者は、基準に達する成果を出すだけでなく、リーダーシップと無私の姿勢を示す必要があった。メイナーはチャップマンとの絆が結ばれたときのことを回想する。「我々は謂われのないトラブルに見舞われてた」。志願者が使いがちな言い訳だが、いずれにせよ、鬼教官のひとりであるロッドマン軍曹は、三〇人を割り込んだ志願者を建物前のコンクリート広場に集合させ、ひとりひとりをディップバーに摑まらせた。ディップバーは高さ四フィートの平行棒だ。志願者たちは体操選手よろしく、両腕を突っ張る姿勢で体を安定させたあと、両肩が棒の高さと同じになるまで体を沈めていき、そこからまた元の位置へ体を持ち上げていく。これがディップ一回分だ。

「ロッドマンは我々に一セット、五〇回を課してきた」とメイナーは思い返す。「しかも、ディップとディップのあいだの一分間は、そのまま姿勢を維持してなきゃいけないんだ」。筋肉が思うように動かなくなった者たちは、ディップバーから泥溜めに左遷され、別の教官二名からもっと厳しい拷問を加えられた。「最後までやり遂げられたのは、わたしとジョンだけだった」

テネシー出身の若者は、このしごきの意味がわかりつつあった。メイナーとチャップマンは完遂のご褒美として、さらなる拷問を免除される。シャワーを浴び、何かを食べ、（ＯＬ内で可能な限りの）くつろぎを得られる。執行猶予を貰えたのだと理解し、メイナーは宿舎の扉に向かって歩きはじめた。しかし、チャップマンが向かったのは、歩いてではなく走って向かったのは、泥溜めだった。

「いったいどこへ行くつもりだ、チャップマン？」とロッドマンは怒鳴った。

「泥溜めです、軍曹。チームに合流します」

「おまえは上がりだ。宿舎に戻ってろ」

チャップマンはその場を動かなかった。志願者のひとりが泥を投げ、チャップマンの頭を直撃する。チームワークが鼓舞されるならこれ幸いと、ロッドマンは言った。「泥まみれになっちまったんなら、チームに合流するのも悪くないだろう」

すべてのやりとりを見守っていたメイナーは、楽になりたいという切なる思いが一瞬で消え去り、チームのリーダーといっしょに泥溜めへ飛び込んだ。「あの瞬間、ジョンとのあいだに絆が生まれた。きっと永久に忘れないだろう。何のための訓練かを、わたしは初めて理解した。自分個人だけじゃなく、チームワークが大切なんだってことを」

八九－〇〇五期のOL－H講習には、一二〇人が参加の契約を行なった。九月一八日（合衆国空軍の誕生日）の開講日まで生き残ったのが七〇人で、卒業できたのはわずか七人。そのうち五名はPJ（パラレスキュー隊員）であり、二名しかいない戦闘管制員はジョン・チャップマンとジョー・メイナーだった。CCT志願者総数の四パーセントにあたるふたりは、さらに先へ進むための切符を獲得した。そして、次の度胸試しの機会はすぐに訪れた。フロリダ州キーウェストにある合衆国陸軍特殊部隊付属の戦闘潜水員養成学校だ〔combat diver gualification school〕。

陸軍傘下で屈指の厳しさを誇る学校は、〝SF　CDQ〟の呼称で知られており、全受講者の二五ないし三五パーセントが落第の憂き目に遭う。しかしながら、すでに何カ月ものあいだ、苦痛だらけの講習を受けてきた経験は、メイナーとチャップマンに万全の準備を与えていた。一一月半ばの開講時の四〇人は、卒業時には三〇人を割っていた。潜水に次ぐ潜水。夜間活動。侵入訓練。〈ドレーゲル〉社製のLAR－Vリブリーザー（濃度一〇〇パーセントの酸素を用いる潜水装置で、吐いた息を閉鎖回路内に再循環させるため、敵に感づかれやすい気泡の排出を防げる）を使った実習。そして定番のＰＴ（長距離走と柔軟体操）だ。プール運動には〝交差〟の種目が含まれ、当然ながら潜水中に教官陣の邪魔が入る。陸軍の兵士たちにとっては最悪の時間だが、ＯＬの卒業生にとっては、講習期間が一週間延びただけのことだった。

キーウェストのあとも過酷な歩みは続き、さらなる〝水仕事〟がフロリダ州マイアミ南部のホームステッド空軍基地で待っていた。空軍水上生残《サバイバル》学校は三日間の講習という形で、航空機墜落後のサバイバル術と海からの生還術を教え込む。前のふたつとは対照的に、この学校は〝楽勝〟の部類に入り、講習のほとんどが座学で行なわれた。

一九九〇年が到来したころ、やがて戦闘管制員となる男ふたりは、二度目の陸軍の講習を受けていた。ジョージア州フォートベニングの陸軍空挺学校は、〝空軍も激賞〟する教育施設として、ＣＣＴのあいだであまねく知られている。チャップマンにとって落下傘降下は、刺激的なお気に入りの体験となっていった。じっさいＣＣＴの養成課程の途中で、まだＨＡＬＯ学校――ＨＡＬＯ（高高度飛出／低高度開傘）の自由落下を学べる軍のプログラム――にも参加していないときから、スカイダイビングを習ってみたいとメイナーに打ち明けていたのだ。

卒業に必要な五回の降下を遂行したあと、ふたりは飛行機に跳び乗って次の寄港地へ向かった。ワシントン州フェアチャイルド空軍基地の空軍搭乗員生残学校だ。二週間の講習のあいだに、空軍所属の生徒は森林地帯でのサバイバル生活に放り込まれ、陸上を移動する際の基本的なナビ術、身を隠したり追跡をかわしたりする方法、食べ物を調達する知恵などを学ぶ。また、捕虜になった場合に備え、尋問耐性を向上させる訓練も行なわれる。

この当時のメイナーとチャップマンは、互いに不可分の存在となっており、二人三脚で順調に歩を進めていた。二月にはキースラー空軍基地を訪れ、航空交通管制（ＡＴＣ）学校で講習を受けた。ここは空軍が管轄する学校の中で、最大級の学問的能力が求められる教育機関だ。勉学のプレッシャーに耐えられない者は、別の職種への鞍替えを命じられることとなり、戦闘管制員の候補生に関しても事情は同じだった。航空交通を管制できないなら、ＣＣＴになれるわけがないのだ。

実は、チャップマンは空軍搭乗員生残学校を終えたあと、いったん飛行機で故郷まで戻り、父親から譲られた愛車――小便色をした四ドアの〈フォード〉ＬＴＤランドヨット――を回収してきていた。「あの車はバキューム・ホースが劣化しててね」とメイナーは回顧する。「だから、アクセルを吹かすまでヘッドライトが暗くて、エンジン内の圧力が高まるとまぶしく輝くんだ。信号で停まると、ライトが消える。正真正銘のポンコツだったよ」。それでも、車は自由と同義語と言えた。ふたりはポンコツでメキシコ湾岸を探検し、ＡＴＣ講習のプレッシャーを解消していた。

戦闘管制員への道に立ち塞がる最後のハードルは、ノースカロライナ州ポープ空軍基地の戦闘管制学校だった。ポープ基地は広大なフォートブラッグの中にあり、フォートブラッグは第八二空挺師団とデルタフォースと第二四特殊戦術飛行隊の本拠地でもある。

戦闘管制学校は、志願者たちが旅の各所で学んできたすべてを網羅しており、これまでの講習内容を土台に、戦闘管制員として必要な基礎を叩き込む。この学校が終われば、晴れて赤いベレー帽の授与が待っているが、学校通いがこれで終わるわけではまったくない。今後もさまざまな講習が待っており、中でも重要なのは、ＨＡＬＯを修了することと、統合末端攻撃統制官の資格を取得することだった。メイナーは次のように回顧する。「わたしとジョンは、すっかりやり遂げた気になってたが、教官たちからそう評価されてないことは、講習が始まってようやく理解できたんだ」

朝のＰＴは（今回も）へとへとになるほど厳しかった。その後には毎日恒例の整列点検が行なわれ、ひとりひとりの生徒について、細部に気を配る能力の持ち主かどうかがチェックされる。軍服に糸くずがついていたり、髭の剃り残しがあったり、軍靴に擦り傷があったりした場合、罰として腕立て伏せが課せられる。教室に移ってからは、無線機器や航法機器の性能、強行着陸ゾーンの設定方法、陸上航法の上級篇、小部隊用の戦術（哨戒や伏兵や白兵戦）を学ぶ。手榴弾や爆薬を使った上級の武器訓練も忘れてはならない。教室での座学は、実地訓練によって補完される。実地といっても、フォートブラッグの敷地内の森であり、しかもCCT教官陣の用心深い監視付きだ。今までの各学校とは違って、ここの〝実地〟で失敗を犯せば、罰として運動の回数が増えるだけでなく、CS《ケミカル・スモーク》（軍事用語では催涙ガス）という報いを受けることとなる。戦闘状況をシミュレートするにしても、さすがに実弾を撃ち込むわけにはいかず、教官陣はCSを利用して、志願者が追い詰められるよう仕向けていた。汗だくの志願者たちは、眼と肺を守るため、防毒マスクを装着したが、焼けつくような痛みから逃れるすべはなかった。とりわけ股ぐらと腋の下は症状がひどい。患部が汗でじくじくするうえに、関節部で皮膚と皮膚がこすれ合うからだ。

　志願者をパラシュートに慣れさせるため、しばしば訓練の冒頭には飛行機からの降下が組み込まれた。フォートブラッグ内に存在する投下ゾーン《DZ》のひとつ、通称〝ノルマンディ〟に向けて行なわれた夜間降下を、ジョー・メイナーは今でも憶えている。計画では、ノルマンディに着地したあと、次の目的地の〝シチリア〟DZまで陸上航法で移動し、C－130輸送機の強行着陸用仮設滑走路を築き、実際に飛行機を誘導して着陸させる予定だった。メイナーは暗闇の中へジャンプするのを機内で待っていた。棒状の待機列のひとつ後ろにいるチャップマンが、こちらへ身を乗り出してきて、飛行機のエンジン音にも、開いた降下扉から吹き込む風の音にも負けない大声で言った。「肩車を試してみる。おまえのケツにくっついて離れないぞ！」。相棒ほど落下傘を好んでいないメイナーは、〝ああ、わかった〟という返答を頷きで伝えた。

降下扉をすり抜け、円いパラシュートが開ききったとき、メイナーは頭上を見あげた。大きくうねる布の向こうから、足の形がふたつ沈み込んできて、それから傘体の縁まで移動していく。メイナーの次の読みどおり、チャップマンの体が横斜め上に捉えられた。あまりにも接近してジャンプしたため、互いの落下傘が上下二段重ねになり、パラシュート上の歩行という事態に至ったわけだ。二段重ねを解消した瞬間、チャップマンの落下傘はメイナーの落下傘に〝空気を盗まれ〟、一気に高度が落ちてふたりは横並びとなった。「我々は隣り合わせに、同じ高さに並んだ。ジョンはアドレナリンの影響でクスクスと笑ってた」。テネシー出身の青年のほうは、大はしゃぎするような心境とはほど遠かった。

講習期間が数ヵ月に及んだころ、志願者たちは近くのキャンプ・マッコールでの最終野戦演習（FTX）に臨む準備をしていた。このFTXでは、敵国に空挺降下する能力、さまざまな標的を哨戒する能力、強行着陸などの任務を実施する能力、そして苦しみに耐える能力が試される。食べ物と飲み物はいっさい与えられず、睡眠は高嶺の花の贅沢品だ。そしてもちろん、志願者のモチベーションが途切れぬよう、身の毛もよだつ催涙ガスが導入される。

FTXの掉尾を飾るのは、装備と武器を背負っての行軍だ。経路は、演習場から戦闘管制学校（CCS）の建物までの一五マイル。ほかのすべての種目と同じく、制限時間が設けられ、志願者同士の競争の要素も盛り込まれていた。へとへとになりながらも、念願達成まで残りわずか一五マイルという認識に突き動かされ、志願者七名全員が最後まで歩ききった。一九九〇年七月の蒸し暑い夜、メイナーとチャップマン――八九‐〇〇五期のOL‐Hを生き残ったふたりだけの男――は、ポープ空軍基地の下士官クラブの舞台に上がり、初めて赤いベレー帽をかぶり、黒革のジャンプブーツを履き、ズボンの裾を内側にたくし込んだのだった。

　空軍でいちばん新しい戦闘管制員二名は、友人というより兄弟みたいな間柄になっており、じっさい、両者ともに第二一特殊戦術飛行隊への赴任命令を受けた。赴任と言っても、通りを挟んで戦闘管制学校の反対側に移動するだけだが……。いずれにせよ、未来にどんな冒険や難局が待ち受けていようと、ふたりはいっしょに立ち向かうつもりでいた。

第四章　一九九〇年七月

ジョン・チャップマンはついに夢を叶え、〝もっと別の何か〟に、選ばれし少数のみが成し遂げられる何かになることができた。しかし、養成の旅を通じて気づかされたのは、新たな世界における成功の尺度を使った場合、戦闘管制員の資格取得は道半ばに過ぎないということ。もっと大きな物差しで測る成功は、実戦を通じて達成するしかなかった。ジョン本人はまだ知る由もないが、一九九〇年七月下旬の時点で、最初の機会はわずか数週間後に迫っていた。

ジョンの友達のひとりに、ジョー・プリチェッリという男がいた。陸軍第八二空挺師団の落下傘兵で、空挺学校時代に知り合った仲だ。八月二日木曜日、ジョンはプリチェッリから誘いを受けた。ペンシルベニア州ウィンドバーに里帰りするので、週末をいっしょに過ごさないかと。〝ああ、ぜひとも〟とジョンは思った。

同じ日に地球の反対側では、別の男が〝旅の計画〟を実行に移した。八月二日深夜、サダム・フセインはクウェートに侵攻した。首長が治める小国の首都と、紙のようにもろい軍隊を爆撃し、特殊部隊をヘリコプター空挺で送り込み、クウェート国内の主要施設を制圧したのだ。勃発から一二時間以内にほぼすべてが終わった。クウェートの軍隊は駆逐されるか、さもなくば首長の一族とともに逃げ出した。

このニュースは世界じゅうで派手に報じられ、アメリカ合衆国政府は地球上の石油資源の六五パーセントを左右する地域について、枠組みをどう設定し直すべきか熟考を重ねていたが、ジョン・チャップマンにとってのクウェート侵攻は、いまだレーダー画面のひとつの輝点に過ぎなかった。ジョンはジョー・プリチェッリの里帰りに同行し、田舎町のガソリンスタンドでヴァレリー・ノヴァクにたまたま出会った。彼女はプリチェッリの高校時代の親友で、看護学校の卒業を間近に控えていた。ウェーブのかかった茶色の長い髪、悪戯っぽい光をたたえる青い瞳、少しかすれた笑い声。五フィート四インチの小柄な体には、印象とは違う快活な性格が隠れており、プリチェッリと再会したとき、激しい抱擁という熱烈な形で表出した。「なんだ！　帰ってたの！　今夜、遊びに出るわよ！」。プリチェッリは笑みを返し、「友達といっしょなんだよ」と言ってジョンを紹介した。〝ヴァル〟の愛称で知られるヴァレリーは「すてきじゃない！」と心から喜び、三人はウィンドバーの町に繰り出して酒場で夜を過ごした。夕方から夜更けまでの様子を、ヴァレリーははっきりと憶えている。「踊りに行って、お酒を飲んで……そう、テキーラを〝たらふく〟飲んだっけ」。ジョンにとってこの週末は、時間の進みが速すぎるように感じられた。そして、ポープ空軍基地へ戻った直後には、ヴァレリーと電話をし合ったり、手紙やカードを送り合ったりする仲になった。状況が許す限り、ヴァレリーといっしょに過ごすため、八時間かけて車をウィンドバーまで走らせた。彼女のほうも同じぐらいの頻度で、一二時間勤務を終えるなり車に跳び乗り、八時間の運転でフェイエットヴィルに到達し、ジョンが市内に購入したマンションを訪れた。どうにかふたりは長距離恋愛をうまく機能させ、秋には決して離れられない関係となっていた。

ジョン・チャップマンが小柄なブルネット娘と恋に落ちていたころ、アメリカ合衆国とクウェートは国連安全保障理事会の緊急会議を招集し、決議六六〇を粛々と採択した。決議六六〇は、イラクの侵略を非難し、即時の撤退を要求するものだ。この後の数カ月にわたり、イラクを巡る提案と交渉は何度も何度も、ブッシュ米国大統領と、好戦的なマーガレット・サッチャー英国首相の拒絶に遭った。

イラク情勢が悪化した一一月、ジョンとヴァレリーはミシガン州北部を訪れ、ジョンの父親と感謝祭をともに祝った。乗馬をしているとき、ジョンは馬から振り落とされ、不様な体勢で地面に叩きつけられたが、立ち上がって〝応急手当て〟をすると、そのまま乗馬を続けた。

翌日の未明、ジョンはヴァレリーを起こし、信じられないほどの痛みがあると訴えた。ヴァレリーは次のように回顧する。「彼の体を調べてみたら、腹部が腫れ上がってたの。病院に連れてくべきだってすぐにわかった」。救命救急室の医師はジョンを診察し、かぶりを振りながら言った。「おまえさんは運がいい。あと〝ちょっと〟でも遅かったら、命はなかったぞ」。ジョンは脾臓が破裂していた。手術は必要なかったものの、軍からは六カ月の二軍落ちが命じられた。

フォートブラッグ内の投下ゾーンや強行着陸ゾーンでの訓練補助など、肉体を酷使しない任務に回されたジョンは、自分のいない飛行隊が戦争に備えて訓練を積み、基地から出撃していく様子を見守った。何の実績もない新人戦闘管制員にとって、クリスマスは気が滅入る行事だった。唯一の慰めは、ヴァレリーとの時間だ。彼女は遠路はるばるやって来て、クリスマスをいっしょに過ごしてくれた。年明けの一月の時点で、ジョンの部隊、すなわち第二一特殊戦術飛行隊は、戦場に展開しない後方支援組の中で航空戦力の基幹を担っていた。

CCTにとってこの戦争は、結果的に重大な分岐点となった。さまざまな部隊から派遣された戦闘管制員は、イラクからサウジアラビアにかけての地域で、空港と飛行場を設営したのちに運営し、アメリカおよび多国籍軍の航空機とともに、ビーコン爆撃（既知の標的を狙う際、ビーコンを使うことにより、測定の精度を高められる）の任務を遂行し、イギリスの特殊空挺部隊（SAS）や特殊舟艇部隊（SBS）とともに、同盟国の大使館を敵勢力から解放して回った。〝24《ツー・フォー》〟こと空軍第二四特殊戦術飛行隊の主目的は、デルタフォースとの協力の下、イラク西部の砂漠地帯でスカッド・ミサイルの発射機を狩り出し、イスラエルの直接参戦を押しとどめるだけでなく、ジョージ・ブッシュが集めた多国籍軍の団結を守ることだった。彼らの努力の結果、イスラエルに向けてスカッドが発射された事例は、ほぼゼロに抑えられた。ブルース・バリーというCCTは、デルタフォース一部隊の支援を受けつつ、推定二七基のミサイル発射機を破壊した。戦争が終わったとき、米軍司令官のノーマン・シュワルツコフ将軍は、サウジアラビアのアラールに飛び、イラク国境に近い作戦基地で、デルタと〝24〟を祝福した。

〝砂漠の嵐作戦〟の英雄として名高い将軍は、無名の英雄であるブルース・バリーを紹介されたとき、「おお、彼がイスラエルを戦争に踏み切らせなかった男だな」と言った。これは〝24〟にとって誇り高き瞬間であり、以後も〝24〟は、独自性と汎用性の点で他を寄せつけぬ特殊部隊へと変容を続けていった。

一九九一年春、ノースカロライナ州ポープ空軍基地では〝砂漠の嵐作戦〟からの帰還兵が続々と到着しており、ジョン・チャップマンは兄弟同然の戦闘管制員たちが、英雄として熱狂的歓迎を受けるのを目の当たりにした。アメリカは国として戦勝に誇りを持っており、この感覚は、ベトナム戦争時の全国的な抗議運動と社会の分断という汚点をこすり落としてくれていた。ジョンは怪我と二軍落ちのせいで戦争を全休してしまった。そして今となっては、次の参戦機会など訪れないように思えた。唯一残っている超大国、すなわちアメリカ合衆国の主導によって、安定的な新しい世界秩序がもたらされたからだ。

少しばかり刺激に欠けるものの、ジョンは仕事生活が安定したのを見計らい、ヴァレリーと偶然出逢ってから約一年後の六月、週末にウィンドバーまで車を走らせてプロポーズした。彼女はジョンの仕事がどんな結果を引き起こしうるかを知っていたし、故郷を離れて見知らぬ赴任先を転々としなければならないことも知っていた。仲間と戦争に行きそびれたとき、ジョンの慰めとなってくれた存在は、今までの人生で手に入れそびれてきたピースでもあった。そして、元気が渦を巻いて人型になったようなヴァレリーは、妻となることに同意してくれた。

一九九二年一一月、ふたりは身の回りの物をまとめて日本へ送った。ジョンの次の所属先は、沖縄の第三二〇特殊戦術飛行隊。海外勤務に出た軍人とその家族は、アメリカ人の同胞たちと親しくなる傾向が強く、チャップマン夫妻も例外ではなかった。ヴァレリーは病院で働き、ジョンはほかの戦闘管制員と訓練を積んだ。さらなる潜水任務の訓練、HALO式の降下訓練、小型舟艇や投下ゾーンや強行着陸ゾーンに関する作戦の訓練。第三二〇特殊戦術飛行隊の主眼は、非戦闘員退避作戦（NEO）の実施に置かれていた。太平洋戦域の中心に駐屯する〝三二〇〟は、有事の際に頼られる部隊といえた。現地大使館の退避、米国市民や被災者の空輸などは、予行演習をしておくべき重要な任務だ。

〝三二〇〟は人命救助の伝統を誇りにしており、ジョンからすると現在の平和な世界は、数年がかりで育成してきた諸技能を生かす絶好のチャンスに思えた。

ジョンが太平洋でこつこつと働いているころ、〝24〟にはまた新たな遺産と神秘性が加わった。場所は遙か遠いアフリカの東海岸。ほとんどのアメリカ人が聞いたこともない国、ソマリアだ。のちに〝ブラックホーク・ダウン〟として知られる作戦では、デルタフォースとレンジャーとCCTとPJの混成部隊が敵に包囲されてしまったものの、ジェフ・ブレイという戦闘管制員が航空攻撃に関する比類なき専門技術を駆使し、一八時間に及ぶ歴史的な銃撃戦のうち、最も激烈な部分を生き延びてみせたのだった。この作戦――もっと詳細に言うと、一九九三年一〇月三日に勃発したこの撃ち合い――は、以降八年間のアメリカの特殊作戦と外交政策を方向づけた。アラブの財閥の御曹司が西側文明に、とりわけ合衆国に宣戦を布告し、国際社会の歴史の流れを変えるまで、と言い換えてもいい。

ジョンがソマリアの一件を知ったのは、残りの世界と同じく、マスコミの報道と首都モガディシュ市街の陰惨な映像を通じてだった。しかし、戦闘管制員の共同体の中では、関与したCCTの英雄譚がゆっくりと広まっていった。極東での三年勤務を命じられたジョンは当時、任期が二年目の終盤に差し掛かっており、貴重な経験を身につけたり、異国情緒あふれるタイや韓国での訓練を楽しんだりした。だが、一九九五年が迫ってきたころには、自分が満足していないことを、物足りなさを感じていること意識していた。何かが欠けているという感覚は、第一次湾岸戦争を欠場したやるせなさによって増幅された。

戦闘経験を獲得できる場所は、少なくとも国家レベルの影響を及ぼす高度な作戦に参加できる場所は、ひとつしかなかった。望みの経験を手に入れ、数年間の訓練の成果を実証したいなら、そこに行くしかない。とはいえ、そのためには肉体をさらに鍛え上げ、技能をさらに磨き上げ、人生で最高のレベルまで精神集中を高める必要があった。なぜなら、ジョンが心に描く目的地は、エリート集団の中の最高峰しか受け入れてくれないからだ。その場所の名は、第二四特殊戦術飛行隊といった。

〝２４〟の評価方法と選抜方法は独特である一方、手順に関しては、ＳＥＡＬｓ第六チームやデルタフォースなど、世界有数のエリート兵部隊と似ている部分があった。[3] 空軍で実働中のあらゆる特殊戦術飛行隊の中で〝２４〟が特異なのは、戦闘管制員が個人的かつ自発的に、大量の応募書類を提出し、飛行隊への配属を懇請する必要があるという点だ。

イラクでのスカッド・ミサイル狩りからモガディシュでの人間狩りまで、また、〝デザート・ワン〟以降に合衆国が遂行した重大な対テロ作戦のすべてで、〝２４〟は主要な役割を演じてきた。政権の優先度が高いハイリスクな特殊作戦に限って言うと、ほかの〝黒い〟ＳＯＦ（特殊作戦部隊）――〝黒い〟とは、連邦議会の完全な監視を受けないことを意味する――の中には、〝２４〟ほど参加数が多い組織はひとつもない。グレナダ侵攻から第一次湾岸戦争までのあいだに〝２４〟の規模は倍増した。その後もさらに倍増し、フォートブラッグのＪＳＯＣの施設内で、どんどん専有面積を広げていった。

3　デルタフォースの選抜は経歴不問で、すべての兵士に門戸が開放されている。ＳＥＡＬｓ第六チームは〝２４〟と似ており、海軍内の〝白い〟ＳＯＦからの志願者のみを受け付ける。ＣＣＴの場合は、〝２４〟以外の特殊戦術飛行隊に所属していることが条件だ。

ジョン・チャップマンは一九九五年春、世界最高の特殊部隊の名簿に、自分の名前を加えてやろうと決意した。きっと途中で何度も挫けそうになるだろう。何しろ米軍史上、要件の高さで一、二を争う部隊に志願するのだから。出願した戦闘管制員のうち、二週間の選抜課程をくぐり抜け、〝グリーン隊〟と呼ばれる六カ月間の訓練課程を終えられるのは、おおよそ半数に過ぎない。ジョンは〝24〟についての知識をほとんど持っておらず、少ない断片情報のほとんどは、ほかの特殊戦術飛行隊を渡り歩いている元隊員から仕入れたものだった（〝24〟隊員が〝白い〟SOFに出戻りする例はごく稀である）。いずれにせよ、最良のCCTが秀でた能力を発揮してみせる場所が〝24〟なら、自分もそこを目指すことになる。ジョンには経歴一〇年のベテラン兵士としての計算もあった。彼は戦闘任務や準戦闘任務で自らの能力を証明する機会が欲しかった。三〇歳という年齢は、〝おやじ〟扱いの域にみるみる近づきつつあったが、いったん〝24〟に入ってしまえば、残りの軍人生活を安泰に送れると考えられた。もちろん、入ること自体が一筋縄ではいかないのだが……。

ヴァレリーが人生の一部となって以降、ジョンは何事にも同じ方針で臨んできており、今回の新たな挑戦にもいつも通り妻を巻き込んだ。

一九九五年初頭、ジョンはヴァレリーに「わたしはやってみたいが、君がノーと言うなら諦めるよ」と告げた。あのときノーと答えていたら、何の後腐れもなく話は終わったはずだと、二〇年後にヴァレリーは回想する。「でも、八〇歳になってあのころを振り返って、彼が心から望んだことを邪魔しちゃったんだって思い知るのは、嫌だったの」。じっさい、ジョンは心から望んでいた。切望が成功に不可欠な一要素であることも理解していた。CCTの養成課程を歩んでいたときと状況は同じ。違うのは、志願先が別の〝世界一〟に変わる点と、〝24〟の選考委員会しか知らない尺度が用いられる点だ。

一九九五年夏、ジョンは選抜課程に参加し、次段階に進むための評価を得られた。〝２４〟の選抜課程は、陸海軍の姉妹組織と類似点が多い。デルタフォースとＳＥＡＬｓ第六チームに関する情報のほとんどは、元隊員たちが出版した本の内容に基づいているが、人間の精神が試される〝２４〟の選抜は、いまだ厚いベールによって守られたままだ。ジョンは帰宅すると妻に大ニュースを伝えた。ヴァレリーは再度のノースカロライナ行きに興奮を隠さなかった。あそこには、第二一特殊戦術飛行隊時代の友人たちがまだ残っているし、実家の家族とも距離が近くなるからだ。そして、彼女自身に関しても別のニュースが……。チャップマン夫妻は日本から小さなお土産を持って帰る予定となっていた。そう、ヴァレリーは懐妊したのだ。

一〇月、出産を控えた夫妻はフェイエットヴィルに帰還した。多くの軍人家族と同じく、海外では幸せな経験をしてきたが、本国に戻れた幸せはひとしおだった。ジョンがここの基地で軍人生活を勤め上げると想定し、ふたりは終の棲家として一軒家を購入した。ヴァレリーは前職に復帰し、初めての子供の出産を待つあいだ、訪問看護師として働きつづけた。

夫妻の行く手には、新たな経験がふたつ横たわっていた。ひとつは、第一子が誕生すること。もうひとつは、訓練開始まで待機中のジョンが、別の任務を割り当てられたこと。おそらく、グリーン隊での訓練が始まってから最初の六カ月間は、ＣＣＴの養成課程と同様の辛く単調な日々が再現されるだろう。違うのはリスクとリターンがさらに高くなる点と、比類なき力量を備えるグリーン隊の同僚たちと切磋琢磨するという報酬が得られる点だ。

グリーン隊の訓練は一月末に開始される予定となっており、チャップマン夫妻は休日を使って、旧交を温めたり新しい知り合いを作ったりした。ジョンの目には、パット・エルコというＣＣＴがひときわ傑出して見えた。身長六フィート二インチの痩せ形だが運動能力に優れ、まだ任期一期目の志願兵で経験は乏しいものの、選抜で強烈な成績を示し、グリーン隊入りを果たしたのだった。ジョンはすぐさまパットに弟のような親近感を覚えた。

一九九六年一月一八日、ノースカロライナの早朝は骨まで凍るような寒さだった。この独特な寒さは、南部の湿潤な気候でしか味わえない。チャップマン夫妻がベッドの中で密に身を寄せ合っていると、支給されたばかりのジョンのポケベルが、寝室のナイトテーブルの上で鳴りはじめた。時刻は0516時。表示された数字は、即時の出頭命令を意味していた。基地に到着した〝24〟の新入りたちは、グリーン隊が〝今このとき〟をもって始動したことを報された。

その後、ジョンたちが経験したのは、子供が夢に描く理想の軍隊の姿だった。しかし、夢と同一の現実に向かい合えるのは、プロとして特殊部隊の頂点に上り詰めたごく少数の選良だけ。彼らはルイジアナ州とジョージア州で、レンジャー部隊とともに飛行場を制圧した。戦闘用のフル装備に身を固め、暗視ゴーグルも着用し、昼夜問わずモトクロス・バイクで訓練をした。デルタフォースとSEALs第六チームを相手に、初めての連携確認も行なわれた。後者との訓練には、海軍のHSAC（高速強襲艇）が使用され、人目に触れる場所での作戦も含まれた。HSACとは、SEALsが海上目標への攻撃と地上目標への揚陸に用いる沿海仕様のスピードボートだ。腎臓障害と脳震盪を引き起こす舟艇は、興奮の元となる場合もあれば、苦難の元となる場合もある。どちらに転ぶかは、舟艇作戦の生理学的影響と、船酔いにどう対処できるかで決まってくる。生まれつき水と相性のいいジョン・チャップマンにとって、舟艇は心をうきうきさせてくれる存在だった。

射撃術上級篇は、グリーン隊の教官陣（〝24〟に所属する老練なCCTとPJで、ソマリアの英雄ジェフ・ブレイも名を連ねる）が担当し、伝説的なテキサス州の〈サンダー牧場〉と〈YO牧場〉では、軍と契約した民間人の教官も加わった（訓練の最初の二日間、ジョンのチームは牧場のビールを飲み尽くした）。地方回りをしていないときのグリーン隊は、ほかの組織の施設を利用させてもらった。たとえば、〝24〟の向かいにあって便利なデルタフォースの障害コースなどだ。

訓練が進むにつれ、男たちはチームの結束を固めはじめた。妻や子供や恋人や犬を紹介し合い、流れ次第で酒や食事をともにし、一〇〇パーセント互いを信頼する雰囲気ができあがっていった。早い段階でパット・エルコは、チャップマン夫妻の養子みたいな存在になっていた。現在、ダラスでFBI捜査官を務めるパットは、次のように回顧する。「あの家で幾晩過ごしたか、正確な数字は憶えてないが、ジョンとヴァルは遠い故郷の両親みたいだった。本当の両親とは〈ミラー・ライト・ビール〉をあんなに飲まないけど」

グリーン隊の次の停車駅は、HALOとHAHO（高高度飛出／低高度開傘と高高度飛出／高高度開傘）の訓練だった。パラシュート降下は決定的に重要な技能であり、彼らは多くの時間を空の上で費やした。合衆国西部にある秘密施設まで出向いたり、フォートブラッグ内のさまざまな投下ゾーンを使ったりしながら、昼も夜も高度二万五〇〇〇フィートからのジャンプを繰り返した。グリーン隊の教官のひとりがいみじくも表現したとおり、パラシュート訓練の最高到達点は「夜間、酸素マスク、密集形態、武器装備の全部盛りHAHO」だ。限界を突破しようとする男たちは、砂漠の上空で「GPS座標と落下計算をぎりぎりに設定し」、一二マイルに及ぶ着地範囲の中で、ひとりひとりの間隔を七五ヤード以内に抑えてみせ、米軍最高の戦闘落下傘兵部隊の末席に連なることができた。

一九九六年五月一三日、鬼のような修練に要求レベルを要求され、学習曲線が急角度で押しあげられるなか、ジョンとヴァレリーの第一子のマディソン・エリザベス・チャップマンが生を受けた。ヴァレリーは三人家族の絆が結ばれた瞬間をこう回顧する。「初めてマディソンを抱きあげたときのジョンの目には、それまで見たことのないような光が閃いてた。まるでお菓子屋に入った子供みたく、心の底から興奮してたの」。ジョンは感動の瞬間を妻と分かち合い、新しいチームメイトから温かい祝福を受けたが、マディソン誕生がもたらすであろう深遠な変化について、愉悦にふけったりじっくり考えたりする時間はほとんどなかった。人生のほかの側面がどう動こうと、訓練と任務は先に進んでいった。〝24〟では、不測の事態への備えと作戦遂行は完璧でなければならず、どんな言い訳も通用しない。だから一週間の休暇ののち、ジョンはチームに合流して訓練に復帰した。

グリーン隊はフロリダ州フォートウォルトンビーチに赴き、痕跡が残りにくいリブリーザーとスキューバ装備を身につけて、波が打ち寄せる状況下で潜水による侵入を訓練した。暗闇の中でコンパスボードを頼りに潜航し、SEALs内の仲間と協働する際に必要な技術を磨いていったのだ。RAMZ（rigging alternate method Zodiac）と呼ばれる立方体のパッケージを海上へ空中投下する演習も行なった。一辺がおよそ三フィートのパッケージには、空気を抜いて丸められた強襲用ボート一艘と、燃料を満たした船外機一基と、武器を詰めた背嚢多数がひとまとめにされている。海面に落ちるとボートは圧縮ガスで膨らみ、チームは五分以内に軍事目標や墜落現場へ出発することができる。

CCTにとって何より重要なのは、近接航空支援の訓練だ。ジョンたちはフォートキャンベルで第一六〇特殊作戦航空連隊のヘリコプター・ガンシップと協働し、アリゾナ州ヒラベンドでF－15およびF－16戦闘機と協働し、ミズーリ州フォートレオナードウッドでA－10攻撃機と協働した。そしてついに一九九六年七月二九日、グリーン隊の男たちは一堂に会し、最も誉れ高き空軍の特殊作戦部隊に、一人前の仲間として快く迎え入れられた。ジョンとパットはレッド隊に配属され（〝24〟の正規チームは三色あり、ほかのふたつはブルー隊とシルバー隊）、ともに新しい人生を歩むこととなった。〝24〟全体の特別な訓練要件——航空攻撃や、重要な施設と飛行場の踏査など——に加え、レッド隊はデルタフォースおよびSEALs第六チームと訓練上の相互交流を行なっていた。

マディソン・チャップマンはすくすくと育ち、ジョンが自宅にいるときは、家族みんなで過ごすのが普通だった。〝24〟の職務は要求が厳しく、陸海軍との訓練や演習で旅程が立て込んでいるため、どうしてもジョンの仕事を中心に、家庭生活のリズムが築かれていった。一九九七年夏、ヴァレリーはふたたび赤ん坊を授かり、マディソンのほぼ二年後に妹が誕生した。一九九八年五月五日、ブリアナ・リン・チャップマンが生まれ、チャップマン家は小家族としての完成を迎えた。

ブリアナが一歳を迎えたころ、ジョンはまたぞろ人生の曲がり角を迎えた。娘たちは人生そのものとなり、この新しい真なる目的の前では、デルタフォースとSEALs第六チームに魅了される気持ちは色褪せていった。「彼は家にいるとき、ちゃんと家にいてくれた」とヴァレリーは回想する。じっさいジョンはビールを飲んだり、ガレージで車をいじったりするより、娘たちを風呂に入れてやったり、ブロンドの髪にブラシをかけてやったりするほうを好んだ。「彼は仕事で五〇〇〇人の人を殺せる能力があったけど、いったんうちの玄関の扉をくぐったら、そんな空気はみじんも感じさせなかった」とヴァレリーが述懐するとおり、娘ふたりが生まれて以降、ジョンの変容ぶりは徹底していた。

心理状態が逆方向に振れる一方、初めての実戦任務を体験する機会は遠くなかった。一九九八年冬の東海岸は、いつもの凍てつくような一日を迎えた。ジョンはSEALs第六チームとの協働のために東海岸入りしており、今回、第六チームはユーゴスラビアの戦争犯罪人を追跡すべく、NATO中心のボスニア平和安定化部隊に人員を派遣しようとしていた。すでにデルタフォースが当該地域で活動しているものの、SEALsは独自に同様の作戦を主導して遂行する目論見だった。ジョンが参加するSEALs部隊の標的は、ゴラン・イェリシッチ。大量殺戮と〝人道に対する罪〟で指名手配されたセルビア系ボスニア人だ。イェリシッチの隠れ家はトゥズラを取り囲む小村のどれかにあるとされており、SEALs隊員たちが丸石敷きの通りを捜索しているあいだ、チーム全体の戦術通信を統御するのがジョンの仕事となる。一九九九年一月、戦闘管制員一名を含むＳＥＡＬｓ部隊は、紛争で荒廃しきった地域に到着した。作戦の細かい内容については、今なお大部分が機密のベールに包まれたままだが、ジョンたちは、生きて虜囚にはならぬと誓っていた逃亡者を捕らえ、旧ユーゴスラビア国際戦犯法廷に送り届けた。イェリシッチは裁判にかけられ、大量殺戮では無罪判決、人道に対する罪では有罪判決を言い渡され、拘禁四〇年の刑期を勤めあげるべくイタリアの施設に移送された。ほかにも何件かの追跡と捕縛が行なわれたあと、ＳＥＡＬｓ部隊は四月に任務を解かれた。作戦のデリケートな性質上、ジョンはどこに行ってきたかも、何をしてきたかも、ヴァレリーには決して話さなかった。

家族のもとに戻ったとき、ジョンはひとつの結論に達した。作戦に参加して戦闘経験を積むための窓は閉じつつあり、娘たちと自宅で過ごす時間を増やす潮時だと。次の実戦機会を自ら求めるつもりはなかった。視野に入ってくる作戦はどれも同じに見え、ときには興奮を覚えもしたが、能力を実証できたという満足より、幻滅を味わわされることのほうが多かった。ジョンはレッド隊を離れ、〝24〟の調査チームに加わった。単純に〝調査〟と呼ばれる組織は、特定の場所の包括的調査を任務の柱としていた。調査対象は〝24〟の〝顧客〟（デルタフォースを筆頭とする部隊や部門）が世界じゅうで見つけてくる重要目標だ。ジョンはチームに入ると、飛行場と投下ゾーンに関する調査技術というすべての戦闘管制員が共有する能力を基盤に、〈ＡｕｔｏＣａｄ〉を使ったコンピューター製図という独自の専門技術を組み合わせた。彼は仕事をとても気に入っていた。以前よりスケジュールが読みやすくなり、花盛りの家族と過ごしやすくなった点も、同じくらい気に入っていた。レッド隊ほどオクタン価は高くないものの、調査チームもそれ相応の緊張状態に置かれることはあったし、世界各地の危機に人員を、たいていは単身で送り込むこともあった。

マディソンはすくすく育ち、ブリアナは姉のすぐ後ろを追いかけ、チャップマン家は新たな千年紀に足を踏み入れた。コンピューター製図の技能を生かした調査業務に慣れてきたジョンは、毎晩、父親の帰宅を待つ幼子たちに出迎えられたが、ヴァレリーはしばしば肝を冷やす羽目になった。ジョンが玄関に入るなり、一枚の毛布に包まれた娘たちをさっと抱えあげ、天井すれすれまで放り投げるからだ。落下して無事に受け止められた姉妹は、続けて空中に放り投げられ、小さな腕をばたつかせながら、今度はカウチの上に着地することとなる。

二〇〇一年九月の時点で、チャップマン夫妻の胸中にはひとつの計画があった。ジョンのコンピューターと調査の技術は向上したが、積みあげてきたCCT本来の対テロの諸技術は鈍化が否めなかった。軍歴を実証できるような戦争がもう存在しない、という事実と折り合いをつけた彼は、戦闘管制員のあとの未来をじっくりと考えはじめたわけだ。

ジョンとヴァレリーが合意したのは、軍人生活には二〇年で区切りをつけることと、製図と調査の技能を利用して収入を増加させ、子供の将来の学費を貯めておくこと。すでに、ヴァレリーの訪問看護師としての稼ぎも注ぎ込んで、娘ふたりを授業料の高い私立学校に通わせているが、子供が何よりも自慢の両親は、最高の教育を提供しつづけるつもりだった。しかしジョンは密かに、カスタムカーの店を開くという夢を温めていた。余暇に組み立てている〈コブラ〉のレプリカキットのような改造車を、自分の店で工具を使って創り出してみたかったのだ。二〇〇一年九月一〇日の夜、ジョンはビールを持って車庫の中に立ち、進行中のプロジェクトを眺め渡した。このレプリカキットはいつになったら完成するのだろうか？　いまだフレームは裸のままで、エンジンとドライブトレインとさまざまなパーツが、作業台の上と車庫の床に散乱している。世界は平和をむさぼり、ヴァレリーとの絆は揺るぎなく、娘たちは健やかに育っていた。かつては戦闘で力を証明したかったが、そんな生き様と無縁な未来を今の自分は受け入れていた。現在の諸状況は、ジョンにとって順調そのものだった。

第五章　二〇〇一年九月一一日

　第二三特殊戦術飛行隊[4]の本部は、ハルバート・フィールドの滑走路を挟んで、空軍特殊作戦コマンド（AFSOC）の司令部と向かい合っている。AFSOCに属する戦力の大部分が本拠とするこの〝フィールド〟は、実際のところ巨大なエグリン空軍基地／実験場の補助飛行場であり、だからこそハルバート〝基地〟とは呼ばれず、格下の〝飛行場《フィールド》〟として扱われるのだ。古い地図では〝第九補助飛行場〟と記述され、少数の建物がぽつぽつと点在するだけ。複合施設がアメーバ状に広がる現在とは大違いと言っていい。ラオスとベトナムに投入すべく空軍特殊部隊《エア・コマンドー》が創立された当時、フロリダ・パンハンドル地方の湿原に囲まれた名もなき飛行場は、詮索好きな視線から隠れられる打ってつけの場所だった。まさにこの理由により、有名な一九七〇年のソンタイ捕虜収容所救出作戦は、ここで立案と予行演習が行なわれた。

　二〇〇一年九月一一日朝、第二三特殊戦術飛行隊は〝モンスター・マッシュ〟と呼ばれる全員参加の肉体耐久訓練を予定していた。この行事では隊員をチームごとに参加させ、さまざまな尋常ならざ

4　パナマ侵攻時、〝２４〟の水増しに使われたのと同じ部隊。

る身体的試練を種目として競わせる。カルヴィン・マーカム曹長は軍歴一六年のCCTで、晴れ渡る夏の朝、自宅から〝モンスター・マッシュ〟に向けて自転車のペダルを漕いでいた。今日のスケジュールを考えれば、エネルギー欠乏は不利に働くはずだが、彼はいつもどおりの自転車通勤を選択した（戦闘管制員のどのチームが行事を計画したかによって変わってくるが、〝モンスター・マッシュ〟は半日にわたる場合もあり、参加者は数日のあいだ疲労困憊の状態が続くこととなる）。

巨体の上に丸顔が載り、無愛想さと親しみやすさが共存するカルヴィンは、高い生え際を目立たなくするため、いつも髪の毛を短く刈り揃えていた。各チームの専用部屋が入居する建物の外に自転車を駐め、中へ入っていくと、隅のテレビが衝撃的な映像とともに耳障りな実況をがなり立てていた。ツインタワーで有名なニューヨークの世界貿易センタービルの片方が、一度目の飛行機の直撃によって大ダメージを負い、ものすごい勢いでもうもうと煙を噴き出している。二機目がもう片方のビルに突っ込んだとき、第二三特殊戦術飛行隊の男たちはすでに荷造りを始めていた。マイクロ波精密着陸誘導装置、戦闘捜索救難用の装備、無線機器、レーザー標識、武器……。次に何が起きるかを彼らは知っていた。

三週間後、カルヴィンを含むCCT二名は、特殊戦術士官一名とともに、ウズベキスタンでカルシ＝ハナバードと呼ばれる飛行場――通称はK２――を取り仕切っていた。アフガニスタンでの最初の作戦行動に備え、アメリカは兵員と物資の輸送を始めたのだ。三人の空軍兵士は文字どおり〝一番乗り〟を果たし、合衆国のために航空基地の開設と運営を行なっていた。

陸軍第五特殊部隊群は一〇月第一週までに、ふたつの〝アルファ作戦分遣隊（ODAもしくはAチームと呼ばれる）〟を敵中降下させようと計画していた。目的は、有志連合の最も新しい仲間である北部同盟（結束が緩くて扱いにくいアフガニスタンの組織。異なる部族や反目する指導者が数個の派閥を作っており、じっさい一部の派閥は地方の支配権を巡って、宿敵タリバンではなく互いに抗争を繰り広げた）と、初めての合流を実現すること。ＯＤＡ二部隊はそれぞれ、専門分野――武器や通信や医療――の違う一〇ないし一二名のグリーンベレー隊員で構成され、〝五九五〟と〝五五五〟の数字が付与されていた。後者の別名は〝トリプル・ニッケル〟（ニッケルは五セント玉の意）。第五九五ＯＤＡはマザリシャリフの街を、第五五五ＯＤＡはバグラム飛行場――ソ連軍が放棄した航空基地で、首都カブールのすぐ北にある――を攻める手はずとなっていた。近い将来、米軍の作戦行動がアフガニスタン国境を越えるとき、敵領土内の安全が確保され、協力の準備が整っていれば申し分ないという目論見だ。

　ＯＤＡはいずれも指揮官が陸軍大尉、副官が上級准尉の組み合わせだった。両部隊の任務は、北部同盟とのパイプを築きあげることと、戦場の力学を見定めること。そして決定的に重要なのは、空爆を利用した手法で、アフガニスタン北部にいるタリバン勢力とアルカイーダ勢力を駆逐することだ。

〝五九五〟と〝五五五〟は別々の地域を担当し、計画の立案と実施に際しては、根本から異なるやり方を採用したため、今後の数週間で結果に大きな影響を与えかねなかった。空爆の依頼と調整のため、両部隊にはＣＣＴの派遣が打診されたが、第五九五ＯＤＡはそれを一蹴した。バート・デッカー戦闘管制員の言葉を借りれば、「彼らはＣＣＴといっさい関係を持ちたくなかったんだ」。戦闘管制員を排除する第五九五ＯＤＡの決定は、信頼性の高いケーススタディを提供してくれるだろう。ＣＣＴのいる部隊といない部隊の相違を浮き立たせるからだ。[5]

　戦闘管制という専門技術を熟知する第五五五ＯＤＡは、戦闘管制員の価値を認識するだけでなく、第三の任務課題で成功を収めたいなら、ＣＣＴの力が必要となるという点も理解していた。〝五五五〟のグリーンベレー隊員たちは、土着勢力と手を組むことと、土着勢力を訓練することと、土着勢力とともに闘うことに熟達している。これは、東南アジアで培ってきた自慢の遺産だ。しかし、ほかの陸海の兵士と同じく、戦場で空爆要請の権限を与えられる場合はあっても、この分野の専門家ではまったくなく、熟達のレベルにはとても達していなかった。

第五五五ODAは、派遣可能なCCTの名簿を渡され、部隊内で人選の話し合いをしたが、そのときにひとつの名前が注目を浴びた。カルヴィン・マーカム。〝五五五〟に所属する軍曹のひとりグレッグ・マコーミックは、陸軍特殊部隊付属の戦闘潜水員養成学校で講習を受けた際、カルヴィンと水泳仲間になり、長年にわたって連絡をとりつづけていた。マコーミックは名前を見て〝あの漢〟だと気づき、人選にはけりがついた。一〇月第一週が終わるまでに、カルヴィンは〝五五五〟と合流し、外部との接触を遮断され、この隔離期間中に計画の立案を始めた。第五五五ODAの指揮官は大尉だが、実権を握っているのは副官のデイヴィッド・ディアス上級准尉。彼は最も部隊歴が長く、最も経験が豊かだった。ディアスを心から尊敬していたカルヴィンは、次のように説明する。「彼は八〇年代のアフガニスタンにいたことがあって、地元民の考え方にも精通してた。素晴らしいリーダーで、みんなから慕われてたんだ」

しかしながら、カルヴィンは航空攻撃の計画をかっちりと固められず、このことは心に懸念を芽生えさせていた。戦争の初期段階では、空軍の〝航空作戦攻撃立案班〟はどこにも編制されていなかった。その代わりとして、最初にアフガニスタン入りした特殊戦術飛行隊である第二三特殊戦術飛行隊の戦闘管制員数名が、パイロットおよび〝航空計画官〟若干名とともに、白紙の状態から攻撃計画を組み立てていったのだ。いずれにせよ、未知の敵に対処すべく、バート・デッカーたちは調整に最善を尽くした。当時の状況は、単に「CAS［近接航空支援］」を呼ぶだけだった。手続きも何もなかった。何が起こるかは誰にもわからなかったんだ」とデッカーは説明する。

一〇月一九日、カルヴィンと第五五五ODAは正解を見つけつつあった。混成チームは過酷な天候のまっただ中で、ヒンドゥークシュ山脈の二万フィート級の山頂をふたつ安全確認《クリアリング》したあと、雪に覆われた地勢を抜け、ようやくアフガニスタンに足を踏み入れた。最終出撃前、直属の上司であるカート・ブラー特殊戦術士官は、カルヴィンとヘリコプターのところまで同行し、部下に内心を吐露していた。「おまえが一番手だ。羨ましいのかどうか、正直言ってわからない。もしかしたら、俺はおまえを死地に送ってるのかもしれない。この任務は自殺行為と紙一重だからな」。ヘリの動作に何も問

5

先鋒を務めるふたつのODAは、同じ夜にアフガニスタン入りしたが、空爆を通じた初期の戦果は、これ以上ないというほど違っていた。カルヴィン・マーカムが所属する第五五五ODAは、本章で述べるとおり、第一撃から目標の上に爆弾を降り注がせた。他方、CCTなしの作戦遂行を選択した第五九五ODA（ハリウッド映画『ホース・ソルジャー』で主役に取りあげられた部隊）は空爆の結果があまりにもひどかったため、陸軍第五特殊部隊群の司令官であるジョン・マルホランド大佐により、マット・リーンハード戦闘管制員と、戦術航空管制班（TACP）に属するCCT一名を、すでに戦場で展開している〝五九五〟に異動させるようにとの命令が発令された。書籍『ホース・ソルジャー』（ダグ・スタントン著／ハヤカワ・ノンフィクション文庫）に〝騎馬兵《ホース・ソルジャー》〟のひとりとして登場し、マスコミで最も使われた〝五九五〟の記録写真にも登場するバート・デッカーは、「彼らは〝不要品セール〟でもしているみたいに、そこいらじゅうに爆弾をばらまいていた」と証言する。デッカーは野戦指揮官のマーク・ミッチェル少佐とともに、リーンハード戦闘管制員の敵中降下が円滑に手配されるよう支援をした。作戦を成功させ、誤爆で味方を死なせたくないなら、〝五九五〟にはリーンハードが必要だと理解していたのだ。「ミッチェル少佐は頭の切れる指揮官で、人間としても偉大だった」とデッカーは回顧する。一〇月二二日、空爆専門家のCCT二名は第五九五ODAに加わった。もちろん、たやすい任務ではなかった。「世界でいちばんきつい仕事は、相手方から望まれていないのに、ODAに溶け込もうとすることだよ」とデッカーは付け加える。しかし、リーンハードとTACPのデッカーは、非の打ち所のない成果をあげた。それぞれが〝五九五〟の分隊と行動し、〝限界着弾〟の空爆を数え切れないほど要請し、外科手術のような精密さを発揮してみせたのだ。

題はないと保証すべく、ブラーはタキシングする機内に留まり、離陸の直前に外へ降り立った。ふたりの男は握手を交わし、上司は部下の狩りの成功を祈った。

男たちは高高度での活動を考慮し、二機の特殊作戦用MH‐47に分乗した。特殊な機体は装甲板がすべて外されており、国境越えの送り込みに必要な最低限の燃料しか給油していなかった。二機のヘリはそれぞれ、指定されたヘリコプター着陸ゾーンに向かい、事故も敵襲もなく積み荷を下ろして帰途についた。そして残された男たちは、自らの危険な任務を推し進めた。

その後まもなく、彼らは北部同盟のグループと合流し、アフガニスタン人から供された紅茶と干し葡萄を味わいながら、相互信頼の醸成という重大な課題に取りかかった。総勢六、七〇名ほどになった集団は、古いトラックとSUVの車列で、パンジシール渓谷に入っていった。タリバンは頻繁に渓谷一帯の村々を襲撃していたが、最初の二日間、カルヴィンのチームに敵との接触は起きなかった。だから、北部同盟の指導者であるムハンマド・カシム・ファヒーム将軍を説得する、という試みに全力を集中することができた。ファヒーム将軍のアメリカに対する不信感、アフガニスタン派兵の理由に対する不信感は根深かった。しかし、アメリカの本気度と値打ちを示す絶対確実な方法がひとつあった。空軍力だ。「連中は我々に極めて懐疑的だった。前に空爆の約束を反故にされたそうでね」とカルヴィンは回顧する。戦況を一変させる神秘的かつ不可思議な約束を、アフガニスタンの指導者たちはまだ目の当たりにしたことがなかったわけだ。

カルヴィンが合衆国に成り代わって、本気度と完全なる力を示す機会は、一〇月二一日に訪れた。太陽がまばゆく肌寒い朝、ディアス上級准尉は北部同盟の最前線を確かめさせるため、偵察《レキ》隊を送った。情報によれば、最前線はバグラム飛行場の近くにあり、ババジョンというアフガニスタン人指導者——腹回りの立派さから有名なピザ店が連想され、アメリカ人たちは自然に〝パパジョン将軍〟と呼ぶようになった――に率いられているはずだった。偵察隊は数台のトラックに分乗して南へ向かった。

　少人数の偵察隊がバグラム飛行場の北端に辿り着いたとき、飛行場そのものが最前線になっていると判明した。偵察隊は車両を降り、徒歩で前進を続けた。ソ連軍の元空軍基地のうち、北部同盟が掌握するのはちょうど北半分。中央部から南端まではすべてタリバンの支配下にあった。両陣営が相手を駆逐しようと猛攻を試みてきたものの、第一次世界大戦を思わせる千日手のような膠着状態は、数年のあいだ続いていた。もしも、カルヴィンがタリバンの強固な塹壕陣に空爆を届けられれば、それだけで千日手の行方を、もしかしたら戦争の行方を、変えられるかもしれなかった。冬支度で裸になった木々が点在するだけの平地を注意深く移動しているとき、ディアス上級准尉がカルヴィンに言った。「監視所《ＯＰ》に適した地点まで先導しろ。敵の視線を遮れる場所がいい」

　偵察隊がタリバンの陣地に忍び寄るなか、カルヴィンの心の目には、近未来の監視所の姿が浮かびあがってきた。管制塔。飛行場で最も注目を浴びる建物に、わざわざアメリカ人が入り込んでくるなどと、誰が予想しているだろうか？　完璧だ！　男たちは慎重に管制塔の施設へ近寄り、それから、アルカイーダの部隊に待ち伏せ攻撃を受けないよう、ひとつひとつの部屋をクリアリングしていった。時刻は昼前。暖かい陽射しは、極寒刑からのありがたい執行猶予だった。偵察隊は双眼鏡と弾着標定鏡で飛行場内を調査し、カルヴィンは戦闘管制員の商売道具を準備しはじめた。初めに取り出したのは、ＳＯＦＬＡＭレーザー目標指示装置とレーザー測距器。続いてはＳＡＴＣＯＭアンテナを立て、結成されたばかりの統合特殊作戦航空部（ＪＳＯＡＣ）との通信リンクを確認する。このＪＳＯＡＣは、必要な場合に航空戦力の供給源となってくれる組織だ。通信リンクをつなげたあとは、攻撃可能な標的の特定に取りかかる。敵の布陣は不鮮明なうえ、管制塔から数百メートルしか離れていないため、〝身内殺し〟の可能性はかなり高い。カルヴィンにとって絶対やってはいけないのは、自陣営に巻き添えを出すことだった。ともに行動する少数のグリーンベレー隊員（あとひとり、第五五ODAにはCIAの通訳が派遣されており、地元民と意思疎通できるのは彼だけだった）を除き、ほかにどれだけの味方兵がいるのか見当もつかなかった。いや、味方とタリバンを見分ける方法さえわからなかった。双眼鏡ごしでも弾着標定鏡ごしでも、目に映る人間はすべて同じに見えてしまったのだ。

しばらくすると、JSOACからカルヴィンに連絡が入った。「貴君の空爆要請権限は認証済みだ。一撃目は正午に現着する」。カルヴィンは腕時計を確かめた。もう一時間もないじゃないか。くそっ！　まだ空爆要請さえしていないのに、USS〈セオドア・ルーズベルト〉を発進した二機編隊のF／A－18が、すでにこちらへ向かっているという。アラビア海北部に浮かぶ空母から、七〇〇マイルの距離を全速力で飛ぶ戦闘攻撃機のコクピットでは、二名のパイロットが腕を撫《ぶ》していた。地上の誰かの指示どおり、近接攻撃で敵を葬ってやろうと。

カルヴィンはグリーンベレー隊員のひとりにSOFLAMでの目標指示を任せ、別のひとりをSATCOM用の衛星通信機に配置し、自身は航空機と交信するための通信機の主機にかじりついた。予備機も入ったCCTの背嚢は、いつもどおり、同僚の誰のものよりも重かった。準備は整った。航空管制室の中では緊張が高まり、何か大きなことが起きる、という空気を全員が感じとっていた。唯一の例外はパパジョン将軍……。カルヴィンは次のように回想する。「彼はとっても疑い深かった。我々が空騒ぎをするためだけにやって来たと考えてた。そのとき、最初の編隊が到着したんだ」

ディアス上級准尉は弾着標定鏡の十字線に標的を捉え、カルヴィンに尋ねた。「あれを狙うのか？」

カルヴィンはハンドセットを耳から外し、弾着標定鏡を覗き込んで確認した。「そうです」と答えたあと、戦闘攻撃機に〝承認〟を与え、航空管制室内の全員に「あと三〇秒」と告げた。

ずんぐりした体型の将軍は、弾着標定鏡を勧められたが、前屈みで覗き込む前に、これが最後となる疑わしげな表情を一同に向けてみせた。将軍が標定鏡に眼を接した数秒後、カルヴィンが第一の標的に識別した掩蔽壕が、五〇〇ポンド爆弾二発の直撃で消滅した。管制室内に震動が走り、パパジョン将軍はすぐさま直立して、とっくの昔に銃撃で割られた窓の外を見やった。まるで、弾着標定鏡がいかさまを映しているとでも言うように……。しかし、将軍の目の前では、今の今までタリバンの司令部だった掩蔽壕が、黒く煤けた土と瓦礫の山に成り果て、中空には爆発の煙が立ちのぼっていた。

カルヴィンに景色を楽しんでいる時間的余裕はなかった。やはり〈セオドア・ルーズベルト〉からのF‐14戦闘機が、すでに第二撃としての手続きを済ませていた。第三撃として控えるのは、満を持しての登場となる空軍の狩人、F‐15ストライクイーグルとF‐16ファルコンだ。空軍勢は活躍したくてうずうずしており、間違いなく、海軍の兄弟たちが空域からさっさと退散することを望んでいた。

管制室にいる男たちは、飛行場の戦況ががらりと変わる様を目の当たりにした。タリバン側の各陣地は狂乱状態に陥った。CIAの通訳は通信機をタリバンの周波数に合わせ、味方を装って被害状況を尋ねた。即答する声からは不安が感じとれた。なんと、最前線の指揮官が戦死したという。アフガニスタンの首都を奪取すべく行なったまさしく最初の空爆で、カルヴィン・マーカムはチームの助けを借りつつ、この戦場で最も重要な敵を実際に殺してしまったわけだ。かなりの数のタリバン兵が死んだと推測されることに、そして、いともたやすく戦果が得られたことに、パパジョン将軍は欣喜雀躍した。

カルヴィンは順番どおり〝承認〟を与え、戦闘機と攻撃機にタリバンの陣地を空爆させた。標的はどれも管制塔から三〇〇メートル以内だったため、最上階の航空管制室にいる男たちは、爆弾の破片と衝撃波が建物を揺るがすなか、ソ連品質で造られたもろい壁を遮蔽物として使う必要に迫られた。しかし、カルヴィンの初戦において、負傷した友軍兵はひとりたりともいなかった。

　特異な一個人の技能に導かれた少数のアメリカ人は、三年のあいだ難攻不落を誇ってきたタリバンの砦を、たった数回の空爆で撃破してしまった。パパジョン将軍も北部同盟のほかの指導者たちも、もう懐疑論者ではなくなっていた。カルヴィンは次のように回想する。「CIAの連中じゃ、近接航空支援《CAS》を標的ぴったりに合わせられなかった。初めて敵を叩いたあの日、わたしが爆弾をC2［指揮所］とロケット発射所に命中させたとき、我々の信頼度は瞬時に跳ねあがった」。しかも、カルヴィンと〝五・五・五《トリプル・ニッケル》〟はまだ肩慣らしの段階だった。

　次の作戦目標は、パンジシール渓谷の一八×三七マイルの区域。しかし、最後の瞬間に目標修正を行なう戦闘機が数機だけでは、攻めも守りも固めた数千のタリバン兵を退却させるには不充分だろう。もっと航空戦力が、もっと多くの航空戦力が必要だ。渓谷全体を攻撃するなら爆撃機に登場願うしかなく、さらに、味方と敵を判別して空爆を微修正するためには、自分自身が現場から近い場所に待機していなければならない。つまり、カルヴィンと〝トリプル・ニッケル〟は、北部同盟の兵士たちと行動をともにする必要があるわけだ。

　一週間のあいだJSOACに嘆願しつづけた結果、ようやく航空攻撃力の強化という望みが叶った。第五五五ODAは渓谷内に監視所を三つ設置し、アフガニスタン到着から九日後の一〇月二八日、カルヴィンにはB‐1およびB‐52の複数編隊が提供された。二種類の爆撃機はいずれも爆弾を満載しており、一〇〇〇ポンド爆弾と二〇〇〇ポンド爆弾の数は総計で数百にのぼった。[6] 一一月の第一週を通じて、「我々はタリバンの背骨を打ち砕いた」とカルヴィンは述懐する。あまりにも多くの空爆が休みなく続くため、就寝中でも攻撃が遂行できるように調整を始めた。何度となく空爆要請を訓練した米国内のどの演習場より、カルヴィンはパンジシール渓谷の地理に精通していた。〝承認〟付与の重責をチームの同僚と分かち合うことも始めた。この時点では、ほかのチームメンバーたちも、空爆要請の技能に習熟してきていたのだ。

すでに〝五五五〟と北部同盟は、寝食をともにするほど強い絆で結ばれており、アメリカの軍用保存食と、潰したヤギや羊を含む地元のアフガン料理を、互いに供し合ったりした。カルヴィンは通常C－130が使われる〝補給投下〟を要請し、チームの弾薬と食糧とその他の必需品が切れないよう気をつけた。最も重要な補給品は、通信機用と目標指示装置用のバッテリーだが、カルヴィンと〝五五五〟に対する補給投下は、いつもうまく運んでくれるわけではなかった。「我々への補給を手配する担当者は、ドイツの基地にいる間抜けな大佐でね。あの女は貴重な（そして高価な）シュートを出し惜しみしやがったんだ」。代わりに送られてきたのは使い捨ての高速降下型パラシュートで、高高度の開傘時に破裂することがあった。「燃えながら落ちてくるから、ときには、補給品がすべて台無しになっちまった」。湾岸戦争以来となる米国の大規模な紛争に出向いてきた男たちは、軍の兵站屋と会計屋の突飛な行動に免疫がないようだった。

彼らは二週間以上シャワーを浴びず、北部同盟の空気を身に帯びはじめたが、それでもアフガニスタン人になれるわけではなかった。北部同盟の車輌で国じゅうを移動する白い肌のアメリカ人は、現

6　B－52は洞穴みたいな爆弾倉と翼下のパイロンを使って、五〇〇ポンド爆弾五一発と一〇〇〇ポンド爆弾三〇発を運搬できる。B－1の最大積載量（爆弾はすべて機内に収納）は、一九五〇年代から活躍する古参のB－52を五〇〇〇ポンド上回るが、流線型の優美なデザインがもてはやされるだけでなく、配達のスピードについても高い評判を獲得している。

在、浮き足立つタリバンにとって絶好の標的となっていた。考え得る暗殺や待ち伏せの対策として、ディアス上級准尉はチームの意図を隠すことにした。特定の行き先に車輌を手配しておき、いったん車が発進したら、通訳を介して別の場所に変更するのだ。もちろん、ディアスの戦術にタリバンが対抗策を打ち出し、数ある野営地のどこかで攻撃を仕掛けてくるのは、時間の問題だろうと考えられた。

この潜在的な憂慮を解消したのは、北部同盟の指導者たちだった。彼らは空爆が成功するたびに自信を深め、首都カブールの奪取に乗り気になっていた。そして一一月一一日、〝五五五〟は北部同盟から、首都へ進撃すると告げられた。こんな向こう見ずな作戦は、与えられた任務の範囲外であり、〝トリプル・ニッケル〟は準備も何もしていなかったが、結局のところ行くべき道は一本だけだった。アフガン勢が動くなら、アメリカ勢も動くしかないだろう。「我々がカブールに入るのを、上［司令部］は相当心配してたが、現実には選択の余地なんてなかった。［北部同盟の］トラックに乗せてもらってるんだから、連中が行くところへ我々も行くってだけさ」とカルヴィン・マーカムは回顧する。

実のところ、カブールに向かった最初の米国人は彼らではない。〝粉砕器《ジョーブレイカー》〟と呼ばれるＣＩＡの特殊部隊が、〝２４〟の戦闘管制員一名を伴って軍より先に現地入りし、すでに首都の外縁まで到達していた。しかし、空爆を最初にもたらしたのは、まさしく〝トリプル・ニッケル〟だった。とはいえカルヴィンは今後、空爆要請の条件が厳しくなることを察知しており、反応の鈍いＪＳＯＡＣの要請システムに対する信頼は、初めから強くはなかったものの先細りになっていった。「ちょっとした笑い話さ。わたしが空爆をどれだけ必要としているかを、そして、わたしにどれだけ提供すべきかを、［現地の］状況を何も知らない誰かが、数千マイル離れたところで決めてたんだから」。北部同盟が暴走したときと同様、カルヴィンにはほぼひとつの選択肢しかなかった。「ありったけの航空戦力を、特に爆撃機を」要請すること。あとは、タリバンへの全面攻撃の重大性がＪＳＯＡＣに理解され、必要な航空戦力が与えられるのを願うばかりだった。

　総力戦を目前に控え、対峙する両陣営は兵士と武器をすべて動員していた。戦いが近づくと、「一列横隊同士が睨み合う形になって、まるで『ブレイブハート』の一場面を観てるみたいだった」とカルヴィンは追想する。五〇〇メートルしか離れていない両軍は、武器を準備し、命令を回し、兵士を鼓舞し、そのときを待った。突発的ではない戦闘に初めて手を染める〝五五五〟は、CIAから提供されたアフガン風の装束を脱ぎ、軍服を身に着けた。アメリカ人として闘うのが彼らの矜持だった。カルヴィンと〝五五五〟の兵士二名は、バグラム飛行場での戦略を踏襲し、二階建てのビルに布陣してCCTの専用機器を準備しはじめた。この三人を敵襲から守り、戦況を一変させる仕事に集中できるよう、ディアスは近くの建物に〝狙撃手の巣〟を設置した。

　ODAの存在を知る由もないタリバンは、自らを捉えつつある破壊力の量に気づくはずもなかった。〝五五五〟がカブールに到着したあとの0800時、タリバンは北部同盟に攻撃を開始し、敵を潰走させるべく、準備したすべての武器をぶっ放した。「気が遠くなるような砲火の応酬だった。あんな砲撃戦は人生で経験したことがなかった」とカルヴィンは回顧する。撃ち合いは数時間続き、そのあいだに、〝五五五〟は可及的速やかに空爆を呼び入れた。航空機が群れをなして到着したため、カルヴィンは各機を異なる高度に振り分け、重層的な空中待機経路を構築しなければならなかった。これは一〇年前、イラクの辺境の砂漠地帯でブルース・バリーがとった手法だが、相違点を挙げるとすれば、カルヴィンの四方がすべて戦場だったことと、数千人の命運――敵も味方も含む――が彼の手に握られていたことだろう。

　カルヴィンは狂気じみた速さで、コールサインと爆弾搭載量とプレイ時間（特定の航空機が戦域内で活動できる時間）を書き留めていった。この戦闘の重要性が人伝てに広まるなか、さまざまな航空機――爆撃機、戦闘機、海軍、空軍、有志連合軍――が飛来しつづけた。カルヴィンは状況の求めに応じ、航空機の革新的な使い方と捌き方を導入せざるを得なかった。「わたしはB‐52を定期攻撃パターンに組み込んだ。爆撃機がやって来ると戦闘機が空域を退き、B‐52は高度三万フィートからの爆弾投下が可能になる。爆弾が命中したら、戦闘機が戻ってきて、さらに爆弾を投下していく。まあ、B‐52が戦闘機のために標的を炙り出してくれるような感じだ」とカルヴィンは取材に答えた。

カルヴィンの人生で最も激しい空爆が二時間続いたが、いまだ戦闘の流れは北部同盟有利に傾いてはいなかった。人数と装備で圧倒的優位に立つタリバンは、旧ソ連製の戦車と対空用の重火器を前面に押し立ててきた。対空兵器を小銃のように構え、北部同盟の諸陣地に攻撃をかけはじめたのだ。陣地のひとつには、カルヴィンのチームが占拠する防火施設もあった。戦場でいちばん有益な男を守るため、北部同盟の兵士の一部は、アメリカ陣地の防衛を命じられていた。戦いが激しさを増し、施設の一階では白兵戦も始まったが、ディアスの〝狙撃手の巣〟は力不足で、完全に敵の足止めをするには至らなかった。

「あの［バグラム飛行場の］戦闘のころまでに、連中の使命は、脅威にさらされた我々の命を、どんな犠牲を払ってでも守ることになってた」とカルヴィンは北部同盟の警護部隊について語る。じっさい彼が任務に全神経を集中させ、グリーンベレーの標定手から情報を受けとり、標的の直上に爆弾を投下させているあいだ、ひとつ下の階では、彼の命を守るために、北部同盟の兵士たちが自らの命を差し出していた。この戦闘から一八年後、名もなき戦士たちはカルヴィンの心とともにある。戦士たちの同志を解放する任務に打ち込んだ戦闘管制員は、今も彼らの尊い犠牲を忘れていない。「この世で最大の敬意がふさわしいのは、戦闘中、あなたのために死を厭わなかった人々だ」自分のために死んだ男たちを、カルヴィンは簡潔にこう評する。「最高の訓練も受けていなければ、最高の武器を与えられてもいなかったが、あいつらは漢だった。わたしはあいつらのことを、あの誇り高い死に様を絶対に忘れない」

アフガン人警護部隊の守備のもと、カルヴィンは空爆の要請に全力投球を続けられたが、むしろ地上では北部同盟に逆風が吹きはじめていた。戦死者は両陣営ですでに数千名。しかし、タリバン側の圧倒的な数的優位が帰趨を決しかけており、〝五五五〟を含む北部同盟側は壊滅の危機にさらされていた。アメリカ人に関しては、献身的なアフガン人の仲間がいなければ、撤退することさえおぼつかないだろう。カルヴィンの目に映る二〇〇〇名のタリバン兵は、戦車だけでなく装甲兵員輸送車の支援を受け、最後の大攻勢のために展開を終えていた。さらにその後方には、第二波の要員も控えている。カルヴィンは形勢逆転の賭けに出る必要があった。

上空で攻撃態勢を整えた一機のB－52は、今までとは様相を異にしていた。搭載する二七発の二〇〇〇ポンド爆弾を、カルヴィンは自分の位置から五〇〇メートル以内に着弾させるつもりだった。しかも投下高度は三万フィート。残念ながら、二七発はいずれも精密誘導装置がついておらず、〝スマート〟ではない従来型の爆弾だ。風と大気の乱れの影響を受けつつ、修正のないまま六マイルの距離を落下していく。ネバダ州ネリス空軍基地の演習場で同様の訓練を行なう場合、安全確保のためには五マイルの距離をとらなければならない。

このような超弩級の爆撃では、複数の計算（標的の座標と、自分の現在地と、友軍の配置場所——ただし、すべてはソ連時代の古くて不正確な地図を基にしていた）のうちひとつが狂っただけでも、重大な結果を招く。下手をすれば、北部同盟はカブール攻略戦に敗れ、カルヴィンはチームを道連れに、自分の手で自分を蒸発させることになるだろう。

戦闘管制員はチームメンバーの顔を見渡した。武器や目標指示装置の向こうから、冷静な視線が返ってくる。生残《サバイバル》の争いは前方の戦場のあちこちで、そして建物の一階下でも繰り広げられており、男たちが闘って散っていった。アメリカ人たちは互いに見つめ合い、結果の重大性について考えを巡らせた。一時間にも感じられる数秒が経過する。カルヴィンはチームメイトに訊いた。「これを良しとするか？　これを実行していいか？」賛成は全員一致だった。

カルヴィンはSST－181レーダービーコン（手持ちの機器の中では、爆撃機にこちらの位置を表示させられる唯一のもの）の作動を再確認し、攻撃目標の座標を最終確認し、空爆要請の手続きを行なった。

爆撃機は高度三万フィートでデータを入力したあと、下界の男たちの運命に向かい、時速およそ五〇〇マイルで飛行した。操縦士がCCTに確認を求める。要請された攻撃目標とチームの位置があまりに近接していたからだ。

「パイロットには言ってやったよ。空爆がなければ、どのみち敵に殺されるだけだって」

地上の絶望的な状況にもかかわらず、カルヴィンはB－52の一度目の攻撃機会をスルーし、ふたたび爆撃コースに乗るよう旋回を指示した。すべての数字を小数点以下まで確認し直すため、この時間を利用したのだ。

コースに乗ったと二度目の報告が入ったとき、カルヴィンは前方を眺め渡した。まるで幻想のような光景は、ハリウッドの演出を彷彿させる。彼はまたひとつ溜め息をつき、黒いプラスチック製のハンドセットのボタンを押し、冷静な声ではっきりと言った。「承認する」

パイロットからの返答は数秒後だった。「投下完了」

高度三万フィートで放出された爆弾は、地上に到達するまでざっと一分かかる。防火施設の外では、相対する大義を奉じる数千人の兵士が闘っていた。引力で動く破壊の化身がこちらへ向かっているとも知らずに……。〝五五五〟は北部同盟の各陣地に、「伏せろ!」というメッセージを流した。

自らの一計に身を委ねたカルヴィンは、晴れ渡る蒼天を見あげ、偽りの穏やかさを感じとった。遙か高みを行くB－52が、八基のターボファン・ジェット・エンジンから、四本の飛行機雲をたなびかせている。故郷の家族に思いを馳せ、ひとつ深呼吸をしてから、両腕を体に巻きつけて床に這いつくばった。

攻撃は完璧だった。戦場にはかろうじて友軍の前線が残っていたが、合計五万四〇〇〇ポンドの爆発性の死に神は、その前線に沿って、味方陣地のすぐ手前ですべて同時に起爆した。土壌と火炎が創り出す黒煙の花が、全長一マイルの前線の上を越え、中空へ向かって怒濤の開花を迎える。続いては音が襲来し、衝撃波に次ぐ衝撃波が戦場の全兵士を激しく揺すぶり、肺の中の空気を搾りとっていった。カルヴィンのいる建物は、傾きはしたものの倒壊は免れた。装甲輸送車と戦車の重々しい破片が、スローモーションで落下してきたが、地面に激突する音は聞こえない。二〇〇〇ポンド爆弾によって解き放たれたエネルギーが、原爆並みの秒速二万五〇〇〇フィートで四方八方へ広がり、耳をつんざく咆哮となってほかの音をかき消したのだ。

すぐさま訪れた静寂には、奇妙にも、人の耳を聾する効果があった。一直線に並ぶ巨大なクレーター群は、人間の断片や、小銃の破片や、装甲車輛の残骸で縁取られており、タリバン側と北部同盟側の目撃者を茫然とさせている。破壊の現場の向こう側に、慌てて南へ撤退していくタリバンの第二波の姿が確認できた。

突如としてカブール中心部への道が開かれ、戦闘を終結させる空爆から一時間もたたずに、カルヴィンと〝五五五〟はふたたび北部同盟の車輛に分乗した。彼らが首都に入るときの光景は、第二次世界大戦で解放されたフランスの町を思い起こさせた。一部地域での抵抗はあったものの、カブールは陥落した。カルヴィン・マーカムの首都到着は一一月一三日の０８００時。作戦開始から二六日目に当たる。国防総省《ペンタゴン》の計画立案担当者たちが六ヵ月以上を見込んだ目標は、ときとして手に負えなくなる北部同盟と、戦闘管制員一名を擁するＯＤＡ一部隊によって、一ヵ月もせずに達成されてしまった。第五五五ＯＤＡと、やはりＣＣＴを擁する別の複数のＡチームが敵中降下してから、数えるほどの日にちが経過しただけなのに、アフガニスタン全土に占める北部同盟支配地域の割合は、一五パーセント未満から五〇パーセントに跳ねあがった。

　空軍銀星章の表彰状の文面によれば、９／11に対する合衆国の報復として、航空攻撃を指揮した最初の戦闘管制員であるカルヴィン・マーカムは、数十回の空爆を采配した功績が認められた。具体的には、「戦略［重爆撃］機と戦闘機を合わせて一七五機以上の出撃に関与し、約四五〇台の敵車輌と、三五〇〇名以上の敵兵士を排除するという結果につなげた。［これは］最終的に、アルカイーダとタリバン傘下の数百の地上部隊を降伏させるに至った」。この戦績は、最初の任務に要した四二日間の数字だ。カルヴィンにとって当該期間は、危険な日々であり、ときとして絶望の日々であった。そして、危険な日々はこれが最後ではなかった。

　大規模な会戦のあと、かつての籠城戦で荒廃した首都の一角で、親しいアメリカ人同士が再会を果たした。別々の部隊に所属するＣＣＴ二名は、一ヵ月近く入浴をしておらず、身なりからは汚さとだらしなさが感じられた。衣服は乾いた汗と泥がへばりつき、髪の毛はぼさぼさで顎髭はもじゃもじゃ。しかし、ふたりは兄弟のように抱擁を交わした。カルヴィンは最初の任務を成功させつつあった。もうひとりの男は名前をジョー・オキーフといい、〝２４〟の高等作戦（ＡＦＯ）部隊から、ＣＩＡの〝粉砕器《ジョーブレイカー》〟に派遣されていた。数週間前にアフガン潜入を行なったのはカルヴィンと同じだが、新たな所属先は〝ＣＩＡ《エージェンシー》〟の四人構成のチームだった。

アフガン戦争における初めての大会戦で、自陣営に勝利を届けたばかりのカルヴィンは、バッテリーから爆弾まですべてを取り扱う後方の司令官や計画立案者に対し、荷物の届け方に関する激しい不満を抱いていた。「彼とはブレーンストーミングをした。どうすればもっとうまくできるかを検討するために」と逞しきCCTは経験談を語る。彼らは敵と闘うのと同時に、空軍内部の官僚主義とも闘っていた。航空支援を調整するには、一九七〇年代のラオスとベトナムまで遡る硬直した手順を踏まなければならなかった。「我々の仕事については、正式な手続きが確立されてなかった。我々が手本を執筆してたんだ」と彼は回顧する。

アメリカ本国のジョン・チャップマンは、新たな空爆手続きの執筆に携わっていなかった。彼は調査部門の部屋に閉じこもり、調査評価書を執筆したり、不測の事件や戦争において、ほかの人々が使える道具を開発したりした。湾岸戦争に関する限り、チャップマンは二軍落ちを自覚していた。しかし、今回は自ら選んだ降格だった。調査部門へは希望して異動したのだから。二カ月前、澄み切った青空からアメリカ合衆国を直撃した最新の戦争には、現在、合衆国軍のあらゆる注目が向けられている。おそらく、唯一の例外はジョン・チャップマンだろう。

バグラム飛行場でそれぞれの道に分かれたジョー・オキーフとカルヴィン・マーカムは、自分たちが長い戦争のほんのとば口にいることを理解していた。官僚主義は前時代的で風通しが悪く、敵は狂信的で基盤が揺るぎない。カルヴィンが飛行場から向かうのは、当然の権利である保養慰労休暇。オキーフのほうは友人に先んじて、別の戦闘管制任務に就こうとしていた。次の戦場は、どちらのCCTも存在さえ知らぬところ――カブールの東方一〇〇マイル、パキスタン国境の山岳地帯に造られた複雑な洞穴拠点だ。そこはトラボラと呼ばれていた。

第六章　二〇〇一年九月一一日

ジョー・オキーフ戦闘管制員は朝の六マイルのランニングに出掛けた。ポープ空軍基地の駐機場を回り込むコースの途中で、第二四特殊戦術飛行隊の〈ミュール〉輸送用四輪バギーが横に停車し、「飛行隊にお戻りください。今すぐ！」と運転手が叫ぶ。バギーに飛び乗ってJSOCの複合施設まで戻り、〝24〟の本部に顔を出したとき、テレビ画面で大写しになっていたのは、第一撃を受けた世界貿易センターのタワーから黒煙が立ちのぼっている光景だった。オキーフは出動があると悟った。目的地がどこかまではわからないが……。軍歴一八年の古参CCTは、〝24〟のパイロット部隊の一員としてデルタフォースと協働し、高等作戦（〝AFO〟〔advanced force operations〕と略されるが、高等作戦を遂行する部隊をAFOと呼ぶ場合のほうが多い）に取り組んでいた。この枠組みの本質的な役割は、政治的に敏感な地域、もしくは敵対する地域に、誰よりも早く到達すること。つまり、目的地がどこであろうと、オキーフはアメリカが即応する範囲のうち、最も遠い外縁部へ間違いなく送り込まれるわけだ。

しばらくのち、彼はマリオというAFO部隊の同僚とウズベキスタンに向かった。ふたりはCCTの最小構成単位として最前線へ送られ、その後、CIAの〝ジョーブレイカー〟部隊（9／11の報復任務にあたる〝エージェンシー〟の部隊）に組み込まれる予定だった。AFO部隊に属するCCT二名とデルタフォース隊員たちは、経由地のドイツでふたつのチームに分割された。マリオのチームはパキスタンに向かった。オキーフとデルタフォースのダンという上級曹長（通称デルタ・ダン）は、CIAの工作員《ケースオフィサー》および準軍事作戦用の契約局員と合流し、四人チームの構成でアフガニスタンに送られ、〝ジョーブレイカー〟隷下のジュリエット・チームの呼称を与えられた。

CIA支給の地元民の衣服を着た四人は、ウズベキスタンからタジキスタン行きの飛行機に乗った。オキーフはタジキスタンでギャリー・バーントセンを紹介された。バーントセンはCIAの主任ケースオフィサーで、アフガニスタンとオサマ・ビンラディン追跡の担当者だった。次の目的他はカブール。この時点ではすでに、カルヴィン・マーカムと〝トリプル・ニッケル〟がタリバン勢力を空爆で撃破しはじめていた。ジュリエット・チームは、北部同盟が所有するおんぼろの旧ソ連製Mi－8ヘリコプターで、ヒンドゥークシュ山脈の斜面すれすれを飛び、冠雪した二万フィート級の山頂をいくつも越えていった。窓の向こうを高速で通り過ぎるのは、ソ連による侵略の痕跡と遺物だ。錆びついた戦車と装甲兵員輸送車の残骸。まばらに見える小さな村々は、周囲に大砲の破片が散らばっている。月面を思わせる急峻な地勢に、打ち棄てられた兵器が点在する光景は、訓練で訪れたネバダ州ネリス空軍基地北方の秘密実験場と、不気味なほど雰囲気が似ていた。

ジュリエット・チームは、カルヴィン・マーカムとグリーンベレーたちが陥落させる前のカブールに着陸し、最初の任務に取りかかった。彼らに課せられたのは、人道支援団体〝シェルター・ナウ・インターナショナル〟の活動家八名――うち二名がアメリカ人――を救い出すこと。しかし、最後の最後で救援任務は別の組織に委ねられた。首都の状況は危険かつ流動的だったのだ。カブールのCIAに協力する唯一のCCTであるオキーフは、かつてのソ連の空軍基地であるバグラム飛行場に、有志連合の航空機を初めて着陸させるという任務に就いた。カブールはいまだ両勢力が入り乱れていたが、CIAの支援の下、彼は一八年間の経験を任務成功に結びつけた。「次の命令は、イラン機を着陸させることだった」。イラン政府は国際社会の行動に参加することも、北部同盟のアフガニスタン人を支援することも拒否する一方、合衆国の影響力を抑え込もうと、可能な限り早くカブールの大使館を再開させようとしていた。オキーフが飛行場詰めになった当初、たくさんの動きが起こったものの、説明がなされる事例はほとんどなかった。「山のような出来事が夜のあいだに通り過ぎてった」と彼は回顧する。ある日、オキーフは飛行場でバーントセンから質問された。「ちょっと手を貸してもらえるか？」最も新しいCIA拠点の支局長となった主任ケースオフィサーは、現金がぎっしり詰まった横幅二フィートの飛行士用鞄を差し出し、中身の管理を任せたいと言ってきた。戦闘管制員は数週間のあいだ、律儀に一〇〇万ドル単位のキャッシュを持ち歩き、ばらまくたびに一〇〇万ドル単位の取引内容を記録しつづけた。「バーントセンは凄い奴だった」とオキーフは伝説のケースオフィサーを評する。「彼は我々を完璧に信頼していて、すべての計画立案と情報交換に参加させてくれた。有線通信《ケーブル・トラフィック》［安全な方法でやり取りされるCIAの機密情報］も例外じゃなかった」

　カルヴィン・マーカムと後続部隊の活躍によって獲得されたカブール市内の優勢は、一一月中旬ごろには早くも崩れはじめていた。縄張りや外交政策を巡り、部族と派閥が力での主張をしだしたからだ。オキーフとデルタ・ダンも協力し、CIAはカブールのホテルに作戦本部を設置した。ここには、初めて捕らえられたアルカイーダのアラブ兵たちが拘留されていた。尋問で捕虜が吐いたのは、ビンラディンがトラボラにいるということ。「トラボラって何だ？　我々はその謎を解き明かそうとした」とオキーフは回想する。誰もトラボラの名を聞いたことがなく、バーントセンはジュリエット・チームに言った。「『カブール北方の』パンジシール渓谷へ向かって前進するぞ」

ホテルを離れる前に、オキーフはマーカムと偶然の再会を果たした。「あれは本当に助かったよ。カルヴィンからはアフガンの地勢情報をもらった。トラボラ地区とジャララバードの詳細も教授してくれた」。次の目的地は、ジャララバードにあるCIAの隠れ家。トラボラでビンラディンの捜索が行なわれる際、この隠れ家は作戦の中継基地として使われる。CIAの派出所長であるジョージと会ったのも、ここだった。付近では陸軍第五特殊部隊群のODAが活動しており、オキーフと親しいビル・ホワイトというCCTが所属していた。CIAはホワイトのいるODAをトラボラに乗り込ませ、アルカイーダの首領を空爆で暗殺することを、もしくはアジトから炙り出すことを望んだ。

バーントセンはバグラム飛行場で、第五特殊部隊群のジョン・マルホランド司令官に面会し、ホワイトたちを前線に投入するよう依頼した。マルホランド大佐はこう訊き返してきた。CIAはジャララバードの現況について詳細な情報を持っているのかと。

「ひどい状態ですよ」とバーントセンは認めた。「実権を掌握する勢力が存在しないために、武装したタリバンと「アルカイーダの」兵士たちが大きな群れを作って、いまだに混乱を引き起こしています」

「拠点とできるような場所は確保してあるのかね？」

「いいえ」と主任ケースオフィサーは答え、こう付け加える。「ですが、治安の向上を待つ気はありません。今が仕掛け時です」。一個でも石を投げれば、ビンラディンは逃亡してしまうだろう。もしかしたら、テロリストの親玉を殺す機会は二度と訪れないかもしれず、バーントセンは絶好のチャンスを逃すつもりはなかった。

歴戦の特殊部隊員であるマルホランド大佐は、状況の移ろいやすさを認識していた。最初に送り込んだふたつのODAは、マーカムとマット・リーンハードの両CCTを擁し、幸運にも生き残ることができた。しかし、制御不可能な戦場に関するCIAの評価を基に、さらにもうひとつ完全体のチームを注ぎ込むのは、長い戦争になる公算が大きくなった現在、儲けが確実なギャンブルとは言い難い。結局、大佐はODAの投入に同意しなかった。

マルホランド大佐の協力を得られず、CIAはにっちもさっちもいかなくなった。このニュースをジャララバードの隠れ家で聞いたジョージは、オキーフとデルタ・ダンに向かって「君らでやれないか？」と尋ねた。オキーフはイエスと答えた。空爆の調整と要請はどこからでも可能だと。「OK」とジョージは言った。「日が暮れたらすぐに出発できるよう、準備をしておいてくれ」

オキーフとデルタ・ダンは顔を見合わせた。作戦は一〇〇パーセント能力の範囲内だが、今の時点で決断を下すことは、ほとんど何も知らずに深入りすることを意味した。オキーフは手早く火力支援計画を練りあげた。「わたしは食物連鎖ピラミッドの上位へ計画書を提出して、あれよあれよという間に裁可がおりた。我々はトラボラの地を踏む初めてのアメリカ人になったわけさ」。時は一二月三日。

敵支配地域への潜入の成功は、難しい任務の単なる中間点ではなかった。ここまでの半分は、死んでもおかしくない半分だった。四名のアメリカ人は、敵地にこっそり忍び込むため、幌付きトラックの荷台に押し込められ、偽装として上に荷物を積まれた。夜通し悪路を進むなか、四人はトラックが検問所で止められる気配を感じた。ジュリエット・チームを輸送する一〇名ほどのアフガニスタン人と、検問所の正体不明の警備兵たちが言い争いになり、恐怖症を引き起こしそうな狭い空間に怒声が響く。オキーフはふと思った。バブラクという軍閥の長に付き従いながら、CIAの金で買収された連中の手に、自分たちの命が握られているのだと。「我々はAK［AK－47自動小銃］を持って、アフガン風の服と帽子をかぶってたが、まあ、あれだ、〝白人〟なのはごまかせない」。敵に発見された場合、四人はひと目でアメリカ人とばれる。しかし、幸運の女神はオキーフたちに微笑み、検問所での事態は沈静化した。ようやくトラックが前へ動きだし、ふたたび悪路の走行が続いたあと、最終的に停車して荷台から降りるよう促される。ここからは徒歩での移動だった。同行するラバの群れには、地元民のガイドたちによって、大量の荷物がくくりつけられていた。

暗闇の中を数マイル歩いたあと、ジュリエット・チームはひとりの村長《むらおさ》を紹介された。次の経由地へのよすがである村長は、米国人がさらなる爆撃をもたらすのではないかと心配していた。すでに多くの村々が破壊されていたからだ。オキーフは次のように証言する。「わたしは村長に保証した。〝これ以上〟村に爆弾を落とさなくて済むよう、我々がここにやって来たんだって」

ジュリエット・チームは先の案内を頼んだが、村長はバブラクから使命を与えられていた。アメリカ人たちに何も起きないよう取り計らえと。これは、米国人の身を案じての処置ではない。〝庇護下〟のアメリカ人を失った場合に、CIAの現金供給が途絶えることを恐れたのだ。だから、村長はスピンガル山脈（ホワイト山脈）の奥深くへの案内を拒否した。ビンラディンと数百人のアルカイーダ兵が、スピンガル山脈に要塞を築きあげたことは、地元民のあいだでは公然の事実であり、オキーフたちは要求を押し通し、雪に覆われた山の斜面を、さらに深くさらに高く進んでいった。彼らはアルカイーダ勢力圏の奥に踏み入り、標高一万一〇〇〇フィートまで登ってきたが、敵の山岳基地についてもビンラディン本人についても、どこを探せばいいのかまったく見当がついていなかった。

オキーフは次のように回顧する。「我々は装備が不充分で、交戦できる状態じゃなかった。わたしのAKは弾倉が三本だけ。収納スペースはSOFLAMと測距器と予備バッテリーでいっぱいだった」。四人はそれぞれ多すぎる荷物を運んでいたが、ほぼすべてのCCTに共通する習い性で、オキーフの過積載ぶりは群を抜いていた。

懲罰のような道のりが続き、時折ゆえある妄想に悩まされながら、山脈の最も高い尾根と向かい合う場所に辿り着いた。ここは監視をするのに打ってつけで、チームは初めて敵の姿を、本気でやり合う相手の姿を、じっくりと観察することができた。オキーフはSOFLAMを設置し、デルタ・ダンとCIAのひとりを担当に指名し、機械の起動と、空爆時のレーザー照射を任せた。デルタフォースの元隊員であるもうひとりのCIAは、前方に点在する敵の陣地を調査し、最初の攻撃目標を選定した。オキーフは通信機とレーザー測距器を準備し、動作をチェックしたあと、作戦の手順をおさらいし、早期警戒管制機《AWACS》――空に関する複雑な状況を戦場で調整できるシステムをAWACSと呼ぶが、このシステムを搭載する専用航空機も同じくAWACSと呼び習わされている――に最初の通信を行なった。チームの現在位置と攻撃機の必要性を伝えるあいだ、AWACSは戦闘空域を旋回していた。ジュリエットはチームとして小さく、上位の司令部も上位の認証権者もいなかった。そして、独自の判断で任務を遂行する権限は、軍ではなくCIAから与えられていた。つまりオキーフは今、CIAの作戦を取り仕切っているわけだ。

AWACSが第一撃として送り込んできたのは、GBU-10（レーザー誘導式の二〇〇〇ポンド爆弾）を積んだF-14の二機編隊。「心臓がばくばくしてた。AQ［アルカイーダ］の連中が、すぐ目の前にいたんだ」。オキーフは航空機の到着を待った。F-14は自力でレーザー誘導ができるため、第一撃ではSOFLAMを起動する必要さえなかった。海軍の戦闘機編隊が現着を報告してきたとき、「わたしは〝承認〟を出し、爆弾はみごと敵陣に命中した」。

TNTとアルミ粉末（熱衝撃増強剤）を混合したトリトナール爆薬二〇〇〇ポンドは、敵に何も気づかせぬまま、標的の掩蔽壕を跡形もなく消し去った。うねりながら煙が立ちのぼり、攻撃成功の証たるキノコ雲が形作られるなか、襲い来る衝撃波によって、眼前の狭い谷全体が揺すぶられる。四人の男たちは視線を交わし、互いに頷きを返した。この瞬間、ジョー・オキーフはオサマ・ビンラディン(軍界隈ではUBLと呼ばれる)との個人的な戦争の火ぶたを切って落としたのだった。彼はすぐさま第二撃を要請し、AWACSから送られてきた戦闘機編隊が攻撃を行なった。デルタ・ダンがSOFLAMを操作しつつ、ジュリエット・チームは第一主目標に近接する敵陣を次々と除去していき、作戦展開に使える半径一キロの自由行動空間を創り出した。

チーム内のふたりのCIAのうち、高位の局員がジョージに連絡をとり、空爆で一掃した空間へ前進する旨を報告した。ジョージはチームの現在位置と、ジャララバードの隠れ家とのあいだで待機中だった。

元軍人のジョージは意気揚々と言った。「素晴らしいニュースだ。いいか、この件はホワイトハウスでもブリーフィングされていて、彼らは本気で興味を持ってくれている。わたしとしては、ぜひとも前進を続けてほしい」

とはいえ、チームと地元民ガイドはともに銃撃戦ができるような装備ではなく、それどころか、補給がなければ凍てつく山での作戦継続は不可能だった。携行品についてオキーフはこう回想する。「わたしが持っていたのは、水を入れた〈ナルゲン〉の一クォートボトルが一本と、軍用保存食が一袋と、バッテリーが二本だけ。もともと一晩で戻る予定だったからな。だが、そんな状況でも、我々が任務を中止することはない」。標高一万一〇〇〇フィートの凍てつく山地での行軍は続いた。稜線を越えるたび、一〇〇人単位とはいかずとも、一〇人単位のアルカイーダ兵が待ち構えているかもしれなかった。雪上を一歩進むたびに、キュッキュッという死の足音が響く。

次の監視所を設置する際、オキーフはほかの三人に目標候補をスケッチさせたり、空爆に役立つデータを集めさせたりし、自分では、正面方向の山々と敵陣が含まれる地形図を作成した。なんとか高所を確保できたため、敵の慌ただしい活動ぶりを眺め下ろすことができた。オキーフはCIAの片割れから、スケッチと、監視所との相対座標を渡されたとき、チーム内にCCTが独りきり、という状況の現実を突きつけられた。「睡眠がとれないってことに気づいたんだ。わたしが監督してないとき、ほかの三人には空爆要請を任せられなかった」。味方への誤爆の危険性を排除し、チームの現在位置の安全を保証するのは、オキーフの責務だった。これを果たし損ねた場合、たとえ別の誰かが良心を痛めたとしても、自分の失敗の重荷が軽くなることはない。結局、次の四五時間は一睡もせず、休憩もとらずに働きつづけた。そして、戦場の情報や座標を受けとりながら、すべての空爆要請をこなしていった。

オキーフのチームは知らなかったが、この戦争で最初の〝味方殺し〟が直前に発生し、JDAM《ジェイダム》（統合直接攻撃弾〔Joint Direct Attack Munition〕の略で、レーザー誘導が可能な普及型爆弾）使用の即時停止が命じられた。しかし、ひとつ例外があった。コールサイン〝VB2〟、すなわちジョー・オキーフの要請による空爆だ。結果として、アフガニスタンで活動する航空機も、アフガニスタンに向かう航空機も、当該爆弾を積んでいる場合は、すべてオキーフCCTのもとへ回されていった。

戦闘管制員をはじめ、空爆要請の資格を与えられた者は、このような状況下でこそ真価を発揮する。オキーフの説明によれば、「とんでもない数の機を押しつけられて、わたしは空域を高さ二〇〇〇フィートごとに区切り、ひとつひとつの層に一機ずつを割り当てていった。レーダーがないときの標準的な航空交通管制の手順を使ってね。機種もさまざまだった。B－1に、B－52に、F－16に、F－15に、F／A－18ホーネット。しかも、本当にきりがなかった」。空域への到着をAWACSに報告した航空機は、すべてオキーフのところへ回されてきた。カルヴィン・マーカムと同じように、いや、この新しい戦争を通じて何度も何度も繰り返されるように、任務成功の原動力となるのは戦闘管制員の専門技術だった。

　状況は信じられないほど錯綜していた。オキーフはヘッドセットを着け、ふたつの通信機のマイクをボタンで交互に切り替えながら、片方の耳を使ってAWACSとやり取りし、もう片方の耳では、空爆をコントロールするだけでなく、頭上に開設した〝国際有志連合空港〟の切り盛りも行なった。地図の余白とメモ帳は、コールサインと機種と搭載爆弾で埋め尽くされていた。アフガニスタン国内の操縦士のあいだで、オキーフは一番人気の存在となった。航空機がAWACSに現着の通信を入れると、彼の耳には「ヴィクター《V》・ブラボー《B》・ツー《2》のところへ行かせてくれ」という要望が響いた。VB2と仕事をすれば、アルカイーダの中枢に爆弾をぶち込めると、パイロットたちは知っていたのだ。オキーフの狙いがビンラディンその人であることまでは、認識されていなかったが……。

　興奮と疲労は極に達していた。オキーフは二四時間ぶっ通しの空爆戦を数日にわたって継続した。睡眠も食事もとらず、氷点下の夜であろうと、アルカイーダに爆弾を落とした。猛攻撃が二日続いたあと、チームの指揮官を務めるCIA局員が、バーントセンに連絡をとってこう告げた。「今から作戦を中断して、少し睡眠をとります」

　アメリカの〝長い腕〟として、復讐劇を遂行しているつもりの冷酷な主任ケースオフィサーは、相手の真意を訝った。「なんだと？　いったい何のために睡眠が必要なんだ？　敵を殺してる最中だというのに！」

「主任、申し訳ありませんが、もう五六時間もぶっ続けでやってるんです。重い荷物を持って山を登ったあとに。さすがに限界です」チームは監視所設置後に前進、というパターンを四度も繰り返しており、どのアメリカ人部隊よりもアルカイーダ勢力圏に深く入り込んでいた。そして、彼らは相変わらずたった四人のままだった。

快適なＣＩＡのカブール支局で、バーントセンは認識を改めた。現場にいる四人の状況や、彼らにのしかかっている重圧を、自分は正しく理解していなかったと。「すまない。休息をとりたまえ。増援はそちらへ向かっている。四八時間以内にＳＦ［特殊部隊］が現着するはずだ」

「素晴らしいニュースです。我々は六時間で空に戻ってきます。ジュリエット・フォワード、通信終わり」。疲れ果てていたチームは、数日前に会った村長が近づいてくることを察知できなかった。バブラクから提供された護衛は二日前に引き揚げており、以後、アメリカ人たちは四名だけで行動していた。村長はサンダルに〝マン・ジャミーズ〟（アフガニスタン人やアラブ人の男性がよく身に着ける服で、形としては西洋の膝丈ドレスに似ている）という出で立ち。事前の通告もなにもなく、雪中を監視所へと接近してきた。村長の目的はいったい？　地獄を思わせる黒煙が立ちのぼり、大地を揺るがす爆発が繰り返され、山深い谷が完全に破壊されるのを見て、アラブ人を始末してくれた感謝の気持ちを、わざわざアメリカ人に伝えに来たのだ。「彼がアルカイーダだったら、我々は皆殺しにされてた」とオキーフは回顧する。「もしも、［アルカイーダが］パトロール隊だけでも出していれば、空爆の目標確定方法が見破られて、うちのチームは壊滅させられてただろう」。しかし、アルカイーダが新しいゲームの仕組みに気づくことはなかった。

このころ、谷を挟んだ反対側の尾根には、マルホランド大佐によって送り込まれ、ビル・ホワイト戦闘管制員を擁するＯＤＡが到達していた。オキーフのチームは、六時間の休息をとったあと、七二時間のうち六五時間を寝ずに闘いつづけ、最も屈強なアルカイーダ兵とその指導者に迫っていった。ビル・ホワイトとグリーンベレーたちが現れ、谷の向こう側に陣取ると、ふたりのＣＣＴはそれぞれの監視所から、空爆の調整に取りかかった。具体的には、敵に対する圧力が途切れぬよう、担当する戦場と航空機を分割したのだ。アルカイーダは既知の無線周波数を使っていたため、CIAの信号情報（SIGINT《シギント》）収集員たちは、空爆が敵にどんな衝撃を与えたかについて、リアルタイムの情報を入手することができた。「我々はB－52が頭上を一回通過するたび、Mk－82［非誘導式五〇〇ポンド爆弾］を四五発投下させた。すべての命中地点が二キロ四方にぴったり収まってた。これは信じられない精度だ」

一二月三日から八日までのあいだに、スピンガル山脈のミラワ谷では、ジョー・オキーフ戦闘管制員の調整と承認の下、合計六八万八〇〇〇ポンド分の空爆が行なわれた。空挺戦の歴史上、一度の交戦中に一名のCCT——CCT以外の権限者も含む——が落とした爆弾量という種目で、この数字は今でも最高記録の座を保ちつづけている。食べ物も尽き、バッテリーも尽き、精根尽き果てた四人の男は、一二月八日、CIAによって戦場から退去させられ、ジャララバードの隠れ家に戻された。精鋭兵を一〇〇人単位で葬ったものの、ビンラディンを始末することは叶わなかった。実のところ、CIAはアルカイーダの指導者の送信機を特定し、VB2の正面わずか一・八キロの地点で確認したが、装備不足のジュリエット・チームではそれ以上の接近は不可能だった。「わたしは疲れ切ってた。食糧も水もなかった。だが、アドレナリンはじゃぶじゃぶだった」と、直接〝UBL（オサマ・ビンラディン）〟を攻撃目標にした最初の戦闘管制員は追想する。そして、彼は最初で最後の存在ではなかった。

増援の到着も近かった。デル・デイリー統合特殊作戦コマンド（JSOC）司令官は、戦闘参加とビンラディン殺害のため、すでにデルタフォースを派遣していた。ジョーブレイカー隷下のジュリエット・チームが撤退するのと入れ替わりに、トム・グリーアという若き士官に率いられたデルタ隊員四〇名が、マイク・ストックデールという〝24〟のCCTを伴って、アフガニスタンの地に降り立った。[7]

二〇〇一年秋の時点でのマイク・ストックデールは、どちらかというと〝24〟の若手寄りだった。デンヴァーで生まれ育った彼は、一九九八年に〝24〟のグリーン隊を卒業。オキーフと違って9／11の瞬間は、JSOCの演習でハンガリーに滞在していた。JSOCの参謀陣と実戦部隊の大半とともに帰国すると、すぐさまCSAR（戦闘捜索救難）の枠組みでトルコに送られ、いつの間にか、滑走路上で緊急出動を待つ身になっていた。トルコでは刺激的な事態は起こらなかったが、ちょうどこのころ、デルタフォースのA中隊がもうひとりCCTを必要としており、マイク・ストックデールはいつの間にか、MC－130コンバットタロン輸送機でバグラム飛行場へ向かっていた。着陸後に顔を合わせたのが、A中隊の〝アイアンヘッド〟上級曹長と、新しい指揮官である〝レッドフライ〟ことトム・グリーアというわけだ。

茶色い髪をした痩せ形の長身で、鋭い観察眼と楽天家の気質を併せ持つマイクは、冷静沈着との噂がデルタフォース内に広まっていたが、デルタと実戦に出るのはこれが初めてだった。A中隊には階級が上のショーン・グレフCCTも所属していた。グリーア指揮官が四〇名の分遣隊を率いてジャラ

7　ストックデールはデルタフォース内で〝提督〟と呼ばれていた。ベトナム戦争で名誉勲章を受けた海軍軍人と同姓だったからだ。デルタ隊員は互いを識別するため、それぞれの個人にまつわるコールサインを使用していた。チーム指揮官のトム・グリーアは〝レッドフライ〟。のちに彼はトラボラでの任務を主題に、デルタフォースとストックデールの物語を執筆し、ドルトン・フュアリーの筆名で『キル・ビンラディン』として出版する。同じくデルタA中隊の任務を主導する立場の某上級曹長は、尽きせぬ勇気と回復力と統率力の持ち主で、トラボラでの活躍ぶりはデルタフォースの伝説となっている。彼のコールサインはうすのろ《アイアンヘッド》。コールサインは組織内の総意によって授けられるものであり、本人が選ぶことはできはない。

ラバードに進出し、そこからさらに、ジョージが管理する〝ジョーブレイカー〟の前方展開陣地に向かう際、グレフはストックデールに任務を委譲した。「山上にはアルカイーダとＵＢＬがいる。おまえが爆弾を食らわせてやれ」

トラボラのすぐそばまで近づいたとき、ストックデールはＢＬＵ－82――この一万五〇〇〇ポンド爆弾は、親しみを込めて〝雛菊《デイジー》を吹っ飛ばす者《カッター》〟と呼ばれている――の投下を目の当たりにした。〈フォルクスワーゲン〉のバンほどの大きさで形も似ているデイジー・カッターは、ＭＣ－１３０コンバットタロンから落とされ、パラシュートで減速したあと、穏やかに目標へ運ばれていく。攻撃の結果として生じたキノコ雲は、原子爆弾のそれを彷彿させた。デルタフォース隊員や、〝ムージ〟（デルタは味方のアフガン部隊をこう呼んだ）や、トラボラのアルカイーダ兵と同じく、ストックデールは桁外れの破壊力の示威に思わず足を止めた。いや、唖然として立ち尽くした。この爆弾は、ビンラディンに対するジョージ・オキーフの置き土産だった。

アメリカ側で戦闘全体を取り仕切るジョージは、地元のハズラット・アリ将軍に圧力をかけ、将軍の手勢を参戦させようと目論んでいた。きっかけとしてデルタを利用するのも計画のうちだった。レッドフライとアイアンヘッドは、日が暮れて気温が急落するなか、部隊の狙撃手とＣＣＴに準備を整えさせた。数日間に及ぶ作戦は、翌日の未明に開始される予定となっていた。

通信機とバッテリー、ＳＯＦＬＡＭとレーザー測距器など、任務に必要な道具が詰まった一〇〇ポンドの背嚢を運んできたストックデールは、とうとう地面に身を横たえた。今後の事態に、そして、初めての実戦に万全で臨むべく、出発前に二、三時間ほどの睡眠はとっておきたかった。しかし、デルタ隊員のひとりに揺り起こされ、「おまえの力が必要だとさ」と聞かされたときも、ストックデールはまだうとうとしている最中だった。彼は直属の上司であるホッパーを探しに行った。デルタの狙撃手で偵察分隊を率いるホッパーは、部下にこう言った。「今の勢いならAQの前線を打ち破れるとムージは主張してるが、じっさいは山腹で足止めを食らってる。連中には航空支援が必要だ」

ストックデールはうなずいた。「了解」

「我々は素速く進み、軽やかに進み、今すぐ進む」

「了解」とストックデールは繰り返し、荷物を置いてある廃校の隅に向かった。ここは敵勢力圏に最も近いCIAの隠れ家。ストックデールは一〇〇ポンドの偵察用背嚢から、〝お出かけ用〟背嚢（いわゆる小型バックパック）を分離させ、通信機とバッテリー数本とIZLID赤外線ポインターと水を詰め込んだ。外出は短時間の予定となっている。〝お出かけ用〟にはとても入らないSOFLAMは、すり切れたウールの毛布にくるみ、手に持って運べばいい。今回のチーム構成は、ホッパーと、ストックデールと、〈トヨタ・ハイラックス〉を走らせるアフガニスタン人運転手と、ジョージ配下のカーンというCIA局員。カーンはアフガニスタン国防軍とアメリカ海兵隊で闘った経験があり、別の政府機関からバーントセンとジョージのもとへ送り込まれてきた。

ストックデールの受けた命令は簡潔だった。一、戦場の様子を把握せよ。二、敵の防衛戦の突破を試みる味方に、航空支援を提供せよ。

四人はいかにもポンコツそうな〈ハイラックス〉に乗り込んだ（この外見は偽装で、人目を惹かないよう、わざとぼろぼろに仕上げてあった。実際には特別な改造が加えられており、サスペンションとウィンチの強化だけでなく、高標高用のチューンも施されていた）。ピックアップトラックが山道を登りだしてすぐ、四人は最前線が近いことを察知した。頭上のいくつかの尾根には、ムージ側の無反動ライフルの陣地が設けられている。車一台分の幅しかない曲がりくねった道を、ミラワ谷へ向かって登っていく途中、アルカイーダの散発的な迫撃砲がそこそこの距離に着弾しはじめた。そして、ひとつのカーブを曲がりきったとき、脱輪した味方のロシア製トラックに出くわした。荷台には、双銃身の二七ミリ対空砲。トラックを前側から引き上げようとしているのは、古色蒼然としたソ連製のT－55戦車だ。〈ハイラックス〉の車内で最も経験豊富なホッパーは、すぐさま危険を看て取った。間髪容れずに「このトラックを降りて、何か遮蔽物に身を隠せ。早く！」と叫び、男たちは近くの深い雨裂に逃げ込んだ。

それぞれが岩を遮蔽にした直後、八二ミリ迫撃弾が〈ハイラックス〉の真横に落下した。破片がピックアップを蜂の巣にし、甲高い音とともに頭上をかすめていく。落下地点の近くでは、ムージの一団がうずくまっていたが、そのど真ん中にもう一発着弾し、全員の命が消し飛んだ。ロシア製トラックが進路からどくと、「我々はまた車に飛び乗り、目的地への前進を続けた。相変わらず迫撃砲は、走行中の我々を狙ってきた」とストックデールは回顧する。

半キロ登った先の分岐点では、別のT－55戦車が動けなくなっており、ふたりのムージが車体の下に隠れていた。〈ハイラックス〉は戦車を回り込み、山道が自然消滅する地点まで辿り着いた。運転手が座ったまま、頭上の稜線を身振りで示す。どうやら、ここからは徒歩で移動しなければならないようだ。暗闇の中でガレ場をよじ登る移動方法は、ストックデールからするとサーカスの曲芸めいていた。暗視ゴーグルの優位性がなければ登攀は不可能だったろう。山を登りつづけて、「ムージの部隊に出会うたび、次の部隊につなぎをつけてくれた。まるで所有物を受け渡すみたいな感じで、我々はひどく困惑させられた」。

チームはようやく尾根の〝軍事的頂上部〟――空を背景に人影が浮かびあがってしまう、という恐怖を抱かずに移動できる山頂より少し下の部分――に到達した。戦いを見おろせる場所を確保したとき、ストックデールはぽかんと口を開けた。眼前の山腹と谷には、武器の残骸が散らばっており、根こぎにされた樹木が、ずたずたばらばらの惨状を呈している。ジョー・オキーフは素晴らしい仕事をやってのけたわけだ。

ストックデールが監視所で確認する限り、アルカイーダは三カ所の重機関銃陣地から、DShK（デシーカ）でムージの兵士たちを屠《ほふ》っていた。彼はホッパーに手伝ってもらい、いちばん近いDShKを攻撃するため、CCTの商売道具を設置しはじめた。数分もせずに、〝提督〟は空母〈カール・ビンソン〉から二機編隊のF－18を召喚した。周りの地形が急峻なせいで、レーザー機器をDShKに向けることができず、ラオス時代のように、昔ながらの口頭式で標的まで誘導しなければならない。まあ、戦闘管制員の腕の見せ所だ。これはストックデールの初陣でもあった。山の斜面が信じられないほど急なだけでなく、敵の陣地が巧妙に隠蔽されているため、伝達や説明にミスがひとつでもあれば、結果として大惨事を招きかねない。相変わらず、DShKの曳光弾が描き出す邪悪な緑の弧は、ムージの部隊を追跡して抹殺しつづけていた。ホッパーに見守られながら、ストックデールは冷静に任務をこなし、言葉で航空機を誘導し、ひとつ目の重機関銃陣地を破壊させた。「最初の陣地が消滅した瞬間、戦いの流れが完全に変わった。それだけDShKには手を焼かされてたんだ」

チームの三名と、いちばん新しい〝所有者〟であるムージ部隊は、この機に乗じて最前線まで進出した。ムージたちはチームを危険にさらしたくなかったようだが、ストックデールは戦場のまっただ中で空爆要請を続けた。時間は刻々と過ぎ、戦闘は激化した。「実は、憶えているのは最初の爆撃だけなんだ」とストックデールは回想する。あまりにも攻撃が多すぎたため、記憶はぼやけてしまっていたのだ。夜の帳が降りはじめたころ、素晴らしいニュースが届いた。「AC－130が来てくれることになった。〝ゲーム開始〟って感じだった」。チームはムージの戦闘陣地の中におり、周りのアフガニスタン人たちはRPGを荒々しくぶっ放していた。「あまりの轟音に頭が割れるかと思ったほどだ。でも、［ホッパーが］リーダーの役目を果たしてくれたから、大混乱も鎮まったし、ムージたちにも統率が戻った。おかげでわたしは自分の仕事に集中することができた」。ストックデールはSOFLAMとIZLID赤外線ポインターを設置し、AC－130ガンシップの到着を待った。

「状況は非の打ち所がなかった」と彼は回想する。「ガンシップがやって来るのは時間の問題で、サクソン［イギリス軍のAWACS］からはさらに航空機が差し向けられてきてた」。次に空爆を行なうのはB－1編隊だった。しかし、死の天使と言うべき重厚な四発機が、上空で攻撃態勢を整える前に、山頂付近がみるみる雲に覆われたかと思うと、山腹をまるで雪崩のように滑り降りてきた。嵐が迫っていた。「気圧の変化がもの凄くて、鼓膜が弾けそうだった」。嵐のせいでB－1とガンシップは帰投してしまい、ムージ側の兵士たちは酷寒の気象状況にじっと耐えるしかなかった。

新たな約束と新たな努力とともに翌朝は明けた。航空機が殺到しはじめ、準備万端整ったストックデールは、次から次へと空爆を要請した。目標は、アフガニスタンの最激戦地のうち、わずか数キロメートルの範囲に限定されていた。戦いは病的なまでの熱を帯びていった。デルタフォースの隊員たちからすると、「無線通信での〝提督〟は口達者に聞こえた」とグリーアは自著『キル・ビンラディン』に記している。「この商売で最も重要なのは、仲間のためにすべてを賭ける覚悟だ。これは危険な習性だが、空軍戦闘管制員に共通する習性でもある」

この時点でストックデールとホッパーとカーンは、戦闘空間のど真ん中まで移動してきていた。ムージの兵士たちは困惑の表情を見せたが、三人は羊飼いの廃屋にこもり、壊れた骨組みと残った壁に隠れ、自分の身を守りながら任務に傾注した。

ジョージは廃校の隠れ家で、ビンラディンに関する八桁の座標を受けとった。一九九〇年代末から、世界の最重要指名手配犯リストを賑わせてきたテロリストの現在位置が、一〇メートル×一〇メートルの格子内《グリッド》に初めて特定されたのだ。ジョージはさっそく情報を〝レッドフライ〟ことグリーアに伝えた。誰もが待ち望んでいたチャンスが訪れた瞬間だった。戦場で作戦行動に従事するデルタフォース隊員たちは、「〝提督〟の通信に耳を傾けていた。〝提督〟は絶え間なく爆撃機を呼び入れていたが、はっきりとわかる銃声で指示がかき消されることも何度かあった。通信を聞いているだけなのに、ジェスター［別のチームを指揮するデルタ隊員］の腕には鳥肌が立っていた」とグリーアは報告している。

〝提督〟はちょうど九機のF－18と一機のB－1に、すべての爆弾を吐き出させたところだった。「世界の最重要指名手配犯、ビンラディンを逃亡に駆り立てるいちばんの理由が、自分かもしれないということに、彼はまったく気づいていなかった」。自陣が敵の激烈な反撃を受けていたため、ストックデールは空爆要請を行なう際、戦いの苗床と言うべき地面に頭をこすりつける体勢で話さねばならなかった。敵の通信を傍受した結果、「父上［ビンラディン］は包囲網の突破を試みてる」という事実が確認された。アイアンヘッドとともに通信を聞いていたグリーアは、チームの三名が危険な立場にあることを認識した。

ホッパーはストックデールとカーンに言った。やれることはすべてやった。我が隊は退却する必要があると。露出した米国人チームの存在は、しっかり敵に把握されてしまっていた。さらに、戦いで絆を深めた三名は突然、〝所有者〟たちの姿が減っていることに気づく。ムージの大半は、ストックデールとホッパーとカーンを置き去りにしていた。残った少数のうち、六人は身動きがとれず、頼りにできるのはわずか三人のみ。味方の最前線で孤立し、敵に目をつけられた状態が、いつまでも維持できないのはホッパーにもわかっていた。自分たちのチームに銃撃戦の能力はない。ここに留まるのは、死を待つのと同じだ。激戦の流れは移ろいやすく、味方の最前線がみるみる後退した結果、ストックデールたちはアルカイーダの勢力圏の奥深くに取り残された。死からの〝脱出回避（Ｅ＆Ｅ）〟が、もっと悲惨な捕囚からの〝Ｅ＆Ｅ〟が必要だ。ストックデールはふたたびぼろ毛布でＳＯＦＬＡＭを包み、いつもの冷静な声で、命惜しさに友軍が逃走したと無線報告した。「敵対行為《ウォーパス》。ウォーパス。ウォーパス」

敵味方の中間地帯をくねくねと進む途中、味方の銃撃が頭上を飛んでいき、アルカイーダの陣地から応射が飛んできた。ストックデールが通信機を切って以降、空爆は止まっている。今も戦場の山中には、特殊部隊とともにビル・ホワイトＣＣＴがいるはずだが、三人の現在地を誰も知らない状況では、空爆の再開などもってのほかだった。グリーアとアイアンヘッドは選択を迫られた。逃亡するビンラディンの追撃を続けるか、それとも、〝Ｅ＆Ｅ〟中の兵士の部下に全兵力を振り向けるか。グリーアの任務は明快だった。ビンラディンを殺し、その証拠を持ち帰れ。作戦遂行上の危険と代償が小さいなら、そもそもデルタフォースが出張ってくる必要などない。とはいえ、軽々に下せる決断ではなかった。熟考するグリーアに、アイアンヘッドが言った。「決定権者はあなたですが、どういう選択になるにせよ、我々はここに留まるべきと考えます。うちの坊主どもが戻ってくるまでは」

最終的に部下を回収する、という点でまったく異論はないものの、数時間内にＵＢＬを殺せる可能性は捨てがたい。永遠に感じられる一分が過ぎ、グリーアはようやく口を開いた。「まずは坊主どもの回収に全精力を集中する。その間に状況が変化した場合は、ビンラディン狩りも同時並行でやる」。軍人として最も簡単で最も困難な決断だったと、グリーアは回顧する。

出動可能な隊員をすべて注ぎ込んだデルタフォース部隊は、ショーン・グレフ戦闘管制員とともに、アルカイーダの迫撃砲を避けつつ、くねくねと前進を試みた。完全武装した兵士と、迫撃砲やロケット砲で支援する兵士を、いまだ一〇〇人単位で抱えているアルカイーダは、本格的な逆襲を仕掛けてくる可能性が充分にあった。ビンラディンがアメリカの追跡をかわし、今でもトラボラの洞穴か崖に潜んでいるなら、その可能性はさらに高まるだろう。

ストックデールとホッパーとカーンは、敵を避けながら、空爆のクレーターだらけの山腹を這い進んでいった。アルカイーダ勢力圏内の二キロを二時間かけてどうにか踏破し、破壊された味方のT－55戦車を見つけて神に感謝する……。しかし、戦車の近くにいたハズラット・アリ将軍配下の友軍は、それほど友好的ではなくなっていた。ストックデールたちは命がけで北部同盟を支援してきたが、ここのムージ部隊は廃戦車を検問所にして、アメリカ人に通行料の支払いを要求したのだ。しかも地元兵の中には、三人を見捨てて陣地から逃げ出した者も混じっていた。カーンは内心の憤怒を隠し、あとでアリ将軍から金が払われると請け合った。賄賂はアフガニスタンの部族社会の慣習だが、怒れるカーンはアリ将軍に話を通すつもりはなかった。カーンが〝安全な〟通過を交渉しているあいだ、ストックデールは通信機で指揮官と連絡をとった。まだこの戦いでひとりも部下が失われていないことを知り、グリーアの気分は高揚した。

廃校の隠れ家まで無事に戻ってくると、ストックデールとホッパーは武器と装備品を改めて整えた。今回、デルタフォースは全隊挙げての出撃だった。イギリスの特殊舟艇部隊（ＳＢＳ）から兵員が補強され、新たな計画が立案された。デルタが左右の側面に、ＳＢＳがその中間に展開し、ＣＣＴが両翼の高所から空爆を要請する……。しかし、アリ将軍を含む軍閥の長たちとアルカイーダのあいだでは、停戦の交渉が行なわれており、攻撃性の高い作戦は一時的な停止を余儀なくされた。グリーアは厳命を下されていた。くれぐれもビンラディンの陣地へ突貫するな。ムージの背後にぴったりくっつき、前進に手を貸してやるだけでいいと。ただし、航空攻撃はただひとつの例外だった。テロリストの親玉を始末する際、戦闘管制員はデルタにとって唯一の直接攻撃手段となるだろう。

しかし、作戦が再開されたとき、狡猾なビンラディンはすでに脱出してしまっていた。デルタは数日のあいだ哨戒活動を行ない、ストックデールとグレフも空爆要請の通信を続けたものの、UBLは姿も形もなかった。ストックデールの仕事ぶりについて、アイアンヘッドはこう回想する。「トラボラの戦いで、彼は根性を証明してみせた。［彼とホッパーは］中隊と離れて、敵の中で任務を遂行したんだからな。ストックデールは信じられないようなエピソードを大股で駆け抜けて、すぐにまた戦闘に復帰してきたんだ」

このアイアンヘッドの所感が示すとおり、CCTと〝黒い〟SOF（特殊作戦部隊）――とりわけデルタフォースとSEALs第六チーム――のあいだには、強い絆が存在していた。アイアンヘッド（この後も活躍を続け、退役前にはレンジャー連隊の最先任上級曹長まで上り詰めた）やグリーアのような男たちにとって、戦闘管制員は〝付け足し〟や〝その他〟ではなく、独自の専門技能を持ち、尊敬するに足るユニットの一員だった（デルタ隊員は自らの組織を〝ユニット〟と呼ぶ）。『キル・ビンラディン』の主要人物リストを見ると、ストックデールとグレフは〝デルタの坊主ども〟の項目に名前が記載されている。

ストックデールは一連の出来事を謙虚に受け止め、次のように要約した。「基本的に、僕はトラックの荷台から飛び降りてただけだ。トラックがアフガニスタンの国じゅうを走り回って、戦争がある場所まで連れていってくれたんだよ」。しかし実際は、彼のいるところに戦争がやって来た。そして、戦場がどこであろうと、ストックデールは通信機のヘッドセットを通じて、歴史の流れを変える力を持っていた。

第七章　二〇〇一年一〇月

第二四特殊戦術飛行隊からすると、9／11は部隊の歴史上初めて、目的と運命に関する共通意識を芽生えさせてくれた。おそらく戦闘管制員たちには、テロリストを抹殺する機会が訪れるはずだ。何年間も追跡してきた手配者かもしれないし、近い将来、アメリカ国内でテロを実行する今は無名の人物かもしれない。米軍特殊部隊という刃があるとすれば、〝24〟はいちばん鋭い切っ先であり、将来に対する期待は、本部ビルの廊下をアドレナリンみたいに勢いよく駆け巡っていた。

ジョン・チャップマンからすると、9／11直後の数週間は、アドレナリンが真逆に作用する日々だった。調査チームの仕事は興味深いし知的刺激も得られるが、裏ではきちんと機会コストを支払わされている。ジョンはもう訓練を受けておらず、事前通告なしの緊急対応作戦を、陸海軍の最精鋭部隊とともに遂行する備えはできていなかった。コストと引き替えに入手できるもの――出張の予定が読みやすくなることや、妻子と過ごす時間が増えること――は、彼にとって価値があった。今の今までは……。同僚が計画を立て、装備を整え、第一陣として出発するのを、ジョンは持ち場のコンピューターの前で見守った。第五五五ODAや第五九五ODAに先んじて、アフガニスタンに忍び込んだ者さえいた。パキスタンに送られた同僚たちは、ベトナム戦争以来初めて、戦闘HALO降下による浸透を実行した。他方、ジョンは内勤にいそしんだ。相変わらずの二軍暮らしだった。

ジョン・チャップマンは股裂きにあっていた。片方には、退役後の家族のありようについてヴァレリーと描いた計画。もう片方には、アメリカの大地で殺された数千人の仇《かたき》をとりたいという本能的衝動。決定権は彼の手にあった。第一陣の派兵で〝２４〟はかなりの人員を注ぎ込んだ。さらに、世界の別の場所で危機が勃発することに備え、一定の戦力は警戒態勢に置いておかなければならない。デルタフォースやＳＥＡＬｓ第六チームに派遣されなかった者でも、少なくともネクスト・バッターズ・サークルに入るチャンスならある。戦争はまだ始まってもいないのだ。

一〇月の時点でジョン・チャップマンは、ＳＥＡＬｓ第六チームのレッド隊の狙撃手分隊に配属され、ヴァージニアビーチに滞在していた。以前、レッド隊とは緊急即応部隊で協働したことがあり、ジョンの好感度は高かった。分隊を率いるＳＥＡＬｓ隊員は、針金みたいな細さと強さを併せ持つ謙虚な男で、ブリット・スラビンスキーという名前からスラブと呼ばれていた。薄茶色の髪の毛はぼさぼさ。能ある鷹は爪を隠すを地で行く物静かさは、任務遂行に賭ける獰猛なまでの意欲を覆い隠していた。ジョンはすぐさま分隊に溶け込み、警戒待機時の日課に慣れていった。朝は体力訓練《PT》、午後はライフル射撃、夜は複雑なシナリオの演習。それでもまだ、基本は月金勤務とほとんど変わりはなく、戦いが進むにつれ、最前線からの報告が折々で漏れ聞こえてくるくらいだった。

トラボラの一件は世間の耳目を集め、ＵＢＬを討ち取るかもしれないデルタに、ＳＥＡＬｓ隊員たちは羨望のまなざしを向けた。しかし、ビンラディン逃亡の報が伝わってきて、ＳＥＡＬｓ第六チームにもテロ組織の指導者を始末するチャンスが残った。うまくいけば、取り憑いて離れない過去の負の遺産を、デルタフォースより一枚落ちるという評価を、少しは追い散らすことができるかもしれない。そんなとき、噂が流れてきた。ジョンを含む狙撃手分隊が翌年一月、アフガニスタンに投入されるというのだ。辛い訓練の成果を出してみせる機会が、すぐ目の前に迫っていたものの、ジョンは躊躇いを払拭できていなかった。娘たちにはしてやりたいことがたくさんある。わずか数年先、退役後の人生に準備もしなければならない。とはいえ、同胞たちと厳しい試練に立ち向かい、自分の力を証明したいという願望も消えてはいなかった。結局、ジョンは決断を下さなかった。〝24〟が出動を命じ、彼が行くことになっただけだ。クリスマスがやって来て去っていき、ジョンは可能なかぎり娘たちとの時間を楽しんだ。ヴァージニアビーチに借りたマンションでの家族団欒は、あまりにも短く感じられた。

新年が明けた一月四日、父方の祖母が急逝し、ジョンはまた別の選択を突きつけられた。分隊と出撃するか、それとも、ミシガン州の実家に戻って家族の、とりわけ父親のジーンの支えになってやるか。難しい決断ではなかった。もちろん家族が優先される。助けになれるなら、なるのが道理だ。

〝24〟は難渋する——人手不足が限界まで達しているのに、誰かを代打としてヴァージニアビーチに送らねばならない——だろうが、ジョンはスラブ分隊長に申し出た。自分はフォートブラッグに南下する用事ができた。別の戦闘管制員が北上してくるはずだと。

マイク・ラモニカ戦闘管制員の任務は、車の運転手として、ジョンの代役を装備込みでヴァージニアビーチまで届けることと、ジョン本人をフォートブラッグに連れ戻すことだった。ジョンはフォートブラッグに帰還後、緊急離隊の申請手続きを行ない、実家の最寄りの都市、グランドラピッズ行きの便に乗る予定となっていた。ラモニカ本人の話によれば、復路の車内の様子は昨日のことのように憶えているという。寒風吹きすさぶ晴天の下、四時間のドライブをともにしたふたりは、友人同士ではあってもそれほど親しくはなかった。車内ではほとんどジョンが独りでしゃべり、話題は最も興味のある一点に集中していた……。それは祖母でもなく、戦争でもなく、自分の妻子。ラモニカにとっては、親しげながらもほぼ一方的な会話だった。

「彼は思うところがたくさんあって、わたしはもっぱら聞き役に徹してたよ」。〝チャッピー〟（高校時代からCCT時代までのジョンの愛称）が追想したのは、嘉手納空軍基地でのヴァレリーとの生活だった。夫婦は閑静な袋小路の住宅地に住み、ほかの軍人夫婦といっしょに座って、子供たちが遊ぶのを眺めた。ジョンとヴァレリーはチームとして娘たちを育てた。家族より任務や経歴を優先する大半の戦闘管制員とは、対照的な子育て手法だ。ジョンも初めから家族を最優先していたわけではなく、マディソンとブリアナが生まれたあと、過ちに気づいて改めたのだ。

「今、俺の仕事は祖国に奉仕することだが、世の中にはそれよりも素晴らしいことがある。この戦争が終わったら、俺は家族にすべてを捧げるつもりだ」とジョンは宣言した。

「ジョンの言葉の真摯さは、きっと誰にでも伝わったはずだ」とラモニカは述べる。「彼は個人をとても大事にしてた。奥さんと深く愛し合ってることも、将来の計画をパートナーとしてよく話し合ってきたことも明らかだった」

ジョンの人物評を尋ねられて、ラモニカはこう付け加える。「権力に刃向かう面はあったけど、そういうCCTは珍しい存在じゃない。彼が突出してたのは、情の深さと、家族への接し方だね」

祖母の葬儀のあと、ジョン・チャップマンはフォートブラッグの〝24〟に戻った。スラブの狙撃手分隊は〝まだ〟出撃していなかったが、戦闘管制員の椅子には代役がきっちり収まっていた。歴史は繰り返すという格言をジョンは実感していた。戦争に踏み入る機会は、またもや掌からこぼれ落ちていった。

ジョンをスラブの分隊に戻し、戦争に参加させる権限を持つ人物がひとり存在した。〝24〟指揮官のケン・ロドリゲス中佐は、一〇月の第一陣としてアメリカを出立し、麾下《きか》の諸部隊とともに戦場で三カ月間を過ごした。戦争の初期段階を思い返し、彼は次のように証言した。「誰にとっても……いや、とりわけ特殊戦術の界隈にとっては、画期的で歴史的な出来事だった。飛行場の制圧、複数の自動索の併用とHALO作戦、大胆不敵な強行潜入。［しかし］本国に居残った連中は、取っ組み合いに加わりたくて、いらいら、うずうずしていた」

二〇〇二年一月、ロドリゲス中佐はアメリカの飛行隊本部に帰還した。オフィスを空けた指揮官の宿命で、果てしない未処理の書類を片付けているとき、ジョンが指揮官室の扉をノックした。ふたりは第二一特殊戦術飛行隊時代に知り合っており、中佐は戦果報告書から逃れる口実ができたと、嬉しそうにジョンを招き入れた。

ジョンはロドリゲスの正面の椅子に座り、上官をまっすぐ見据えて要点に切り込んだ。「中佐、自分がいつ出撃できるか教えてください」

ロドリゲスは椅子の背にもたれ、目の前の下士官と、現在の状況について考えを巡らせた。戦争がすぐに終結しないことはわかっているが、ジョンの表情から焦りを看て取り、中佐は相手を宥めるように言った。「心配ない。おまえにもチャンスは回ってくる。これは短期で決着するような戦争じゃない」。しかし、ジョンは不満を募らせただけだった。「奴をよく知っていれば、顔の紅潮ぶりと目の光り具合から、心の中は読みとれる」とロドリゲスは説明する。つまり、戦闘管制員は望む答えを得られなかったわけだ。

「RZ」とジョンは強い口調で言った。〝RZ〟というのは、ロドリゲスの作戦上の略称だ。「お言葉ですが、自分は本来、去年の九月に出撃するはずでした。戦争が始まってかもう三カ月が過ぎました。なのに自分は、ここにケツを落ち着けて、時間を浪費してるだけなんです。向こうへ送り込んでください。今すぐ！」
いつも冷静で控えめな男がこんなふうに取り乱すのを、ロドリゲス中佐は初めて目にした。「殴り合いになる雰囲気ではなかったと思う」と中佐は回想するが、ジョン・チャップマンからは切迫感と緊張感が間違いなく看て取れた。指揮官室をあとにするとき、ジョンは明快な決意を胸に抱いていた。ヴァージニアビーチに戻って、この戦争に参加してみせると。

ちょうど同じころ地球の反対側では、ジョンの〝24〟の同僚がつつがなく戦争に参加していた。アンディ・マーティン戦闘管制員が滞在するオマーンは、アフガニスタン領内へ侵入する作戦のほとんどで、中継基地の役割を果たしている。サンディエゴで生まれ育ったアンディは、がっしりした体格と、浅黒い肌の色と、急速に薄くなりつつある黒い髪が特徴的。率直すぎる性格はときとして、親しくない人々に不快感を与えた。彼の軍歴は特殊部隊の予備役兵として始まったが、一九八八年、戦闘管制員を目指して空軍に入隊し、紆余曲折の末に〝24〟まで上り詰めた。二〇〇一年一二月の時点で、アンディは二度の戦闘降下を成功させていた。一度は〝24〟の作戦であり、HALOで敵地に送り込まれたあと、周辺の状況を調査し、砂漠の仮設滑走路の夜間運営を行なった（この種の作戦は、イランでの大使館員救出作戦の際、デザート・ワンを設営して以来数十年ぶり）。もう一度の降下は、SEALs第六チームとの共同作戦だった。さらに別部隊との作戦が二回分計画されていたが、その準備中、アンディは〝24〟の作戦担当士官からこう通告された。「おまえは本国に戻り、「SEALs第六チームの」レッド隊の狙撃手分隊と連携するんだ」

テロリストの追討を望むアンディ・マーティンにとっては、「生まれてからずっと待ち焦がれてた」朗報と言えた。「なぜって、レッド隊の狙撃手の腕は一級品だし、連中が任務に熱を入れるのは間違いないしね」。戦争の初期段階で携わった作戦は、どれも良好な結果を残したが、彼はまだテロリストをひとりも殺せていなかった。第一次湾岸戦争のときも、戦いは楽しめたものの、始末した敵の数はゼロ。アンディ・マーティンにとってテロリスト抹殺は、自分が死ぬまでに成し遂げたい事柄のひとつであり、SEALs隊員たちも同じような意向を持っているはずだと思い込んでいた。『安易な願い事には落とし穴がある』という格言が、自分にぴったり当てはまることを、この時点の彼は知る由もなかった。長い飛行機の旅で祖国に戻り、短いクリスマス休暇を家族と過ごしてから、アンディはヴァージニアビーチに赴き、SEALs隊員たちと、そしてジョン・チャップマンと顔を合わせた。

アンディと合流したのち、スラブの狙撃手分隊と戦場へ向かえ、という命令を受けとったあと、ジョンはフェイエットヴィルの自宅に戻った。三人の淑女と過ごせるのはあと数日だけ。職場で戦争に備え、自宅で荷物をまとめながら、残りの時間を存分に堪能した。ジョンとヴァレリーはこの出征を、〝珍しくもない〟出来事として扱った。「任務を果たしに行くのは知ってたけど」とヴァレリーは淡々と回想する。「詳しい話は全然してくれなかった。わたしたち、慣れちゃってたのよね」

自宅での最後の朝、マディソンとブリアナに行ってきますのキスをしたとき、ピンク色のヘアゴムふたつが目に留まった。手に取ってみて、ごつごつした指で優しく撫でたあと、胸ポケットに押し込む。愛する娘たちを想い出させてくれる小さな記念品だ。ヴァレリーは基地まで車を走らせ、入口ゲートのところで夫を降ろし、さっとキスをして「じゃあ帰るね」と言った。ジョンが微笑んで手を振り、ＪＳＯＣの厳重な警備態勢を通り抜けていく。ヴァレリーには訪問看護の予約が入っており、車をＵターンさせて仕事先へ向かった。チャップマン夫妻はジョンの出立と帰還に慣れきっていた。〝２４〟のＣＣＴが直面する危険にも慣れきっていた。「わたしたちにとっては、通常業務みたいなものだった。彼の姿を見るのがこれで最後だなんて、思ってもみなかった」

ＳＥＡＬｓ第六チームのレッド隊の狙撃手部門は、通常業務とはほど遠い状況だった。大半の隊員の派遣先が決まっておらず、望むような形の戦闘――９／11のテロリストやそれを支援する勢力、特にタリバンの兵士たちを殲滅する戦闘――で力量を示した者もいなかった。ＣＣＴ二名が加わった結果、出撃待ちの人数は十数名にまで膨らんだ。

ジョン・チャップマンの場合、作戦に参加したいという欲望は、対テロ技能が錆びついてしまったという自覚によって弱められていた。調査チームに移籍してからもう二年が経ち、戦闘訓練は定期のものを受けているだけ。さらに年齢も問題を複雑にした。そろそろ三七歳を迎える彼は、チームの〝射手〟の大多数より年かさであり、能力の維持には不安がつきまとっている。じっさい、ジョンはスラブに懸念を打ち明けたことがあった。「心配ない。あんたなら大丈夫さ」とスラブは請け合ってくれたが、もっと別の葛藤にも彼は悩まされていた。今までの経歴を実証するためには、どうしてもこの作戦に参加しなければならない。しかし、父親を敬愛する幼い娘たちの存在は、彼の人生観を変化させてきた。人生とは人を殺すことにあらず……。しかし、〝２４〟やＳＥＡＬｓ第六チームで、戦争に向けた準備をしているとき、こんな人生観が通用するはずもなかった。

待ちに待ったその日は、一月下旬に訪れた。すべての装備が集積、輸送され、オセアナ海軍航空基地でC－17に運び込まれた。ロングシップと呼ばれる一〇〇〇年前のバイキング船と同じく、C－17のような輸送機の目的は、強者どもを大西洋の向こうへ、野蛮な戦いの大地へ運んでいくことだった。

SEALs第六チームの本部ビルには、狙撃手の装備品を手入れする工房があり、その裏に飛行服姿の男たちが集合していた。空軍の灰色の飛行服には部隊章がなく、全員が長いフライトに備えて小さなリュックを背負っている。午後遅くの空気は冷たいものの、飛行服を着込むほどの寒さではなく、男たちはおしゃべり以外にすることもなかった。彼らを輸送機まで運ぶため、海軍の青いバスが近くに停まったとき、スラブは分隊員たちを自分の周りに呼び集めた。「いいか」という声のトーンに反応し、男たちの視線が一斉に向けられる。移動日程の確認などの軽い話ではないと気づいたからだ。

「今回の旅で起こることを教えといてやる。ひとつ――おまえらは全員が誰かの命を奪う。ふたつ――

――おまえらは全員で生きて戻る」

人生初の殺しを切願するアンディ・マーティンにとって、この試合前の演説はまさに望んでいた内容であり、〝もちろんだぜ《ファック・ヤァ》！〟という言葉しか頭に浮かんでこなかった。彼は周りを見渡した。頷いている者もいれば、冷静を装っている者もいるが、全員に共通するのは〝もちろんだぜ！〟という同意だ。ただひとりを除いて……。マーティンの目に映るジョンは、理解と狼狽を足して二で割ったような表情だった。「たぶん、事の重大さを初めてがつんと思い知らされたんだろうね」とマーティンは追想する。「尊敬するリーダーからあんな話をされたら、軽く受け流せるもんじゃない。しばらく第一線を離れてると、認識にずれが生じる。全体の状況に関しても、特殊部隊の仕事に関しても。ああ、彼が能力不足だったってことじゃない。〝ゲーム開始〟の本当の意味にひどいショックを受けた、っていうふうに思えるだけだよ」

ふたりのＣＣＴのあいだでは、静かに時が流れた。アンディとジョンは、この件を話題にもしなかった。バスの扉が開き、分隊のメンバーたちは車内に乗り込み、戦いのためにアメリカの地を離れた。

第八章　二〇〇二年二月

狙撃手分隊のSEALs隊員たちと戦闘管制員二名はアフガニスタンに着陸した。彼らの移動と平行して、SEALs第六チームの指揮命令系統も、組織構造ごと現地に引っ越してきた。バグラム飛行場はもう二カ月前のような戦場ではなくなっていた。米軍の兵站部門の魔術師たちは、容赦ない力によって飛行場を変身させた。絶え間なく届く補給品と装備品は、困窮する地元民からすると無限に思えただろうし、止めどなく飛来する航空機は言及するまでもないだろう。この当時のバグラム基地は、先進国の商用空港を彷彿させた。

　かろうじてここがアフガニスタンだとわかるのは、三つの象徴が存在しているからだ。ひとつ目は、基地を取り巻くように、侘しげな姿をさらす冠雪した山々。ふたつ目は、無味乾燥な低い建物だらけの首都の街並み。三つ目は、ヒンドゥークシュ山脈から吹き下ろす二月の風。この寒風は、厚い衣服を突き通し、露出した肌を焼き、極寒の下での戦闘を余儀なくさせる。C‐17から陸揚げされる男たちは、ついさっきまでヴァージニアビーチにいたというのに……。

　アフガン国内での作戦はいまだ急増中であり、SEALs第六チームはすぐさま活動に取りかかった。ジョン・チャップマンとアンディ・マーティンと狙撃手たちは、基地内の〝テント村〟に身を落ち着けた。分厚いビニール製のテントの横っ腹には、巨大な冷暖房ユニットが接続され、極限の気温との戦いを繰り広げている。ジョンはスラブといっしょに行動した。アンディが組んだSEALsの下士官は、分隊ナンバーツーの狙撃手で、″グッディ″と呼ばれていた。隊員たちはテント内の個人空間を最大限に利用した。簡易寝台と木箱は装備の収納場所になり、マツの木箱から棚を急ごしらえする猛者もいた。SEALs隊員とCCTにとっては、テント村の暮らしなど慣れたもので、住環境に関する記述はほとんど残されていない。そもそも彼らは人を狩りにやって来たのだ。

ほどなく最初の″狩猟旅行《サファリ》″が立案された。獲物は、神出鬼没のタリバン創始者ムッラー・オマルだ（コードネームは″熊作戦″）。オマル師は隻眼の元ムジャヒディン戦士で、一九九〇年代半ばのタリバン勃興時から、アメリカの侵攻によって放逐されるまでは、アフガニスタンの実質的な元首の地位にあった。噂によれば、潜伏先はカブール北西のバーミヤン県――有名な巨大磨崖仏はタリバンによって破壊されてしまった――だが、CIAからの情報が示唆するのは、ある村に潜伏していることと、安全な場所を転々としていることだった。

隠れ家のあいだを移動するときを狙って、オマル師を捕縛するというのが作戦計画であり、山岳地帯での護衛と道案内には、八〇名の地元ゲリラ兵が動員される。英軍の特殊舟艇部隊（SBS）からも、六名構成のチームが参加する。ジョンたちの作戦上のコールサインは、レッド隊狙撃手分隊式に″マーコウ30″と決まった。二月一五日、合計一九名の米国人と英国人は、第一六〇特殊作戦航空連隊の三機のMH-47に分かれ、一〇〇マイル先のバーミヤンを目指して飛び立った。スラブとジョンとSEALs隊員数名は″チョーク1″（一機目のヘリコプター）に、英国人たちは″チョーク2″に、アンディとグッディは″チョーク3″に割り当てられており、″チョーク3″には特殊戦術飛行隊のCSAR（戦闘捜索救難〔combat seach and rescue〕を意味し、″シーサー″と発音する）チームも同乗していた。CSARチームの指揮官はキーリー・ミラーというPJで、空爆と調整の魔術師を演じるのはゲイブ・ブラウンCCT。彼らは作戦に参加するわけではなく、僚機が墜落するとか、別の作戦を遂行中の特殊部隊から救援要請が入るとか、万が一の事態に備えての出動だった。この時点でキーリー・ミラーとゲイブ・ブラウンは知る由もなかったが、やがて運命はミラーとブラウンとジョン・チャップマンを山の頂上で再会させる。米兵の誰も名前を聞いたことのない山――タクルガル山の頂上で。

闇の中で着陸ゾーンに到達すると、男たちは素速くヘリの扉をくぐり、名もなき谷底の平地に降り立った。山間の谷は標高が高く、近くには日干し煉瓦の小さな村があった。ヘリコプターが飛び去ったあと、スラブとSBSの指揮官は、地元ゲリラの幹部たちと会って状況について話し合った。アフガン側が頑として譲らなかったのは、暗闇の中で米国人を案内する気はないという点。「結局は守勢の言い分が通っちまった。俺らはヤギ小屋に留まって日が昇るのを待った。ゲリラの部隊を動かすには、そうするしかなかったんだ」とアンディは回顧する。

夜明けは驚きをもたらした。地元のゲリラ兵たちは、補給品と米兵の雑嚢を運ぶため、ロバの群れを連れてきていたのだ。目的の陣地までは二二キロの道のり。ゲリラ兵の話によれば、陣地から見下ろせる村にオマル師がいて、タリバンの活動を差配しているという。アンディとジョンはうさんくさそうにロバを見た。「まるでドイツのジャーマン・シェパード犬みたいだった。『おいおい、あんなのに荷物を背負わせたら、潰れて死んじまうぞ』って感じに」。「みんなが失笑してた」とアンディは回想する。「それぐらい小さかったんだよ」。アフガニスタン人のロバ使いが専門家らしく適切に荷物をくくりつけたあと、人間一〇〇人とロバ多数から成る部隊は、遥か遠い目的地に向けて出発し、人ひとりがやっと通れる狭い山道をえっちらおっちらと登っていった。アンディはこう続ける。「それで、三〇分もしないうちに、ちびのロバどもがどんどん先に行って、視界から消えちまったんだ」。程度の差こそあれ、米英の兵士たちは狼狽していた。弾薬やバッテリーやサバイバル装備が、目と手の届かないところへ行ってしまったからだ。

長かった昼が夜に変わるころ、一行は稜線上の攻撃陣地に辿り着いた。急斜面の下方には、何の特徴もない名もなき村が見える。オマル師がいるとされる隠れ家だ。運悪く天気が崩れていたため、夜の帳が降りるとともに、視認性は低下していった。「天候悪化で視界はゼロゼロ「水平方向も垂直方向もゼロ」。航空機には致命的な環境だった」とアンディは回想する。ゲリラ部隊はスラブと英軍指揮官に、間違いなくオマル師があの村にいると主張した。しかし、凍てつくような山の嵐のなか、アフガニスタン人はこれ以上前進するつもりがなく、米英側もそれに同調するしかなかった。一行は近くの別の村まで撤退し、荒天が通り過ぎるのを待つこととなった。

チーム内の通訳とゲリラ兵たちの仲介で、村の三世帯が嫌々ながら、〝マーコウ30〟の面々を数人ずつ受け入れた。ひとつ目の家には、ジョンとスラブとSEALs隊員若干名。ふたつ目の家には、英兵たち。三つ目の家には、アンディと残りのSEALs隊員。「連中は西洋人を見たことがなかったらしい。見たことのある外人はソ連兵だけ。だから連中は怯えてたんだ」とアンディは回顧する。村人たちの反応は当然と言ってよかった。米兵は待ち伏せ攻撃の可能性に神経を尖らせ、不承不承の〝ホスト役〟も信頼できなかったため、ホスト家族のうちすべての男を外へ追いやったうえ、監視下に置いた。屋内で暖をとりたいゲリラ兵は、米兵の動きに乗じて、女と子供も追い払おうとした。熱源はとても小さく、コーヒー豆の缶に火をくべたようなものだが、あるとないとでは大違いだった。しかし、ゲリラ兵の振る舞いを見咎めたジョンは、通訳を介して命令した。「やめろ。我々は女子供を寒空に放り出すようなまねはしない。彼女たちは屋内に留まる。出ていくのは貴様らだ」

いかにも危険そうな武器持ちのよそ者が相手でも、パシュトゥーン族のもてなしの習慣では、至れり尽くせりの供応をする必要がある。ホスト家族はヤギと鶏を屠り、冬に備えて蓄えてきた食べ物のうち、かなりの部分をアメリカ人のために費やした。グッディは対価をドルで支払おうとしたが、村人たちは現金の受けとりを拒んだ。米国通貨の価値は充分に知っているはずなのに……。彼らはよそ者が脅威でないことを少しずつ理解し、注意深くではあるが受け入れる態度を示しはじめた。おそらくは、ジョンの善良な性格が大きく影響していたのだろう。後日、スラブはこう述べている。「ジョンの柔らかい物腰が、地元民の緊張をほぐしたんだ。我々が安全でいられたのは、そのおかげもあったと確信してる」

ジョンとスラブが世話になった家族は、両親と幼い息子ふたり、そして一歳の娘という構成だった。美しい顔立ちの赤ん坊は、陽に焼けた肌と、巨大なチョコレート色の眼と、黒い弧を描く眉毛と、心を和ませる笑顔をしている。スラブが〈タフブック〉のノートパソコンを開き、バグラムのSEALs第六チーム司令部に連絡しているあいだ、ジョンは自分の娘たちに思いを馳せた。あまり歳の差がないこの家の娘を見て、ぱっとマディソンとブリアナの姿が頭に浮かんだのだ。控えめな地元民にどれだけ迷惑をかけているかを認識し、ジョンはできるだけ敬意をもって接しようと、手助けできることがあれば手助けしようとした。ほかの兵士たちが傍若無人だったわけではない。ジョンだけが積極的に気を配っていただけだ。嵐の通過を待っていた夜、ホスト家族からの信頼の大きさを示す出来事が起こった。赤ん坊を抱いた母親が現れ、ジョンの膝の上に置いていったのだ。家族外の男が女に触れてはいけないという文化を考えると、これは極めて希有な瞬間といえた。ジョンはスラブに、荷物から使い捨てカメラを出して、スナップショットを撮影してほしいと頼んだ。この白黒写真は、ふたりの人間が言語と文化の壁を越え、沈黙のうちに結びつく感動の一瞬を切り取っているが、ジョンの中では、戦士と男――恐怖と敵意よりも家族と子供への愛が勝る、そんな心優しき男が異国の地に、手荒な仕事をするためにやって来た――が同居していた。カメラをまっすぐ見据える情け深いまなざしは、内なる戦士の一面と相矛盾するものだった。

米英合同チームが地元民のもてなしに甘える一方、ゲリラ部隊は敵の待ち伏せ攻撃の可能性を潰してくれていた。二日後、ようやく一行はこっそり移動を開始し、ムッラー・オマルの避難所とされる村を見下ろす陣地に入った。ゲリラ側は村の破壊を望んだが、アメリカ側は何かしっくりこない点があった。スラブとの話し合いの中で、グッディは、「再考する必要があります」と言った。眼下の村にいるのはほとんどが女子供で、日常の営みをしているようにしか見えなかった。「どんな形の戦力も存在してませんよ」とグッディは付け加えた。そして、オマル師の姿もなかった。

スラブはふたりのCCTのほうを向いた。「示威飛行を注文できるか？」村を取り巻く状況は不明確だが、何らかの方法で揺さぶってやれば、真実が暴き出されるかもしれない。アンディはネット経由で〝Kマート〟――当該地域の航空戦力を統括する合同航空部隊司令官（CFACC）のことを指す。ワンストップで問題を解決できる利便性から、この愛称がつけられた――に接触し、チームの要望を説明した。〝Kマート〟の在庫はB‐1爆撃機一機のみで、任務を終えて帰投中だった。「完璧です」とアンディは言った。

「パイロットから連絡が入ったのは五〇マイル手前の地点。機はマッハ超えで谷へ突っ込んできた」とアンディは回想する。何も知らない村の上空の進入／脱出ポイントを教えたあと、アンディは超高速で通過する許可を与えた。「爆撃機は谷沿いに飛んできた。高度は地上七〇〇フィートぐらいで、後方には〝ベイパー・コーン〟を引き連れてた。ほら、写真でしか見られないあれだよ」。上空を通過したB‐1は、弾丸のごとく急上昇して通常の高度に戻った。「俺らは衝撃波に襲われた。J

DAM一〇発が一斉に起爆したみたいな音と揺れだった」

当然ながら、村人たちは粗末な家の外へ飛び出し、軍事力の示威に肝を潰した。そして、米英合同チームのところに代表者をふたり送り込んできた。通訳を介した話し合いで、スラブ――この任務の総合指揮官――は状況を把握した。踏み込もうとしていた村は、標的であるタリバンの首領の隠れ家では〝まったく〟なかった。この村と別の村とのあいだでは、アフガニスタン版の〝ハットフィールド家とマッコイ家の争い〟が繰り広げられていた。ゲリラ兵の一部は、絶対にオマル師がいたと主張したが、よく聞けばそれはかなり昔の話だった。結局のところ、マーコウ30に提供されたゲリラ部隊は、米英軍の力を悪用して、一〇年の確執にけりをつけようとしたのだ。アンディは示威のために航空機の通過を要請しつづけ、スラブは数時間に及ぶ話し合いで要点を整理したあと、ようやく鼓膜が破れそうなデモンストレーションの停止を命じた。

オマル師の姿はどこにもなく、この村にいたという確固たる痕跡さえなかった。無駄足に終わった任務を、アンディは次のように回顧する。「俺らは力を誇示して、それからきびすを返した。空振りだった」。ジョンは通信機で撤収を報告した。滞在先の村からチームを回収すべく、復路はMH-47が一機だけ送られることとなった。小さな村にかけた負担の大きさを考え、ジョンはヘリコプターにおまけをつけるよう追加で要請した。ヘリは山の急斜面の上でホバリングし、機首とローターを断崖からせり出したまま、兵員回収のため乗降用ランプを下げたが、チームの面々はまず荷物コンテナを地面に引きずりおろした。上部をしっかり紐で固定された合板製のコンテナの中には、宿を提供してくれた村への返礼が詰まっていた。食用油、石炭、コンロ、ピーナツバターや砂糖などの乾物。ジョンが率先して配達を頼んだ裏には、世話になった家族、そして自分の心を盗んだ赤ん坊に、感謝のしるしを残したいという気持ちもあった。これは長い戦争における小さな意思表示に過ぎない。数十年来の紛争で打ちひしがれた国で、ちっぽけな行ないが何かを本当に変えるとは思えないが、それでもジョンにとっては大事なことだった。

努力は何の収穫ももたらさず、作戦が残したのは、米英の軍事力が悪用されかけた事実と、善意のかけらだけ。男たちはランプをのぼってヘリに乗り込み、暗闇の中へ消えていった。作戦の戦闘管制の面でも、任務を遂行したのはほぼアンディであり、ジョンには忸怩たる思いがあった。次の作戦では、自らの価値と能力を証明するため、もっと大きなチャンスが与えられることを願うばかりだ。

第二部　アナコンダ

第九章　二〇〇二年一月一六日

カブール中心街のホテル、その上層階の会議室にピート・ブレイバーは座っていた。詰め物が過剰な古びた椅子の上で、自分を取り巻く状況を把握していく。ホテルはアフガニスタン政府が所有する企業だが、長年にわたり、誰でも利用できる宿泊施設という形態の事業は行なっていない。アメリカの侵攻の前は、タリバン兵の慰労休暇に使われ、ソ連占領時にも、同様の目的に利用されていた。現在、施設全体を借り上げているＣＩＡは、高さ一〇フィートの鉄条網付きの壁に囲まれた、角形プラグみたいな建物の唯一の占有権者だった。〝エージェンシー〟はここを拠点に、戦争の現段階において、アフガニスタン国内で行なわれているアメリカの活動の大部分を統括しようとしていた。

デルタフォースの中佐であるブレイバーは、身の丈六フィート二インチ。どことなくケヴィン・コスナーに似ていて、びっしりと生えた黒い髪を誇示しており、標準的な〝特殊部隊員の顎髭〟よりも、手入れの行き届いたヤギ髭のほうを好んだ。カーゴパンツに長袖シャツにアフガン風スカーフという出で立ちの彼は、ＣＩＡの空間に違和感なく溶け込んでいた。過去にブレイバー中佐は、〝エージェンシー〟と緊密に協力しつつ、バルカン半島各地で秘密作戦を指揮してきた。アフガニスタンでの任務もこれで二期目となる。

ほこりっぽい会議室には、すり切れた大型の椅子が多数と、長椅子がひとつ配置されており、抑え気味の緑と赤を配色した伝統的なアフガン絨毯が敷かれていた。カーテンはすべて閉じられているが、隙間から射し込んでくる細い一条の光が室内を照らし、一九世紀イギリスの古き良き紳士クラブの雰囲気が感じられる。会議室には特殊部隊コミュニティの代表者たちが顔を揃え、CIAの支局長補佐を取り囲むように着席していた。ジョンという名前の支局長補佐こそが、この日替わり作戦立案会議の人選を行なった人物だ。デルタフォースから参加したのは、ブレイバーと、その部下の作戦担当士官であるジミー・リースだけ。会議室にいる重鎮をもうひとり挙げるとすれば、特殊部隊大隊の司令官を務めるクリス・ハース中佐だろう。この陽気な性格の巨漢は、アフガニスタン東部全域を管轄下に置いている。この日の議題は、全員に共通する問題、すなわち、次に何をすべきかという問題だった。

前年一一月にタリバンが首都を放棄したため、〝エージェンシー〟とSOFは闘わずしてカブールを占領できた。この初期段階での勝利は、アメリカにとって意義深いように思えた。しかし、タリバンの本体はもちろん、財布の紐を握っているおおむね傲慢なアラブ人のお目付役たちも、完全な敗北を喫したわけではなく、単に場所を移動しただけの話だった。トラボラの戦い——デルタとCCTにとっては、ビンラディンを手早く片付ける絶好の機会——でさえ、風船の法則を繰り返す結果に終わった。アメリカが風船のゴムを強く握ると、敵は空気と同じく掌の左右に逃げてしまうのだ。ここでひとつ疑問が残る。逃げた敵はいったいどこにいるのか？

会合は体系的なブリーフィングというより、ブレインストーミングの様相を呈しており、三名の重鎮（ブレイバーとハースとジョン）は非公式に、情報共有と相互協力を行なうことに同意した。将軍レベルの認証もなく、正式な指揮命令系統の関与もなく、ただ最前線の主要な指揮官だけの取り決めだ。ブレイバーは次のように説明する。「CIAが情報入手と情報処理の能力を提供し、特殊部隊の各チームがアフガニスタン人を訓練して装備を供与し、［ブレイバーの部下たちが］これらの努力を作戦に落とし込む。地上偵察を通じて、敵を発見・殲滅するんだ」別の約束があるというハース中佐の発言で、会議はお開きになった。中佐が自隊の本部へ向かったあと、残った面々も席を立ったが、ブレイバーはジョン――〝髪型と顎髭がイエス・キリスト風〟だったとブレイバーは描写する――に引き留められた。

　CIAのスパイは窓に近づき、カーテンをきっちりと閉じた。「数多くの報告が上がってきていてな。ガルデーズとホウストのあいだの山岳地帯で、アルカイーダが戦力を再編しているらしい」と言って、ブレイバーをまっすぐ見据える。

「何ていう場所だ？」

「シャヒコット」

　デルタフォースの中佐は、その地名にぴんとこなかった。しかし、安全な空間とささやき声という点を割り引いても、ジョンが言葉として発した事実を重く受け止め、ブレイバーはささやき声で訊き返した。

「綴りはわかるか？」

「S－H－A－H－I－K－H－O－T」と別れ際にジョンが小声で言う。ブレイバーはジミー・リースと合流し、ジョンの暴露の意味を考えながら、寒風が吹き荒れる屋外へ踏み出していった。

　ピート・ブレイバーは熟達した古参兵で、偏狭に凝り固まったところもない。レンジャー隊員として活動したあと、一九九一年に〝ユニット〟（所属隊員はユニット《Unit》の〝U〟を必ず大文字にする）入りし、それ以降、将校ピラミッドの極めて細い階段を上りつづけ、デルタのB中隊を指揮するまでになった。階段の途中では、バルカン半島で人間狩りを遂行したり、別の国々で数回の秘密作戦を実施したりもした。B中隊のあとは、デルタ内のもっと小さな部隊に回された。低視認活動の能力を持ち、秘密任務のみに携わる専門部隊だ。だからこそ、第一一特殊任務部隊《タスクフォース》が編制され、CIAと特殊部隊を融合させるリーダーが必要となったとき、自然とブレイバーの名前が浮上したのである。本人は乗り気ではなかったが……。第一一特殊任務部隊（略称TF‐11）は、命令系統の一段上に位置し、デルタフォースやSEALs第六チームなどを含め、アフガニスタン国内にいるすべての〝黒い〟特殊部隊を、ひとくくりにして動かすことができる。TF‐11を指揮するデル・デイリー少将とグレッグ・トレボン准将にとって、ブレイバーは好機を生み出す存在でもあり、難題を生み出す存在でもあった。能力は申し分ないものの、問題は性格だった。硬直した軍の上下関係、組織構造、計画立案手法を軽視する態度はよく知られており、さらに、ブレイバーの押しの強い性格は、同じような性格のデイリー少将との衝突を引き起こした。とはいえ、一月一六日の会議に先立つ数週間、ブレイバーに命令を下していたのは、アメリカ中央軍司令官のトミー・フランクス将軍だった。中央軍の司令官はすなわち、アフガニスタンにいるすべての米軍の司令官だ。「ある程度の兵員で、最前線の状況を把握せよ」。この簡潔明瞭な命令は巡り巡って、ジョンやハース中佐との会議に結びついた。しかし、今のブレイバーにとって最も重要なのは、昔ながらの軍人的思考様式にとどめの一発をお見舞いすること。フランクス将軍からの最後の命令、「敵を見つけ出し、殺害もしくは捕縛せよ」を達成する際、古い考え方は邪魔をしてくる可能性があった。

これ以上の指図は必要なく、ブレイバーは将軍の勅許状を使って、得意の戦法を構築していった。要するに、世界最高レベルの特殊部隊員を集め、統合チームを編制するのだ。ブレイバーにとって最高の特殊部隊とは、デルタフォースとSEALs第六チームであるが、のちのち構想されて遂行される軍事作戦において、決定的に重要な役割を果たすこととなるのは、戦闘管制員だった。

二週間後、ブレイバーと彼が育成する混合部隊は、ＣＩＡが管理するガルデーズの秘密施設を拠点としていた。ガルデーズはアフガニスタン東部に位置するパシュトゥーン族の街で、七万の人口を擁し、パクティア県の県都でもある。海抜は七五〇〇フィート。ヒンドゥークシュ山脈の南東端に囲まれ、高山性の気候に恵まれている。夏は暑いが乾燥しており、ないに等しい降水量は、もっぱら冬と早春に雪として注がれる。アフガニスタンの戦いの遺産に巡り会いたいなら、ガルデーズは打ってつけだ。街を見下ろす場所には廃墟がある。崩れた壁と土台は、アレキサンダー大王の時代の名残。未知の世界の征服を目指す大王が、東の果てに築いた前哨基地の痕跡を、今でも目にすることができるのだ。紀元前四世紀、現在と同じヒンドゥークシュ山脈に阻まれ、アレキサンダー大王は引き返さざるを得なくなったが、その後も二〇〇〇年以上の長きにわたり、あまたの強者たちが大王の轍を踏んできた。

アレキサンダーと同様、ブレイバー中佐の高等作戦（ＡＦＯ）チームは、敵帝国の中枢へ潜入する前に、帝国領の外縁で態勢を整える必要があった。中佐が到着したとき、ガルデーズの秘密施設は稼働開始からある程度の時間が経っており、運営費はＣＩＡが支払っていた。ブレイバーの言葉を借りれば、「あの当時、国内で金を持っているのは連中だけだった」。陸軍のグリーンベレーもすでに現地入りし、アフガン部族戦隊（ＡＴＦ）の兵士四〇〇名の訓練を始めていた。合衆国政府のアフガニスタン戦略において、ＡＴＦは第一弾の大いなる希望だった。アメリカの戦略とは、敵戦力打破の重責を地元勢に委譲し（ただし戦闘指揮は米国が行ない、軍需品は米国が提供する）、少女が教育を受けられるようなジェファーソン流の民主主義政体を樹立し、麻薬生産に依存しない持続可能な経済体制を構築することだ。

ブレイバー中佐のチームは到着が遅かったため、施設の中庭でのテント暮らしを強いられた。この環境は中佐の肌に合った。スパルタ式の処遇はむしろ歓迎だった。CIAが隠れ家としても使う秘密施設は、住居というよりは砦の様相を呈していた。地面がむき出しの床。高さ三〇フィートの頑丈な壁。敷地の四隅では、タイル屋根の監視塔が睨みをきかせている。インチではなくフィート単位で測る巨大な日干し煉瓦造りの主棟は、エジプトのピラミッドの基部を彷彿させた。施設の建造にはかなりの気合いが入っており、四本の監視塔は、無味乾燥な泥色の表面仕上げではなく、ヒマラヤスギに見えるようえび茶色の装飾が施されていた。

二〇〇フィート四方の中庭の中央にしか空きがなく、ブレイバーと部下たちはそこに五、六張りのテントを設営した。陸軍標準の中型GP（汎用）テントは、最大二〇人を収容できる。テント以外の空間は、車輛と整備道具と発電機と必需品で占められた。壁の数カ所に引っかかっている直径一〇〇フィートのG－11貨物用パラシュートは、空軍のC－130輸送機が毎週、弾薬や水などの補給品を投下しているという証拠だった。地面の上には、オリーブドラブ色もしくはマツ材の素の色の木箱が、積みあげられたり横倒しになったりしている。木箱に詰まった中身は、銃弾と手榴弾と地雷とロケット砲と迫撃砲。五〇口径と七・六二ミリの機関銃用給弾ベルトが、木箱のあいだに散らばっており、激しい戦闘に備えて車輛を武装したことがうかがえる。アメリカの特殊部隊員がここにいるという証拠も散見された。あらゆる場所にトレーニング用の機器が置かれ、サンドバッグが飛び石のように、テントから主棟の廊下を通って各部屋まで続いているのだ。主棟の部屋は、中庭の地面が泥田となったときに使用される。

居住用に建てられた主棟は、新たな用途を与えられていた。まずはCIAが良い場所を確保し、残りをクリス・ハース中佐のグリーンベレーが占めた。AFOチームと特殊部隊とCIAを融合させる努力は、戦術作戦センター（TOC）で見ることができた。TOCの日干し煉瓦の壁は、地図と地勢図と想像図で飾り立てられ、通信機やノートパソコンに電気を供給する発電機は、人間と同じく、週七日二四時間態勢で稼働している。TOCの中心には、グレッグというCIAの指揮官がいた。スパイダーの渾名で呼ばれるグレッグは、表面上、ショーの仕切り役に見えるが、実際は三脚の一本の脚に過ぎない。

スパイダーの由来は外見――六フィートの背丈に針金みたいな細い体――だった。スパイダーとブレイバーは互いをよく知っており、ボスニアではいっしょに国連認定の戦争犯罪人を追跡した。「CIAで最高の戦闘指揮官」とブレイバーはスパイダーを簡潔に評価する。「現場に最高の指揮官を置いたとき、どれほどCIAが活躍できるか、その生きて呼吸する実例がスパイダーだった」。このような敬意をふたりは互いに向け合っており、スパイダー側はデルタフォースの人狩り能力をよく認識していた。しかし、近い将来シャヒコット渓谷で繰り広げられるはずの戦闘は、AFOチームやデルタフォースが経験してきたものとは一線を画すと考えられた。今回、敵を死に至らしめるのは、デルタ隊員の狙撃銃の弾丸ではなく、通信機のハンドセットだろう。もちろん、ハンドセットを握りしめるのは戦闘管制員だ。

野営地を確保したあと、ブレイバーは何をさておき、兵員の獲得に取りかかった。ガルデーズにいるアメリカ人は合計で五〇名ほどだが、ほとんどがCIAと陸軍特殊部隊に二分され、前者は情報収集に、後者はATFの訓練と装備品供給に携わっている。第五一〇ODA（陸軍特殊部隊の分遣隊）と同じ任務に注力するグリーンベレーたちは、ズィヤという軍閥の長が率いるアフガン民兵の訓練をすでに始めていた。ここでの滞在がいちばん長い〝エージェンシー〟は、信頼の置ける諜報ネットワークをすでに構築済みだ。敵を追い詰めて殺せ、という任務を完遂したいなら、今、ブレイバーに必要なのは、専門技能一式を持つ特殊部隊員だった。

必要な人材を調達できる場所はひとつしかない。デルタのB中隊だ。元中隊長の肩書きがあっても、許可なく隊員を米国本土から呼び寄せるわけにはいかず、ブレイバーはTF－11とトレボン准将に掛け合って、B中隊の偵察チームから一二名を連れ出していいという〝青信号〟をもらった。あとは、フォートブラッグに電話を一本かけるだけでよく、電話口には最高レベルの偵察指揮官が出てくれた。デルタのクリス・K上級曹長は事情を呑み込み、可及的速やかに、自分のチームにアフガン出征の準備をさせると答えた。クリス上級曹長のチームは、持ち物のほぼすべてを荷造りした。SR－25狙撃銃、M4突撃銃、M203グレネード・ランチャー、冬用の道具一式、多用途の軍服……。しかし、通常時なら欠かせない要素がひとつ見当たらなかった。今、偵察チームには戦闘管制員がおらず、現地で合流するにはかなりの時間がかかると思われた。

AFOチームには、海軍のデルタ的存在であるSEALs第六チームの隊員が参加していた。すでにハンスとネルソンというSEALs隊員は、ガルデーズ入りしてブレイバーの下で働いている。SEALsからの派遣組を指揮するハンスは、ブレイバーが構想するシャヒコット渓谷での作戦に関し、次のような説明をした。海軍は作戦遂行に「まったく興味がない」状態であり、それが原因となって、さまざまな関係組織のあいだで人員の交換が過熱していると。

SEALsからの派遣組には、ジェイ・ヒルというCCTが配属されていた。軍歴三一年の空軍兵士は、六フィート三インチの背丈と屈強な体格を誇り、なくてはならない〝特殊部隊員の顎髭〟をたくわえている。茶色い長髪がたなびき、陽射しで脱色された前髪が、顔を斜めに横断しているため、朝練を終えて水から上がったばかりのサーファーを彷彿させた。戦闘管制員を募集するポスターにそのまま登場できる風貌だ。〝暢気なサーファー〟としての彼を知る人の多くも、戦闘ぐらいで大騒ぎするなという態度には圧倒されていた。一九八九年、ジェイ・ヒルは空軍に入隊した。大学教育を受けられる特典があったからだ。最初の任地であるポープ空軍基地では、航空人命防護装備に関連する仕事をした。そして、戦闘管制員たちがバレーボールをし、トレーニングをし、概して楽しんでいる姿を目に留めた。最も感銘を受けたのは、鍛えあげられた体と、自信に満ちあふれた態度。やがてヒルは何人かのCCTと知り合い、その中にはビリー・ホワイトという熱情的な若者（トラボラで闘った例の戦闘管制員）もいた。ヒルはCCTと交流するにつれ、どことなく物足りなさを感じるようになった。彼自身の言葉を借りれば、CCTは「素晴らしい仕事に見えた。ジャンプして、ダイブして、全員が無駄肉ひとつなし。当時の俺は二一で、あれこそが男のやるべきことに思えた。連中の仕事を、俺は必要としてたんだ」。一九九二年夏、ヒルは多職種兼務を始め、苛酷な訓練過程を順調にこなしていき、一九九三年、第二一特殊戦術飛行隊に配属される形でポープ基地へ帰ってきた。そして数年後、彼は〝24〟に狙いを定めた。

現在、ヒルは最高レベルの軍人に列せられている。SEALs第六チームへの派遣は、目新しい経験ではなく、ブレイバーと同じく、アフガニスタンでの活動は二期目だ。二〇〇一年一〇月一九日、ヒルはアフガン戦争での最初の戦闘降下に参加した（〝犀作戦〟）。その後はデルタフォースB中隊とともに、〝殺すべき悪漢を探しながら〟、アフガニスタンの南部を行ったり来たりした。一期目が終了して帰国し、短いクリスマス休暇を過ごしたあとは、バグラム基地に取って返し、SEALsのレッド隊の分隊にはめ込まれた（スラブ率いる狙撃手分隊ではなく、ハンス率いる突撃分隊）。ジェイ・ヒルとブレイバーを含め、AFOチームのメンバーは全員、いくつもの決断、いくつもの任地、いくつもの運命の悪戯を経てガルデーズに辿り着いていた。

SEALsとブレイバーの関係が下向きになるのを見たとき、ヒルは決断を下した。差し出された好機の価値を、SEALsは評価できない（じっさい評価しなかった）が、自分なら正しく評価できると確信していた。だから、チーム変更を意図してブレイバーに接触した。部外者の視点に立つと、突然の転身は異常に思えるかもしれないが、戦闘管制員はデルタやSEALs第六チームやSASなどの部隊間を、流体のように移動しつづけているため、ヒルには躊躇う気持ちなどみじんもなかった。B中隊とは協働した経験もあり、河岸を変える機会は願ってもない僥倖だった。「あの当時、SEALsはAFOにひどい態度をとってたし、俺はどうしてもチャンスを逃したくなかった。アルカイーダに手痛いダメージを与えられるチャンスをな」と彼は回想する。ブレイバーとの短いやり取りのあと、ヒルは現地に到着し次第、また陸軍と働くことになった。ブレイバーはこれ以上ないほど満足していた。人間狩り旅行の準備が整うまでには、まだ長い道のりが待ち構えているが、CCTという重要なピースがぴったりと嵌まってくれたからだ。

戦闘管制員にとって、偵察任務の開始を待つということは、必ずしも暇を持て余すことと同義ではない。ときとして夜間に、荒天の場合は特に、秘密施設は砲撃の標的とされた。撃ってくるのは、ズィヤとも米軍とも対立する地元民兵だ。クリス・ハース中佐は、特殊部隊大隊の司令官として、また、アフガニスタン人と最も関係の深い将校として、「何か手を打ってくれないか？」とヒルに尋ね、「ええ、中佐、任せてください」とヒルは答えた。ハースとの会話も計画立案も「熱のこもった感じじゃなかった」が、最終的に空爆実行のお墨付きが与えられた。〝ゲーム開始〟とヒルは心の中で言った。

CCTにとっては朝飯前の任務だった。「日が暮れたら、ビーコンをふたつ持って屋根にのぼる。

通常はマイクロポンダーとＳＳＴ－１８１だ」。屋根の上では、タリバンの迫撃砲の設置場所を探し当てる。続いて自分の現在位置をビーコンで特定し、「〇八六度に八〇〇メートル」というふうに、敵の方向と距離を航空機に伝達する。口頭での説明が必要な場合は、まず、目立つ建物や丘の頂上などを示し、それから細かく絞り込んでいく。「ビーコンがあれば、天候に関係なくうまくいったよ」

夜間にヒルが空爆を行なっていることを、デルタフォースの隊員たちは認識すらしていなかった。「何の話をしてるんだ？　ビーコン？　マイクロポンダーのついたあの箱のことか？」というような具合だった。『そうそう、夕食は八時だから、屋根から降りてきてくれるか？』って言われるんだ。周りにまったく気づかれないのは、すごく滑稽な感じがした。連中は切れ者揃いだけど、切れないときもある。戦闘の別分野の専門技能を、単に連中は持ってないんだ」

敵民兵にとって空爆は想定外だった。近くにアメリカ兵がいる気配はまったく感じられなかった。実際にいないのだから当然だろう。対ソ戦の場合と同様、荒れた天候は盾として米軍の空爆を防いでくれるはずだった。しかし、ヒルの手法はうまく機能した。施設への着弾は減っていき、やがては完全に途絶えた。「奴らは沈黙した。いつもいつも、うんざりするような天気だったから、まさか空爆が来るとは思いもしなかったんだろう」

第一〇章

二月一〇日の朝は、寒くて晴れ渡っていた。凍てつく風がヒンドゥークシュ山脈との近さを感じさせる。いくつかの部隊と政府部局から集められた二十数名の男たちは、秘密施設から車列で出発し、ガルデーズの南方を目指した。先頭車輛が減速して止まったのは、草ひとつ生えていない谷底の狭い平地だった。

クリス・Kとデルタの偵察兵たちは、二月九日にアメリカを離れた。彼らがアフガニスタンへ飛行しているあいだに、ガルデーズの秘密施設では、そもそもの戦争の目的を想起させる出来事が起こっていた。9／11の直後、デルタB中隊はマンハッタンのニューヨーク消防局と交流会を開き、徽章交換を行なった。9／11のイベントから戻ってきた兵士の中には、世界貿易センタービルの破片を記念品として貰った者もいた。当然ながら、彼らの一部はアフガニスタンに派遣された。そして、破片の物理的な重みは、与えられた使命を追求するにあたり、未精製のエネルギーとして彼らを燃えあがらせた。ケヴィンという名前のデルタ隊員は、実際に破片をアフガニスタンに持ち込んでいた。9／11を生み出す温床となった土地に、アメリカのかけらを残そうという意図があったのだ。

ガルデーズでは、ＣＩＡの先任局員を中心に、防寒具で着ぶくれした男たちが非公式の集まりに参加していた。そのうちのふたりが地面を掘り、浅い墓穴に世界貿易センタービルの破片を安置する。CIA局員が短く発言し、第五特殊部隊グループの先任下士官が言葉を継いだ。形見が埋められた位置は、北緯三三度三三分五秒、東経六九度一五分八秒あたり。ジェイ・ヒルは任務二期目ながらも、この儀式によって非現実感を呼び覚まされた。「そういえば、アフガニスタンに来るなんて、夢にも思ってなかったんだよな」

ブレイバーの立場からすると、この件はAFOチームの流儀を反映する一例といえた。「スパイダーとクリス［・ハース］とわたしは、あれのためにわざわざ時間を割いた。誰が主導したでもなく、自然発生的な活動だった。うちでは、ヒエラルキー構造を築こうとする者はいない。我々はただ組織し、ただ実行する。それが我々の真髄だった」

ジェイ・ヒルと同僚のSEALs隊員たちは、AFOチームからの離脱を望んだが、加入を望むSEALs隊員が少なくともひとりはいた。SEALs第六チームの元隊員で、ある合同チームに派遣されていたホーマーは、世界貿易センタービルの式典のしばらくあとに到着した。ブレイバーによれば、「多くの兵士たちと同じように、彼は我々の活動に一枚加わりたかったんだ」。ホーマーはブレイバーの助手となり、ガルデーズ周辺の視察について回った。基本的に彼の仕事は、「物事を発生させることだった。取引やペテンを通じて、どんなものでも調達できたし、彼自身は優秀な狙撃・偵察アドバイザーだった」。ホーマーの戦闘歴は少なくとも一〇年前のソマリアまで遡る。彼はソマリアでひとりの戦闘管制員と協働し、狙撃手チームの同僚の命を救った。この作戦はのちのち、〝ブラックホーク・ダウン〟として知られるようになる。

クリス・Kの到着により、ブレイバーのチームは、AFO部隊としての完成を迎えた。CIAの秘密施設で、チームはふたつに分割され、それぞれIチーム、Jチームと命名された（Iはインディア

・チーム、Jはジュリエット・チームとも呼ばれた）。Jチームを率いるのはクリスで、Iチームを率いるのは〝スピーディ〟の渾名を持つ狙撃手。ジェイ・ヒルはすぐさま新しいチームに合体し、クリスは戦闘管制員の専門技能を歓迎した。

Jチームが主体となって、直ちに計画の立案作業が始まった。ブレイバーが指揮するAFOの任務は三つ。一、シャヒコット渓谷の敵領地に監視所を設置し、アルカイーダの幹部陣の存否を確認すること。二、保留中の仮称〝アナコンダ作戦〟に備え、ヘリコプター着陸ゾーンの予定地を偵察すること。三、敵陣地を特定した場合は、空爆要請を行なうこと。CIAとスパイダーの緊密な協働が機能すれば、第三の任務は順調に発展し、アメリカの活動に多大な影響を与えられるはずだ。ガルデーズ東方の山岳地帯、シャヒコット渓谷にいる敵の数は、米国情報機関によれば二〇〇名ほど。ガルデーズの戦術作戦センター（TOC）でCIAとAFOが行なった推計では、少なくともその二倍にのぼっていた。シャヒコット渓谷の地勢と、敵戦術の歴史的推移に関して、詳細な分析作業が始まったが、この時点では、アメリカ側の誰も敵の実数を把握できていなかった。のちに判明するとおり、シャヒコット渓谷に潜むタリバン兵は、一〇〇〇ないし一五〇〇名。東方のホウストに至るいくつかの谷には、さらに七〇〇名の兵士が展開していた。

敵勢力圏に向かう場合、最初に直面するのは、どのような方法で乗り込むかという問題だ。アメリカにとって明白な第一の選択肢は、豊富に存在するヘリコプターだろう。AFOチームはCIAを通じて、旧ソ連製のMi－17を利用可能だった。アフガニスタンではよく見かける機種なので、米国製ヘリ並みに警戒感を喚起させる心配はない。とはいえ、旧ソ連製か否かにかかわらず、ヘリコプターの使用には欠点があった。悪天候と高高度に弱いところだ。さらに言うと、たとえ往路で部隊の送り込みに成功したとしても、難易度の同じ復路で部隊を回収できる保証はどこにもない。結果として、兵士たちの生命を賭けたギャンブルになってしまう。そもそも、ブレイバー中佐はヘリコプターでの兵員輸送に強く反対する立場だった。反対の根拠は、シャヒコット渓谷でヘリを使えば、AFOの存在を秘匿できなくなるという点。中佐はヘリ使用の本質に関して深い知見を持っており、この知見も反対の基盤となっていた。ヘリコプター空挺作戦の失敗の歴史は、揺籃期のベトナム戦争まで遡り、ソマリア内戦を経て、アフガン戦争初期の〝空振り〟強襲に至る。デルタフォースとCCTの個人的経験という要素が強いソマリアの一件以降を、ブレイバーは次のように評価していた。「アメリカに狙われてると信じるだけの理由がある、すべての暴君と麻薬王と独裁者は、実際に我々が攻撃を仕掛ける場合、必ずヘリコプターを使うと思って待ち構えてるんだ」[8]

米軍の第一選択肢が却下され、AFOチームは〝車輛乗り捨て〟（通称VDO）に切り替えた。これは、目標付近まで車輛で移動し、残りを歩行もしくは登攀するという方法だ。VDOの作戦を試し、敵地の状況を肌で感じとるため、クリスとジェイ・ヒルは、ビルとデイヴというデルタ隊員二名を伴い、ガルデーズ東方一〇キロメートルの廃村へ向かった。廃村はダラと呼ばれており、チームが早くから挙げていた監視所の候補地は、ダラからさらに二〇キロほど山へ入ったところにある。この地域の敵勢力圏内に、アメリカ兵が入り込むのは初めてのことだった。一行は民生用の〈トヨタ・ハイラックス〉――〈トヨタ・タコマ〉の廉価版――数台を使用し、護衛として同道するATFの民兵一五名は、ピックアップトラックの荷台に乗り込んだ。アフガニスタン人兵士の重要性は、地元住民や周辺状況から情報を集められる点にもあった。だから、ATFの随伴は必須と言えた。

8　ソマリア内戦のわずか一年後、イラク軍は、米軍に勝利するための手引き書として、映画『ブラックホーク・ダウン』のテープを回覧した。

凍てつくような二月の外気に、一行は万全の防寒対策を施した。ピックアップの荷台で身を寄せ合う護衛兵たちは、CIAから支給された真新しい灰緑色の冬用コートを着込み、AK－47を握りしめていた。しかし、山の奥を目指した車列は、深まる雪に阻まれ、ゴーストタウンから前に進めなくなった。監視所予定地までは距離がありすぎ、装備品や必需品を人力で運ぶのは不可能。泥だらけのピックアップトラックは、急峻な山腹の雪と氷を乗り越えていくことはできなかった。

この先数週間にわたって、彼らに絶え間なく突きつけられる現実が、頭上から雪崩のように降りかかってきた。一行の目の前には、標高一万二〇〇〇フィートの巨大な山がそびえ立っていた。この山頂に登るだけでも、ひとつの探検旅行が成立するだろう。特殊部隊員のひとりによれば、山脈の手前の地形にすら、「不安感を覚えるような状態だった。途中にある崖でさえ、越えられないんじゃないかって」。ジェイ・ヒルとデルタ隊員たちは雪の中で話し合い、再補給を受けられなければ、敵との交戦があってもなくても、監視所予定地まで辿り着くのは不可能という結論に達した。この時点で、ヘリコプターに対する車輛の優位性は消え去っていた。

デルタ隊員たちが浸透計画を案出・修正しているあいだに、ジェイ・ヒルは頭上の航空支援の実験を進めていった。戦争初期の任務では、たいていの場合、海軍のP－3オライオンが登場した。対潜水艦戦を目的に開発された一九六〇年代の航空機は、四基のターボプロップ・エンジンを擁し、海面下の痕跡発見に特化した電子追跡装置一式を搭載している。見方を変えれば、比較的新しい空挺プラットフォームとオンラインで接続できる複雑なシステムはないわけだ。ここ一〇年のあいだ、SOFの隊員たちはP－3を、〝貧乏人のISR〟として利用してきた（ISRとは情報、調査、偵察の頭字語〔intelligence, surveillance, and reconnaissance〕で、空からの観測活動全般を意味する）。複雑な電子装置と地上用の光学機器はないものの、危機が発生した際、P－3は示威活動を行ない、調整プラットフォームとしての機能を提供した。

さらなる朗報は、武器を積んだMQ－1プレデターが、アフガニスタン＝パキスタン国境で運用されはじめたことだ。数年前、CIAと空軍が導入したプレデターは、遠隔操縦で飛ぶ低コストの無人観測機である。武装と非武装を選択できるが、前線に配備される無人航空隊は、やがて大多数が武装版のプレデターになっていった。

戦争の初期、特殊部隊は絶えず味方の誤爆を受ける危険にさらされていた。AFOは民生用のトラックを使い、アメリカ風の服装を避けた。荷台のアフガン民兵も、アルカイーダに似せていた。だから、作戦中に最善の調整が行なわれても、敵と味方を正確に区別するのは至難の業だった。航空機のパイロットは単純に、軍服を着ていない米軍部隊の識別に慣れていなかった。対象が軍用車輛でない場合は特に……。

ジェイ・ヒルはチーム唯一のCCTとして、航空攻撃の管理と指揮の責任を担っていた。アフガニスタンの東部戦線は、空の高みでさえ、〝西部開拓時代〟のような混沌ぶりだった。多国籍の航空交通――さまざまな国の空軍機が入り乱れており、しかも、各機はたいてい競合する作戦に従事していた――を切り盛りしながら、敵地の状況を完全に把握していないパイロットたちとやり取りするため、チームが移動する際、ヒルは常に厳戒態勢を強いられた。実際の話、一日あたりの出撃数はアフガン国内で数百回にのぼり（どの航空機も呼び出しから短時間で上空に到達できる）、完璧な空の見取り図を描きつづけるのは不可能だった。いずれにせよ重要なのは、敵と接触したり、敵に待ち伏せされたりしたとき、直上の空域の支配権を握っていることだ。

車輛による次の強行偵察が試されたとき、ガルデーズからホウストに向かうチームは、武装プレデターの追跡を受けた。ヒルがどうにか無人機の操作元に連絡して事なきを得たが、チームは危うく祖国の攻撃を浴びせられるところだった。原因は、不審な車列が敵と認識されたこと。これまでの経緯が証明するとおり、目的地に辿り着くのはかなりの難業だが、最終目標達成まではその何倍もの困難を乗り越える必要があると、最近では痛いほど思い知らされるようになってきていた。

結成時からAFOにいたSEALs隊員二名、ハンスとネルソンは偵察遠征のいくつかに参加してきたが、彼らとデルタ隊員とのあいだの緊張は、ある作戦時に頂点を迎えた。遠征チームの指揮を執るデルタ隊員が、高高度・急斜面での移動能力を見極めようと、陸海軍混成の兵士四名に苛酷なパトロール任務を強いたのだ。「こんなのは馬鹿げてる」とハンスは文句をぶちまけた。ガルデーズに戻ったあとも言い争いは続き、SEALs側の作戦への取り組み方と態度がやり玉に挙がった。デルタ側はつねづねハンスとネルソンに不満を感じていたのだ。最終的にブレイバーは「おい、おまえら、これじゃやっていけんぞ」、SEALs二名をクリス・ハース麾下のグリーンベレーに引き取ってもらった。「別の任務に取り組めて「連中はご満悦だったよ」。この一件が起こった結果、仲間内の結束は固まり、AFOからハンスとネルソンを厄介払いすることができた。

元チームメイトのふたりが退場しても、ホーマーはAFOの作戦が大化けする可能性を理解していた。ある晩、秘密施設の境界線と警備態勢をチェックしているとき、彼はブレイバー中佐に言った。SEALs第六チームから来た偵察兵たちが、バグラム基地で不満を募らせている。TF-11の目標設定と作戦策定の縛りがきつく、行動の自由を奪われたような感覚なのだと。「連中は兵舎を出て狩りに行きたくて仕方がないんですよ」

ブレイバーは板挟みの状態にあった。最初の任務に取りかかる前から、もっと兵員が必要なことはわかっていたが、ＴＦ－11の司令官との関係は険悪になるばかり。ＴＦ－11の中核任務は、高位の個人を標的にすることだが、ブレイバーはその線から外れた部隊編制と計画立案を続けてきた。高位の個人とは、具体的に言えばビンラディンと、アルカイーダのナンバー2であるアルザワヒリだ。しかし、ブレイバーはＡＦＯの目的を、幹部暗殺に限定すべきではないと考えていた。世界最高の特殊部隊員を、たとえ少数でも敵地の要衝に潜伏させておけば、来るべき戦闘で非対称的かつ決定的な打撃を与えられると。ＴＦ－11の作戦司令室では、ブレイバー中佐をピョートル大帝になぞらえて〝ピーター大帝〟と呼んだり、〝現地化〟に固執する姿を映画『地獄の黙示録』と重ね合わせて〝カーツ大佐〟と呼んだりしていた。しかし、中佐は「疑念と当てこすりは肯定的評価」と看做した。なぜなら、「細部までかっちり管理されるより、疑いの目を向けられるほうがずっとましだからだ」。デルタ隊員の追加を要求しても認められないのは明らかだが、ブレイバーみたいな視野の広い機会主義には、まだ別の手段が残っていた。ハンスとネルソンがＡＦＯの作戦に興味を持たなかったことは、必ずしも、ＳＥＡＬｓ第六チームの残り全員が無関心であることを意味しない。現在もアフガニスタン国内にはＳＥＡＬｓ隊員が駐屯しており、その多くはＴＦ－11の思考様式のせいで、バグラム基地の中に留め置かれている。留置組には、欲求不満を抱くスラブと、ジョン・チャップマンＣＣＴが含まれていた。

ブレイバーは次のように回顧する。「当時のＳＥＡＬｓは、ＡＦＯの遂行に興味がなかった。人力の無駄遣いと思ってたんだ。あるときわたしは、［ＴＦ－11司令官の］デイリー将軍と六〇分間のビデオ会議をしたが、将軍は我々がやってることに、人力のさらなる投入に無関心だった。だが、わたしは説得を続けて、ビデオ会議が残り一分になったとき、将軍が『いいだろう、ＳＥＡＬｓを何人かくれてやる』と言って通信を切ったんだ」。言及された隊員たちはＳＥＡＬｓ第六チームの所属で、ジョー・カーナン大佐の指揮下にあった。

バグラム基地を拠点とするカーナン大佐の部隊には、レッド隊から来た唯一の狙撃手分隊が組み込まれていた。要するに、スラブとジョン・チャップマンとアンディ・マーティンがいたわけだ。いずれにせよ、SEALs部隊をどう分割するかは明確になっていなかった。一〇〇マイル南のガルデーズに送られるのは誰か？　高位標的（HVT）の殺害の成功を願いつつTF-11に留まるのは誰か？

カーナンが同意したのは、SEALs隊員六名と戦闘管制員一名を送ることだけだった。

スラブの意見では、TF-11の作戦構成のほうが、確定キルの数を稼げる可能性は高かった。彼の分隊はCCT二名を含めて一二名。スラブは分隊をさらに二分割し、自ら率いるチームを〝マーコウ30〟、グッディが率いるチームを〝マーコウ31〟と名付けた。チャップマンとマーティンのコールサインは、それぞれのチーム名に一文字付け加えたものだった。CCTは戦場にいるときも、公式の通信マトリクス上でも、ほぼ必ず末尾の〝C〟で識別され、〝C〟は会話の中で〝チャーリー〟と発音される。〝C〟をつけることにより、指揮官やガンシップやヘリコプターやほかのCCTは、相手が戦闘管制員だとすぐに理解できるわけだ。じっさい、〝チャーリー〟のコールサインを聞いた戦闘機や爆撃機やガンシップが、経験豊富な空爆のプロに命令されていると認知するため、〝C〟の使用には近接航空攻撃をはかどらせる効果があった。分隊がふたつのチームに分かれて以降、スラブの下で働くチャップマンは〝マーコウスリー・ゼロ・チャーリー〟、グッディの下で働くマーティンは〝マーコウスリー・ワン・チャーリー〟のコールサインで呼ばれた。

スラブは分隊指揮官として決断を下し、ガルデーズ行きのメンバーに、グッディとSEALs隊員四名とアンディ・マーティンを選んだ。HVT作戦は自分で受け持つことにした。配置転換を命じられ、アンディとSEALs隊員たちは荷造りを始め、山岳地帯での長期作戦に備えたが、〝B級〟作戦への格下げに文句たらたらの者もいた。

　過去の非ＨＶＴ作戦に価値と効果を認めるアンディは、真逆の立場をとった。「俺はモチベが上がってたよ」

　グッディはおおらかという評判どおり命令を冷静に受け止め、不平不満をこぼすことなく部下たちに移動の準備をさせたが、アンディにひとつだけ質問をした。「こっちの作戦の準備はできてるのか？」

　言葉を濁す習慣のないマーティンは、「もちろんだぜ《ファック・ヤァ》！」と答えた。

第一一章　二月二三日

ガルデーズではジェイ・ヒルのＪチームが送り込み手法の実験を続けていた。すべての選択肢を検討していくと、ときとして滑稽な面があらわになった。ガルデーズ周辺には多数のロバが生息しているため、男たちは数頭を捕獲して施設内に連れ帰り、さまざまな荷物の装着方法を試した。しかし、ロバという生き物は性格がとても荒く、扱いが極めて難しいと判明し、この選択肢は早々に却下された。結果として、最も実行可能性の高い送り込み方法には、車輌が復帰したのだった。

次の偵察テストでは、こぶを思わせる巨大な山に接近した。この山にはターガルガルという名称があるが、円い背中を連想させる形状から、アメリカ人のあいだでは広く〝鯨《ザ・ホエール》〟と呼ばれている。車列はガルデーズから幹線道路を南へ向かった。この地域ではアルカイーダ兵の増員が推定されており、今回、ピックアップの荷台には、以前より多くのＡＴＦ民兵がひしめいていた。一行の目的地である〝ピーナッツ谷〟は、〝鯨〟の東方、タクルガルと呼ばれる山の近くにあった。

〝ピーナッツ谷〟の入口に接近したとき、〝技師〟と呼ばれるアフガニスタン人通訳――この戦争が祖国を引き裂くまで、技師としての養成を受けていた――が米兵たちに警告した。彼は当時の状況をこう振り返る。谷には「ＡＱの基地がふたつあって、あのとき車列はＡＱに見張られてたんです」。土地柄との対比でアルカイーダを特定したり、遠距離からアルカイーダを察知したりするATFの能力は、アメリカ人からすると超常的に感じられることがあった。アルカイーダみたいな外国人と、地元のアフガニスタン人をどう見分けるのかとクリスが尋ねたとき、〝技師〟はこう答えた。「簡単ですよ。外見と仕草と歩き方で、一キロ先からでも識別できます」。この能力は幾度となく有効性が証明されてきた。じっさい、技師は遠くからアルカイーダを見分け、チェチェン人とウズベク人というところまで特定し、第五特殊部隊グループのODAを待ち伏せ攻撃から救ったのだった。

ヒルは今回の遠征中、上空にプレデターを飛ばし、周辺の状況を常に監視させた。〝ピーナツ谷〟に注意を向けていると、プレデターが「タクルガル山の東方三キロを移動する車輛七台と乗員［兵員］二〇名を捕捉した」。チームは対応策を話し合った。山間の監視所候補地を近くから詳細に観察すべく、できるだけ谷の奥まで入り込みたいという願望はまだ残っていた。彼らはアフガニスタン人通訳に、前進を続けるには何が必要かと質問した。答えは、一〇〇人の兵力と前方への空爆。一行は何事も起こさず、ガルデーズに取って返したが、彼らの視線は、遠く離れていく山脈を追っていた。これから発覚する難題と敵の本当の数は、雪深い山々の頂にまだ隠されたままだった。

〝アナコンダ作戦〟の開始予定時刻のわずか四八時間前、ジェイ・ヒルのチームはもう一回、手法と能力を試すための遠征を敢行した。今回もガルデーズ東方の山岳地帯に出向き、途中で車輛を降りて徒歩での移動に切り替え、全地形対応車（ATV）を使えるかどうか、山の急斜面を調べながら前進する。「我々は足を踏み入れ、目をこらし、耳をそばだて、雰囲気を感じとった。山の上でケツが凍りそうになりながら……。雪が降って、雨が降って、こごえるほど寒かった」。彼らは入手可能な最高の装備を揃えていた。荷重を分散できる大型の登山用リュック（各自が好きな模様を決め、カーキとタンの二色にスプレー塗装した）。敵に対する目くらましと、悪天候からの防護に効果がある砂漠用のゴアテックス製迷彩服。最も重要なのは、遠目なら米国人なのをごまかせるアフガン風のスカーフとコートだ。荷物の重量が物理的に限界だったため、〝防弾衣《ボディアーマー》〟の着用は断念するしかなかった（二〇〇二年当時の重さは最低二〇ポンド）。寝袋はチーム全体で一枚に抑え、誰かが低体温症になったときのみ、救命措置として使用することとした。数時間の睡眠をとる際は、〝ノルウェジアン〟と呼ばれる薄くて軽い多層構造の断熱布と、殻みたいな形のゴアテックスを組み合わせた。しかし、このふたつの装備品を切り離して使えば、睡眠のためにほどほどの暖をとる、という以上の重要な目的に供することができる。小さくたたんでパッド状にすると、通信機やバッテリーなどのかさばる荷物のクッションになり、消音材としての効果も発揮してくれるのだ。

　この遠征は、いくつかの重大な認識をもたらした。第一に、標高一万フィート・雪中・低温という条件下での滞在を継続するなら、テントが絶対に必要という点。第二に、彼らがすぐに気づいたとおり、バッテリーの持ちが悪くなるという点。氷点下の気温だと、バッテリーの寿命は半減する。司令部や航空機との適切な連絡を保ちたいヒルにとって、これは死活問題だった。最も重要なバッテリーであるＢＡ－５５９０は、ＳＡＴＣＯＭ用とＣＡＳ用の主通信機であるＰＲＣ－１１７に電気を供給する。ＢＡ－５５９０を一本追加するごとに総重量は二・二五ポンドずつ増加するが、貴重な作戦時間が数時間延長されれば、戦闘の中で失われる数え切れない命を救えるはずだ。

　各自が一二〇ポンド超の荷物を背負っているため、実際に移動してみると、男たちは一晩で二、三キロしか進めなかった。ヒルとＡＦＯチームが受ける肉体的精神的ストレスを想像してみてほしい。凍てつく冬の夜、一万フィート級の高山の麓で立ったまま待機する。気温はすでに氷点下だが、夜間恒例の急降下が始まり、華氏ゼロ度に近づいていく。背中には、五〇ポンドのコンクリートが入った袋がふたつ。胸の前と両手は、武器やバッテリーや通信機やＧＰＳ装置やナイフや救急キットでふさがれている。右足を踏み出すと、すぐさま雪に竪穴がうがたれる。一歩ごとに体じゅうに重圧がかかり、薄い空気の中で酸素を求めてあえぐと、肺が焼けるように痛む。今夜は一睡もできない。もしかしたら明日の夜も……。それに加えて、暗視ゴーグルを装着するには、ヘルメットをかぶるかハーネスを締める必要があり、暗闇の中で頭蓋を圧迫される不快感が一四時間のあいだ続く。しかも夜が明けるまでに、雪深い岩だらけの山で、二マイルの距離を登り切らなければならない。さらに、味方はたった四人。どんな敵部隊であろうといったん遭遇してしまったら、卓越した専門技能を持っていようと、限られた人数と弾薬では、抵抗もそう長くは続かないだろう。ジェイ・ヒルは重い荷物と不快感に苦しめられていたが、その上に、一匹狼の戦士としての重責も背負わされていた。米軍の航空戦力で集中攻撃をかける、という専門技能で戦闘の結果を左右できる彼は、全員の命を救うことができる。しかし、万が一にでも失敗してしまえば、死ぬまでその失敗を引きずることになるだろう。だからヒルは鉄則として、体力が許す限り多くのバッテリーを持ち運んだのだった。

ＡＦＯチームが秘密施設――ＴＯＣの正面扉の脇には、〝ホテル・ガルデーズ〟（表記はGARDEZではなくGARDYEZ）という愛称を記した看板が掛かっている――に戻ったころ、アンディ・マーティンと〝マーコウ31〟も一日がかりのドライブを終えて到着し、車輌から荷下ろしを始めた。二月中旬の午後遅くの空は、鉄灰色がどんどん薄くなってきている。ＡＦＯ部隊を構成するデルタとＳＥＡＬｓとＣＣＴが勢揃いし、ブレイバーの下で完全体になった瞬間だった。ほとんどがよく知っている仲の男たちは、挨拶の握手や抱擁を交わし、互いの現況と今後について情報を交換した。ジェイ・ヒルとアンディ・マーティンにとっては、喜びにあふれる再会だった。友人同士のふたりは長年ともに働き、悪ふざけに対する情熱を分かち合い、おおむね痛み分けという結果を受け入れてきた。

チームの駒が揃ったところで、ブレイバーは来るべきものに備えた。〝アナコンダ作戦〟は古典的な〝鎚と鉄床戦術〟を採用しており、アフガン戦争における最大規模の作戦として練りあげられた。作戦拠点はCIAの秘密施設で、〝鎚〟を担うのは、ズィヤ将軍麾下のATF兵四〇〇名と、数個のアフガン人部隊。そこにクリス・ハーツのグリーンベレー部隊とビル・スプレーク戦闘管制員が加勢する。〝鎚〟はガルデーズから南進して〝鯨〟を回り込み、シャヒコット渓谷の中心部を重点的に攻め、敵戦力を〝鉄床〟へと押し込むのだ。

アナコンダ作戦に参加する圧倒的な米軍戦力は、陸軍の第一〇山岳師団と第一〇一空挺師団の混成部隊であり、フランクリン・ヘーゲンベック少将を司令官に戴いていた。混成部隊は東方のパキスタンへ延びる山脈を背に展開し、〝鉄床〟を形作って敵の退路を塞ぐ。ヘリ輸送される米兵とアフガニスタン人の大部隊の圧から逃れるため、アルカイーダはパキスタン方面へ脱出すると予想されていた。少なくとも、アメリカ陸軍はそう信じていたが……。

ブレイバー中佐は、現在指揮下にある三つのAFOチーム――JとIとマーコウ31――を戦場に投入し、秘匿された好立地の監視所に籠もらせ、敵の居場所と動きを報告させようと目論んだ。いったん配置につけば、戦闘管制員たちは空爆を要請し、可能な限り多くの敵を抹殺してくれるだろう。

マーティンとマーコウ31のSEALs隊員にとっては、あれよあれよという間の作戦投入だった。ジェイ・ヒルとデルタ隊員たちは、さんざん偵察と分析を行なってきており、二週間分の環境順化の成果も享受していた。マーコウ31はこれらの恩恵がなく、しかも、ブレイバーは彼らのためにサプライズを用意しておいた。なんと、マーコウ31に割り当てられた監視所は、三カ所のうち最も重要度が高かったのだ。ふたつのデルタ・チームの監視所に挟まれ、タクルガル山に隣接する監視所は、通常の軍隊が使用するであろう航空回廊を、最高の角度で見渡すことができる。事前の通告も詳細な説明もなく、中佐のサプライズを聞かされた男たちには衝撃が走った。マーティンによれば、彼らは「九〇〇〇フィートから一万二〇〇〇フィートまで歩いて登ってもらうぞ」と知らされた。「もし敵の攻撃を受けても、「〝作戦開始時刻《Hアワー》〟までは」負傷者搬出や火力支援はないものと思え。救援のために可能な限りの手は打つが、この作戦を台無しにするつもりはない」。マーコウ31は右も左もわからない土地で、とてつもなく長い道のりを踏破し、敵地浸透を果たさなければならない。情報がない理由は簡単で、ＡＦＯの偵察部隊が監視所の候補地に接近できなかったからだ。

　グッディはすべてを冷静に受け入れた。マーコウ31が作戦の準備をしているとき、ブレイバー中佐はいちばん新しいチームの指揮官に訊いた。「で、おまえはどう思ってるんだ？」

「中佐、これはものすごい作戦です。ここに呼んでくれて、ほんとに感謝してます。おかげで作戦に参加できるんですから」と答えるグッディは、上官よりも装備品のほうに気をとられていた。

　ブレイバーは部下の肩を軽く突き、注意を自分に向けさせた。「グッディ、おまえの任務の成否が、作戦全体の成否を決定づける。Ｈアワーまでに必ず監視所に到達しておくんだ」

「中佐、雨が降ろうが槍が降ろうが、監視所には辿り着いてみせますよ。遅れそうなら、背嚢を捨てます。それでもまだ問題があるなら、ひとつずつ装備を脱いでいきます。Ｈアワーに監視所を見てください。裸で銃を持った五人の男が立ってるはずです」

　あのとき何を思ったのか、ブレイバーは今でもはっきりと憶えている。〝こういう逸材はどこで入手できるんだ？〟グッディから聞けたのは、自分が求めているとおりの言葉だった。最高の特殊部隊員に期待するとおりの言葉だった。

バグラム基地では別の戦闘管制員二名――ジョン・ワイリー（コールサインは〝ジャガー11〟）とジム・ホータリング（コールサインは〝ジャガー12〟）――が、直属の司令官から緊急の命令を受けとっていた。オーストラリアの名高き特殊空挺連隊（SASもしくはSASRと略される。Special Air Service Regiment）に合流し、〝鯨〟とタクルガル山の麓で待機し、万が一、敵が渓谷の南端から脱出する事態に備えよ、という内容だった。CCTを含む六名編成のチーム二組は、それぞれMi-17に乗って敵地に送り込まれ、めいめい設置した監視所から敵の動きを報告し、空爆を要請することとなっている。オーストラリアはアフガニスタンにTF-64という分遣隊を送ってきており、TF-64傘下のSASRを注ぎ込む今回の作戦は、オーストラリア軍からしてみると、アフガン戦争で最精鋭部隊を重要な軍事行動に参加させる初めての機会となる。アメリカとの協力の下、ベトナムで始まった特殊部隊の歴史に、遺産を築きあげる好機と言い換えてもいい。TF-64は第一〇山岳師団とヘーゲンベック少将から直に指揮を受けるため、AFO部隊とは直接のつながりはなかったが、ひとつだけ例外があった。戦闘管制の領域だ。

ガルデーズでは、AFOの敵地送り込みの準備が整い、IチームとJチームとマーコウ31の男たちは、屋内での最後の夜を過ごした。みなが来るべき地上作戦に思いを巡らせるなか、ひとりだけ例外が存在した。ジェイ・ヒルは戦場の3D画像を思い描いていた。しかし、画像は不完全だった。「思い出してみてくれ。アナコンダ作戦は［AFOの］観点の真空状態で立案された。［従来型の］陸軍がすべてのことを決定したせいで、航空計画は付け足しになってしまったんだ。バグラムに飛んで、もっと情報を収集するべきだった。まさか、まっとうな航空計画がないなんて」

ＡＦＯの戦闘管制員たちはほどなく、陸軍が彼らの役割と航空戦力の必要性をどれだけ過小評価しているか、という事実を思い知らされることとなる。

第二二章　二月二八日　夕刻

ジェイ・ヒルは自分の全地形対応車（ＡＴＶ）を値踏みした。〈ホンダ〉製の四輪車はデルタの整備兵によって改造されている。サスペンションの補強、復旧用のウィンチの増設、赤外線ヘッドライトへの交換。最も重要だったのは、野太い排気音を抑え、〝静音走行性〟を高める改造だが、Ｊチーム五名に対し、ＡＴＶは四台しかなかった。デルタ隊員はクリス、ビル、デイヴの三名。ジェイソンという名の信号情報収集員は、敵の通信を傍受することが任務で、ジェイソンの情報で標的を特定し、チームで殲滅にかかる場合もあれば、生の情報をそのままＴＯＣに伝達する場合もあった。最後の五人目であるヒルは、誰よりも体重が重く、誰よりも重い荷物を持っていたが、デルタ隊員が〝あばずれ〟に信号員と相乗りすることはあり得ず、監視所までジェイソンを運ぶ役目はＣＣＴであるジェイに回ってきた。

　自分の装備を眺めて、ジェイ・ヒルはうんざりする光景だと認めるしかなかった。背嚢には、ぎっちりと機器が詰め込まれている。ＰＲＣ－１１７が一台（戦闘管制員が近接航空支援を行なう際になくてはならない通信機で、分厚い辞書二冊の背と背を合わせたくらいのサイズがあり、バッテリー未装着時でも重量は一〇ポンドに達する）。ＢＡ－５５９０バッテリーが一〇本。ＭＢＩＴＲ小型通信機（PRC‐117のバックアップ用で、同じマルチスペクトラム式通信機だが、小型化されているぶん機能は簡略化されている）が二台と専用バッテリーが数本。〈パナソニック〉製の〈タフブック〉ノートパソコンが一台（バッテリーとケーブルがそれぞれ数本ずつ付属）。DMC‐120携帯式衛星アンテナが一本。SMP2000マイクロポンダー・ビーコンが一台（荒天時のビーコン誘導爆撃に使用する）。赤外線《IR》ストロボが数個（夜間、他部隊や航空機に動的識別をさせる目的で使用する）。レーザー測距器が一台。二種類のIZLIDレーザー・ポインターが一台ずつ（赤外線で標的をマーキングするために使用する）。補助的に使用するさまざまなタイプのマーキング用機器。ここに加わるのが、〈ナルゲン〉の一クォートボトル二本（コンロがないため、雪をボトルに詰めておき、就寝中に体温で溶かして水を確保する）と、軍用保存食数袋だ。必要な装備品が多すぎて荷物容量を使い果たしてしまい、重ね着用の衣類など、快適性を向上させるアイテムは諦めるしかなかった。ちゃんとした寝袋もなく、暖をとれるのは、全身を覆うタイプの防寒布と、〝もこもこ〟のコームス・ジャケットだけ。結局、荷物の重量と体積はチーム内の誰よりも大きくなり、身体的な快適度はチームでいちばん低くなった。

その他の重要な機器は、身に着けて運搬した。GPS端末が三台（小型の〈ガーミン〉と、大型の——重い——軍用PLGRと、手首にはめるタイプの三種類）。M4突撃銃が一丁と三〇発入り弾倉が五本。通常型のコンパスが一個、暗視ゴーグルに連動するコンパスが一個。日中のマーキングに使用するVS‐17パネルが一式。これらのアイテムは救急キットやナイフとともに、ローデシアン・ベストの各所に収納されて持ち運ばれる。ヘルメットに関しては、もちろん全員がかぶるのだが、基本的に重視はされていない。いや、むしろ軽視されている。支給される〈プロ＝テック〉製のスケボー用プラスチック・ヘルメットは、もともと被覆面積の狭いカットダウン版なのに、男たちは手作業で両側の耳当て部分も除去してしまうのだ。それから、ヘルメットの外殻のあちこちにマジックテープを貼りつける。赤外線ストロボや赤外線発光テープ（AC-130からの識別用）を取りつけたり、最も重要な暗視ゴーグルをぴったりと固定したりするためだ。

ATV前部の荷物ラックには、Xウイング・アンテナ（高さ一フィート直径三インチの軸のてっぺんに、輸入大衆車から外した四枚羽根のラジエーター・ファンを糊づけしたもの）が積載されている。これを使えば、衛星通信と見通し線（LOS）通信を、アンテナを交換せずに切り替えることができる。ATVを運転中に敵と接触した場合、Xウイング・アンテナは決定的な役割を果たす。もしも、運転しながら空爆要請を行なっているなら、機器を切り替える時間などないだろう。民生用ATVに積み込むにしては、ヒルの荷物はあまりにも重すぎ、さらに後ろの乗客の荷重も加えなければならない。しかし、〝空軍野郎〟であるヒルは、チームメイトに弱い人間と思われたくなく、機器の一部を預かってほしいとは言いだしづらかった。おしなべて戦闘管制員には、弱いという認識に対し、絶えず警戒感を持つ傾向があった。じっさい、この傾向の二次的影響として挙げられるのは、あらゆる競争の場や作戦の最中に、好結果を残さなければという圧力がかかること。ほとんどのCCTが訓練や戦闘で尊敬を勝ちとれるのは、圧力が自己実現性を発揮するからだろう。もうひとつ二次的影響を挙げるなら、ヒルの事例が示すように、重荷が極大化されることだ。この場合、荷物がひとりだけにのしかかるだけでなく、荷物そのものの重さが増大する。二〇〇二年二月二八日の朝、ジェイ・ヒルの現実は明快であり、バッテリーを何本かチームメンバーに分担してもらう必要があった。

ヒルの戦闘管制員としての責務は、運搬する荷物のポンド数と同じく、デルタ隊員たちの目にはほとんど見えていなかった。彼らにとってCCTの行動は、単なるFM——どえらい魔法《ファッキング・マジック》——だった。魔法がかけられたことは何とか認識できても、からくりまでは理解できないのだ。

過積載のATVの荷物配置をあれこれといじっているとき、まだエンジンさえかけていないのに、ジェイ・ヒルは最初の難題に直面した。一九九三年、アメリカ軍は〝ファルコン・ヴュー〟というノートパソコン用の地図ソフトを導入していた。ジョージア技術研究所のコンピューターおたくが、C＋＋を使って州兵空軍のために作成した〝ファルコン・ヴュー〟は、特定の標的（敵味方を問わない）と自分自身の位置を、スクロールする地図上で追跡することができる。航空図や、アメリカ地質調査所の地勢図や、衛星画像などを地図として利用でき、切り替えも可能だ。〝ファルコン・ヴュー〟はまだ開発の初期段階にあり、空軍だけが、すなわちCCTだけが、戦場での運用を行なっている。

ヒルが直面したのは、〈タフブック〉をどこに置くかという難題だった。ATVでの移動中にソフトを使う際、ノートパソコンをたやすく操作したいなら、太もものあいだに挟み込むしかないが、ジェイソンを後ろに乗せるとすると、自分は燃料タンクにまたがらざるを得ない。ヒルは試行錯誤の結果、黒いマジックテープをパソコンとタンクに糊づけし、振動に負けないようしっかりと密着させた。それから、シャヒコット渓谷を取り囲む山々の危険な急斜面を下るとき、ノートパソコンが転げ落ちないよう、フック付きゴム紐で固定した。

残念ながら、〝ファルコン・ヴュー〟と暗視ゴーグルは両立できなかった。夜間に地図を見たい場合は、ATVを停めてジェイソンを降ろし、デルタ隊員たちに守られながら、〈タフブック〉を開いて起動させる。明るい画面が敵の目に留まり、こちらの現在位置がばれてしまわないよう、大きなポケットから〝寝袋〟がわりのポンチョを引き抜き、頭の上からすっぽりとかぶる。ヘルメットにはアイスホッケー用パックを思わせる形の小さなアンテナが装着されており、ノートパソコンはブルートゥースを介してネットに接続される。二〇年後の視点で見れば、この方式は普通に、もしかしたら単純に思えるかもしれないが、二一世紀になったばかりの当時では最先端の技術だった。特に戦場の外縁部という極限の条件下では……。

結局のところ人間にも機械にも、これ以上の装備あるいは重量を追加する余地はなかった。ATVの車列を眺めて、ヒルはかぶりを振った。車体のいたるところで、装備が吊りさげられたり、危険なほど高く積みあげられたりしている。これだけトップヘビーの不安定な態勢だと、山の斜面で転倒する可能性もますます高まるに違いない。「ロマの大移動みたいで、ほんと滑稽な光景だったよ」

時間は刻々と進み、どんよりとした空が頭上にのしかかり、雨が雪に変わりはじめた。予想どおりに気温も低下していく。Jチームを率いるクリスは、部下たちが準備作業を締めくくっているあいだに、TOCといっしょにチェックを行なった。「出発の直前、情報源からCIAに報告が入ってきたんだ。敵戦力の大部分は、渓谷周辺の山岳地帯と、サヒコット［原文ママ］山にかけての東側に展開してるって」とクリスはのちに回想した。有益な情報は、これだけではなかった。チームの予定進路の途中には、極めて敵対的なメンジャワールという村が存在し、最新の情報でも「いまだAQ側の協力者」とされているため、かなり高い確率で、大きく迂回することを余儀なくされると考えられた。

さらに加えて、ズィヤ麾下の民兵を訓練してきたグリーンベレーによれば、作戦に参加する四〇〇名の中には、アルカイーダのシンパが潜んでいると知られており、情報漏洩を心配したアメリカ側は、一二時間前まで作戦の件をアフガン側指揮官に通達しなかった。クリスが聞いた話によると、「ズィヤに通告してほどなく、サヒコット［原文ママ］山が攻撃されるのをAQは知ってた」。しかし、このニュースに対する反応は、〝それで？〟だった。すでに各チームは、敵地の奥まで入り込んでいた。敵に気づかれたことを今さら再確認しても、戦術や兵員の士気には何の影響もないのだ。

浸透計画ではJ、I、マーコウ31の三チームを、一回の軍事行動で送り込むことになっていた。これを実現させるには、すべてのチームに準備を整えさせ、同じ場所に集結させる必要がある。ＡＴＶはＪチームにだけ配備されており、Ｊチームが離脱したあと、残りの二チームは、それぞれ〝車輛乗り捨て〟（ＶＤＯ）式の潜入を続行することとなる。浸透チームを運ぶ車列は、〈ハイラックス〉のピックアップトラック二台によって先導される。ピックアップには、送り込み支援チームが乗り込んでおり、ＭＡＧ58という七・六二ミリ機関銃と、より速射性の高いＳＡＷ五・五六ミリ軽機関銃で武装している。送り込み支援チームを率いるジョン・Ｂはデルタフォースの大尉で、〝ユニット〟の先任下士官たちの敬意を集める傑物だ。送り込み支援チームを構成するのは、デルタ隊員三名と、浸透チームから除外されたＳＥＡＬｓ隊員のハンス。ピックアップの荷台には、護衛と火力増強を目的に、ＡＴＦ民兵一五名が詰め込まれている。ＪチームのＡＴＶは最後尾に配置された。敵との接触時には、最大の火力を持つ〈ハイラックス〉が対応する手筈だ。

アンディ・マーティンは装備を調え、ＳＥＡＬｓの同僚たちと集合場所に赴いた。Ａ型パーソナリティの典型である彼は、山に登ってアルカイーダを殺す心構えができており、そのときが来れば、敵殺しがほぼ自分だけの領域になると確信していた。現実にはそうならないのだが、この時点のアンディには知るすべがなかった。三チームのうち、マーコウ31の任務が最も困難で、最も危険で、最も大きな影響を戦局に与えるとは……。

車列の最後尾から、ジェイ・ヒルは同僚のデルタ隊員たちを観察し、自分の能力とチームの計画に自信を感じた。当時の心の内を、彼は今でも憶えている。「今回の作戦をいっしょに闘いたい奴がいるとしたら、こいつらをおいてほかにいない。これをやるために、俺は〝２４〟にいる。冬期戦闘演習に出張ったのも、ＡＴＶ訓練を受けたのも、全部これのためだったんだ」。とはいえ、浸透が簡単ではないことと、作戦を完璧には制御できないこと、もしくは、作戦の結果が確実とは程遠いことを、ヒルはきちんと認識していた。それでも、長い年月を準備に費やしてきた彼は、「今回の作戦は、俺が本気でやりたかったことだ。我々は渓谷に目を凝らして、敵に大損害を与えてやる」と心の中でつぶやいた。当時を振り返ってヒルは、次のように語る。「すべてが戦闘管制員に収束していった。まさしくCCTの作戦だった」

出発の時間が来た。1900時を少し過ぎたとき、暗闇の中で車列が施設のゲートをくぐり、ズルマット街道に沿って南へ向かった。遠い山々の存在は、見た目よりも近くに感じられた。〝乗り捨て〟地点に到達すると、Jチームは別れの挨拶をし、ほかのチームの幸運を願い、ATVの進路を東にとった。チームは二台ずつに組み分けされた。前衛組の二台は、ビルが先導してデイヴがあとに続く。クリスと、人間貨物のジェイソンを運ぶジェイ・ヒルは、後衛組として殿《しんがり》を走った。四人はヘルメットの下にヘッドセットを着けており、チーム内の無線網でつながっていた。

戦闘管制員にとっては、止めどない通信と責務の日々の始まりだった。デルタ隊員は所属チームの無線ネットだけに接続されているが、ヒルは〈ペルター〉社製のヘッドセットを使って、三つの別々のネットとやり取りをしなければならない。〈ペルター〉は緑色をしていて、二チャンネルの同時通信が可能で、両耳の補聴機能と、鼓膜が破れるような銃声や爆発音からの保護機能がある。一定デシベル以上の音をすべて遮断する一方、周囲の環境音は増幅してくれるため、〝六〇〇万ドルの男〟みたいな聴力を享受できるのだ。ジェイ・ヒルはチーム内無線で同僚とつながっており、さらに、割り当てられたSATCOMの周波数（フレックとも呼ぶ）を通じて、ピート・ブレイバー中佐との接続を維持している。また、空地連絡用の周波数《フレック》にダイヤルを合わせれば、上空のJSTARS機と通信を確立することができる。

空軍の〈ボーイング七〇七〉の改造機は、正式名称を〝統合監視目標攻撃レーダー・システム〟

（ＪＳＴＡＲＳ。Joint Surveillance and Target Attack Radar System）といい、地上探査と戦闘管理と指揮命令に用いられる。強力なレーダー・システムを搭載するＪＳＴＡＲＳは、数百の標的を追跡し、数十の戦闘機と爆撃機を管理しながら、戦闘中の味方に地表の写真を提供することができる。

四輪車軍団は、次なる脅威であるチネーという村を回り込むように進み、続いてワクサクガルという山の斜面を登りはじめた。サクガル山頂は動物の背みたいな形をしていて、平らな山頂を越える経路が何本か存在している。通行可能と見られるそのうちの一本を辿っていき、メンジャワール村を迂回するというのが計画上の想定ルートだ。メンジャワール村には、周辺部での戦闘を予想して、二〇〇名ほどのアルカイーダ兵が駐屯中との情報がある。Ｊチームはサクガル山の向こう側で南へ進路を転じ、シャヒコット渓谷の北端を経て監視所に到達する予定だった。

しかし、山麓付近の斜面を下っているとき、ヒルたちはアフガン地域の地勢と地図に関する厳しい現実を思い知らされた。米国製の一〇万分の一地図は、詳細な情報がほとんど載っておらず、ソ連製の五万分の一地勢図は、米国製の同等品と比べて正確性と信頼性に劣り（この地域に関する限り、米国製の同等品など存在しないが）、衛星画像は地上の人間が必要とする情報を充分に網羅していない。ヒルの〝ファルコン・ヴュー〟も、プログラムに読み込む画像以上の仕事はしてくれない。実際のところ、浸透計画には周辺の山道と、走行可能とされる地形が組み込まれていたが、ＡＴＶが一メートル進むたび、地図と違って通行不可能な箇所が増えるばかりだった。

「我々は山を越えられる経路を探しながら、南へ南へと移動しつづけ、どんどんメンジャワールに近づいていった」

最終的に一行はＡＴＶを停め、ヒルはポンチョの中で〝ファルコン・ヴュー〟を操作した。状況を検討した結果、明らかになったのは、注意深く計画したはずの浸透ルートが塞がってしまったこと。

ここでJチームは選択を迫られた。サクガル山を下りて山麓の斜面を南進し、敵の占拠する村を通り抜けて監視所まで辿り着くか、それとも、引き返してブレイバー中佐に、監視所到達は不可能だと報告するか。後者は、任務が達成されないことを意味し、一〇〇〇名以上のアメリカの将兵と人員が関わる次の作戦を危うくしてしまう。結局、選択の余地はなかったわけだ。

「監視所まで到達したいなら、メンジャワールを突っ切るしかないのは明らかだった」

Jチームは村の手前でゆっくりと停止した。タイヤが石を踏みしめてバリバリと音をたて、エンジンの排気音が彼らの存在を知らしめる。少なくとも、本人たちはそう感じていた。静まりかえった村を観察し、どこかに脅威がないかと目を凝らす。危険なものは見当たらず、チームは決断を下した。

「幅六フィートの村の通りを、我々はゆっくりと進んでいった。人の姿はどこにもなくて、たくさんの犬が吠えてるだけだった」。犬の鳴き声は男たちを極限状態に追い込んだ。〈ペルター〉で増幅される喧噪は、タリバンやアルカイーダが起き出してくるという潜在的な脅威を際立たせた。Jチームの面々は、デルタフォースの改造で排気音が低減されていることを、通過が気づかれずに済むことを祈った。村の目抜き通りは、路地に毛の生えたようなもので、暗さで閉所恐怖症になりそうな雰囲気があった。背の低い日干し煉瓦の家はどれも、壁の向こう側に武器を隠し持っている。明かりの消えた窓はどれも、AK-47の銃口を覆っているかもしれない。「時刻は2200あたり。運のいいことに、アフガニスタン人たちは日が暮れると、すぐさま眠りについてくれたようだった。我々がいちばん懸念してたのは突発的な検問だが、それらしきものはどこにも見当たらなかった」。男たちはすぐに手が届くよう、胸の前に武器を吊りさげていた。グリップを摑んで待ち伏せに応射する準備はばっちり。しかし、これは勝ち目のない状況と言えた。ATVのスロットル操作をするとき、彼らは右手を使わなくてはならない。攻撃を受けた場合、撃ち返してもいいし、全力で逃げてもいいが、撃ちなから逃げることはできないのだ。

「気温は氷点のちょっと上で、雪は積もってなかったけど、地面はどろどろにぬかるんでたから、轍は目で確認できた……。それほど大きな音をたててるわけじゃないのに、我々はずっと身構えてた。誰かが壁の向こうから現れて、『おおっ！　奴らはここにいるぞ！』って言ってくるのをな。なぜって、敵に知られてたからだよ。我々がこっち方面に来ることも、アメリカ人がシャヒコットになだれ込んで、大規模な作戦を展開しようとしてることも」

この時点における最大の脅威をやり過ごしたJチームは、ようやく山を東側に越えるルートを見つけ出した。山を下りて南へ折れると、正しい方向へ進んでいるという感覚が湧きはじめたが、それも長続きはしなかった。山道を辿る途中、「こんもりした石の山に行き当たった。石は道を横切るように積まれてて、大きな石のひとつに、〝X〟の文字がペンキで記されてたんだ」。これは道に地雷が仕掛けられていることを意味する。「我々は推理した。一、今まで運良く踏まずに来た。二、道には［対戦車］地雷が仕掛けられていたけど、ATVの重量じゃ起爆に至らなかった。三、我々は道の真ん中を走ってきて、地雷は轍に合わせて仕掛けられてた。四、誰も近づけないよう、脅しのために嘘の地雷原表示をした」。人生では、とりわけ戦争では、ごく頻繁に起こることだが、幸運と重大事は予想も予知もできない方法でやって来る。「メンジャワールの真ん中を突っ切ったのは、最善策じゃなかったと我々は思いはじめてた。そして、忌々しい地雷原で身動きが取れなくなった。ノッド（暗視ゴーグル）を着けてると、石の色すらまったく見分けられないんだ」とジェイ・ヒルは証言する。

Jチームは作戦開始からわずか六時間で、二度も間一髪の危機を経験したわけだ。

Jチームの一〇マイル南方で、Iチームとマーコウ31は、車輛〝乗り捨て〟地点を目指して、曲がりくねった山道を進んでいた。このルートの偵察は、わずか数日前にIチームが行なったばかりだった。作戦の進捗状況は、Jチームと似たり寄ったり。「岩だらけで起伏の激しい地形のせいで、トラックの車列は何度も立ち往生させられた。結局［Iチームとマーコウ31は］、当初の〝乗り捨て〟地点の二・五キロほど手前で降車することを余儀なくされたんだ」

ジョン・Bは遅延時の離脱手順を復唱し、乗客たちを見送った。一列縦隊で夜闇に消えゆく八つの幻影。ひとりひとりが一〇〇ポンド以上の荷物を背負っており、まるで殺しの能力を備えた運搬用ラバの群れみたいだ。充分な時間が経過したあと、ジョン・Bはピックアップの車列をガルデーズへ向けた。

Iチームとマーコウ31は夜闇の中、谷底の平地を重い足取りで進んでいった。ザワルクワルという沢に沿って東へ向かい、四キロの距離を歩いたところで別々の道に分かれる。Iチームは北に転じ、七キロ先の監視所を目指した。アンディ・マーティンとSEALs隊員たちが目指す監視所までは、Iチームの二倍以上の距離があった。

どちらのチームも、別れ際にあまり言葉は発しなかった。この夜は厳粛な空気が漂っており、今の彼らはみな、敵勢力圏の奥深くに入り込んでいた。マーコウ31は二重の意味で不利な状況にあった。厳しい偵察任務の洗礼を経て、教訓を学べなかっただけでなく、実際に現地を自分の足で歩いてみる、という個人的な体験をする機会もなかったからだ。しかし、地元の空気を味わい損ねた彼らは、専門技能と実戦経験と意志の強さで補った。アンディとグッディは目標を未達で終わらせるつもりはなかったし、作戦全体に悪影響を及ぼすつもりもなかった。

敵に気づかれぬまま監視所まで到達すべく、マーコウ31は浸透計画を立てる際、意図的にかなり遠回りのルートを選定しており、その距離はおよそ二二キロにも及んでいた。ほとんど土地勘がないなか、チームは移動速度を倍に上げた。敵から識別されないよう、敵を識別する能力を下げてでも、移動時間を短縮しようという試みだが、これには〝多大なる〟リスクがあった。それでもマーコウ31は雪中行軍を続けた。せり出した岩場が屋根を提供してくれる箇所以外、積雪はどんどん深さを増し、一歩進むごとに、膝丈の竪穴がうがたれるようになった。痛ましいほど苛酷な行軍に、降りはじめた雪が追い打ちをかける。窮状の中にも、ひとつだけ希望の光があった。正気の人間ならこんな夜に出歩くはずがないという推察だ。

マーコウ31が重々しい足取りで夜闇の中を移動しているころ、Jチームの先頭を走るビルは、ATVからの見事な跳躍で死を免れた。車列は深さを増す雪を蹴散らしつつ、角度を増す山道を登りつづけ、監視所に迫ろうとしていた。ほかの三台を背後に従えるビルの四輪車は、重い荷物と四五度の斜面のせいで、突如として直立の態勢となり、それから後ろへ倒れていった。八〇〇ポンドの重量に押しつぶされる寸前、ビルは車体から飛び退き、雪の中に落下した。ビル本人もほかの男たちも、その後の光景をただ眺めているしかなかった。装備品と機器類は「一〇〇メートル以上も転がってようやく止まった」。斜面にばらまかれてしまった荷物を、チームメイトたちが拾い集めているあいだに、ビルはATVを引き起こし、車体をじっくりチェックし、イグニッションをひねった。静かに命を吹き返すエンジン。特別な改造を施された車輛と、デルタの整備陣の卓越した技術に、男たちはあらためて感謝した。

荷物の積み直しが終わると、マーコウ31は急峻な地形を注意深く進みつづけ、ようやく監視所の第一候補地に辿り着いた。しかし、クリスが述懐するとおり、「偵察のあと、あそこの立地は良くないって結論になった。ATVをうまく隠せる空間がなくて、監視所の外に放置するしかなかったからね」。男たちはジェイ・ヒルの〝ファルコン・ヴュー〟とにらめっこをしたあと、「もう一度ATVにまたがって、別の候補地へ向かった。あのときいた山の頂上から、良さそうな場所が見えてたんだ」

監視所の第二候補地まで到達するには、斜面を下ってシャヒコット渓谷の北端に入り、それから稜線をいくつか横断して、真東の小さな谷に潜り込む必要があったが、その谷には「洞穴が確認されて、ADA［対空砲］と大砲の破片の存在も報告されてた」。チームは想定よりも洞穴に接近してしまい、「洞穴の三〇〇メートルほど手前で回れ右して、谷の入口まで引き返してきたんだ」とクリスは回顧する。さらに移動を続けた一行は、ATVの安全な隠し場所を発見し、このために運んできたカモフラージュ用ネットをかぶせた。精神力と体力を消耗する九時間が経過したあと、男たちはようやく動きを止めた。股ずれの痛みはあるものの、心地よさを感じながらヘルメットを脱ぎ、一時間かけて新たな拠点を「目で見て、耳で聞いて、鼻で嗅いだ」。三月一日の0447時、Jチームはピート・ブレイバー中佐に、配置についたことと営業を開始したことを報告した。

標高九四〇〇フィートの稜線沿いの〝凶悪な〟ルートを進みつづけるマーコウ31は、敵そのものと、敵の戦術歴と、敵の生活リズムに関するAFOの分析が正しいことを証明していた。現在のような苛烈きわまる環境下で、もしくは、人間の立ち入りを拒むような僻地まで軟弱者のアメリカ人が乗り込んでくる、とアルカイーダが考える可能性は低い。荒天と僻地という条件は、マーコウ31に有利に働き、結果に決定的な影響をもたらした。アンディが述べたとおり、「移動中はずっと地形のせいで、最低でも九〇度の視野が死角になってたから、死角の中で敵が稜線を越えて襲ってきたらお手上げだった。つまり、［我々は］道中のほとんどのあいだ、ほんとにほんとに絶望的な状況に置かれてたってわけだ」

苛酷な行軍にもかかわらず、マーコウ31は夜明けとの競争に敗れた。鉄灰色の空に迎えられたとき、疲れ切った戦士たちは歩みを止めた。もう選択の余地はない。目的地のわずか一〇〇〇メートル手前で、彼らは隠れ場所を構築しはじめた。

バグラム基地では、ジョン・チャップマンがＳＡＴＣＯＭの通信に耳を傾けていた。〝２４〟の同僚たちは〈タフブック〉経由で、情報を伝達したり、メッセージを交換したりしている。チャップマンはどうにか戦争に参加するところまで持ち込んだが、与えられた唯一の任務は頓挫してしまった。ふたたび彼は二軍に追いやられた。じれったくなるほど近くにあるのに、南下作戦とのあいだには、いまだ一生分の距離が横たわっていた。

第一三章　三月一日

『我々の清らかなる土地を異教徒から取り戻し、我々の国を解放するため、我々はソビエトに対して行なったように、山岳地帯に退却して長いゲリラ戦を開始するだろう。ソビエトは勇敢な敵であり、ソ連兵は厳しい環境に持ちこたえることができた。アメリカ人は安楽の生き物だ。彼らを待ち受けている苛酷な環境に耐えることはできないだろう』。二〇〇一年一〇月二九日、ジャラルディン・ハッカニは以上のように予言した。[9]ハッカニは親タリバンのムジャヒディン司令官で、すでに麾下の兵力は山岳地帯に退却済みだった。予言はパキスタン国内のアジトから発されており、ハッカニは以後一〇年のあいだそこに留まることとなる。〝アナコンダ作戦〟に備えて米軍兵力は待機していたが、それを迎え撃つべく配置された敵兵のほとんどは、予言の内容と同じような信条を抱いていた。ハッカニから看て取れる特徴は、対ソ戦の経験を持つ敵指揮官に共通するものだが、もっと重要なのは、シャヒコット渓谷で闘う敵指揮官にも共通するという点だった。

ハッカニのアメリカ観の基礎には、一九九〇年代に積みあげられ、ソマリアとハイチの事件で補強された広い認識が存在していた。ソマリアとハイチでの米軍を見る限り、少数の戦死者を出してやるだけで、領土の外へ追い払えるように思えたのだ。しかし、ハッカニの評価は、アメリカ政府の外交政策に基づいているだけで、実際に最前線で闘う米兵という要素が考慮されていなかった。皮肉にも、アメリカ人を〝安楽の生き物〟と分析した男は、自分自身が〝習慣の生き物〟だった。そして、米軍を待ち受けるハッカニの部隊は、一〇年以上も前の戦術をいまだに採用している。ブレイバー中佐とAFOが行なった敵の歴史と地勢に関する研究は、〝安楽〟と〝習慣〟のどちらに軍配が上がるかという問題に決着をつけようとしていた。

最初の大規模な衝突が起こる時間と場所を、ハッカニが正しく特定できた理由の一部は、アメリカの友軍であるATF部隊の内通者から情報が漏洩していたからだ。しかし、米軍の意図が確認される前に、タリバンとアルカイーダは来るべき戦いの場所をきちんと認識していた。以下に記すのは、敵側の言説の抜粋である。

『［シャヒコット渓谷へ］早期に進出したおかげで、我々は充分な経験と、全域に関する多くの知識を得られた。危険な箇所と脱出の経路もわかり——至高なるアッラーの御恵みにより——対米作戦に利用する方法も修得できた。あの地域で我々が迎え撃てるよう、アッラーはアメリカを動かしてくださった。サイーフ＝ウル＝ラフマン・マンスールの下で軍指揮官を務めるマウラウィ・ジャワドは、直近の戦いの局面でずっと指揮を執りつづけてきた。彼は拠点の整備に関与し、伏兵攻撃の手配と調整に力を注いだ。我々は村［シャヒコット渓谷の中央に位置するセルカンケル村］へ通ずる主な道路に、正確に地雷を敷設し、周辺の山々の頂上に重砲を据えつけた。

9　ハッカニの予言は、リチャード・S・アーリックが《レッセ・フェール・シティ・タイムズ》に寄稿した記事、「アフガニスタンはアメリカの墓場か?」の中に登場した。

初期段階では、この地域での準備作業にすべての時間を費やした。我が方の戦力は、ムジャヒディン戦士が合計で四四〇人。うち一七五名は、サイーフ＝ウル＝ラフマン・マンスールのグループに属するアフガン人のムジャヒディン。一九〇名（これが最大の集団だった）は、カリ・ムハンマド・タヒール・ジャン率いるウズベキスタン・イスラム運動のムジャヒディン。残りのおよそ七五名は、アラブ人のムジャヒディンで、その大多数は軍事知識と軍事教練の経験の持ち主だった』[10]

三月一日までに、さらに多くの戦士が谷へ送り込まれ、周辺の山々の防備を固めて聖戦《ジハード》に備えていた。Ｊチームはすでに二度、マウラウィ・ジャワドの守りをすり抜けてきた。一度目は、敵部隊が駐留・展開していたメンジャワール村。二度目は、最低でも一カ所の地雷原だ。男たちが新しい環境に順応し、監視所の機能を向上させているとき、次なる脅威が襲いかかってきた。

防御を考えた場合、この立地の利点は音が聞こえやすいことであり、谷の南側と周囲の山に関しては、かなりの見通しを確保できた。進入時に辿ってきた河床は、高さ一〇フィートの土手に挟まれており、ちょうど監視所の下にあたる土手の裏側が、ＡＴＶの隠し場所となっていた。ジェイ・ヒルによれば、監視所はふたつの陣地で構成された。ひとつの陣地は、任務支援場（ＭＳＳ。mission support site）として使われる。テントがひとつ設置されており、二名が休息や食事をとれる。もうひとつの陣地は、実際の監視所の機能を持つ。「岩棚の脇から垂直に一〇〇メートルの高さ」があり、ここでほかの三名が活動を行なう。作戦が始まったら、「ひとりが後方を見張り、ペア［になったふたり］が残りの仕事を受け持つ。片方が目標地域を監視して、もう片方が報告と周囲の警戒を行なうんだ」。ふたつの陣地のあいだでは、ＭＢＩＴＲで通信が維持される。

正午、タリバンの部隊が一列縦隊でやって来た。

何時間か前にJチームが素通りした洞穴の方角から現れ、Jチームが逃げるようにして抜け出した谷をぞろぞろと下ってきている。アラブ人やウズベク人ではなく、全員がアフガニスタン人に見えた。「奴らはみんな武器を持ってた。RPGまでな」。敵部隊はATVの轍を辿ってきており、「ちょうど轍が谷をそれて、ATVの隠し場所へ登りはじめる地点で、奴らはぴたっと足を止めたんだ」。監視所に詰めていたクリスとジェイ・ヒルは、タリバン部隊の一挙手一投足を観察した。こいつらはJチームを追ってきたのか？　これは単なる小規模なパトロール隊なのか、それとも、もっとずっと大きな部隊の先行隊なのか？　クリスはビルとディヴを狙撃位置につかせたが、ふたりとも敵の姿を目視できなかった。確認できる場所まで移動させる手もあったが、おそらく、こちらの存在を察知される危険性が高まるだけだろう。

Jチームの轍は〝そこらじゅうに〟刻まれていたため、ATVの隠し場所に偶然行き当たるか、近くに潜む二名の狙撃手を偶然発見するかしない限り、追跡が実を結ぶのは難しいはずだ。しかし、ここでタリバン部隊がATVに続く轍を嗅ぎ分ける。彼我の距離が二〇〇メートルに縮まったとき、クリスはトラブルを覚悟した。「あの瞬間の思考プロセスは、こんな感じだった。五人組の兵士は大部

10　〝アナコンダ作戦〟における敵側の実体験や所感を述べる言説の抜粋は、すべてタリバンのウェブサイトである www.azzam.com を初出としており、少なくとも三名の個人によって執筆されている。初めて掲載されたのは二〇〇三年だが、年月とともにサイトは改変され、必然的かつ最終的に、予想どおりのプロパガンダ色を帯びていった。しかし、本書筆者は敵味方双方の情報源の協力を得て、オリジナル版（二〇〇三年版）を確認することができた。つまり、本書に引用したくだりは、当時の敵戦闘員による目撃証言を最も厳密に反映しているわけだ。とはいえ引用の内容は、実際に起こった戦闘の正確な報告と捉えるべきではない。敵戦闘員の意向と思考様式を洞察するための資料と捉えてほしい。

隊の尖兵かもしれない。今、奴らを撃てば、我々は自分の足で逃げるしかなくなる。奴らを撃てば、作戦を台無しにする危険性があり、奴らをこのまま帰せば、大部隊を引き連れて戻ってくる可能性がある。そこらじゅうについたＡＴＶの轍は、奴らを混乱させるかもしれないし、ここで何があったかを突き止めることはできないはずだ……。奴らはＡＴＶの隠し場所に少しずつ接近しつづけてた。我々は交戦の準備をして待ち構えた。最後のぎりぎりの瞬間まで」

ジェイ・ヒルは消音器付きＭ４のＡＣＯＧ（高度戦闘光学照準）スコープを覗き込み、近づいてくる敵兵たちに狙いをつけていた。世界屈指の精度を誇る武器の十字線《クロスヘア》に捉えられていることを、眼下のタリバン部隊は知る由もない。デルタの狙撃手たちとジェイ・ヒルは、射撃命令を待った。各々の人差し指は、引き金に軽く触れており、いつでも引き絞れる状態に保持されている。距離は二〇〇メートルを切り、アメリカ人たちにとって殺しは避けられぬ結果となった。『『こいつを撃たなくちゃいけなくなる』って考えながら、スコープごしに敵を捕捉しつづける。でも、敵を撃ったら、銃声が谷じゅうに響き渡って、我々は一巻の終わりになる』」。ジェイ・ヒルとクリスが上の監視所、ビルとデイヴが下のそれぞれの持ち場。この配置状況で、敵部隊がＡＴＶに一五〇フィートまで近づくが、クリスはそのまま待機を維持した。ジェイ・ヒルの心には、悪い予感が重くのしかかってきた。「スコープごしに奴らがしゃべってるのが見えた。『おい、これは何だ？』って［轍を］指差したんだ。奴らは視界から消えて、また戻ってきた」

クリスもジェイ・ヒルも下の狙撃手たちも、こちらの存在がばれたかどうか半信半疑だったが、ばれた可能性のほうが高そうに思えた。ジェイ・ヒルはネット経由でＩＳＲ（哨戒機）を呼び出し、周囲の地勢と、監視所に接近可能な経路をスキャンしてもらった。念のため、攻撃された場合に備え、近接航空支援のスタンバイも手配しておく。ジェイ・ヒルが無線で仕事をしているあいだに、クリスはブレイバー中佐に連絡をとり、ささやきモード（送話器で拾った声が増幅されるため、受話器側ではははっきりと聞きとれる）を使って現況を伝達した。

ブレイバーが尋ねる。「おまえはどうするのがいいと思う？」

「そうですね。今敵を殺せば、谷じゅうが我々の存在に気づき、奇襲の要素は失われるでしょう。敵の次の動きを確かめさせてください。また連絡します」

その後の展開を、クリスは次のように説明する。「射撃準備が整った瞬間、奴らが急に立ち止まった。数秒の間のあと、互いに何か言葉を交わし、それからくるっと背を向けて、サヒコット［原文ママ］渓谷の方角へ歩いて行った。ひとりだけが列を離れて、五分ほど視界から消えてた。我々はてっきり、正面にある大きな岩の裏から、奴がまたこっちへ引き返してきたんだと考えた。高さ一〇フィートの土手が邪魔で、まったく確認できなかったんだよ。最終的には、奴が歩いて戻ってきて、残りの四人と合流するのが見えた」

敵部隊が姿を消してから、クリスはブレイバー中佐に連絡し、次のように説明した。「敵部隊が現れた洞穴の出入口は、すでに座標化を終えていますし、〝Hアワー〟には、［ジェイ・ヒルが］空爆を要請する手筈になっています」

クリス以外の四名はMSSのテントをたたみ、残りの荷物も監視所へ運びあげはじめた。下の陣地はもう必要なくなり、今後は全員が上で活動する予定だ。太陽は昇ったものの、雪嵐が吹き込んできて天候は大荒れ。積雪はほぼ二フィートに達したが、むしろ監視所の引っ越しははかどった。通常なら夜間に限られる作業を、緊張感の走る日中にも行なえたからだ。

夜の帳が降りるころには、ATVの轍もタリバン部隊の足跡もすっかり雪に覆われており、Jチームにはさらなる匿名性と安全性がもたらされた。今後、この付近で活動する者は、新雪の上に痕跡を残さざるを得ない。男たちは安心感を覚え、差し迫った脅威も消えたため、懸案だった監視所の移動について検討を続けた。偵察をしてみたところ、あとほんの少し斜面を上がれば、〝鯨〟ことターガルガル山に対して、抜群の見通しを確保できると判明する。チームは三月一日の夜を徹して、昼間と同じ引っ越し作業を繰り返し、必要最小限を超える荷物は、前の監視所に残しておくことにした。当然ながら、ATVの隠し場所との距離は長くなってしまった。作戦が継続されているあいだ、ATVは放置しなければならず、保安措置としてデイヴとビルは、対人地雷と仕掛け線でブービートラップを設置した。下流側から隠し場所への接近を防ぐだけでなく、背後からの敵襲に対しても、早期警戒警報の役目を果たしてくれるはずだ。

新たな監視所は、周辺部を制圧する上でさらなる優位性を提供してくれた。痕跡は入念に隠蔽したため、大部隊が戻ってきても心配はしなくていい。時が来れば、Jチームは瞰射による効果的な攻撃を行なえるはずだ。MSSと監視所本体との距離も五〇フィートに縮まり、相互の支援体制も強化された。しかし、新監視所の立地そのものは、旧監視所よりも人目につきやすかった。あたりはすべてむき出しの岩肌で、監視所の前面と後面を横切るように、上下幅六ないし一〇フィートの岩棚が走っている。植物はまばらにしか生えておらず、くるぶし丈の茂みがそこここに見えるだけ。ジェイ・ヒルは次のように回顧する。「配置についたときの我々は、アフガニスタンの山中と聞いて想像するように、周りに溶け込んではいなかった。ギリースーツは着てたけど、その下は〈ノース・フェイス〉の青いコートでね。それだけじゃなく、IFF［敵味方識別］のために、VS‐17のパネルも広げとく必要があった。まあ、アパッチか何かが上空を飛んで、我々の存在に気づいたとき、パネルのおかげで撃たれずに済むんだが」。これはあくまでも理論上の話だ。実際のところ、Jチームは味方の誤射に深刻な懸念を抱いていた。数百マイルを飛行して数十の山と谷を越えてくるパイロットたちに、米国人で構成される独立した小集団三つが敵勢力圏の奥深くに存在する、という状況についてどれほどのブリーフィングがなされているかは闇の中だった。

タリバンとの危機一髪の事態は、悪いことばかりではなかった。敵の源泉である洞穴を炙り出してくれたのだから。潜入時にこの付近をさまよっていたときは、洞穴の正体を知らなかったため、間違いなく重要な敵陣地から七〇〇メートルも離れていないところに、Ｊチームは監視所を設置してしまった。一週間以上に及ぶ作戦のあいだ、ずっとここに籠もることを考えれば、ありがたくない距離感だ。狙撃用のスコープで観察すると、洞穴の内部には複数の建物が確認できた[11]。

最初の標的を特定したジェイ・ヒルは、〝洞穴施設〟に対する〝Ｈアワー〟前の攻撃を立案しはじめた。最初の攻撃に関しては、些細な点に浪費する時間などない。大地を揺るがす強烈な一打をお見舞いし、アメリカの軍事行動の始まりをアルカイーダに宣言するつもりだった。Ｂ‐１爆撃機の乗組員の手で洞穴施設に届けられるのは、Ｂｌｕ‐１１８／Ｂというレーザー誘導式二〇〇〇ポンド級サーモバリック爆弾。新たに設計し直されて性能が向上したこの兵器は、これが実戦での初のお披露目となる。

Ｊチームが監視所に腰を落ち着け、敵の配置や動向を報告しはじめたころ、アンディ・マーティン

11　〝洞穴施設〟として知られる建造物は、のちに暴露されるとおり、二〇〇一年一二月にトラボラに移動するまでオサマ・ビンラディンが隠れ住んでいた。クリスの作戦事後報告書は、この説を裏付けている。「洞穴を見張る警備陣地の数と、ラバの糞便の数と、居住の痕跡を踏まえた場合、これが真実である可能性は高いと言えるでしょう」

とマーコウ31は、浸透を続けるために暗くなるのを待っていた。今いる中継地点からは、シャヒコット渓谷の中央部と、そこに位置する村がまっすぐ見通せる。朝の嵐がやって来て、視界を完全に塞いでしまう前に、「家財道具を過積載したラクダ二頭を引き連れて、一部の村民が逃げ出していくのを［チームは］目撃した」。米軍の作戦の噂を疑う気持ちが残っていたとしても、そそくさと離脱する地元民の姿は、その残滓をきれいに消し去ったことだろう。完璧に安全を期すため、グッディは日没までチームを動かさなかった。男たちはふたたび重い荷物を背負い、監視所に無事辿り着けるよう願いながら、濃い霧に紛れて中継地点を出立した。この夜の〝ラクダ行〟は、一日目よりも厳しいものとなった。地形は極めて苛酷で、進むべき山道には、ほぼ垂直の断崖やクレバスが立ちはだかっていた。歩きはじめて六時間。一行はまだ三キロしか進めていなかった。

マーコウ31が二日目の行軍を始めたころ、オーストラリアのSAS隊員六名と行動するジム・ホータリングCCTは、CIAが運用するMi-17の後部貨物室で、大量の装備品に囲まれ、寒さにぶるぶると震えていた。夕刻の薄暗がりのなか、眼下を過ぎ去る谷や山頂を見つめ、三日前、カンダハルで受けた命令に考えを巡らせる。事前予告もファンファーレもなく命令を通達してきたのは、第二二特殊戦術飛行隊の司令官であるテリー・マキ少佐だ。わずか二〇分の準備期間ののち、ホータリングはバグラム基地に移送され、新チームとマット・B指揮官に引き合わされた。

ホータリングは予備役の戦闘管制員で年齢は三三歳。数年のあいだ現役として勤務に就いたあと、個人動員増強（IMA）プログラムに移行した。州兵空軍の正式な義務を負いたくなかった元CCTは、IMAプログラムにより、戦闘管制員のコミュニティに留まる機会を得られた。ワシントン州ハイウェイ・パトロールの正規職として働くホータリングが、同州マッコード空軍基地で第二二特殊戦術飛行隊と定期訓練を受けられるのも、IMAプログラムのおかげだった。身長は五フィート一一インチ。丸っこいけれどもがっしりした体格と、短く刈り込まれた艶のない茶色の髪と、ひょうきんそうな顔の造りは、〝フォジー・ベア〟（『マペット・ショー』に登場する熊）の渾名を受けるに値した。戦争の幕が切って落とされると、彼は軍に動員され、一〇月にアフガニスタンへ送り込まれたのだった。

到着後すぐさま、ホータリングとジョン・ワイリーという別の戦闘管制員は、オーストラリア軍のSASに割り当てられた。以降の三カ月間、ホータリングは部隊から部隊へ、作戦から作戦へと渡り歩き、〝作戦の尻軽女〟を地で行った。軍事行動と航空攻撃を堪能するには絶好の機会であり、渡り歩いた先は、豪軍SAS第一中隊と、ノルウェー海軍特殊作戦コマンド（MJK）隷下の特殊部隊と、ドイツ陸軍特殊作戦コマンド（KSK）と、SEALs第三チーム隷下のB分隊とC分隊。部隊や軍や国の壁を越え、自由自在に移動する能力──週単位のことも あれば、一日単位のことさえある──は、戦闘管制員だけに与えられている。しかし逆に言えば、全世界的なスケールでの特殊部隊戦術に必要とされる技能一式を、有効かつ充分に使いこなしてみせなければならないわけだ。ホータリングは豪軍とすでに八回の作戦をこなし、そのうちの一回は、今回と同じ高高度のパトロール任務だった。

SASはアナコンダ作戦に関与すべくロビー活動を展開し、その甲斐あって、作戦で一定の役割を担わせてもらう機会を勝ちとっていた。努力の対価は、二個のパトロール部隊の参加。敵の脱出を阻むため、シャヒコット渓谷の南端の警戒を任された。オーストラリア側は米空軍との連携に関しても、空爆そのものに関しても経験不足を自覚しており、親交のある戦闘管制員二名の派遣を直ちに要請した。

アフガニスタンに来てからのホータリングとワイリーは、派遣先の米軍部隊とも豪軍部隊とも協働したことがなく、作戦前に計画を立案しているときは、調整と荷造りで目の回るような忙しさだった。親交のない部隊に短い準備期間で派遣されるのは、CCTにとって珍しくも何ともないが、今回の特別な状況下で、賭け金が跳ねあがっていることはふたりとも理解していた。SASはCCT参加の価値を高く評価してくれたが、ホータリングとワイリーはいずれも、空軍だけでなく国全体を背負わされたような感覚だった。[12]

SASは米軍のカウンターパートより、多くの装備品を持ち運ぶ傾向があり、じっさい、ホータリングの背嚢の重量は一一〇ポンドに達した。デルタフォースと協働するジェイ・ヒルの場合と違って（彼は自分の荷物を同僚に押しつけようとはしなかった）、SASでは全員の背嚢の重量差が、二ポンド以内に収まるよう確認していた。しかし、ホータリングはさらに三〇ポンド分の〝戦闘装備〟を加えた。〝戦闘装備〟に含まれるのは、弾薬を収納したベスト、救急キット、水、信号発信機器、消音器付きM4、ACOGスコープ、暗視ゴーグルだ。

バグラム基地からの一時間の飛行は平穏無事だったが、機体後部の男たちは緊張を高めていた。マーコウ31のSEALs隊員と同じく、ガルデーズ東方の山岳地帯を偵察した経験がなかったからだ。ヘリは暗闇のなか、シャヒコット渓谷の五キロ南に着陸し、重い荷物を背負った男たちは、悪戦苦闘しながら乗降用ランプを降りていった。夜闇を重い足取りで進み、まっすぐ目的地の監視所まで辿り着く。監視所からは、渓谷の接近ルートと離脱ルートがはっきり見渡せる。ブレイバー中佐のAFO部隊と違って、ほかの米軍部隊と同盟軍部隊とSASは、送り込み時における回転翼機の使用をためらわなかった。今回の作戦でも、ヘリコプターは監視所の真上まで兵員を輸送してきた。これも理由となって、豪軍には荷物を重くしがちな傾向があったわけだ。SASは監視所から移動する気も、作戦の途中で補給を受ける気もなかった。彼らはすぐにこの決断を後悔することとなる。

SASチームの六キロほど北で、アンディ・マーティンとSEALs隊員たちは、目的地に辿り着こうと必死の努力を続けていた。ブレイバー中佐との約束が重くのしかかってくる。1430時に出発したのに、監視所まではまだ約二キロの距離が残っており、そのあいだの地形は前夜よりも苛酷さを増していた。結局、今夜の移動でチームは完全に体力を使い果たしたが、山の斜面を一一〇〇メートル登攀しただけに終わった。監視所の手前六〇〇メートル、標高一万一〇〇〇フィートの地点に到達するのがやっとだった。移動の際は、全身から汗が流れ落ち、押しつぶされるほど重い荷物の下で、シャツ類がびしょ濡れになった。極寒の空気に覆われた山中で立ち止まると、たった数秒であっても水分が凍結する。この現象はほぼ回避できないため、苦しい一歩を踏み出すたびに太腿が痛んだとしても、呼吸のたびに肺が焼けついたとしても、立ち止まるより動きつづけるほうがましなのだ。

一行は隠れられそうな場所を見つけ、周囲からの安全を確保したあと、ようやく休息に入って、痛む肩や背中を伸ばした。時刻はもうすぐ深夜零時。自らを振り返る貴重な時間はほとんどない。〝Hアワー〟――第一〇山岳師団と第一〇一空挺師団が谷底の平地に着陸する予定の時刻――は、翌日の

12　アナコンダ作戦などの教訓に基づき、王立オーストラリア空軍（RAAF）は、〝地球の裏側〟でも同様の能力が必要であると認識し、二〇〇六年、初めての戦闘管制員チームの創設に取りかかった。現在、RAAF第四飛行隊B小隊は、ウィリアムタウン空軍基地を本拠に運用されており、世界で活躍する豪軍特殊部隊を支援するため、オーストラリア人のCCTたちを派遣している。

０６３０時に設定されている。今までのようにすべての荷物を背負ったまま、チーム全体として移動していては、夜明け前までに、谷を監視する態勢を築くのは不可能だ。選択肢が限定されるなか、グッディはＳＥＡＬｓの狙撃手二名、クリスとエリックを先行させ、最終的な監視所候補地を偵察させた。その間、アンディはＡＦＯ司令部との通信を開いた。

背嚢から解放されたＳＥＡＬｓ隊員二名は、強風と降雪のなか、アルカイーダがいないか周囲に目を配りながら、こっそりと斜面を這いのぼっていった。マーコウ31の待機地点から二〇〇メートル前進したとき、灰緑色の五人用テントが行く手に現れた。崖っぷちから数フィート突き出した岩の下に、楔を打ち込んだような形で設営されており、おまけに、テントの端からはブリキの煙突が外へ伸びている。あそこはまさに、自分たちが監視所に最適と考えた場所だった。つまり、アルカイーダもマーコウ31と同じ結論に達し、数日早く実行に移したわけだ。

一〇年以上ＳＥＡＬｓ隊員として活動し、プレストンという戦闘管制員と双子の関係にあるクリスは、八倍レンズ付きの〈ニコン・クールピクス〉を小型リュックから取り出した。アンディが司令部への報告に使えるよう、敵の陣地の写真を何枚か撮影していると、エリックから身振りで合図が来る。テントの上方一五メートルの稜線に浮かびあがる輪郭は、間違いなく三脚架台に据えつけられた旧ソ連製のＤＳｈＫ－38だ。一二・七ミリの対戦車重機関銃は、自然の猛威から銃身と尾筒を守るため、ビニール製のブルーシートがきつく巻きつけられている。クリスは機関銃の写真も数枚撮影し、それから、レーザー測距器とＧＰＳを使って、設置場所の座標を特定した。

この発見は僥倖だった。あと二四時間ほどで、〝タスクフォース・ラッカサン〟がヘリコプターによる戦力の送り込みを開始するが、その際に進入路となる幅七〇〇メートルの空中回廊は、敵陣地の位置からは丸見えの状態だ。ＤＳｈＫ－38の三〇〇〇メートルの射程を考えれば、突撃部隊はことごとく〝カモネギ〟の運命を辿るだろう。クリスとエリックは監視所を見張り、兵士の姿を確認しようとしたが、酷寒に身をさらす者は誰もいなかった。重要な発見を報告すべく、ふたりは静かに撤退を開始し、岩を落下させないよう注意しながら、雪に覆われた稜線を越えていった。相変わらずの強風と降雪が撤退を目隠ししてくれていた。

ふたりの発見は短いメッセージに要約され、アンディからAFOの秘密施設に伝達された。ブレイバー中佐はメッセージを読み、新しい情報を咀嚼した。これは敵が攻撃に備えているという最初の具体的な証拠だった。

クリスとエリックはふたたび敵陣地に赴いた。明るい中でもっとよく観察し、兵士が詰めているかどうかを確かめ、さらに写真を撮影するのが目的だ。今回はグッディも同行した。三人は目の前の光景に思わず動きを止めた。テントの外にふたつの人影が確認できた。ひとりは黒い髪と髭を生やした短身のモンゴロイドで、黄褐色の〝マン・ジャミーズ〟、赤と青と灰色の袖なしジャケット、茶色のウール帽というアフガニスタン人らしい出で立ちだが、SEALs隊員たちの視線を惹きつけたのは、もうひとりのほうだった。きれいに髭を剃った長身のコーカソイドで、赤茶けた髪を刈りあげずに襟元まで伸ばし、アフガン地域の気候に耐えるため、赤いゴアテックスの厚手のジャケットと、〈ポーラテック〉のフリースライナーと、ロシア製の迷彩柄のズボンを身に着けている。この男は明らかに攻撃陣地の責任者だ。有事に素速く給弾ができるよう、男はDShKを囲むように注意深く弾薬を配置していった。ふたりとも健康と体調は良好に見え、コーカソイドのほうは時折シャドーボクシングに興じたり、テントとDShKのあいだをぶらついたりしていた。

当初、グッディたちはコーカソイドをウズベク人だと推測したが、観察を続ければ続けるほど、民族を確定する自信は薄れていった。ちょうどこのころマーコウ31の隠れ場所では、アンディが写真データを〈タフブック〉に移動させていた。

アンディはあくまでもチームの通信専門家で、作戦の指揮を執るのはグッディの役目だった。グッディはブレイバー中佐とSEALs第六チーム司令部に宛てて、素速くメッセージを打ち込み、写真を添付して送信ボタンを押した。直属の上司はブレイバーだが、マーコウ31のSEALs隊員たちは独自の指揮命令系統に従って、バグラム基地の第六チーム司令部にも直接活動報告を行なっていた。裏ルート経由で流される分のメッセージはブレイバーには届けられず、この状況は数時間後、数日後に、広範かつ悲惨な結果をもたらすこととなる。

バグラム基地のジョン・チャップマンや、渓谷の反対側にいるジェイ・ヒルが、メッセージのやり取りに気づかなかったのも、これが原因だった。以降の数時間にマーコウ31は、敵陣地の位置をさらにいくつか報告したが、やはり同じ原因で悲劇的な結果につながることとなる。報告には、タクルガル山の敵陣地も含まれていた。

グッディはブレイバー宛てのメッセージに〝受領者のみ閲覧可〟の指定をつけた。メッセージの内容には、五人の敵兵がいるかもしれないという分析も含まれていた。昼間に撮影された複数の写真からはっきり看て取れるのは、山の陣地を取り仕切るコーカソイドの姿。そして、彼の背景としてずっと奥まで写り込んでいるのは、〝タスクフォース・ラッカサン〟の送り込みに使われる空中回廊だった。マーコウ31は有志連合の別部隊が存在する可能性も懸念していた。すでにオーストラリア軍部隊が南に送り込まれており、「この近くに英軍はいますか？」とグッディはブレイバーに尋ねた。同士討ちの危険性はあった。マーコウ31はあえて米軍部隊らしい格好をしていない。もしも、英軍部隊が同じ方針だとしたら？　もしも、独自の作戦のためにアフガン民兵を使っているとしたら？

マーコウ31からの写真は、どんな報告書よりも詳細で衝撃的だった。ウズベクなどの外国の兵士が戦闘態勢を整えていることは間違いない。ブレイバーはグッディに、このメッセージをすぐさまバグラム基地に転送すると請け合い、マーコウ31の近くには英軍を含めたどんな部隊も存在しないと説明した。マーコウ31からの情報は、作戦の立案担当者たちのあいだに不安を生じさせた。なぜなら、わずか一日前に陸軍の各部門と各情報機関は、専従の偵察衛星と偵察機の支援を受け、CIAのMi–17の空撮映像まで利用した結果として、送り込み予定の部隊に対する脅威は存在しないと断言したからだ。いまだ監視所候補地にも到達していないマーコウ31は、広い意味で言うとブレイバーのAFO部隊と作戦構想は、来るべき戦闘を変えようとしていた。

グッディとアンディとほかのチームメンバーたちは、攻撃計画の概要を描く必要に迫られた。〝タスクフォース・ラッカサン〟が渓谷へ進入する前に、DShKは除去しなければならないが、現在、六〇〇メートルしか離れていない重機関銃と敵兵たちに、付近の山々から大規模な増援部隊が駆けつけてくるかどうかを、判断することなど不可能だ。しかも、マーコウ31の任務は、敵との直接交戦ではなかった。積極的に攻撃を仕掛けるための武器もなければ、銃撃戦を維持できるだけの弾薬もない。ブレイバー中佐の許可が得られるかどうかも問題になる。しかし、何らかの行動は〝絶対に〟必要だ。DShKをこのまま捨て置くわけにはいかないのだから。〝タスクフォース・ラッカサン〟が作戦計画を修正したとしても、敵部隊と接近しすぎた現況では、アンディが空爆を要請することはできないし、いつかはこちらの位置を探り当てられてしまうだろう。SEALs隊員たちとアンディは、全員が狙撃手としての訓練を受けており、敵部隊が存在するなら放置という結論にはなりにくく、実際に排除できる自信も持っていた。しかし、ブレイバーの同意は得られるだろうか？

さらに議論を重ねたあと、グッディはノートパソコンを開き、ブレイバー中佐に指導を仰いだ。中佐は命令を下すのではなく、グッディに訊き返した。「おまえはどうするのがいいと思う？」上司のリーダーシップの執り方を理解しはじめていた部下たちにとって、これは願ってもない状況と言えた。麾下の諸部隊が危うい状況にあると痛感しているブレイバーは、自分の投げかけた質問についてマーコウ31の指揮官が熟考するのを待った。

「可能な限りHアワーの近くまで、奇襲の要素は確実に維持しておきたいですね。うちのチームはHマイナス・ツー［二時間前］まで待ちます。Hマイナス・ツーに行動を開始するなら、余裕を持って配置につくことができます。Hマイナス・ワンに攻撃を仕掛け、その後、［アンディに］AC－130で追い討ちをかけさせます」

念には念を入れ、グッディはすぐさま付け加えた。「この件は中佐に決定権があることは承知しておりますし、小官はいかなる決定にも従う所存であります」

芝居がかった表現をする才能があり、その機会があれば必ず生かしたくなるブレイバーは、にやりと笑いながら「良い狩りを」と返信した。

敵勢力圏の奥深くの山中で、圧倒的多数の敵兵に囲まれ、何の支援も受けられない五人も、にやりと笑った。マーコウ31の男たちにとっては、このような機会に巡り会うことこそが、戦闘管制員やSEALs隊員を目指した理由そのものだった。

ブレイバーの報告と写真が回覧されたとき、TF－11の内部での反応は笑顔ばかりではなかった。幹部の中には、ブレイバーが越権行為をしていると考える者もいた。あるTF－11の幹部の言葉を借りれば、マーコウ31は「敵陣地を攻撃する充分な兵士がいないどころか、直接行動を起こす〝ドクトリン上の権限〟さえなかった」。要するに、〝ピーター大帝〟が再臨し、他者の領土を荒らしたと看做されたわけだ。メッセージのやり取りの増加と、AFOからもたらされた衝撃に、注目した人物がもうひとりいた。SEALs第六チーム司令官のジョー・カーナン大佐と、その作戦担当士官であるティム・シマンスキーだ。部下のうち二名がAFOから自主的に追い出されたものの、現在、スラブ指揮下のレッド隊狙撃手分隊の半分が、現在、大仕事に関与するチャンスをがっちりと握りしめている。バグラム基地に駐留するスラブと残りのSEALs隊員たちからすると、何かが起こっているという感覚はなかった。戦闘行動に備えて〝アナコンダ作戦〟の歯車が回りはじめた今、TF‐11の全員の注目を集めているのは、戦場に潜むブレイバー麾下の三チームだった。そして、SEALsの幹部陣の脳裏でも、歯車が回りはじめていた。

ガルデーズの秘密施設にいるブレイバーは、グッディに最後のメッセージとして命令文を送信した。

「偏見のままに処理せよ」

グッディは通信を終える前に、海軍の方言で「アイ、アイ」と簡潔に答えを返した。

ブレイバー中佐は秘密施設の壁の地図を見つめた。自分の三チームはすべてあの中にいて、〝営業を開始〟していて、Hアワーに向けて待機している。戦場における小規模なエリート統合部隊の活動を、中佐は心の底から誇りに思っており、彼らの能力に全幅の信頼を置いていた。この先の展開に関しては、当然ながら敵方にも投票権があり、デルタとSEALsとCCTにとって状況は相変わらず危険なままだが、来るべき作戦において、彼ら以上の成果をあげられる者が、この世界には存在しないことをブレイバーは知っていた。

バグラム基地に置かれたTF‐11のJOC（統合作戦センター）では、TF‐11副司令のトレボン准将が、SEALs第六チームのカーナン大佐とちょうど話を終えたところだった。准将は受話器を手に取り、ニュースを伝えるため、AFOチームの指揮官の番号をダイヤルした。

第一四章　三月二日　日の出前

ＡＦＯの各チームにとって三月二日の夜明けは、今までより天候も視認性もよく、華氏三二度の気温は格段にありがたかった。ジェイ・ヒルとデルタの狙撃手たちは、すっかり監視所に腰を落ち着けており、戦いのリズムに乗って敵情を報告する形ができあがっていた。報告する事柄はとても多い。民間人が谷を逃げ出していくのに加え、〝鯨〟を横切るように配置された陣地は要塞化され、集合したり陣地間を移動したりする部隊の姿が目撃された。敵殺しには絶好の一日になりそうだった。

作戦はデルタが主導した。ビルとデイヴがスコープでの監視作業のほとんどをこなし、クリスがブレイバーに報告をあげていく。しかしながら、作戦の主題と中核は、すべてＣＣＴの肩にかかっていた。爆弾投下と（ヘリコプターおよび戦闘機からの）機銃掃射を調整するために、ジェイ・ヒルは一台のＰＲＣ－１１７と二台のＭＢＩＴＲを用意した。これらに〝ファルコン・ヴュー〟を組み合わせ、ＣＣＴの専門技能で運用すれば、比類なき必殺のシステムができあがり、敵戦力を間引くことが可能となる。

「通信機をすべて設置し終えると、渓谷全体をカバーする高品質の通信網が完成した。［ブレイバーとの］連絡はクリスがやってくれるから、こっちは距離の測定と、すべての標的の追跡と、ひとつひとつの標的の登録に専念すればよかった」。日中の活動時間の多くが費やされたのは、「ピート［・ブレイバー］に対する目標候補の伝達だった。彼からはバグラムに情報が転送され、バグラムからは……うん、トレボン准将の一派も間違いなくSATアルファ［AFOに割り当てられた衛星通信の周波数］で聞き耳を立ててたはずだ。あらゆる機器を設置したので、誰とでも会話が可能だった。それに立地も良かったから、渓谷全体をカバーすることができた」。これであと足りないのは、航空機と爆弾だけになった。

眼下の渓谷中央部に展開する敵は、攻撃の周知、事前の準備、圧倒的な兵力差、という一定の優位性を持っていた。しかし、優位性を効果的に生かせるかどうかは別の話だ。傍受した敵の救援要請からは、戦略だけでなく懸念も読みとることができた。「裏切り者どもと、奴らに与《くみ》するアメリカ人どもは、すぐにでも攻撃を仕掛けてくるでしょう。村の戦力を補強する必要があります」

このような要請を処理し、全体の戦略を形作る権限は、司令官のマウラウィ・サイーフ＝ウル＝ラフマン・ナスルーラ・マンスールにあった。数百人のムジャヒディンを指揮するマンスールの見解は、部下からの増援要請と合致しなかった。対ソ戦でハッカニの副官として勝利を重ねた経験に基づき、マンスールは答えた。「その必要はない。最初の［対ソ連の］アフガン聖戦のとき、我々はシャヒコットでも闘った。全部で六人のムジャヒディンが、一〇〇台の戦車に包囲されてしまってな。たった一日のあいだに、五回以上の航空攻撃を受け、地上でもおよそ一〇〇〇人のソ連兵から攻撃を受けた。しかし――すべての賛美はアッラーのみにあり――敵部隊は村の境界から一歩たりとも中へ入れず、その状況のまま、我々はほぼ一週間のあいだ耐え抜いたのだ」。渓谷じゅうに張り巡らされた迫撃砲と対空砲のネットワーク。北部から撤退してきた一〇〇名単位の戦士たち。ここに優位性の確信（とアッラーの恩寵）が加われば、〝軟弱な〟アメリカ人どもを蹴散らすには充分だった。彼らは日課の祈りを捧げながら待った。

アメリカが主導する早朝のシャヒコット渓谷侵攻に向け、すでに舞台は整えられていた。米軍最高の兵士で構成される小規模な三個チームは、総勢が一三名。待ちわびた戦闘で敵となるのは、経験豊富な筋金入りのジハード戦士一〇〇〇ないし一五〇〇名だ。二〇〇平方マイルに及ぶ戦場には、強化された戦闘陣地がいくつも築かれ、それぞれに敵兵が配備されていた。シャヒコット渓谷周辺の戦いに有利な地点は、軒並み敵方に占有されてしまっており、重機関銃や対空兵器や迫撃砲や大砲が設置されている。AFOの能力と経験はさておき、ブレイバー麾下の兵員は、〝アナコンダ作戦〟の主力に比べれば些末な存在でしかなかった。

敵殲滅の作戦は単純明快だった。アメリカ陸軍は第一〇山岳師団と第一〇一空挺師団の歩兵数百名（〝タスクフォース・ラッカサン〟）を谷底の平地に投入する。〝タスクフォース・ラッカサン〟は山脈を背に、敵の移動を阻止するための陣地を構築し、〝鉄床〟としての役目を果たす。（クリス・ハース麾下のグリーンベレーで補強された）ATF部隊が現れると、（理論上）この〝鎚〟にアルカイーダ兵たちが怯えて〝鉄床〟のほうへ逃げ出し、〝鎚〟と〝鉄床〟に挟まれて押しつぶされるという筋書きだ。しかし、陸軍の作戦立案担当者たちは、敵の正確な数も把握していなければ、敵の意図も理解していなかった。むしろ、根本から敵方を誤解していたと言えるかもしれない。マンスールの命令が証明するとおり、アルカイーダの野戦司令官は、米軍の着陸地点を正確に予測し、予測に従って戦力の再配置を始めていたのだ。

作戦開始が刻々と迫るなか、Jチームは「敵の行動を報告」しつづけ、「〝Hアワー〟が来るのを待ってた。計画では、〝Hアワー〟までの攻撃［航空攻撃］管制は我々が担い、〝Hアワー〟のあとは、第一〇一空挺師団が管制を受け持つ手筈だった」。ジェイ・ヒルは絶えず標的リストを更新し、距離と位置を同僚と再照合し、時折アンディと情報交換を行なった。渓谷から立ちのぼってくる緊張感。〝鯨〟の南西側と、渓谷の中の村々には、アルカイーダ兵とタリバン兵を確認できた。奇妙にも（のちに理由があったことがわかる）、村々には地元民の姿がほとんどなく、アフガニスタンの日常生活で見られるはずの活動も皆無だった。どこへ視線を向けても目に映るのは、何らかの目的を持って動いている成人男性だけ。南側のタクルガル山頂など、ほかの目立つ場所でも、敵の活動が確認できた。渓谷内のJチームは、陸軍のヘリコプター着陸ゾーン（HLZ）に障害物や敵防御拠点が存在しないと報告した。これは驚くような事態ではない。渓谷の中央にあるHLZは、山々の頂からまっすぐ見下ろせる平地に設定されているため、戦術上の利点がまったくないのだ。CH－47ののろまな巨体を水平着陸させる適地が欲しいとき以外は……。敵の活動が最も激しいのは〝鯨〟の上部であり、ジェイ・ヒルは窪みのような迫撃砲陣地にとりわけ注意を払った。

Jチームからすると、作戦開始当初の役割は単純だった。クリスの説明によれば、「近所の洞穴を攻撃してくれるあれ［ジェイ・ヒルのB－1爆撃機］は、兵員輸送が始まる前に、我々に到着報告をしてくるはずだった。ATFが［シャヒコット渓谷］に侵攻して、汚れ仕事をこなしてるあいだに、第一〇一空挺師団が着陸して、封鎖用の陣地を構築する。本来なら、申し分のない火力支援計画が実行されるはずだった。ターガルガル山［〝鯨〟］とタクルガル山を大規模爆撃する計画がね。うちのチームは、Hマイナス三：〇〇に交戦を許可された」。日が暮れて夜となり、夜が寒気をもたらしたころ、男たちは最後の機会を捉え、殺しの時間が始まるのを待ちながら、少しでも睡眠をとろうとした。

ジェイ・ヒルは監視所内に近接航空支援（CAS）用の機器を準備し終えていた。通信機と、スコープと、レーザー測距器と、ＩＺＬＩＤ赤外線ポインターを、自分の定位置の周りに、人間工学に則った配置で並べてあるのだ。彼も少しばかり睡眠をとろうとした。「一時間半ぐらいかな。どうしてって……がっつりとは眠りたくなかったんだよ。第一に、地獄のような寒さだったから。第二に、体じゅうの血管を興奮が駆け巡ってたから。『ここで戦闘管制員らしさを見せつけてやらなきゃ』って感じに」。とはいえ、不眠不休の戦いの日々がいつまで続くかはわからないため、「いちおうはみんな眠ろうとしたわけさ。寝る時間があるなら、今のうちに寝ておいたほうがいい。この先二日は、不眠不休で過ごさなきゃいけないんだから。きっとこれは長い戦いになる……。実際には、交代で寝ようとしたけど、ぜんぜんうまくいかなかった」。夜の闇の如く、男たちは無言のまま座りつづけた。彼らは見つめていた。彼らは待っていた。彼らは知っていた。

曙光のなか、ジェイ・ヒルが分厚いジャケットにくるまって寒さをしのいでいるとき、アンディとマーコウ31は、作戦前の攻撃を遂行しはじめていた。深夜零時を少し過ぎたころ、彼らは装備品をすべて背嚢に詰め（荷物が〝ガタガタ、カチャカチャ〟鳴って、敵に存在がばれないよう、詰め方には慎重を期した）、それを背負い、ＤＳｈＫ陣地の方角へ出発した。クリスはひとりだけ先行し、全員分の背嚢が隠せる場所を見つけておいた。残りのメンバーが到着し、背嚢を降ろしたあと、グッディとクリスとエリックは、ゆっくりと敵陣へ接近しはじめた。

アンディは機器とともに残った。安全を考えてのことではなく、空爆の調整が開始されたときのために、活動の拠点を死守しておく必要があったからだ。背嚢のいちばん上を開き、ＰＲＣ‐１１７通信機の画面をあらわにし、電源を入れてから、作戦に備えて設定を変更する。背嚢からＳＡＴＣＯＭ

用のＤＭＣ‐１２０アンテナを抜き出し、素速く組み立てて目的の衛星に先端を向けた。ネットに接続して通信状況をざっと確かめ、〝鳥〟とつながっていることに満足し、戦闘管制員の商売道具（北方九キロに位置するジェイ・ヒルとほぼ同じ品揃え）を広げはじめる。アンディは心の中でチェックリストを読みあげ、ＤＳｈＫの排除計画の内容と照合していった。この空爆は、テントの外で見かけたアルカイーダの責任者を、ＳＥＡＬｓ隊員たちが始末したあとに実行される。アンディは準備作業を締めくくり、後ろへもたれかかった。周りの山々は気味が悪いほど静まりかえっている。ＳＥＡＬｓ隊員たちは暗殺を成功させるべく、物音ひとつたてずに目標への接近を続けていた。アンディは腕時計に目をやった。あと一時間ちょっと。そのとき、ブーンという規則的な低音が耳に届いた。上空をターボプロップ機が飛んでおり、暗視ゴーグルを装着して確認する。裸眼では見えない機影が、安堵をもたらしてくれる機影が、遥か遠くでゆっくりと〝二分旋回〟（の軌道）を描いていた。思わず笑みが漏れる。空の捕食者の先鋒が到着した。〝グリム31〟のコールサインを持つＡＣ‐１３０Ｈ〝スペクター〟ガンシップ。このような状況下で、アンディが好んで用いる処刑道具だ。彼は寒さに身を震わせつつ、〝良い一日になりそうだ〟と心の中でつぶやいた。

クリスはほかのＳＥＡＬｓ隊員たちを先導し、敵陣地へ這いのぼっていった。雲が次々と通り過ぎていき、あたりが照らし出されるのと、月明かりを遮るのが交互に繰り返される。稜線を滑るように進むと、真っ暗なテントとの距離は、わずか六〇フィートになっていた。空に映る人影を最小化すべく、クリスを先頭に、ほかのふたりがあとに続く隊形をとる。狙撃手たちは小銃——二丁のストーナーＳＲ‐25と、一丁のＭ４——をダブルチェックし、時刻を確認した。Ｈマイナス二：〇〇。〝タスクフォース・ラッカサン〟が渓谷に着陸するまで、あと二時間だ。

以降に起きた出来事を、クリスは次のように回想する。「男が尾根のいちばん上に現れて、渓谷を覗き込んだ。あのときは、テントが死角に入ってて、どうもそっちの方向から来たみたいだった。あらためて認識させられたのは、敵陣地との距離があまりにも近いこと。男はテントのほうへ戻っていき、我々は待機を続けた。雲はなくなっていて、頭上からは複数のガンシップの音が聞こえてきた［当時、渓谷では二機が活動していた］。陣地を監視してると、同じ歩哨が同じ場所に現れて、また西の方角へ視線を向けた。わたしはゆっくりと身をかがめ、［グッディとエリックの］注意を惹こうとした。でも、ふたりがこっちを見る前に、歩哨が我々のほうを向いて、ちょうどそのタイミングでエリックが立ちあがってしまった。月明かりのせいで、歩哨はすぐさまエリックの動きに気づき、テントのほうへ駆け戻ってったんだ」

SEALs隊員たちは自ら存在を暴露してしまった。選択の余地なく、グッディは攻撃を命じた。歩哨が仲間を起こそうと大声をあげ、SEALs隊員三名は尾根を越えて突進した。クリスが立ち止まって射撃を始めたものの、二発目で小銃が装填不良を起こす。グッディは片膝をついて、テントに一発撃ち込んだが、やはり二発目で弾詰まりが発生した。ふたりの小銃はともに消音器（発射時の音を低減させるだけでなく、〝閃光《マズルフラッシュ》〟を隠す効果もある）付きのSR-25で、ともに凍結が故障を引き起こしたのだった。

ふたりは死にものぐるいで小銃の詰まりを直しにかかった。テントの中に駆け込んでいた歩哨が、AK-47を撃ちまくって弾倉を空にする。テント入口のフラップの隙間から、目のくらむようなマズルフラッシュが見えた。マーコウ31はまさに蜂の巣を突っついてしまい、テントからは武器を手にした男たちが次々と吐き出されてきた。チェチェン人らしい兵士がクリスに襲いかかるが、ようやく次弾を装塡させたクリスは、ふたたび引き金を引き絞った。胸に数発の鉛玉を浴びせられたチェチェン人が、わずか数フィート先で雪中に崩れ落ちる。ふたり目の敵兵は右へ、DShKのほうへ駆け出したが、クリスとグッディの同時発砲で吹き飛ばされた。

マーコウ31の苦難はまだ始まったばかりだった。今度は左側面から敵兵が迫り、エリックが手早く片付けているあいだに、グッディがアンディを無線で呼び出す。すでにアンディは銃声の方向へ動きはじめていた。米軍とアルカイーダの小銃の発射音はたやすく識別でき、敵の銃撃数の多さから、アンディは味方が負けそうになっていると思えたのだ。それを裏付けるように、七・六二ミリの連射が頭の上をかすめる。星がちりばめられた静寂の空を背景に、まばゆい曳光弾がスローモーションで弧を刻みつけていた。

アンディから完全なブリーフィングを受けた〝グリム31〟は、海抜二万フィートの高空（マーコウ31の現在地からの高度は一万フィートに満たない）を飛行しており、ボフォース四〇ミリ機関砲ならびに一〇五ミリ榴弾砲でDShKとテントを狙っていた。パイロットからアンディに報告が入る。

「テントのすぐ外に敵兵の死体がふたつ。負傷した敵兵ひとりが這って逃走中だ」

アンディはSEALs隊員たちと合流した。DShK陣地を破壊するためには、いったん退却する必要があるとクリスに説明していると、ヘッドセットに〝グリム31〟からの報告が響く。「さらにふたつの人影が、マーコウ31の北方を移動中。左側面を突くつもりだ」。七五メートルしか離れていない左側面の敵二名は、どうやら機関銃を設置しているようだった。じっさい、近くの尾根が七・六二ミリPKM機関銃で掃射され、確認の必要はなくなった。

マーコウ31は深刻な状況に追い込まれた。AC-130Hガンシップの〝限界着弾〟の範囲は、ボフォース四〇ミリ機関砲なら一二五メートル、一〇五ミリ榴弾砲なら六〇〇メートルだ。チームとDShKの距離は一〇〇メートルを大きく下回り、夜闇の中からはさらに敵兵が湧き出し、マーコウ31に襲いかかってきた。救援の成否はアンディにかかっている。攻撃待機中の〝グリム31〟は、彼の

〝命令ひとつ〟で兵器を解き放つのだから。

チームは後戻りを続け、〝グリム31〟は初弾の発砲を許可する言葉が聞こえてくるのを待った。命令によって解き放たれるのは、三三ポンドの高性能爆薬を抱えて秒速一五五〇フィートで飛ぶ砲弾だ。曳光弾に追われながら、厳しい地形を転げるように退いていく途中で、アンディは「承認する」の言葉を発した。声は落ち着いていたものの、息遣いは乱れていた。

AC‐130Hガンシップの兵器はパイロットにしか発射できない。パイロットが座るのは常に左側のシートで、威力絶大な火砲とセンサー類も同じく左側にあった。パイロットのD・J・ターナー少佐は承認が得られた瞬間に、機体後部のセンサー要員たちを呼び出し、範囲内に〝友軍〟がいないことを確認し、それからトリガーを引いた。一〇五ミリ榴弾は七秒足らずで着弾し、ドシン、ズシンという衝撃をマーコウ31にも伝える。

AC‐130Hの機内では、一〇五ミリ榴弾砲の反動が収まるや否や、射手たちが使用済みの真鍮製の薬莢を排出し、五秒もかからずに次の三三ポンド榴弾を砲尾から押し込んだ。

「射撃準備よし！」の声を聞いた瞬間、ターナーはふたたびトリガーを引いた。ほかの固定翼機にはない決定的な強みを一〇〇パーセント理解した上で、窮地の戦友を救うために悪い奴らをぶち殺す。今回のような任務こそ、ガンシップの乗組員の醍醐味と言えた。[13]

砲弾によってPKM機関銃の射手二名が即死するのを、パイロットとセンサー要員たちは満足げに見つめていた。残りの標的に関しては、すでにアンディが承認を出しており、AC‐130Hは武器をテントに向けた。複数の一〇五ミリ榴弾がテントをずたずたに切り裂き、中身をあたりの岩肌にぶちまける。

マーコウ31の面々が背嚢を回収しているあいだに、〝グリム31〟が側面から接近する敵をもうひとり見つけ、即座に砲撃で抹殺してくれた。ガンシップが仕事を終えるまで待ってから、チームは戦闘の損害評価を行なうべく、注意深くＤＳｈＫ陣地に近づいていった。上空に監視の目があるおかげで、マーコウ31は移動時に不安を感じなくてよかった。

ＤＳｈＫとテントの周辺では、早朝の空気に冷やされる五人分の遺体を発見した。テントの中には掘り出し物があった。数枚のアラビア文字の書類に加え、キリル文字の書類も見つかり、兵士たちがチェチェン人であることが裏付けられたのだ。最も重要な収穫は、ＤＳｈＫを調査しているときに得られた。重機関銃は見た目がきれいで、きちんと動作し、油も差されたばかり。周りには使いやすいような形で弾薬が並べられていた。グッディの報告によれば、「ＡＱは間に合わせで横移動と縦移動の機構を組み込んでた。だから、三〇〇メートル先まで標的を攻撃できたし、まもなく到着するはずの米軍ヘリの飛行経路も簡単にカバーできたんだ」。敵陣地には、ＲＰＧ一本とロケット弾七発、ソ連製ドラグノフ七・六二ミリ狙撃銃、ＡＫ－47数丁、そして、チェチェン人たちが側面攻撃に使ったＰＫＭ機関銃が転がっていた。

マーコウ31は敵の陣地を占領し、自分たちの新しい監視所とした。アナコンダ作戦の期間中は、ここに留まるよう計画も修正した。五〇分後、〝ダスクフォース・ラッカサン〟の輸送機が渓谷に進入してきたとき、グッディはＤＳｈＫの照準器ごしにその動きを追ったのだった。

13　Ｄ・Ｊ・ターナー指揮下の乗組員たちは、この数時間後、数日後に重要な役割を演じることとなる。ＤＳｈＫを攻撃してから一時間も経たないころ、クリス・ハースの部下を含むＡＴＦ部隊とのあいだで、誤射事件を起こしてしまったのだ。しかし四八時間後、タクルガル山で事態が動き、戦闘が繰り広げられたとき、山を越えて乗り込んでいったのはターナーその人だった。

第一五章　三月二日　夜半

これ見よがしな〝グリム31〟の砲撃は、教会で拡声器を使ったみたいに、アメリカの存在を渓谷全域に知らしめた。敵方はもう何も確認する必要がなかった。双方による「戦闘開始」の認識は、思いがけない影響をもたらし、アルカイーダ兵の多くが平静を失った。〝鯨〟の背中の上では、真っ暗な空へ向かって、闇雲に銃をぶっ放す輩が少なくなく、その無防備な姿は、Jチームの監視の目にたやすく捉えられた。Jチームは御多分に漏れず、南方で繰り広げられる戦力誇示を観察しており、ジェイ・ヒルは〝射砲撃〟周波数の通信に耳をそばだてていた。DShK陣地の敵守備隊を殲滅する際、アンディが使用したのと同じ周波数だ。[14]

アルカイーダ兵が自陣の場所をさらしてくれるたび、ジェイ・ヒルはチーム全員に測距と調整の作業を手伝わせ、来るべき空爆に利用すべく、可能な限りの速度でコンピューターに登録していった。そして、Jチームとしての〝第一撃〟を、カウントダウンしながら待った。二〇〇〇ポンド級サーモバリック爆弾を積載するB‐1爆撃機が到来するのは、Hマイナス〇：三〇の予定だった。

監視所に籠もるジェイ・ヒルは、周りに複数の無線機を配置していた。しかし、主たる関心の対象は、MBITR経由でつながる〝射砲撃〟周波数だ。彼はじっと目を凝らし、B‐1を待った。爆撃機からの到着報告（これを〝チェックイン〟と呼ぶ）が入ったら、すぐさま〝九項目ブリーフ〟で情報を再確認し、地上と空とのシンクロを確実なものにするつもりだった。[15]

ジェイ・ヒル側の準備は終わっていた。爆撃機がサーモバリック爆弾を投下し、直近の脅威を破壊してくれたら、すぐさま標的を〝鯨〟に移し、一〇〇〇ポンド級JDAMを何発かお見舞いしてやりたかった。JDAMとは、〝頭の悪い爆弾《ダム・ボム》〟（重力で落下するだけの非誘導式爆弾）から改造された全天候型の〝頭のいい爆弾《スマート・ボム》〟。制御翼も含めた〝追加キット〟を取りつけてやるだけで、内蔵の従来型誘導装置とGPS、もしくはレーザー誘導装置を使って、自ら目標まで辿り着く兵器に生まれ変わるのだ。

早朝の薄暗がりのなか、ジェイ・ヒルは渓谷を見渡した。もう暗視ゴーグルは背嚢にしまってあり、ウール帽だけが寒さとの戦いで不充分な成果を出しつづけている。西方では、〝鯨〟の背の形がはっきりと浮かびあがりはじめた。暗闇の中で登録した敵陣地が、実態として目に映りだしたとき、ジェイ・ヒルの背後で爆発が起こった。監視所全体が激しく震動し、男たちの足下で地面が揺すぶられる。アルカイーダの洞穴が吹き飛んでいた。監視所の中では、言葉ではなく仰天と懐疑の表情が交わされ

14　シャヒコット渓谷での攻撃に関する限り、すべての戦闘管制員は同じ〝射砲撃〟周波数を利用した。この方式は、標的の引き継ぎと連続した攻撃を可能としただけでなく、味方への誤爆の防止という重大な効果をもたらした。〝アナコンダ作戦〟の期間中には、数々の戦闘が繰り広げられ、数十回の〝限界着弾〟空爆が戦闘管制員によって遂行されたが、CCTの管理下で誤爆が発生した例はひとつもなかった。

15　米軍とNATO軍と有志連合軍に属するすべての戦闘機と爆撃機は、〝九項目ブリーフ〟を通じて、地上に対する攻撃または爆撃を管理している個人から、情報を受領する。このブリーフは初回の接触時に、通常は〝イニシャル・ポイント〟（あらかじめ決められた地理上の地点で会話中ではIPと略される）で行なわれる。

た。

一瞬前まで存在していた洞穴の入口が火球と化し、真っ黒なキノコ雲の煙に包み込まれていた。早朝のしじまを破った轟音が、今もあたりに反響しつづけている。B‐1は確認もなしに爆弾を投下した。Jチームは標的から七〇〇メートル弱しか離れていない。二〇〇〇ポンド級の〝限界着弾〟距離は五〇〇メートルだから、ぎりぎり範囲外と言えるが、男たちは頭にきていた。今後の数時間、数日間を考えた場合、この種の伝達ミスは死につながりかねないからだ。もしも、偵察活動でもっと洞穴に近づいていたら？　GPS座標がオフという、さらにひどい状況だったら？　〝九項目ブリーフのない航空攻撃は、ロシアン・ルーレットみたいなものだ。しかも、AFOチームに向けられているのは、拳銃の銃口ではなく数十機分の〝砲身〟だった。クリスによれば、初期の航空攻撃は次のような様相を呈していた。「JDAM八発が〝鯨〟に投下され、タクルガル山にはJDAMが一発だけ。AC‐130も［〝鯨〟山頂の］掩蔽壕を砲撃したが、〝ご大層な〟火力支援計画にしてはしょぼすぎた。敵戦力の配置を考えれば、〝鯨〟には絨毯爆撃をかけるべきだった。タクルガル山に関しても、もっと空爆が必要だった。せっかく［AFOの］情報で、タクルガルの敵陣地が事前に特定されてたのに……。ほどなく米軍部隊はしっぺ返しを食らうことになったよ」

爆発音の反響が山あいに消え残るなか、渓谷にいる全員――アルカイーダとAFOと逃げ出していない民間人――が戦闘の開始をあらためて痛感していた。戦いの全体像はまだ完全には固まっていなかったが……。

0630時、三機のCH‐47チヌークがシャヒコット渓谷の北端、Jチームの下方を通過していき、バタッ、バタッ、バタッという重厚なローターの回転音を山腹にこだまさせた。各機には陸軍第一〇一空挺師団の戦闘員が四〇名ずつ搭乗していた。ヘリ輸送される歩兵全員と〝アナコンダ作戦〟の北部方面に責任を持ち、歩兵大隊の指揮官でもある〝チップ〟・プレイスラー中佐は、三機編隊のうちの一機に乗り込み、貨物室の最前部の近くで窮屈そうに座っていた。

ヘリの扉の機関銃手が「あと二分！」と警告を叫んだ。続いて先任下士官のひとりが、若い兵士たちに向かって最初の命令を大声でがなる。「弾込め！」四〇丁余りのM4とSAWとM240機関銃で、同時に弾丸が装塡される。ガチャッ、ガチャッという機関銃からの音と、チャキッ、カタンというM4からの音は、ローターとエンジンの喧噪の中でも聞きとることができた。直後に「あと三〇秒！」の声が響く。兵士たちは神経質に自分の武器をいじくっていた。彼らの中には、実戦を見た経験のある者はほとんどおらず、これから何が起こるかを真に理解している者は多くなかった。

０６３３時、プレイスラー中佐のヘリコプターが着陸した。機体が動きを止め、車輪が荷重を吸収すると、男たちは背囊を肩にかけ、一斉に立ちあがった。M２４０の射手を先頭に、「行け！　行け！　動け！　動け！」という仲間の声に合わせ、ヘリの乗降用ランプを勢いよく降りていく。頭をぶつけないよう注意しながら、低くなっている屋根をくぐった歩兵部隊は、シャヒコット渓谷に……敵の砲火の真ん前に足を踏み出した。

渓谷の南側でも、これと似たようなシーンが展開した。唯一異なるのは、一二〇名の兵士が第一〇山岳師団の所属である点だ。南側の封鎖陣地――〝鉄床〟――の責任者には、ポール・ラキャメラ中佐が任じられていた。
第一〇一空挺師団第三旅団――〝ラッカサンズ〟という愛称を持ち、〝ダスクフォース・ラッカサン〟の名前の元となった――の司令官であるフランク・ワーシンスキー大佐は、渓谷にいるすべての有志連合軍の責任者だった。二個大隊の移動――実質的には旅団規模の移動――を伴う実戦は、ベトナム戦争以降、ほかに一度しか行なわれていない。将兵たちの命が自分の指揮にかかっていることも、どういう形であれ今日ひとつの歴史が作られることも、ワーシンスキー大佐はきちんと認識していた。

〝鉄床〟部隊が渓谷の南北に送り込まれているころ、大佐はブラックホーク・ヘリコプター二機編隊を旋回飛行させ、自分は後衛機の機内から、戦闘コマンド班（TAC）を投入する場所を物色した。〝指〟と呼ばれる陸標――マーコウ31の新しい監視所の麓にある――の近くに着陸し、作戦の進捗状況を把握するあいだだけ地上に留まり、すぐにまたバグラム基地へ取って返すつもりだった。今日のワーシンスキーの主要任務は、CENTCOM（アメリカ中央軍）とワシントンDCの期待をうまく処理し、上司であるヘーゲンベック少将を支援することだった。なにしろ首都では、ジョージ・W・ブッシュ大統領とドナルド・ラムズフェルド国防長官が、戦局に並々ならぬ関心を寄せつづけていたからだ。

岩だらけの地形の中に、戦術上好ましい大きな裂け目を見つけ、大佐はヘッドセットの通話ボタンを押し、「あそこに降ろしてくれ」とパイロットに告げた。隙間がかなり狭かったため、パイロットは進入をミスし、二度目の進入を試みるため、いったん旋回しなければならなかった。もう一機のブラックホークはどうにか隙間を抜けたが、ローターがあと二フィートで岩棚と接触しそうになり、TACの警備通信チームは機内でしたたかに尻を打ちつけた。

ワーシンスキー大佐の座乗ヘリが旋回を終え、高度を下げながら開口部に進入したとき、突き出た岩の裏からアルカイーダ兵が現れ、ゆっくりと飛ぶブラックホークにRPGを向けた。トリガーが引かれ、発射筒から打ち出された弾頭が、白い筋を残してヘリの無防備な下っ腹へ迫り、チンバブルと呼ばれる部分を直撃する。ふたり目のアルカイーダ兵は、AK‐47で〝飛ぶアヒル〟を狙い、バナナクリップ一本分の弾を撃ち込んだ。ふたり目の照準は正確で、ヘリのテールブームに沿って穴がうたれ、テールローターのハブと内部のプッシュプルロッドが損傷を受ける。これはメインローターのトルクを相殺するための重要な機構だ。「あれが完全に破断していたら、テールローターの制御がきかなくなって、我々はあの世行きだったろう」と乗機していた航空任務指揮官のジム・メアリーは回顧する。

ワーシンスキー大佐のヘリが接地する前に、TACの隊員たちは砲火を浴びせられていた。しかし、大佐が慎重に選んだ着陸地点は、敵とのあいだに遮蔽物があった。朝の光のなか、ブラックホーク二機はたどたどしく飛び立っていったが、その間、銃撃は兵士たちの頭上の岩を削るだけ。TACの現在地は、直接射撃に対しては安全なようだった。少なくとも当面は……。

ワーシンスキー大佐とTACが、〝アナコンダ作戦〟の野戦司令陣地を構築しているとき、着陸ゾーンから移動した第一〇山岳師団と第一〇一空挺師団の兵士たちは、安全な状況とはとても言えなかった。ヘリのテールローターが攻撃される前、大佐は複数の封鎖陣地からの通信に耳を傾け、人的被害と敵の激しい抵抗について報告を受けていた。ブレイバーとAFO部隊が推測してきたいくつかの事項を、〝タスクフォース・ラッカサン〟は現実として認識しはじめた。敵が武装を固めていること、巧みに陣地を配置していること、そして、戦闘を渇望していること。アルカイーダがここにいるのは、闘うためなのだ。

TACは陣地の周囲の状況を把握し、境界線の警備を強化しはじめた。その最中、ふと上を見あげた隊員たちは、驚きに目を丸くした。頭上の岩棚から死体がぶら下がっていたのである。彼らは知る由もなかったが、視線の先にはマーコウ31の男たちがおり、敵の死体を含む銃砲撃戦の結末が転がっていた。

この時点までに、歩兵を満載したCH-47編隊の第二波は着陸済みだった。しかし、〝タスクフォース・ハンマー〟（ヘーゲンベック将軍の主戦力）は立ち往生を余儀なくされた。〝グリム31〟が〝タスクフォース・ハンマー〟の車列の上を飛行する際、混乱が原因で攻撃を仕掛けてしまい、グリーンベレー一名とATF兵士数名が死亡する、という悲劇的な事故が起こったのだ。アフガン民兵を率いるズィヤ司令官は、この誤爆と、敵陣地への空爆が申し合わせどおり実行されないことに怒りと不満を持ち、〝タスクフォース・ハンマー〟の撤退を要求した。結果として、〝タスクフォース・ラッカサン〟の歩兵部隊は、援軍なしで闘いつづけなければならなくなった。〝タスクフォース・ハンマー〟に同行していたブレイバー中佐も足止めを食らった。自らも山の奥深くに踏み入り、戦況をより良く把握し、同じ戦場から各チームを支援したかったのだ。

〝タスクフォース・ラッカサン〟の残りの部隊が到着した直後、歩兵たちはひとつの例外を除き、すべての封鎖陣地の安全を確保し終えた。ひとつの例外は、戦闘計画上、〝ジンジャー〟と名付けられた地点だ。〝ジンジャー〟はタクルガル山の直下に位置し、米軍側は陣地を守るアルカイーダ兵の激しい集中砲火に苦戦させられた。〝ラッカサン〟は周りを山に囲まれ、戦闘に有利な高地を押さえられ、しかも、敵には逃亡をする気などさらさらないため、歩兵たちは撃ち下ろしてくる敵陣地へ向かって突撃を開始するしかなかった。射砲撃の大多数は〝鯨〟からのものだが、北方と東方の山々から飛来するものもあるようだった。

突然、マーコウ31は窮地に追い込まれた。直接射撃を受けはじめたからだが、その相手は、アルカイーダではなく〝ラッカサン〟だった。アンディは戦いが開始される前に、監視所の周りにいくつかのVS-17パネルを設置しておいたのだが……。おおよそ二×六フィートのVS-17は、頑丈ながらも柔軟なパネルで、縁と四隅にパラシュート紐を通す鳩目が取りつけられている。片側がオレンジ色で、その裏が鮮やかなサクランボ色。実際上、戦場のどんなものにもくくりつけられ、味方であることを示すために使用される。チームが身を隠しているあいだに、アンディは無線にかじりつき、TACの周波数とコールサインを探り当て、味方の射線を監視所の東側へ、「もっと人目につきやすい稜線へ」転じさせた。

ほどなく監視所には、タクルガル山のすぐ南にある岩棚の敵陣地から、八二ミリ迫撃砲の攻撃が届きはじめた。最初のころ弾は監視所の手前に落下していたが、マーコウ31は迫撃砲の筒を確認できなかった。着弾地点が監視所の奥に移ると、事実上、チームは挟み撃ちにされる形となった。敵の突撃と味方の誤射は個別になら対処可能でも、誤射をかわしながら突撃を防ぐのは無理だ。グッディは監視所を放棄する決断を下した。現在のめちゃくちゃな状況を考えると、移動先はひとつしかない。

〝ラッカサン〟のTACの司令所だ。陸軍の歩兵たちが驚きの表情を浮かべるなか、マーコウ31は敵中の味方陣地に歩いて訪問し（TACに対する銃撃も、昼に近づくにつれて数と正確性を増していた）、「偵察調査任務中の狙撃隊」とだけ自己紹介した。アンディとグッディはワーシンスキー大佐に事情を簡単に説明し、その後、マーコウ31の狙撃手たちは境界線の警備に加わった。アンディはTACの航空連絡士官（ALO）と協働したが、この士官はF－16を飛ばす空軍のパイロットで、航空支援を円滑化するために派遣されてきていた。

渓谷北部のジェイ・ヒルは、第一〇一空挺師団が死傷者を積みあげていく様子を目の当たりにした。米軍側もお返しには余念がなく、八二ミリと一二〇ミリの迫撃弾を発射しまくった。〝鯨〟に配置された複数の敵陣地とのあいだで、銃と迫撃砲を使った全面対決が繰り広げられたわけだ。

以下に記すのは、クリスによる観察結果である。

『ＡＱは二四時間前に内通者から攻撃を報され、ＡＴＦが自軍のＡＯ［作戦域］に入り込むのを待った。ＡＴＦの突撃部隊が来る方角を、ＡＱは正確に知っていた。なぜなら、複数の射撃陣地を東西方向に配置し、すべて南が正面になるよう構築し、横一文字の陣形で迎え撃つ構えだったからだ。我々の監視所から見える敵は、軍用の装備を身に着けていた。ＬＢＥ［耐荷重器具］に、小型の背嚢に、銃火器に、部隊旗［象徴を記した旗で、起源はローマ帝国のレギオン兵に遡り、部隊の識別や兵士の鼓舞を目的に用いられる］まで。ディヴはスコープごしに、ＡＱがいくつかの陣地を占有する様子を観察した。指揮官は手信号で部隊を移動させ、いったん配置が固まると、旗持ちの兵士を手振りで招き寄せ、それからセルカンケル村のある建物に行くよう命令を下した。

第一〇一空挺師団の歩兵たちも監視の対象だったが、彼らはＡＱの陣地へまっすぐ進んでいった。［ジェイ・ヒルは］ＪＤＡＭ搭載のＢ‐52を呼び出して敵陣地への空爆を要請し、数分後には、ＡＱの真上に落ちてきた爆弾が、指揮官を含む数人を吹き飛ばした。第一〇一空挺師団は我々に連絡をよこし、誰に断わってＪＤＡＭを落としたのかとねじ込んできた。爆発地点と一キロくらいしか離れていなかったからだ。状況を説明して納得はしてもらったが、我々は二回目の空爆をする予定だった。一回目のあと、ふたりの敵兵が立ちあがり、指揮官の遺体を引きずっていって、どこか低い場所へ運び降ろした。死角の中のその場所には、もっと多くのＡＱ兵士が出入りしていた。第一〇一空挺師団はできるだけ危険から遠ざかりたがったが、実際は、次に爆弾が落とされる予定の場所へ直進してしまった。一悶着の末、第一〇一を正しい方向へ誘導すると、［ジェイ・ヒルは］ＡＱを最後に見かけた地点、しかも、ここ二時間ほど動きが見られない地点を空爆させた。すると、ＡＱはその同じ陣地をふたたび占拠し、［ジェイ・ヒルは］ＪＤＡＭをもう一度投下させた。一日に三度目のＪＤＡＭ攻撃のあとも、ＡＱは再占拠の挙に出てきたが、さらにＪＤＡＭを落としてやると、もう二度と戻ってはこなかった。どうやらあの低い場所には、掩蔽壕とか指揮所みたいなものがあったらしい。空爆を受けて退却するとき、奴らは絶対に死体を回収していった。爆発を生き延びた敵兵は、間違いなく負傷していたはずなのに、死体を引きずる仲間に、必ず手を貸していたんだ』

戦闘管制員としてチームに属するジェイ・ヒルは、軍歴における最も重要な一日を、あらゆる面で堪能していた。[16]ＴＡＣの野戦司令陣地にいるアンディは、航空連絡士官（ＡＬＯ）のディノ・マーリー少佐と交替で空爆を取り仕切ることもあれば、司令陣地の周辺部での軍事行動に参加することもあった。ＳＥＡＬｓの狙撃手であるクリスは、一〇ないし一二名の敵部隊が前進してくるのを発見した。「奴らは数分ごとに位置を変えてた。足を止めるたび、［我々に］銃を数発撃って、また次の場所へ移動するんだ。ＲＰＧを持ってるのが五、六人、携帯型の通信機を持ってるのが二、三人。後者は幹部らしく、稜線の向こう側の兵士たちに手信号を送り、こっちへ来て戦闘に加われと命じてた」

ＳＥＡＬｓ隊員たちは状況について話し合い、アンディも参加させて出撃した。一列になって前進し、アルカイーダとの距離を詰めていく。空爆は初めから選択肢になかった。あまりに近すぎるからだ。クリスとエリックは発砲を開始し、たちまち敵の数名の対スナイパー要員を死に至らしめた。

アンディとグッディは動きを隠すため、身をかがめたまま岩壁に沿って走った。アンディは狙撃手としても折り紙付きだった。戦闘管制員としての経歴を積んでいく過程で、本人が望みさえすれば、

16　Ｊチームが注視したあの部隊旗の指揮官はのちのち、マウラウィ・サイーフ＝ウル＝ラフマン・ナスルーラ・マンスールその人だと判明する。前述のとおり、マンスールは部下の増援要請を無碍に突っぱねていた。

狙撃の腕前を磨いてくことは可能なのだ。ふたりは岩陰から飛び出し、ひとりまたひとりと、矢継ぎ早にアルカイーダ兵を撃ち、あっという間に敵部隊の半数を始末した。「こっちの一方的な戦いだったよ」とアンディは回想する。

ＡＦＯの事後報告書によれば、四人の男は「死者一一人、負傷者五人の損害をＡＱに与え、〝ラッカサン〟の歩兵部隊を釘付けにしていた直接射撃の脅威を排除した。彼らは稜線まで引き返すと、味方通常部隊のために〝監視〟機能を提供し、その間［アンディ・］マーティンは、ＳＥＡＬｓ狙撃手が探知した敵の迫撃砲陣地に対し、近接航空支援（ＣＡＳ）の要請やＡＨ－64の攻撃誘導を開始した」。

敵との交戦はまだ終わらなかった。〝ラッカサン〟とＡＱが迫撃砲を全力で撃ち合い、その間、アンディはＢ－52とＢ－１を巧みに差配しつづけた。ＴＡＣも標的にされた。敵が効果的に放った迫撃砲弾は、野戦司令陣地から五〇メートルの範囲内に着弾した。

数キロ南方に控えるホータリングとＳＡＳチームは、狙撃用スコープと弾着標定鏡ごしに、事態の進展を見守っていた。仲間のＣＣＴが敵陣と敵兵を大量に駆除したことも、戦闘管制員の無線を通じて詳細が伝わってきている。不幸にも、遠く離れた峡谷の南端部では、交戦もなければ、逃げてくる敵部隊もいなかった。戦闘に参加させてくれるよう、ＳＡＳは米国側に強く働きかけてきた。時間がだらだらと過ぎ、味方の犠牲者数がどんどん増えているのに、外野席から眺めるだけの状況は受け入れられないと。

指揮官のマットはＳＡＳチーム内で議論を行なう際、戦闘の現場の近くまで監視所を移動させる、という方針を押し通した。隊員たちは地図とホーク・リングの〝ファルコン・ヴュー〟をじっくり検討し、戦闘支援が可能な距離の北方に新監視所の位置を定めた。ホーク・リングはネットに接続し、迎えを送ってくれるよう要請した。荷物の過積載ぶりを考えれば、あたりを警戒しながら新監視所まで辿り着くのは論外だ。交渉の末、付近にいるCIAのMi‐17二機のうち、一機が送迎任務を引き受けてくれた。

チームは荷物をまとめ、送迎のヘリを待った。1800時を少し過ぎたとき、ホーク・リングはヘリコプター用の周波数で、CIAの〝鳥〟からの通信を耳にした。パイロットたちは送り込みと同じ顔ぶれだ。不格好な鳥は重苦しそうに飛び、チームのすぐ横に着陸した。オイルの筋が何本も走る機内へよじのぼり、背嚢を流れ作業で積み込む。CH‐47チヌークと違って、ソ連製ヘリコプターは乗降用ランプがなく、地上三フィート半の高さの床まで、人間も荷物も運びあげなければならない。全員が何とか乗機すると、ヘリは新住所までの短距離飛行のために離陸した。四分後、チームは荷物とともに降機し、Mi‐17はどたどたと空の彼方へ消えていった。

ヘリがいなくなってすぐ、間違った場所に降ろされたことが判明した。目的地では〝なかった〟だけでなく、目的地までの距離が近づいてもいなかったのだ。Mi‐17を呼び戻そうとしたものの、すでに次の任務に出発してしまっていた。SASチームは残積層の台地に取り残された。ここは涸れ川の河口部となっており、河床はふたつの山頂のあいだまで続いている。チームの面々はGPSと地図を使って、目的地は干上がった川を遡った先だと突き止めた。

敵位置の情報も分析もなしに、乾いた河床を歩くのは、待ち伏せ攻撃をかけてくれと頼んでいるようなものだ。ホーク・リングは次のように回顧する。「CIAが我々を誤配したあと、地図で目的地までの経路を確認すると、川をまっすぐ遡上する形になってた。涸れ川の両岸は、地形的に目隠しされてたから、上のほうに何があるかも、監視所候補地とのあいだに何があるかも、知るすべがなかった。

さらに、目的地までの距離は忌々しいほど長かった」

どれだけ時間がかかるかは見当もつかなかったが、行くという前提は全員に共有されていた。ホータリングは、ＩＳＲのプラットフォームとしての航空機を、最低でもＰ－３を呼び出したいと願いつつ、ふたたびネットに接続した。今回は、旋回中のＡＷＡＣＳを捕まえられた。空域調整と空爆要請に関しては最高の航空機と言っていい。しかし、望みのＡＣ－１３０は回してもらえなかった。北方で繰り広げられている実戦の支援に、すべてのガンシップが優先的に振り向けられていたからだ。その代わりとして、頭上にはプレデターが現れた。ＣＩＡの武装無人機のコールサインは〝ワイルドファイア〟だった。「さあ、行けますよ」とホータリングはマットに報告した。男たちは背嚢を背負い、そそらない闇の中へと足を踏み出した。頭には暗視ゴーグル、手には武器。長い夜になりそうだった。


ブレイバー中佐にとって、すでに長い夜の段階は過ぎ、長い長い一日に移行していた。〝タスクフォース・ハンマー〟が頓挫したとき、米軍部隊は秘密施設に引き返した。中佐麾下のＡＦＯ諸部隊は、戦場において決定的な影響力を示しつづけている。それに比べてアメリカの主戦力は、迫撃砲の合戦や小火器の交戦を行なってきたものの、目標の大多数を破壊することはできず、むしろ深刻な被害を被る始末だった。ＴＦ－11のトレボン准将は、次のように発言した。「良いニュースは、ＴＦ－11の各監視所が近接航空支援の機能に関し、並外れて素晴らしい成果をあげたことだ。敵方の戦死者総数のうち、六〇パーセントが彼らに帰するのである」

准将が言及した事象の核心には、数人の戦闘管制員がいた。あの日の出来事を、ブレイバーは次のように追想する。「ジェイ・ヒルはジュリエット・チームと戦場にいて、航空機のためにキルボックスを量産しつづけた。まさに驚くべき腕前だ。あの連中［ＣＣＴ］みたいに、多彩な能力を多用途に生かせる兵士は、なかなかいない。もし、わたしが任務で火星に赴くとしたら、間違いなく連中のひとりを連れていく。作戦空間が限られた状況で、デルタの狙撃手一名と交換するかどうかは、重大かつ深刻な決定となり、軽々に下せるものではないが、まあ、結論は見てのとおりだ。管制員なしに出撃することはないし、今までに関わった管制員はみな、正真正銘の漢だった」

ＡＦＯが敵に与えた損害は、ブレイバーにとって朗報と言えた。懐疑派は黙り、障害は取り除かれた。あとは、全力で任務を遂行しつづければいい。山中でがんばっている男たちに対しては、支援と補給を絶やさぬよう、できることはすべてやるという姿勢を貫き通すのだ。

この件の重要性を裏付けるように、ＴＦ‐11には祝福の電話やメッセージが寄せられた。送り主の中には、ヘーゲンベック少将やＣＥＮＴＣＯＭ（アメリカ中央軍）司令官のトミー・フランクス大将もいた。マーコウ31が撮ったＤＳｈＫの写真は、撮影から一二時間も経たずに、ブッシュ大統領とラムズフェルド国防長官の目に触れた。〝テントの街〟のスラブとチャップマンは、広がっていくニュースを耳にしたとき、ＨＶＴ作戦にこだわった結果、この戦争の要を逃してしまったことを理解した。ブレイバー中佐のＡＦＯ部隊が作戦を準備しているあいだも、〝アナコンダ作戦〟が遂行されているあいだも、ＨＶＴ作戦は一度も発動されなかったのだ。

ガルデーズの戦術作戦センター（ＴＯＣ）で、ブレイバーの衛星電話が鳴った。聞こえてきたのは、耳慣れたトレボン准将の声だった。「ピート、上出来だ。ところで、あの連中をいつまでも闘わせるわけにはいかん。長期戦は想定していないからな。連中の任務はＳＥＡＬｓに引き継がせたい。これからは、ＳＥＡＬｓが指揮を執り、ＳＥＡＬｓが戦闘を継続する。君とＡＦＯは、次の戦場を探すためにいったん退場するのだ。SEALs隊員を何名かそっちへやるから、可及的速やかに戦場に送り込んでくれたまえ」

ブレイバー中佐は唖然とした。トレボンの話は何から何まで筋が通っていない。最前線に兵士を緊急増派する必要性がある、という結論に元パイロットの空軍准将がどうやって達したのかは、ブレイバーにとって謎もいいところだった。とはいえ、この件をいつまでも引きずってはいられない。三つのチームはすべて極めて重要な活動に従事しており、現在進行中の二四時間不休の戦いでは、ブレイバーの時間を含め、一分一分が生死を決しかねないのだ。

「閣下、うちのチームは少なくとも、あと四八時間は問題ありません。渓谷に新たなチームを送り込む場合は、すでにいる三チームと同じ手順を、事前に踏ませておくことをお勧めします。ガルデーズで高地に慣れさせ、シャヒコットの地形と歴史を学ばせてから、実際に浸透させるのです。当該地域で活動するCIA、各特殊部隊、アフガン民兵とも、話をさせておいたほうがいいでしょう」。ブレイバーは記憶をひっくり返し、トレボンを説得できそうな材料を探した。結果として思いついたのは、戦闘中の兵士を部下に持つ軍幹部なら、問題を丸く収めてくれるはずの科白だった。「閣下、環境適応の時間を与えずに、チームをあそこへ送り込むのは、理にかなっていません。失敗のお膳立てをするようなものです」

行動方針が未決のまま通話は終わり、ブレイバーは情報士官のグレンを振り向いた。グレンは設立時からAFOに所属し、根幹計画の大部分を案出した人物だ。そして、この計画は現在の戦況を形作り、秘密施設の全員――AFOもCIAも各特殊部隊も――がその影響下に置かれている。デルタフォースから派遣された老練な情報員は、睡眠不足で眼を充血させ、懸念を示すようにかぶりを振った。

「前にもありました。上の連中はわかっとらんのです。この環境下での活動を可能にするために、うちのチームがどれだけ万全な準備をしてきたかを」。デルタの士官ふたりはしばし顔を見合わせ、それから自分の仕事に戻っていった。ＴＦ－11の内部では何かが起こっているようだが、謎解きにかける暇などなかった。

ブレイバーはヘッドセットを装着し、ＡＦＯのＳＡＴＣＯＭ周波数にダイヤルを合わせた。任務の準備期間についての判断が、どれだけ正しいかは自分でもわからない。いずれにせよ四八時間以内には、準備を怠った結果として、誰かが大きな犠牲を支払うこととなるだろう。そして、ＴＦ－11の数名にとっての代価は、おそらく極限にまで達するだろう。

第一六章　三月二日　深夜

アルカイーダを含め、シャヒコット渓谷にいるすべての人間は、三月二日の夜の〝真っ暗な時間帯《ピリオド・オブ・ダークネス》〟（ＰＯＤ）を、長く長く感じていた。以下に記すのは、敵方の言説である。

『我々は夜のあいだ、警戒と防御の態勢のまま過ごした。夜中じゅう続くと予想される敵の降下を妨げるためだ。朝のファジルの祈りを捧げる前に、我々は同胞を三つのグループに分けた。ひとつ目のグループは、増援を欲しがっていたマウラウィ・サイーフ＝ウル＝ラフマン・マンスールのグループに加わらせた。ふたつ目を配置したのは、峡谷の入口、シルカＺＳＵ－23対空砲の陣地だ。わたしと同胞三人の最後のグループは、増援が必要なほかのグループを支援する役目を担った。我々はまず、シルカのところへ向かって、陣地の後方に位置を占め、激増した空爆を食い止めるための支援をした。戦いが始まってからずっと、敵は山頂と谷間に爆弾をまき散らすのをやめなかったし、機関銃の弾は四方八方にまき散らしつづけていた。殉教者は多すぎて数え切れなかった。アフガン人の多くは殉教者だ。同胞のひとりは爆弾を避けるため、塹壕に身を隠そうとしたが、塹壕はいちばん上までウズベク人の死体が折り重なっていた』

戦闘管制員であるジェイ・ヒルとアンディ・マーティンにとって、PODはとどまることを知らぬ空爆の祭りだった。ふたりは個々に航空機を捌き、互いに融通し合い、ときには〝ダスクフォース・ラッカサン〟と協働した。攻撃はあまりに頻度が高く、あまりに回数が多かったため、数字と使用機体に関する記憶はぼやけてしまっていた。しかし、作戦事後報告書から漏れ出す容赦なき蹂躙の様子は、読む者に強烈な印象を刻みつける。ときとして攻撃は機種や武器で識別され、単に結果だけが記載されている場合もあった。

ジェイ：監視所と掩蔽壕（死亡者二‐三）――AC‐130
アンディ：敵部隊（死亡者一一、負傷者五）――F‐16×二機
ジェイ：戦闘陣地（死亡者四）――JDAM複数発［彼はSATCOMで「稜線に誰かいたとしても、今はもういない」と報告している］
アンディ：迫撃砲陣地（死亡者不明・推定二‐三、目標制圧）――GBU‐31×四発
ジェイ：戦闘陣地×三箇所（死亡者五）――JDAM一箱
アンディ：丘上の戦闘陣地／推定迫撃砲複数門（死亡者不明・推定二‐三、目標制圧）――GBU‐31×四発――B‐52
ジェイ：監視所（死亡者三、推定死亡者二‐五）――JDAM一箱
続けてジェイ：掩蔽壕（死亡者三）――JDAM一箱
アンディ：尾根上の敵集団（死亡者不明・推定二‐三）――GBU‐12×二発
ジェイ：迫撃砲陣地とDSHKA×一門（死亡者七）――JDAM

アンディ：洞穴施設（死亡者二、トンネルの損害不明）――GBU－31×八発――B－1
ジェイ：狙撃陣地（死亡者二）――プレデターのヘルファイア
アンディ：迫撃砲陣地（死亡者不明・推定二－三、目標制圧）GBU－31×四発
ジェイ：迫撃砲陣地×二箇所、トヨタ・ピックアップトラック×二台（死亡者四以上）――Mk－82

　このように航空攻撃は夜中じゅう続いた。眠る暇などなく、マイクとハンドセットを操作し、通信機と測距器のバッテリー――氷点下の環境では減りが速い――を交換する両手は凍りつきそうだった。ジェイ・ヒルとアンディ・マーティンは、霞む視界に悩まされ、強烈なプレッシャーにも耐えねばならなかった。毎回毎回、攻撃を目標に命中させることだけでなく、敵味方の位置を取り違えないことも、当然のように求められたからだ。敵と味方の位置は機動や戦闘で絶えず変化するため、戦場全体は静止とは程遠い状態だった。

　とはいえ、ジェイもアンディも独りではなかった。ふたりはそれぞれチームに支えられていた。そして、ひとつのチームはSEALs隊員、もうひとつのチームはデルタ隊員が指揮を執っていたが、いったん戦いが始まれば、CCTと指揮官の立場は逆転した。ジェイ・ヒルは次のように説明する。

「到着を機に、はっきりとした進化、もしくは、作戦責任の移転が生じるんだ。［それ以前は］彼らが主導権を握り、特定の事項を取り仕切る。『ほら、あそこが我々の監視所だ。これから我々はあそこへ乗り込むぞ』って感じに。彼らはあなたをそこへ連れていき、監視所の境界線を固める。あなたは自分の仕事に取りかかるが、まだチーム内の地位は頂点に達してない。なぜなら、［航空機との］会話を始めてないからだ。しかし、話し出した瞬間、あなたが中心点になり、

あなたが任務を割り振りする。『俺の代わりにこれをやってくれ。俺が調べた座標をおまえに確かめてもらいたい。おい、俺の計算をチェックしてくれ。念入りにな。どうしてって、事実上、〝ファルコン・ヴュー〟とレーザー測距器で敵を空爆していて、三つクリックするだけでドカンといくからだ』。こうやって役目が逆転する。

仕事はほんとに複雑だ。［標的を］視線に捉えたまま、どうやって多数の航空機を呼び入れるか、どうやって互いに安全な距離を保たせるか、どうやって爆弾を投下させるかを、作戦計画としてまとめあげなければならない。しかも、当時の装置とセンサーで、夜間に遂行する必要があった。あのころの装備は正直言って不充分で、〝ファルコン・ヴュー〟と座標を連携させてたんだ。もしも、今時の戦闘管制員に『俺は〝ファルコン・ヴュー〟で空爆をやってたぞ』って話したら、びっくりした表情で首を振られるだろう。使い勝手はひどくても、機能はしてくれたんたがな」

機能はしてもらわなければ困る。突き詰めれば、戦闘管制員ひとりひとりは人の生き死にに責任を負っていた。生の対象は、接点のある味方兵とチームの同僚。死の対象は、戦場にいるその他全員だ。CCTが背負わされるものは重い。爆撃前の交通整理などでへまをやらかしたり、制限事項をうっかり忘れたり、座標を正確に伝え損なったりすれば（パイロットが間違って復唱する場合も含まれる）、のちの査察の標的にされるのも、自責の念に一生さいなまれつづけるのも、ひとりの男なのだ。しかし、ひとりで貧乏くじを引かされるのとは裏腹に、仕事をうまくやり遂げれば（そして、多少の運が味方してくれれば）、自分の努力が状況を一変させると知った上で、前へ進みつづけることができる。

おぼろげな時間が過ぎゆく夜のあいだじゅう、ジェイとアンディは航空機を融通し合っていた。一方、ジム・ホータリングが接触可能な機体はひとつだけ……しかし、この機体はホータリングが占有しており、この機体はチームの命運を左右する存在だった。送迎のヘリから降り、監視所を最前線に近づけるべく、候補地への厳しい道のりを歩むSASチームは、CIAのプレデターに影から導かれていた。拷問にかけられているかのように、前進のペースは遅かった。男たちにとってプレデターは生命線だ。暗視ゴーグルを装着しての夜間移動ではあっても、今まさに横断しようとしている渓谷と、渓谷を取り囲む山の斜面では、いつアルカイーダの部隊と出くわしてもおかしくない。なお悪いことに、すべての方角が高地となっており、敵から丸見えという感覚にも悩まされた。河床沿いには作戦行動をとる空間がなく、もしも進路上にRPGやDShKが待ち構えていれば、チームはあっという間に全滅させられただろう。さらに、彼らは一四〇ポンドの重荷を背負い、足下がおぼつかなかったため、直上の脅威を識別することができなかった。転倒しないよう気をつけつつ、登攀の勢いを維持するだけで手一杯だったのだ。AFOの諸チームが経験したとおり、夜間に立ち止まるのは凍結を意味した。疲れと寒さの綱渡りは拷問も同じだった。

呼吸の合間に、ホータリングはぽつぽつと遠隔操縦員と話をした。操縦員は暖かいブースの中に座っており、彼の表現を借りれば、「十中八九、コーヒーをすすってたはず」だった。しかし、「プレデターを斥候に使える」感謝には揺るぎがなかった。無人機の燃料が〝帰還限界〟に近づき、現場を離れたプレデターの代わりにワイルドファイアが派遣される。ときどき交替にはギャップが生じ、ホータリングはその時間を埋めるため、AWACS（コールサインは〝ボスマン〟）を呼び出した。荒涼とした地形を移動する男たちにとって、AWACSは貧弱な代用物でしかなかったが、それでもなお、継続と慰撫をもたらす役目は果たしてくれた。次のワイルドファイアが到着すると、〝ボスマン〟はホータリングに管制権を引き渡した。

空爆システムに対する確信は揺るぎがない一方、プレデターの信頼性のほうは、過大評価されている嫌いがあった。遠隔操縦員が無人機で地上をスキャンする際、得られる画像は視力に換算すると〇・一程度で、地形や角度によっては判別が不可能。画面に影が映り込んでいれば、読み取りはさらに難しくなる。遠隔操縦員の視界は高高度からストローを覗き込むのと大差ない、としばしば言及されるほどだ。つまり、焦点の合ったレンズが脅威の直上を通過しない限り、重機関銃やRPG陣地でさえ見逃す確率が高く、結果として命の犠牲を支払わされかねなかった。

さらに言うと、現代の戦場へ導入されたときから繰り返し起こってきたように、プレデターやワイルドファイアなどの無人機は、眼力が強化されたものも含め、別種の危険な状況に養分を与えてしまった。戦場から遙か遠い場所で座っている指揮官たちは、ドローン映像テープがあれば充分な状況認識を得られる、と信じたくなる誘惑に駆られやすい。これが巡り巡って、将官クラスや軍上層部がより細部にまで口を出し、判断ミスが増えるという結果につながるわけだ。情報と映像が集まってくる中央作戦司令部は、戦場の兵士や野戦指揮官よりも〝事情に通じている〟とお偉方は感じていた。この感覚は、戦況がひどく悪化したときに生じる〝何かをせねば〟という衝動と一体化し、当然の帰結として、首脳陣が現場から指揮権を取りあげて自ら決断を下すようになる。〝アナコンダ作戦〟でもまさにこの事態が見られ、以降の二四時間に悲劇が展開されるのだった。

とはいえ現在のSASチームは、上空に何もいないときよりも安全度が高まったと信じており、無人機なしの場合と比べて、進軍の速度を二倍に上げることができていた。それでもカタツムリ並みのスピードだが……。三月三日の朝日が東の空に昇りはじめ、チームは熱が稜線を越えてくるのを待ちわびた。燃えあがる球体からの温かい光条を感じたかったのだ。実際に光が届くと、疲れ切った男たちは足を止め、なにがしかの食事をとり、現在位置を確認した。一二時間のあいだ休まず移動してきたのに、新しい監視所までの距離は半分にしかなっていない。長い夜は今や、もっと長くもっと危険な昼に入れ替わっていた。唯一の救いは、澄み切った冷たい青空で、太陽が輝いていることだ。

ホータリングが背嚢を担いでいるころ、ピート・ブレイバー中佐は体力の限界に達していた。五五時間のあいだ一睡もしていない彼は、べたつく不潔な頭からヘッドセットを外し、AFOのテントで自分の簡易ベッドに倒れ込んだ。誰にも責められない二時間の意識喪失のあと、アラームに叩き起こされる。頭がぼんやりしたまま、枕の下の〈グロック〉拳銃を摑み、タン色のカーゴパンツに押し込む。それから歯ブラシを口にくわえ、小便をするために、ふらつきながら朝の空気の中へ足を踏み出す。隣のテントでは、レッド・ツェッペリンの「カシミール」が意味ありげに流れている。体を清め終えたブレイバー中佐は、「やけに知らない顔」とすれ違うなと思いつつ、TOCへ向かう途中でグレンに摑まった。グレンはAFOに派遣されたデルタフォースの士官で、ブレイバーにとってはバグラム基地での右腕的な存在だ。興奮して早口になった情報分析の専門家は、先ほどSEALsの二個チームが到着し、両チームを統括する士官がTOCで待っていると報告してきた。

TOCの室内に入ったブレイバーは、ヴィックという名前の海軍SEALs所属の少佐と顔を合わせた。少佐といっしょにいるふたつのチームの原隊は、SEALs第六チームのレッド隊。スラブ率いる〝マーコウ30〟は、偵察兵で構成されており、アルという名前のSEALs隊員に率いられる〝マーコウ21〟は、偵察の専門家ではなく突撃兵で構成されていた。

「ここで何をしている？」とブレイバーはヴィックに訊いた。ヴィックの説明によれば、ガルデーズに行ってSEALs隊員たちの総指揮を執り、現在進行中の戦闘に参加させるべく、〝今夜〟ふたつのチームを浸透させよ、とトレボン准将に命じられたという。ブレイバーは怒り心頭に発した。衛星電話を摑んでTOCから出て行き、施設内の人気がない場所を探し当てると、SEALs隊員たちを放置したまま、トレボン准将の番号をダイヤルする。

「どういうことですか、閣下？」

「前に話したとおりだ。あの連中を戦場に送り込んでくれ。［SEALsの］指揮はヴィックが執るから、君はAFOの指揮に専念すればいい。それで、〝ブルー〟への引き継ぎはいつごろになりそうかね？」

「閣下、あの連中を戦場へ突っ込む必要はありません。今夜は二チームの増援など不必要です。我々は渓谷を掌握してますし、あの連中がいなくても――」

トレボンは相手を遮り、「ピート、今夜、SEALsの両チームを戦いに投入しろ。これは命令だ」と言って通話を切った。ブレイバーは事の成り行きを理解した。AFOのSATCOM網を通じて、航空攻撃の成果が淡々と報告される。すると、TF－11の首脳陣からは、もっと多くのチームとCCTを投入することが簡単に見えてくる。ヘリコプターに詰め込んで、どこか高い場所に降ろし、戦闘管制員に通信機を与え、航空攻撃を実行させる……。楽なものだ。

しかし、この事態にはまだ裏があるとブレイバーは踏んでいた。トレボンは空軍のパイロット出身であり、SEALs第六チームの戦闘参加をごり押しするという発想は出てこない。この発想の出所として考えられるのは、カーナン大佐とシマンスキーだけだ。以前のグレンの発言は正しかった。SEALs第六チームの幹部たちもTF－11の将軍たちも、地上の状況を理解していない。準備期間もなく、戦闘のまっただ中に、土壇場で兵士を投入するのは、自ら大惨事を招き寄せるようなものだ。

カーナンとシマンスキーが裏でトレボンに掛け合ったというのは、ブレイバー中佐にとっては皮肉でしかなかった。中佐はSEALs隊員たちに任務の価値を力説したうえで、消極的な態度と低い成果が改善しない隊員を追い出さなければならなかった。それなのに今のSEALsは、単に参加を望むだけでなく、ショー全体を乗っ取ろうと企み、バグラム基地のトレボン准将を籠絡してしまった。

ブレイバーは前回のトレボンとの会話で、戦場に送り込む予定のSEALs部隊は、直接行動任務(彼らの十八番)を遂行するつもりなのかと質問した。任務はAFOのときと変わりない、というのが准将の答えだった。

SEALs部隊投入の時期についてはまだ結論が出ておらず、トレボン准将から問い合わせが来たとき、ブレイバーは「いつとはお約束できません」と返答した。准将は納得せず、次のように告げた。「〝ブルー〟に委譲する日時を決めて、折り返しわたしに連絡を入れろ」。当面の妥協案として、権限が引き渡されるまでのあいだ、ヴィックがブレイバーの副官を務めることとなった。

AFOの作戦でSEALsの指揮を執る候補者として、ヴィックはいわくつきの人物だった。海軍の指揮命令系統上、レッド隊の偵察士官である彼は、スラブやグッディや突撃兵のアル(AFOに組み込まれる予定)と、バグラム基地のカーナンやシマンスキーのあいだに位置する。アフガニスタン駐留の数カ月間、目立った功績はなく、ふたつの事件で判断力と統率力の乏しさを露呈した。第一の事件は大晦日に発生。ヴィックとSEALs隊員たちは、許可なくSUVでバグラム基地からジャララバードへ向かい、道中に立ち寄ったアフガン民兵の検問所で銃撃を受けた。結果として隊員一名が負傷し、チームを救出するために、イギリス軍のヘリの出動を要請しなければならなかった。TF-11司令部で〝ヴィックの三振〟として知られる第二の事件は、〝空振り〟強襲のあいだに発生した。ヴィックが指揮を執ったこの作戦の最中、チームに近づいてきた丸腰のアフガニスタン人が死亡したのだ。暗闇の中に隠れていたSEALs部隊は、地元の民間人に〝止まれ〟と英語で命じた。そして、警告に従わなかったアフガニスタン人は、眉間を撃ち抜かれた。英語で命令を叫び、銃を発砲したSEALs隊員は、ヴィックその人だった。調査が行なわれたものの立件はされず、事件の印象は、TF－11司令官のデル・デイリー少将のところまで広がっていった。ふたつの事件をよく知るTF－11の幹部は、「［ヴィックは］おそらく間違った判断を最悪の形で示した人間として、他者と同等の公正な裁きを受けている」と語り、ヴィックに引き続きチームを率いさせる、というカーナンの選択を擁護すべく、次のように付け加えた。「判断力に劣る兵士を一発で見分けられたら苦労はない」。しかし、SEALsの同僚を含め、ほかの人々はそれほど寛容ではなかった。海軍の特殊部隊員のひとりは、三月三日の朝、戦場から戻ってガルデーズのTOCに顔を出したとき、ヴィックの姿を発見して開いた口が塞がらなかった。「［ヴィックが］地上でのショーを取り仕切ってるような感じだった。もちろん、あいつはそんな器じゃない」

しかし、ヴィックの指揮する舞台にショーを演じさせる、という決断はすでに下されていた。公式な作戦事後報告書のひとつにも、カーナンは「敵地への送り込みを決定済みだった」と記されている。〝チャッピー〟ことジョン・チャップマンにとっては、ガルデーズの秘密施設の舞台裏で、作戦の主導権を巡るドラマが繰り広げられていることなど、どうでもよかった。新たな任務を与えられた彼は、商売道具の準備に取りかかり、壁に貼られたAFOの地図をじっくり検討し、デルタの情報士官のグレンと話をした。アルが率いるマーコウ21に割り振られたベン・ミラー戦闘管制員とも合流できた。親しいふたりは同じような責任を担っているが、それぞれのチーム構成は質的に異なり、空軍での所属分隊も違っていたため、両者は独自のやり方で作戦を実施し、チーム内部の活動にどんどん没入していった。この状況は、スラブとグッディのチームが併存していたとき、チャッピーとアンディ・マーティンのあいだでも起こっていた。また、派手な直接行動任務を得意とする突撃兵と、そこまで押しが強くない偵察分隊の狙撃兵のあいだにも、確かに分断は存在する。先任下士官として偵察部隊を率いるスラブは、この相違点を体現するような男で、他人と接する際には、内省的な態度と簡潔な言葉を旨としていた。

スラブとチャップマンが急な任務の内容を呑み込んでいるころ、マーコウ31の現在地では激戦が続いていた。このとき、TF-11とSEALsを巡る謎のピースが、もうひとつぴったりとはまった。チームメイトのSEALs隊員とともに標的を特定し、釘付けにし、空爆で吹き飛ばしているとき、アンディは奇妙なメッセージを受けとった。発信元はバグラム基地にある〝タスクフォース・ブルー〟の戦術作戦センター(TOC)で、AFOの指揮命令系統内では、ほかの誰にも送信されていなかった。マーコウ31は状況報告書を、〝タスクフォース・ブルー〟――バグラム基地にいるSEALs第六チームの分遣隊――にも提供しつづけてきた。もちろん、〝ブルー〟の幹部であるカーナンとシマンスキーは、AFOのSATCOM回線を通じて、マーコウ31のやり取りにも耳を傾けていたはずだ。しかし、今回のメッセージは様相が違っていた。

〝タスクフォース・ブルー〟はマーコウ31に対し、〝エージェンシー〟のMi-17で新しい監視所に移動してほしいと打診してきた。〝ブルー〟から直接チームに要請が来ることは今までなく、奇妙でさえあったが、移動先として提示された〝場所〟に、アンディは注意を惹かれた……タクルガル山。

アンディはグッディにメッセージを見せた。チームとしての返信の作成に長い時間はかからなかった。三キロ離れたタクルガル山は渓谷を一望でき、見晴らしは現在の監視所と比較にならない。ただし、問題点が三つ存在しており、マーコウ31は返信でそれらを指摘した。

1：チームは弾薬とバッテリーが枯渇の危機にあり、移動するには補給の実行が必須となる。

2：それを考慮すると、一度ガルデーズに戻ってふたたび送り込みをせねばならない。しかし、山の頂上には降下できず、もう一度徒歩で登り直す必要があり、それには相応の時間がかかる。

3：空爆の結果からわかるとおり、タクルガル山には悪漢がうようよしている。第一〇山岳師団が麓の〝BP［封鎖陣地《ブロッキング・ポジション》］ジンジャー〟を占領できないのもその証拠だ。

グッディは送信ボタン押し、〝ダスクフォース・ブルー〟の打診に断わりを入れた。マーコウ31としては、この件には決着がついた形だ。アンディによれば当時、次のようなことが明らかになった。「彼ら［第六チームの幹部たち］は、扉に据えつけたM60［機関銃］一丁が唯一の武装のMi-17で、うちのチームを送り込むつもりだった。彼らは即時の実行を望んでた。だけど、あの任務を達成したいなら、複数のDAPとSEALsの水兵で、山頂を制圧しておく必要があった［DAP――直接行動侵入機――とは、第一六〇特殊作戦航空連隊が運用するMH-60ヘリコプターの特殊改造型だ。本質的には攻撃ヘリであり、五〇口径や七・六二ミリ・ミニガンや二・七五インチ・ロケット砲などを装備している］。我々が任務を辞退すると、彼らはスラブのチームに話を持ってった」

アナコンダ作戦を俯瞰してみると、物事は円滑に進んでいなかった。〝ダスクフォース・ラッカサン〟は戦いのさなかにあり、渓谷じゅうで攻撃を仕掛けていた。アルカイーダの部隊が増員を続け、勝負が接戦に持ち込まれたため、米軍側が撃退されることもあった。

ウール帽をかぶったジェイ・ヒルは、ハンドセットを耳に当てたまま、アルカイーダの掩蔽壕への新たな空爆をサングラスごしに見守った。今回はB－52からの二〇〇〇ポンド級GBU－31（正確な重量は二〇三六ポンドで全長一二フィートの怪物）の投下だった。

空爆には不思議で不気味な独特の美しさがある。巨大な兵器が地上目標を捉えて起爆すると、火と煙と塵が渦巻いて鮮やかな黒色と橙色の火球になり、敵の殲滅という期待どおりの満足感がもたらされる。三キロしか離れていない場所では、最初の猛烈な爆発に続き、爆音が響き渡る。放射された音波が全方向へ空気を圧縮し、一秒後に鼓膜を揺すぶるのだ。音が消え、渦巻く黒煙が上空へ立ちのぼるころ、岩石や武器や人体のかけらが、爆心地のすぐ近くに降り注ぐ。そして最後に目に映るのは、峡谷の底面じゅうに積もっていく塵。この光景は味方〝と〟敵を魅了する。

開けた地形で敵に使われるJDAMの空中爆発は、普通の爆発とは趣が異なる。七月四日の花火みたいに何かが天空ではぜ、カリフラワー状の黒い死の花が一列に並ぶ。これらは独立記念日を祝う代わりに、直下の人間や設備をめちゃくちゃに叩き潰す。土砂や破片が舞い散ることはない。

ジェイ・ヒルとJチームは任務の遂行を続けた。しかし、優位な見晴らしを確保し、無駄のないチームワークを確立したにもかかわらず、状況は計画通りに進んではいなかった。

Jチームもマーコウ31と同じく、味方から〝ぶっ殺される〟事態が起きないよう、アメリカ人の存在を示すマーキングには万全を期した。しかし、この課題はどんどん難しさを増している。なぜなら、「当時は知らなかったんだが、悪漢どももVS－17のパネルを持ってたからだ。それに、外見も我々と似てた。作業ズボンとか、〈ノース・フェイス〉風のジャケットとか、民間人の服装をしてて、車も〈ハイラックス〉のトラックなんかを使ってた。奴らの多くはチェチェン人とかウズベク人とかで、つまり、アラブ人でもアフガン人でもなかった。［だから］山頂の我々は敵と見分けがつかなかったし、渓谷にひしめいてたアパッチなんかの航空機は、たぶん、どこにAFOがいるかわかってなかったろう」[17]

アパッチ攻撃ヘリコプターが渓谷じゅうで急襲を行ない、合間合間に戦闘機と爆撃機の空爆がちりばめられる状況で、ジェイ・ヒルはF－15ストライクイーグルの二機編隊を誘導し、〝鯨〟の上の目標を攻撃させようとしていた。ちょうどそのとき、正面に何かがいるとクリスが報告してきた。男たちが双眼鏡ごしに監視するなか、敵兵を満載した白い旧式の〈トヨタ・ランドクルーザー〉が、監視所の真下、こんもりとした丘の正面に停車した。ジェイは次のように回顧する。「我々は敵兵のひとりを目で追いながら、『こいつ、何をする気だ？』って自問した。敵兵はまっすぐ我々のほうを見て、すぐさま車から飛び降り、迫撃砲を据えつけて、こっちを攻撃しはじめた。最初の二発が飛来して、我々はみんな『ちくしょう！』って感じになった。目にも止まらぬ攻撃だった」

アルカイーダの迫撃砲兵にとって運が悪かったのは、ストライクイーグル二機が指示された目標をまだ攻撃していなかったことだ。ジェイ・ヒルは新たな〝九項目ブリーフ〟をてきぱきと行ない、夾叉砲撃をしてくる敵の迫撃砲陣地へF－15を差し向けた。ほとんど時間の余裕がなく、事前の調整が

17　じっさいジェイ・ヒルたちはこの状況に直面した。早朝、第一〇一空挺師団の主力が輸送されているころ、AH－64アパッチの二機編隊が、Jチームの監視所へ向かって直進し、機銃／ロケット攻撃の態勢に入った。ジェイの記憶によれば、彼は監視所内で反射的に「違う！　違う！」と叫び、通信機とハンドセットを摑んで、素速く二四三ヘルツ（〝警戒周波数〟と呼ばれており、すべての航空機が緊急時の通信に使用し、作戦中は常時モニターしている）に合わせ、ぎりぎりで攻撃をやめさせた。ジェイはチームを救い、悲劇を未然に防いだわけだ。

できなかったため、戦闘管制員は昔ながらのやり方を採用した。ランドマークや特徴的な地形を口で説明しつつ標的にパイロットを誘導する、という長年磨いてきた専門技術を駆使し、会話だけで戦闘機を迫撃砲陣地まで辿り着かせたのだ。ジェイ・ヒルとパイロットたちは、五〇〇ポンド級Mk－82（レーザー誘導装置もGPS誘導装置もない〝頭の悪い爆弾《ダム・ボム》〟）を、ピックアップトラックと迫撃砲と砲兵に〝命中〟させ、数人のアルカイーダを死に至らしめた。

F－15ストライクイーグル二機は名前と評判に違わぬ働きをし、ずたずたのトラックと人体のかけらをあとに残して、給油と爆弾補充のために猛スピードで基地へ戻っていった。

第一七章　三月三日　夕刻

　三月三日の夜が近づくころ、〝レッドバック〟のコールサイン（豪州固有種の猛毒蜘蛛が由来）で呼ばれるオーストラリア人たちは、自分の体を引きずりあげるようにして、ほぼ垂直に近い岩肌の数歩分を登り切り、ようやく新しい監視所の候補地まで辿り着いた。最後の三〇〇メートルの移動で、男たちは体力の残量を完全に使い果たした。

　ホータリングも限界に達していたが、ここからが戦闘管制員の仕事の時間だった。ＳＡＳ隊員たちは嬉しそうに背嚢を置き、監視所の防御性と脆弱性を見極めるため、周囲の調査に取りかかっている。ホータリングは鞍状の岩の最上部付近に背嚢を置き、中を開き、航空攻撃用の道具一式を並べはじめた。

　ワイルドファイアの随行に礼を言ったあと、いくつかの関係先（ＡＷＡＣＳの〝ボスマン〟や、戦場における航空機の配分を差配する合同航空部隊司令官の〝Ｋマート〟や、〝タスクフォース・マウンテン〟の火力支援指揮所の〝トゥームストーン〟）と通信を行ない、最後にＡＦＯのＳＡＴＣＯＭにダイヤルを合わせた。ホータリングがいちばん知りたかったのは、シャヒコット渓谷のほかの地域で何が起こっているのかという点。のちに判明するとおり、さまざまなことが起こっていた。

ガルデーズの秘密施設では、到着したばかりのSEALs士官、ヴィックが難しい立場に置かれていた。SEALs第六チームが念願の〝アナコンダ作戦〟でAFO作戦を遂行するにあたり、ヴィックは指揮官として理想的な選択肢とは言い難かった。しかし、さまざまな状況と命令が本人の周りを固めていったのだ。ヴィックを指揮官に据えたバグラム基地のSEALs幹部陣は、何日間も何週間も〝戦場の土を踏みしめてきた〟連中より、自分たちのほうがシャヒコット渓谷の現況を理解していると信じていた。しかし実際のところ、第六チームは現在のAFOの諸チームと違って、長期的な戦闘にも苛酷な環境にも、まったく準備をしていなかった。デルタフォースの試験偵察任務を見れば、準備の重要性は明らかだが、SEALsの幹部陣は準備の欠如を、抜け目ない計画立案で埋め合わせようとした。〝いかなる〟障害に予告なくぶち当たってもSEALs隊員なら克服できる、という間違った自信に基づいて立案はなされた。ひとことで言えば、慢心だ。

SEALs第六チームの隊員が無能という話ではない。〝タスクフォース・ブルー〟の新チーム投入が拙速だとしても、有能さはグッディとクリスとエリックが証明している。しかし、拙速な投入は（CCTのいるいないにかかわらず、突撃兵の部隊という点が特に問題となった）は、やがて大惨事を呼び寄せることとなる。シャヒコット渓谷の充分な知識と経験を持ち、準備に関する正しい判断を下せる現場の唯一の士官であるブレイバー中佐は、その危険性を警告してきた。デイリー少将とトレボン准将にせかされても投入を先送りしたため、ブレイバー本人が伝え聞いた話では、解任されてアフガニスタンから追い払われる瀬戸際だったらしい。

いずれにせよ、ブレイバーとAFOチームが現場で得た知見を取り入れようにも、ヴィックはそれに足る自信も能力も備えていなかった。デルタのみで構成されるIチームも、この問題に口を挟み、AFOのSATCOM周波数を通じて、「危険で不合理で話にもならん」と意見を述べた。焦った海軍側はさらに圧力を強め、当初よりも早期の指揮権委譲を主張しはじめた。AFOの正式な作戦事後報告書によれば、初期のカーナンは、「TF－AFO〔軍内部での呼び名〕から〝ブルー〟への移管を数日中に行なうようトレボンに提案した。具体的には、TF－ブルーのTOCに対する指揮統制の引き継ぎ三月六日に予定されていた」。この姿勢が変わった裏には、〝タスクフォース・ブルー〟の認識の変化があった。三月の一週目が終わるころには、航空攻撃の大部分が終了すると推測したのだ。

ブレイバーの引き延ばしを回避するためか、明らかにされていない別の理由からか、バグラム基地のSEALs第六チームの幹部陣とヴィックは、計画の立案と遂行にあたり、通信と命令をやり取りする新たな構造を創りあげた。つまり、ふたつの指揮命令系統が並立し、ヴィックは第二の系統のへそとなったわけだ。結果として、作戦に参加しているほかの組織は、第二系統の通信には気づかず、情報の提供もできなくなった。さらに、SEALsは部下を送り込む先の環境を完全に把握できず、航空戦力や有志連合軍部隊を含め、主要な登場人物のアナコンダ作戦における役割も理解できなかった。詰まるところ、独立した通信系統を創設し、ブレイバーの戦場での経験を無視したことは、職務上の怠慢だった。SEALsの上層部はほかの何よりも、部下の安全よりもエゴを優先した。この傲慢さは致命的な影響をもたらすこととなる。

トレボンと話し合った直後、ブレイバーはカーナンから連絡を受けた。デルタからSEALsへの指揮権移管の時期を確定させたいとのことだった。自分の手で構築し、二カ月近く取り仕切ってきた任務だが、もう指揮権の維持は望めない。しかし、ブレイバーは具体的な日時は明示せず、マーコウ30と21をシャヒコット渓谷に送り込むため、ガルデーズを飛び立ったときに委譲するとほのめかした。この条件なら、委譲が完了したと宣言するまで、ブレイバーは責任者の地位を保っていられる。そして、以前カーナンが言ったように、ヴィックはブレイバーのナンバー2、すなわちAFOの副司令官として活動するわけだ。

ガルデーズの秘密施設で、誰の目にも明らかだったのは、マーコウ30と21が〝今夜〟出発すること。問題は、行き先だ。このとき、タスクフォース・ラッカサンはシャヒコット渓谷の北部での戦闘に集中しており、豪州のTF－64傘下のSAS部隊――ホータリングとワイリーのパトロール部隊、そして、車輛輸送を利用したふたつの封鎖陣地を含む――は南部を支えていた。SEALsとヴィックは北に目をつけた。ブレイバーは次のように回顧する。「あの晩に潜入するという制限があったため、徒歩は選択肢になりえなかった。地形分析の時間を計算に入れなくても、少なくとも一日半は必要だったからだ」

これはヘリコプターの使用を意味し、AFOの現行規定に反した。ブレイバーは懸念を禁じ得なかった。進行している作戦の指揮に、接敵している部下たちに神経を集中しつつ、わざわざ時間をとって、スラブと個人的に話し合いをした。ブレイバーとスラブはボスニアで協働したことがあり、当時のスラブは人狩り任務を指揮していた。口数の少ないSEALs隊員の健全な判断力と幅広い経験に、ブレイバーは絶大な信頼を置いており、チームを拙速に送り込もうとするSEALs幹部陣とヴィックの企みが、スラブの年の功によって揺らいでくれることを願ったのだった。ブレイバーはスラブをヴィックたちから引き離し、話を切り出した。「スラブ、おまえらをこのまま行かせると思うと気が気じゃない。ほかの連中と同じ優位性をすべて身につけさせてから送り込みたいんだ」

「完全に同意します。ですが、自分は命令どおりやるだけで、命令は今夜じゅうの出発です」。いつもどおりスラブは言葉少なに答え、会話を終わらせた。

計画立案に割けるのは数時間しかなく、SEALs上層部とヴィックは次のような決定を下した。マーコウ21はタスクフォース・ラッカサンの最前線の近くに浸透させる。使用するヘリコプター着陸ゾーン（ＨＬＺ）は、第一〇一空挺師団が警備しており、Ｊチームの現在地とも隣接している。ブレイバーはＪチームをあと二晩、戦場にとどまらせるつもりだったため、マーコウ21はＪチームに補給品を届ける。Ｊチームは戦場にいるすべてのチームの中で、最高の装備を使って最高の成果をあげており、この成果の大部分は、ジェイ・ヒルの巧みな空爆調整と航空機捌きに依拠していた。補給のあと、マーコウ21は徒歩で東進し、有利な地形に監視所を築き、敵の東西方向の補給路とみられる山道を見張ることとなる。

一方、マーコウ30はタクルガル山の麓に投入され、標高一万〇四六九フィートの山頂まで登攀する。両チームはガルデーズの秘密施設のＨＬＺを、別々の第一六〇特殊作戦航空連隊のＭＨ‐47で同時に離陸する。夜明け前に目的地まで到達できるよう、出発時刻は日没後まもなくに設定された。目的地では戦闘管制員が敵に対する航空攻撃を指揮し、両チームは空爆の〝乱痴気騒ぎ〟に参加する。現在、敵は激しい抵抗によって、敗北の予想に反証を続けており、じっさいシャヒコット渓谷内では、降伏して陣地を明け渡す例は一件もなかった。

スラブの見立てでは、タクルガル山を安全に登りたいなら、できる限り早く浸透を行なわなければならない。一三〇〇メートルの高低差を詰め、山頂まで辿り着くには、四時間のあいだ〝ＡＣ‐130の警護〟をつけてもらう必要がある。スラブが計画を修正しようとしたのかどうか、ＳＥＡＬｓ第六チームの首脳陣に影響を与えられたのかどうかは、今も議論の決着がついていない。マーコウ21のＣＣＴであるベン・ミラーによれば、ジョン・チャップマンは一日じゅう、寒い屋外でノートパソコンを開き、後ろからスラブに画面を覗き込まれながら、バグラム基地と通信を行なっていたという。屋根が信号を邪魔するため、ＴＯＣの中では携帯式のＳＡＴＣＯＭ通信機が使えないのだ。バグラム基地を離れる前も恐ろしいほどの忙しさで、ＳＥＡＬｓ隊員と戦闘管制員は、まだ完成していない計画に備え、最善と思える装備類を荷造りしてきた。「たぶんチャッピーは一睡もしてなかったろう。凍りつくような屋外で、一日じゅう情報収集と計画立案にいそしんでたからな。スラブもおんなじだ」とミラーは回想する。時間がだらだらと過ぎるなか、MH‐47の運用に関して混乱が起き、スラブに命じられたチャップマンはノートパソコンを通じて、輸送の調整に必要なあらゆる手を打った。ミラーはこう続ける。「我々を送り込むヘリがいつ来るのか、みんなが疑問を抱いてた。たいていの場合、CCTは誰よりも先に情報を見つけられるから、ジョンが情報探索の窓口の役目を担わされたんだ」。秘密施設の内部の居心地が良いわけではないが――熱源はTOCで弱々しく燃える焚き火だけ――ジョン・チャップマンは一日のほとんどを外で過ごしており、チームがヘリを降りて浸透の第一歩を踏み出す前から、体力の蓄えがどんどん減っていく有様だった。加えて、すべてのコールサインと、周波数と、航空攻撃〝特別指示〟手続き（この複雑な制限と手順は〝スピンズ〟と呼ばれ、CCTは内容を暗記するだけではなく、戦場で攻撃を管制するたび、事前にテストをしておかねばならない）を把握しておく必要もあった。また、チャップマンの背嚢はチームで最も重く、ミラーの目には押し潰されそうな親友の姿が映っていた。SEALs隊員の中で最先任のスラブは、秘密施設の中で最も経験豊かな海軍特殊部隊員でもあり、当然の流れとして（チームのCCTであるチャッピーも巻き込み）、二チーム分の兵站と計画立案の役目を担うこととなった。ふたりの男にとって、この責務は重くて難しかった。

計画が固まったとき、ヴィックはブレイバーに近づいていった。ブレイバーは独自の夜間作戦の準備を進めていた。〝改良された新しい〟グリーンベレー／ATF部隊が、アルカイーダを〝ハンマー〟で叩く二度目の試みに出発する予定で、その車列に便乗するつもりだった。ブレイバーは小型SUVの車内に、ノートパソコンとSATCOM用Xウイング・アンテナと各種通信機を据えつけ、移動中でも攻撃を受けている最中でも、あらゆる周波数を通じて戦場の全チームと接触を維持できるようにした。

　２２００時、マーコウ30とマーコウ21の送迎ヘリが秘密施設と隣接するＨＬＺに着陸する三〇分前、ヴィックはもう一度ＡＦＯの指揮官に近づいていった。そして、バッテリーと弾薬の積み込みを終えたブレイバー中佐に、マーコウ30のＨＬＺを山麓から山頂に変更したいと切り出した。ブレイバーは自著『*The Mission, the Men, and Me*』の中で、次のように述べている。「彼は数時間前と同じ提案を持ち出してきた。スラブとわたしが戦術上の理由から却下した提案だ。マーコウ30が［乗機ゾーンへ］移動するまで三〇分しかないのはよくわかっていたから、わたしは単刀直入に答えた。『現場では、変更を考えるほどのことは何も起こってない。だから、変更するなど筋が通らん』。わたしはさらに続けた……ヘリコプターのパイロットたちも、土壇場での変更など問題外と考えるはずだ。そもそも彼らの標準作戦手続きに反しているからな、と。ヴィックは『じゃあ、それでいい』と答え、あっさりと引き下がった。それから数分のあいだ、夜の作戦の調整について話し合い、わたしは会話の中で補足しておいた。〝フィッシュフック〟付近の車内で指揮を執っているから、疑問や問題があれば報告してこいと」。このあとブレイバーはＳＵＶに乗り込んで出発した。今やヴィックは秘密施設だけでなく、関連する作戦の責任者となった。のちに判明するとおり、ヴィックはこの夜、二度とブレイバーに連絡を入れなかった。ＳＥＡＬｓが自ら招いた大惨事のなか、ヘリコプターが空からの急降下を余儀なくされ、銃弾とＲＰＧの弾頭で穴だらけにされたときも……。

　三〇分後、スラブとチャップマンを含むマーコウ30と、アルとベンを含むマーコウ21はＨＬＺまで移動し、荷物に囲まれる形で地面の上に座った。出発直前の男たちは、作戦の開始に神経をとがらせていた。そもそも忍耐は得意とするところではないのだ。ヘリを待つ時間は苛立ちが募るばかりで…

……状況はさらに複雑さを増そうとしていた。

空ではアラン・マックがMH－47Eの二機編隊を率い、ガルデーズのHLZに向かっていた。陸軍歴一六年の上級准尉は、第一六〇特殊作戦航空連隊に所属する老練な古参兵だ。二機のヘリコプターに分乗するパイロット四名のうち、最先任の下士官としてマックは編隊長の役目を担っていた。MH－47チヌークは、第一六〇特殊作戦航空連隊が運用するUH－60ブラックホーク、MH－6リトルバード、AH－6に比べると、大型で胴が長い。操縦するパイロットにとって、この機種は一級品と言える。ほかの機種より速度が出るうえ性能の幅も広く、アフガニスタンでのデルタフォースとSEALs第六チームの任務に必要な、高高度と重荷重という条件下の飛行にもってこいなのだ。今回の作戦もまさにこの条件どおりだった。マックはガルデーズのHLZに向けてゆっくりと下降していき――チヌーク編隊は拙速な動きをいっさいしなかった――地面ぎりぎりでホバリングしたあと、ようやく土の上に着陸し、SEALs隊員とCCTをほこりまみれにした。

地上でマックとスラブとチャップマンは、飛行前ブリーフを行なって計画を確認した。〝レイザー03〟のコールサインを持つマックのヘリは、マーコウ30を送り込み、もう一機の〝レイザー04〟はマーコウ21を送り込む。両機はともに出発し、マーコウ21を降ろしたあと、レイザー03は単独でタクルガル山の麓を目指す。ヘリの乗組員たちにとっては、複数の送り込みをこなすいつもどおりの夜であり、今回の任務が難しくみえたり、長引くように思えたりすることはなかった。

二機と二チームがブリーフィングを終えたあと、全員を搭乗させたチヌーク編隊は、ローターを始動させてすぐに離陸した。マック機の後ろにレイザー04がすっと滑り込む。編隊正面の上方では、〝ネイル21〟のコールサインを持つAC－130U（最新型のガンシップで、〝Uボート〟の愛称で知られる）がタクルガル山の上空に到達していた。〝ネイル21〟の任務は、山麓付近のHLZの安全を確保し、マーコウ30の浸透を警護することだった。

　着陸の六分前、〝ネイル21〟はレイザー03に通信を入れ、「CFACC［合同航空部隊司令官］の空爆のせいで、標的の目視は不可能。攻撃完了まで周辺エリアの安全確保を継続するしかない」と報告した。ジェイとアンディが歩兵部隊の航空担当と空爆を敢行し、シャヒコット渓谷はまた忙しい夜を経験していたわけだ。〝レイザー〟たちにとって、空爆中に上空で待機することは、稀少な燃料を費やすことを意味した。高高度と重荷重に対応し、性能にも余裕を持たせるため、マックは充分な量を積んできていた。不測の事態に備え、一五分ぶんの燃料も追加しておいたが、CFACCの空爆がいつ終わるかわからないため、ヘリ編隊はいったんガルデーズに引き返した。

　着陸後、マックは「燃料消費を抑えるため、ローターの毎分回転数を九七パーセントに設定した」。これは実質的なアイドリング状態だ。空爆は続くなか、〝ネイル21〟が〝ビンゴ〟（燃料切れ）を報告して離脱し、すぐに〝ネイル22〟（こちらも燃料が必要最低限に近づいていた）と置き換わり、まもなく〝グリム32〟に引き継がれた。マックはさらに回転数を下げ、ヘリをグラウンド・アイドルの状態にした。グラウンド・アイドルとは、エンジンを回したままという条件では、燃料消費を最も低く抑えられる設定だ。ちょうどこのころ、第一〇一空挺師団も空爆を遂行しているため、待機はさらに長くなるとの話が伝わり、マックはエンジンを停止させたが、再始動時の電源として、補助動力装置（APU）だけは生かしておいた。

　操縦席で時を待つマックの前に、スラブが姿を現した。SEALs隊員は懸念を抱いていた。貴重な一分が経過するたび、スラブとチームは日の出に近づいているからだ。マックは次のように回顧する。「山頂の監視所に直接降ろすことは可能かと訊かれて、ヘリの性能的にはできるとわたしは答えた。［しかし］現地の画像がないから、［山頂に］着陸に適した場所があるかどうかは保証できないと付け加えた。確実な着陸を見込めない以上、当初の計画に立ち戻り、山麓のＨＬＺへ向かうことに決した」

第一〇一空挺師団の空爆が終わり、マックがヘリの再始動の準備をしていると、〝ネイル22〟から連絡が入った。「彼らはＨＬＺを目視した。敵影はなかった」。マックはこの情報をインカムでスラブに伝えた。状況は好転しつつあった。

マックは飛行前のチェックリスト照合に取りかかり、まずは第一エンジンを、続けて第二エンジンを起動した。しかし、第二エンジンは始動するなり〝暴走〟して制御不能に陥り、緊急停止を実行しなければならなくなった。この問題は「いくつかの点で作戦制限事項に引っかかり」、レイザー03は作戦上の使用が不可となった。近くにいたヘリの乗組員とマーコウ21の隊員は、エンジン後部から吹き出した華々しい〝火球〟によって、故障の事実を知らされた。「わたしは［ＴＯＣに］連絡を入れ、予備の機体をこちらへ回送し、チームの指揮官に報告するよう要請した」

スラブは苦境に立たされた。代替の〝鳥〟たちがガルデーズに到着するのは、早くても一時間後。この遅延により、レイザー04の燃料も底をつきかけているため、代替機は二機送られてくる。

スラブはマックの機を降り、冷たい外気の中へ足を踏み出した。ＡＰＵのうなりが夜を支配している。考えをまとめるためヘリコプターから離れた。現状では、送り込み用ＨＬＺに到達できるのは最速でも０３００時。〝もし〟すべてがつつがなく運んだとしても、朝の〝航海薄明〟――自分たちの姿が周りから丸見えになってしまう時刻――までは三時間しかない。今の状況を鑑みるに、〝もし〟が実現する可能性は低い。

スラブはヴィックを見つけて相談した。単純な話、夜明け前に山頂まで登り切るのは不可能だ。これから山麓に着陸すれば、スラブを含めたチームは、太陽の下で山腹を登攀せざるを得ず、敵の待ち伏せ攻撃で命を落とす危険性がある。スラブは計画の二四時間延期を要請した。この唯一の賢明な選択は、チャップマンが背嚢の中身を空けなくて済むよう、レイザー03の通信機を使って伝達された。TF‐11のJOC（統合作戦センター）の交信ログには、次のような記録が残っていた。「レイザー03からシャーク七八に伝達。最速の浸透は2215標準時から2230標準時なれど、この時間進行では日中の移動が必須。部隊はレイザーの現在地より、二四時間の先延ばしを要望するものなり。チームに対する指示を請う」。交信ログには「待機せよ」との返答だけが記録されていた。

ヴィックは直属の上司と状況について話し合う必要があり、衛星電話を手にして連絡をとりはじめたが、通話先はシャヒコット渓谷へ移動中のブレイバーではなく、バグラム基地にあるタスクフォース・ブルーのTOCだった。バグラム基地に詰めるAFOの駐在員、デルタフォースのジミー・リース少佐は当時、AFO代表としてバグラム基地に詰めており、AFOの公式な作戦事後報告書にこう記している。「［この状況は］一度としてAFOの指揮命令系統に提示されなかった。このような会話が交わされた事実も、我々はまったく知らなかった。彼らはTF‐ブルーの指揮系だけで話し合い、AFOの指揮系に情報を上げることも、陸上部隊の指揮官であるブレイバーと議論することもしなかった」。既存のAFOの指揮命令系統を除外するというヴィックの決断は、遠大かつ悲惨な影響を及ぼすこととなる。

ヴィックの通話先はどこにも記録されておらず、ヴィック本人も個人の名前を特定する発言はしていない。当時、話し合いの最後に彼は「現在、浸透が可能な最も早い時刻は、午前二時四五分から三時です」と言った。そして相手に指示仰ぎ、「何としてでも今夜じゅうに潜入してくれ」[18]との返答を得た。

はっきり示された命令の下、そして、選択の余地がない状況の下、代替ヘリを待ちながら、スラブはマックと新たな計画について話し合った。ふたりが決定したのは、代わりのヘリコプターが到着したら、射手などの乗組員はそのままに、パイロットだけを入れ替えること。つまり、操縦士交換だ。四名のパイロットは現時点まで任務に携わり、立案と飛行をこなしてきた。ここで顔ぶれを変えるのは、トラブルを呼び込むのも同然だった。

現地画像も計画もないなか、山頂への着陸について検討したあと、スラブはマックに尋ねた。「それで、どうしたらいい、准尉？」

「その気があるなら、こっちはやぶさかじゃない」とマックは答えたが、HLZに使える場所があるかどうかは、実際に行ってみるまではわからない、と念を押すことも忘れなかった。

「うむ、潜入が無理な場合は、そのまま引き返してもらって構わない」とスラブは言った。

代替のMH－47編隊が到着し、パイロットの交換が行なわれた。エンジンを回したまま、二チームが乗り込みを開始する。その間、マックたちは遅延や混乱の元はないかと、SATCOMのやり取りに耳を傾けた。ようやくレイザー03と04は、0227時にガルデーズを離陸した。マーコウ両チームを浸透させるフライトは二〇分余りの予定だ。左の操縦席に座るマックは、レイザー04が編隊を離れ、マーコウ21の送り込み地点へ向かうのを見守った。第一〇一空挺師団が安全を確保するHLZに着陸したあと、マーコウ21は補給品一式を運搬し、ジェイ・ヒルのJチームに届ける手筈となっている。

一方、レイザー03は単機でタクルガル山への飛行を続けた。

バグラム基地にある〝タスクフォース・マウンテン〟の戦術作戦センター（TOC）では、ジミー・リースがデルタフォースの前司令官、ギャリー・ハーレル准将と話をしていた。このTOCの主はヘーゲンベック少将で、リースと少将のデスクは隣り同士だった。リースはこう証言する。「MH－47は［第一六〇特殊作戦航空連隊のTOCに］報告を上げていて、〝マウンテン〟のTOCにいる我々［ＡＦＯ］にも、ぽつぽつと情報が流れてきてた。そんな経緯で、レイザー03が最初の送り込みをする一、二分ほど前に、新しいＨＬＺの場所を聞かされたわけだ。ＨＬＺに接近するときの手順どおり、彼らは着陸予定のグリッド座標［タクルガル山頂］を伝達してきた。そんな話は初耳で、我々は啞然とさせられた。まさか監視所の真上に降りるなんて」

ちょうど同じころ、ジェイ・ヒルはタクルガル北方の監視所で、ＡＦＯのＳＡＴＣＯＭに流れる交信の一部を耳にしたものの、内容はほとんど頭を素通りしていた。タスクフォース・ラッカサンの航空攻撃――レイザー03／04の遅延の原因となった――を支援すべく、ＡＣ－１３０とのやり取りに忙しかったからだ。眼下の戦場はごちゃごちゃになっていて、複数の航空攻撃が重なったり取り消されたりしており、ジェイは苛立ちを募らせた。第一〇一空挺師団を猛攻する迫撃砲陣地に対し、二度、空爆を要請し、二度、途中で標的が変更され、二度、「ＣＡＳはいったいどうなってんだ？」と問い合わせをした。最終的に、Ｆ－16の二機編隊が戻ってきたが、「ちゃんと標的に命中させられなかったんだ」。

18　事態の性質と時間の経過を考慮すると、命令を下したＳＥＡＬｓ幹部が誰なのか、という問いに明確な答えは出せない。個人の記憶と同様、公式な報告書もまちまち。名前を特定できる根拠はどこにもない。しかしながら、可能性はふたつだけ――ＳＥＡＬｓ第六チーム司令官のカーナン大佐か、その作戦担当士官であるシマンスキー中佐だ。直接情報を得られる立場の人々は、シマンスキーの可能性が高いと考えている。ＴＦ－11のＪＯＣの正式な交信ログによれば、スラブの依頼でレイザー03が行なった通信には、返答が送られていない。通信の宛先は、〝シャーク78〟というコールサインの作戦担当士官だった。後日、タスクフォース・ブルーは交信の責任を、通信機の前にいた海軍下士官に押しつけようとしたが、ＪＯＣのログが明確に示すとおり、交信は〝シャーク78〟が行なっており、〝シャーク78〟とはタスクフォース・ブルーの作戦担当士官、すなわちシマンスキーを指していた。

ジェイ・ヒルが「JDAM搭載の」別の機体を要請しているとき、Jチームを率いるクリスは、マーコウ21が浸透に成功したかどうか、そして、補給品が運ばれてくるかどうかを確認しようとした。約束されていた補給品は、任務に必須のBA-5590バッテリーが一五本、軍用保存食が二四袋、水が五ガロン、単三電池が六〇本（暗視ゴーグルや赤外線ポインターなどの機器に使われる）。ブレイバーの命令どおり、あと数日間戦場にとどまるなら、チームにはなくてはならない品々だ。戦場にいるAFOの三チームのうち、Jチームはこれまでのところ、最高の立地から最凶の戦績をあげていた。

ジェイ・ヒルは目の前の光景に肝を潰した。夜の闇が突如として変化し、ガルデーズからの二機のMH-47に実体化したのだ。「我々はあそこで、標的をマーキングしたり、空爆を要請したり、あらゆることをやってたが、一睡もしてなかったから、視界がひどく霞んでた。そんなときにヘリの音が聞こえたんで、『いったい何事だよ』って考えが頭を駆け巡った。そのあと、肩ごしに振り返って、こう言ったのを憶えてる。『なあ、KO［クリスのイニシャル］、あれは何者だ？　ここで何が起こってるんだ？　武器でも運んできてくれたのか？』正直な話、わたしは第一〇一への増援だと思った。ちょうど爆弾を投下させようとしてたから、こんな感じだった。『おいおい、［航空機がこっちへ向かっているなら］ちゃんと報せとけよ。ヘリじゃ爆弾は落とせないけどな』。予告なしの浸透は、進行中の空爆を危険にさらしていた。

クリスもヘリの飛来は報されていなかった。Jチームが見守る前で、レイザー04が編隊を崩し、近くに降下を始める。「二機分のローター音が聞こえて、実際に姿が見えたときはびっくり仰天した。ライトに目が慣れてきたから、はっきりと視認できたんだが、一機が向かった先は、危険だって報告したばかりの場所だった。ちょっと前に、我々はその場所を観察して、『あそこは悪者の縄張りだぞ』と［ＡＦＯに］報告しておいた。小さな盆栽みたいな木と複数の陣地がはっきり見えて、敵兵の姿も確認できたからだ」。クリスが作戦事後報告書に記したとおり、「今回の出来事に関して無念なのは、［タスクフォース・ブルーが］各監視所にまったく接触せず、現場の状況を尋ねようともしなかったことだ」[19]

レイザー03は山頂への飛行を続けた。「そのとき、ヘリが向きを変えた。灰色の機体が急旋回して、頂上までまっすぐ飛行してから、山腹に沿ってどんどん下降していくのを、わたしは今でも憶えてる。巨大な光が閃いて、まるで日中みたいにあたりが明るくなって、そのあと、テレビ番組で観るような爆発が何度か起こった。銃声も聞こえてきた。あれはディシュカ［ＤＳｈＫ］がヘリに応射した音だった」とジェイ・ヒルは回顧する。

そして、レイザー03の姿は夜闇に紛れて見えなくなった。ヘリが消えた方角から、短い銃撃戦の音が響く。ヘリコプターから転落したものの、無傷で雪の上に着地したニール・ロバーツ一等兵曹は、命がけで敵と闘った。彼の最期の瞬間は、ドローンやガンシップの録画映像には残っていないが、Ｊ

19　レイザー03がマーコウ30を送り込む以前、敵の配置について、あるいは、アルカイーダがタクルガル山を占拠していることについて、どのように情報が伝わっていたかは、見事なまでに話が食い違っている。敵勢力の情報が入っていたら、決して送り込みは敢行しなかったとスラブは主張する。しかし、デルタのグレン情報分析官は、脅威について説明したと断言する。さらに、Ｊチームとマーコウ31のメンバーたちは、アルカイーダによるタクルガル山の占拠は報告したと証言している。どこで齟齬が起こったかを特定するのは不可能だが、最も可能性が高いのは、二重になったＳＥＡＬｓの命令系統の内部だろう。ＳＥＡＬｓ上層部は意図と行動を調整することにも伝達することにも失敗し、その悪影響がほかにも及んだわけだ。〝現在〟明らかなのは、送り込み前のマーコウ30には、脅威の認識がなかったという点である。

チームによって目撃されていた。流布している話によれば、ロバーツは落下した直後、敵の銃撃を受け、出血多量の状態に陥ったという。発見された彼の機関銃は、弾詰まりを起こし、べっとり血に塗れていた。最初の撃ち合いで深手を負ったため、戦いは長く続かず、ロバーツは拳銃を抜いてもいなかった。彼の命を奪ったのは、チェチェン兵のひとり。近くまで歩み寄って頭に鉛玉を一発お見舞いする、という処刑スタイルだった。ＳＥＡＬｓ隊員の人生に終止符を打つ弾丸が発射されたあと、タクルガル山にはただ静寂だけが漂っていた。

第一八章　三月四日　０２５５時

よろめきつつ山頂から飛行する際、ＭＨ－47を操縦していたのはアラン・マック・ベアリーだった。それぞれの手の操縦桿とコレクティヴ・レバーは相変わらず〝不調〟なまま。操縦がきかなくなるたび、ヘリコプターは重さ四万ポンドの金属塊と化し、空中をがくんと急落下する。機体後部では、ダン・マッデンが必死に作業を続けていた。壁から紐で吊るされたビール用缶切りで、油圧作動油のクォート缶を開けては、中身を手動給油装置へ注ぎ入れ、手動加圧ポンプの把手を素速く上下させて、貴重な液体をシステムの中へ送り込む。油が補給されるたび、マックの両手の中で、機体の制御が息を吹き返した。しかし、マッデンの注ぎ足し作業が止まった瞬間、ずたずたにされた配管から液体が漏れ、ふたたびコントロールが効かなくなって、ヘリコプターはまた急降下を始める。残りの油圧作動油は四缶だけ。すべて使い切ってしまったら、ヘリの落下を止めるすべはなくなり、全員が墜落死するはめに陥るだろう。いや、油圧作動油が満タンのときでさえ、飛行中のチヌークは不気味なほど震動しており、ローターヘッドとトランスミッションがいつ分解されてもおかしくなかった。

乗員ひとりと作動油の筋を山腹に残し、マックは副操縦士のタルボット上級准尉の助けを借りながら、機体を制御しようと奮闘しつづけた。不時着はもう避けられず、あとはどこに不時着するかの問題だった。直立を保ったまま接地できれば、クラッシュは免れる〝かも〟しれないが、いったん横倒しになれば、惰性と自重で機体は押し潰されてしまうだろう。標高一万フィート以上の山頂から、およそ二〇〇〇フィート低い谷底まで、現在の勢いと降下角で突っ込めば、そうなる可能性は高い。間欠的に油圧が復活するなか、正面に不時着できそうな地形を発見したが、ちょうどその瞬間にコントロールが失われた。マックが必死に機体の直立を試みているとき、マッデンは最後の一缶を注ぎ込み、土壇場で乗組員たちの命を救うこととなった。

マックの証言によれば、地面まであと一〇フィートのところで「操縦桿を動かせなくなった」。SEALs隊員一名を置き去りにした地点から、七キロの距離を飛行してきたヘリコプターの機体は、正面の勾配が一五度、側面の勾配が一〇度の斜面に叩きつけられたが、奇跡的に横転を免れた。パイロット二名はそれぞれ横のドアを強制排出し、地図などの機密書類を回収してから地面に飛び降り、生き残った機体後部の乗員乗客と合流した。乗組員と特殊部隊員を無事に降ろせたのは、チームワークと飛行技術が融合した離れ業のおかげだった。ヘリが接地するまで、両パイロットとマッデンが問題解決に力を尽くしてしなかったら、全員が天に召されていただろう。

チャップマンは地上に降りると、すぐさまAC‐130の援護を要請する準備に取りかかった。脅威は現実のものとなるはずで、潜在的な敵に対処するための手を打っておく必要があった。周りの乗員の中には、不時着にふがいなさを感じている者もおり、チャップマンは「なあ、くよくよすんな。自分はもっと激しいPLF［五点着地］を経験してるぞ」と声をかけた。

戦闘管制員は時間を無駄遣いせず、SATCOMとUHF対空通信機を秒単位で設置した。「全グリム、全ネイル、応答せよ。こちらはマーコウ・スリー・ゼロ・チャーリー。我々は不時着したばかりで、周囲の安全確保を必要としている」とUHFで呼びかける。

〝グリム〟のコールサインはすべてＡＣ－１３０Ｈ。それに対して〝ネイル〟は新しい型のＡＣ－１３０Ｕだ。この夜のアナコンダ作戦は、二機の〝Ｕボート〟（ネイル21とネイル22）の支援を受けていたが、不時着の時点ではすでに任務を外れ、古いながらも現役のＨ型二機（グリム32とグリム33）に入れ替わっていた。問題は、代わりにやって来た二機のガンシップが、マーコウ30の作戦行動について事前ブリーフを受けておらず、直近の出来事について情勢を把握していなかったこと。指揮命令系統を巡る状況がめまぐるしく推移し、たやすく混乱が引き起こされる環境下で、ガンシップ側の準備不足は、チャップマンとの初めての交信でさっそく露呈した。現着した一機目のＨ型は、ＣＣＴの呼びかけにこう応答したのだ。「こちらグリム・スリー・ツー。さあ、俺らは何をすればいい？」

「ＬＺで誰かを落としちまったみたいでな」とチャップマンは説明し、ロバーツのグリッド座標、所持する通信機器と識別装置（ＭＢＩＴＲと赤外線ストロボ）、使用される可能性があるコールサインを伝達した。実のところＳＥＡＬｓはデルタと違って、通信訓練に重きを置いておらず、派遣される戦闘管制員に大きく依存していた。マーコウ30も例外ではなく、チャップマンはチーム全員分の通信機に、データをロードし、プログラムを組み込み、動作をチェックしたあと、いつもどおり、ひとりひとりに使い方を教え込んだ。プリセットボタンを押す回数で、違う情報網につながるよう設定してあるため、チーム内で〝フィーフィ〟と呼ばれるロバーツが、どの周波数でどのコールサインを名乗るかはわからなかった。

Ｄ・Ｊ・ターナー少佐が操縦するグリム32は、チャップマンの要請を受けると、すぐさまマーコウ30の現在地へ進路を転じた。まずは周辺をひととおり走査し、乗組員とＳＥＡＬｓ隊員が危機にさらされていないことを確認する。その後、二機目のＡＣ－１３０Ｈ――グリム33――と連携をとり、レイザー03の墜落現場の上空警戒をグリム33に引き継いでから、タクルガル山へ向かった。

一方、スラブは目的地が遠くないと推測し、徒歩でタクルガル山まで戻るべく、SEALs隊員のひとりに計画を案出させた。チャップマンとガンシップで問題を未然に防ぎつつ、ロバーツの転落場所まで山を登り、その地点からは、別のヘリコプターに拾ってもらえばいいと考えたのだ。ほかのメンバーたちに準備をさせながら、スラブはチャップマンに命じ、この意向を司令部に伝達させた。

チャップマンが連絡した先は、AFOの副司令官を務めるデルタフォースのジミー・リース少佐だ。バグラム基地に駐在するリース少佐は、アナコンダ作戦を統括する上位の陸軍司令部と、AFOとの橋渡し役として機能していた。ブレイバーとヴィックのあいだに軋轢と断絶があったため、タクルガル山に直接送り込むという不幸な計画をリースが知ったのは、悲劇の試みが始まる直前だった。だからリースは一応、マーコウ30の計画を認知していた。

登攀ルートの策定を命じられたSEALs隊員が、スラブのところに戻ってきた。先ほど指揮官から示された山について「あれじゃないです」と報告し、夜闇のなか、暗視ゴーグルでようやく視認できる遠くの山頂を指差す。「もっと奥のやつですよ。あそこまで辿り着くのは無理です」SEALs隊員はきっぱり断言した。

SATCOMとUHFの交信が外へ漏れはじめ、戦場に散らばるAFOの諸チームは、だんだんと事態を把握していった。マーコウ21のSEALs隊員たちと地上に降り立ったわずか数分後、ベン・ミラー戦闘管制員は火力支援周波数を通じて、不時着現場の混沌を収拾しようと狂奔するチャップマンの声を耳にした。「彼はあらゆる種類の航空機と話をしてた。マイクとか電波とかを無駄に使いたくなくて、わたしは彼に話しかけなかったけど、不時着と救援の騒ぎのせいで、とてつもない量の通信が飛び交ってた」

そもそも助ける力がなく、自らの目的地までまだ何キロもあるマーコウ21は、敵勢力圏への移動を始めた。

ジェイ・ヒルも危機の広がりに耳を傾けるひとりだった。ジェイとチャップマンは親友の仲であり、ジェイは〝マーコウ30Ｃ〟のコールサインはもちろん、「チャッピーの通信〝エチケット〟と、戦闘管制員としての〝言い回し〟に慣れ親しんでた」。末尾の〝Ｃ《チャーリー》〟がない〝マーコウ30〟のコールサインは、通信をしているのがスラブだと示唆する。しかし、ジェイ・ヒルはチャップマンの声を知っており、〝エチケット〟と〝言い回し〟の傍証を加えれば、ＡＦＯの通信ネットを誰が使っているかは歴然としていた。

チヌークの不時着現場では、スラブが当初の決断を撤回し、チャップマンが部隊回収のために要請したヘリを、監視所までの輸送に使おうと方針を転換した。すぐさまチャップマンはレイザー04――レイザー03の姉妹機で、パイロットはジェイソン・フリエル――を呼び出した。「ヘリが現着したあとの、我々の計画を伝えておく。03の乗員を現場に残したまま、うちのチームは山頂まで飛ぶ。ロバーツを助け出したあと、不時着現場へ戻って乗員を回収し、みんな揃ってここから脱出する」

今もアドレナリンが体内にほとばしり、むき出しの闇の中にたたずむマックは、完全武装のヘリコプターで夜を支配する立場ではなくなっていた。彼はスラブに対し、マーコウ30がロバーツを救出するあいだ、待機するのはやぶさかではないと話したが、ひとつ条件をつけた。墜落現場の防衛に役立つ人員を残してほしいと。スラブは何が何でも山頂へ乗り込みたいものの、部下の狙撃手を置いていくのは気が進まず、チャップマンの残留をマックに提案した。最高の航空支援の能力を持つＣＣＴは、脆弱な陣地を単独で守備するには最善の選択肢と言えた。

しかし、チャップマン本人には別の考えがあった。残留を拒んだため、スラブとのあいだで熱い議論が闘わされたが、チャップマンはきっぱりと言い切った。「自分もチームの一員です。みんなが行くなら、自分も行きます」。スラブはＣＣＴの頑固さに根負けし、レイザー03の乗員を含め、全員を山頂へ連れていくことにした。

しかし、上空のフリエルには、「だめだ、そんな筋書きは実現しないぞ」と却下された。

チャッピーの通信機でこの返答を聞いたスラブは、ＣＣＴからハンドセットを奪って言った。「あそこに降ろしてくれ。あんたならできる」

「ＬＺが攻撃の的になる状況じゃ無理だな。俺はあんたら全員をガルデーズに連れ戻す。解決策を考えるのはそのあとだ」

レイザー04が不時着現場に着陸したあと、フリエルは親友のアラン・マックと挨拶を交わし、生きて再会できたことを喜んだ。帰投するしか選択肢がなく、不満と不安を抱えるスラブとマーコウ30の面々はヘリに乗り込み、マックの部下たちはレイザー03から武器と弾薬をはぎ取り、機密性の高いものをすべて処分した。

０４３４時、レイザー04はガルデーズのＨＬＺに帰還し、マーコウ30は地上に降り立った。全員が屋内に入っても、フリエルはエンジンとローターを回したままにした。辺境の前哨拠点でヘリを完全に停止させ、機械のトラブルが発生した場合――酷使されたＭＨ‐47なら充分にあり得る――マーコウ30を立ち往生させるだけでなく、ロバーツの死亡証明書に署名することとなる。エンジンを回しつづければ、任務遂行の可能性は高まる一方、貴重な燃料の消費にもつながる。チャップマンとＳＥＡＬｓ隊員たちが屋内にいるあいだ、フリエルは燃料計を確認し、予備タンクの中身が使われはじめていることに気づいた。タクルガル山までの飛行時間と、最も近い給油地点までの飛行時間を計算すると、燃料はぎりぎりの量しか残っておらず、ひとつのミスも許されないし、不測の事態に対応することも不可能。マーコウ30が外に出てきたとき、伝えるべき〝朗報〟がまたひとつ増えたわけだ。

高い壁に囲まれた秘密施設の中で、チャップマンは救出実行のために何が必須かを検討した。速く動けることはもちろんだが、ここで重視すべきは、〝空〟とおしゃべりをする能力だ。彼は三次元で思考する必要があった。戦場にいる兵士はみな、ＳＥＡＬｓ隊員たちを含め、厳密に二次元で考えていた。たとえば、Ａ地点からＢ地点まではこの種類の地表が続いているとか、この特定の陣地にはこんな利点やあんな欠点があるとか。しかし、チャップマンはこういう思考方法をとらなかった。いや、こういう単純な考え方をする贅沢が許されなかった、と言ったほうがいいかもしれない。彼の世界は、ふたつではなく三つの軸に支配されていた。

絶え間なく情勢と現在地を質してくる司令部は、解決策を与えてくれるどころか、邪魔をしてくるだけの存在だとすでに判明しており、従ってＳＡＴＣＯＭを経由する長距離通信の重要度は小さかった。チャップマンはぱんぱんに膨らんだ背嚢を、そして、数日間の任務のために用意してきた中身を見やった。食糧や水や衣服や予備のバッテリーは、今となっては必要性が低い。

チャップマンにとって、確固たる価値を持つ唯一の装備は、ＳＡＴＣＯＭ用のＰＲＣ－１１７通信機だ。航空攻撃を遂行する際、主要武器の役目も担うＰＲＣ－１１７は、二〇ワットという高出力で通信を行なえるものの、バッテリーなしでも重量は一〇ポンドに達した。彼は老練な戦闘管制員として、各通信機には必ず予備のバッテリーを携行する。協働する姉妹組織の特殊部隊員と比べたとき、戦闘管制員の体格が抜きんでている理由のひとつは、この荷物の多さだった。じっさいＣＣＴの背嚢は、ほかのチームメンバーより段違いに重くなる。ＰＲＣ－１１７はＢＡ－５５９０バッテリー二本で作動するが、バッテリー一本当たりの重さは二・二五ポンド。背嚢の荷物を減らしても、ＰＲＣ－１１７を持っていけば、二五ポンドの重量が追加される。標高一万フィート、積雪、敵の銃撃という環境下で……。

チャップマンは背嚢そのものの携行をやめ、ＭＢＩＴＲだけを持っていくことにした。ＭＢＩＴＲは出力こそ五ワットだが、航空支援に必要な周波数はカバーできる。あとは、カーゴパンツに押し込んだ携帯型ＧＰＳと、バックアップ用のコンパスと、ＶＳ－17信号パネルを持っていけば、用は足りるはずだ。そもそも今回の出撃は、〝フィーフィ〟を救出もしくは回収するだけであり、山での滞在時間はおそらく……三〇分ほどだろうか？　マーコウ30は水を携行するつもりもなかった。乗り込んで、助け出して、立ちはだかる敵をすべてぶち殺す。三つ目がチャップマンの仕事であり、彼にはそれをやり遂げる能力があった。

チャップマンはどんどん荷物を削っていったが、ゲートルだけは減らせなかった。山頂で銃撃戦を繰り広げる際、ブーツの中に雪が入り込むのはありがたくない。ＳＥＡＬｓ隊員たちとチャップマンは、防弾衣《ボディアーマー》も防弾ヘルメットも着用していなかった。これらの装備は、長距離偵察哨戒の準備をする段階で、バグラム基地に置いてきていたのだ。

チャップマンはローデシアン・ベストに弾薬を追加することさえしなかった。事態が物騒になればなるほど、敵に撃たれる危険性は低下する。これは戦闘管制員の法則だ。ほかのチームメイトが発砲しているあいだ、彼は通信機にかじりつく。そして、押し寄せるアルカイーダ兵の波をはねのけ、前線にかかる敵のプレッシャーを弱化させ、死傷者が出る前に脅威を取り除くのだ。チャップマンと彼の通信機は、マーコウ30の最終防衛線と言ってよかった。すでにタクルガル山の上空で待機中のグリム32とは、〝五ワット〟を使って接触できる。グリム32との連絡が絶たれれば、たとえ〝二〇ワット〟の出力をもってしてもチームは救われないだろう。チャップマンは保険として、ロシア製の小型手榴弾をいくつか荷物に入れた。米軍の通常部隊で使われるM67より、軽いけれども効果が低い代物だ。彼がＳＥＡＬｓ隊員たちと合流したとき、スラブはバグラム基地の〝タスクフォース・ブルー〟

ＴＯＣと論戦を繰り広げ、こちらの状況と意図を受け入れさせようとしていた。

「出撃するとき、わたしにはこれだけの部下がいました」とスラブは〝タスクフォース・ブルー〟の海軍首脳に説明し、マーコウ30に属する七人の男たちの名前を挙げていった。そして、「今、わたしにはこれだけの部下がいます」と言ったあとに、ロバーツ以外の名前をふたたび列挙する。しかし、〝タスクフォース・ブルー〟の幹部陣は、時間が刻々と過ぎるなか、細かい数字を質問したり裏付けを要求したりしつづけた。スラブははらわたが煮えくりかえり、「いいですか、部下がひとり行方不明なんですよ。〝フィーフィ〟だけが欠けてるんです。今回のことは自分に任せてください」と話を締めくくった。通信を切り、チームメンバーといっしょにヘリコプターのところまで戻ったとき、「燃料があまり残ってない」とフリエルが報告してきた。いちばん近いＦＡＲＰ（前線給油ポイント）は、二〇マイルも離れており、〝テキサコ〟と呼ばれている。バグラム基地はもっと遠い。選択の余地がないスラブは、作戦の決行を申し入れ、フリエルは同意した。これは山頂への直行を意味していた。周辺を走査する機会などないため、敵の数を特定することはもちろん、ロバーツが防御に適した場所まで辿り着いたかどうかも、事前に判断することは不可能だった。

スラブはＭＨ‐47の貨物室で、赤い光の下、知り得た情報とこれからの計画を大まかに説明しはじめた。ブレードとタービンの回転音が、声を聞きとりにくくしており、チームメンバーたちは一言も聞き逃すまいと、指揮官のすぐそばに輪を作った。機内に充満する燃料や作動油のにおいは、アドレナリンに突き動かされ、汗をかきっぱなしの男たちのにおいと混じり合っていた。

「ＯＫ、俺が得た情報を伝える。報告によれば、ガンシップが現場でストロボを目撃してる。フィーフィの周りには四ないし六人の敵がいた。この報告以降、新しい情報は入ってない。ストロボは作動してる。彼は生きてる。周囲の敵は四から六。うちのチームで対処可能な状況だ。現場に着いたら、我々を識別する目印として、ストロボを設置する。範囲外にいる人間は、ガンシップが照らし出してくれるはずだ」

取り囲まれていたというフィーフィの身に、良くない事態が起こったであろうことは、全員が理解していた。スラブは話を続けた。「まずは現場に足場を築かなければならない。場所を見繕い、安全を確認し、そこへ移動する。上空に到達したら、ヘリは着陸を始め、我々はふたり一組で素速く降機する。ランプが完全に下がるまで待つな。とっとと飛び降りろ」。メンバーたちが真面目な顔で頷く。最後にスラブはこう言った。「おい、我々はあそこへ戻って、クソ野郎どもをひとり残らずぶっ殺すんだ」。誰も異論はなかった。

スラブはチャップマンを脇へ引っ張っていき、ふたりでペアを組むことと、最初にヘリから降りることを説明した。「おまえの役目は、遮蔽物に隠れて、航空攻撃の準備をすることだ。安全な場所で通信機をつなぐことだけに集中しろ。あとは全部、我々が何とかする。とにかくおまえには無線を頼む」。離陸に向けてヘリのエンジンが回転数を上げる。尻込みするメンバーは誰もいなかった。

ガルデーズからの一七マイルの飛行は、短いながらも緊張感に満ちていた。男たちはプレキシグラスの窓ごしに外を眺め、それぞれ任務について思いを巡らせた。機体後方で待機するチャップマンの頭の中は、万華鏡のごとく、周波数と手順とコールサインが錯綜していた。チームを生き延びさせ、仲間を救い出したいなら、混沌の中から正しい情報を引き出さなければならない。

スラブは着陸に先立って山を攻撃してもらうよう手配していた。足場を築く前に、敵の火力に圧倒される危険性を減らせるからだ。AFO司令官のピート・ブレイバー中佐も、手配に動いてくれていた。興味深いことに、スラブはヴィックではなくブレイバーに協力を仰ぎ、海軍の指揮命令系統に頼らなかった。スラブとブレイバーはそれぞれ大まかな行動計画を、タクルガル山の上空で旋回中のグリム32ことＡＣ－１３０ガンシップに説明した。行方不明のＳＥＡＬｓ隊員を支援するため、ガンシップに山を砲撃してほしいと。しかし、グリム32はふたりの要請を論理的に拒絶した。じっさい、赤外線センサーに映った人影がロバーツかどうかを確認するすべはなく、捉えた標的をうかつに攻撃することは、救出対象そのものを殺すことになりかねない。要するに、事前攻撃はなくなったわけだ。

タクルガル山では、ロバーツを処刑したチェチェン人兵士（斬首の試みは失敗に終わった）が、山頂の掩蔽壕に移動していた。ほかのチェチェン人とアルカイーダ兵は、ＳＥＡＬｓ隊員の持ち物を漁り、赤外線ストロボなどの戦利品を分け、それぞれの持ち場へ散っていった。敵の指揮官は長年にわたる対ソ戦の経験から、アメリカ人たちが戻ってくることを知っていた。この習性はアメリカ人ならではの弱点だ。始末した米兵がなぜ山に独りでいたのかはわからないが、大勢で戻ってくることは間違いない。輸送にはヘリコプターが使われるはずだ。もしかしたら多数のヘリが来襲するかもしれない。自分も部下たちも準備はできていた。独りぼっちの米兵を殺すだけでは満足できないし、求めている栄光も手に入らない。指揮官の望みは、たくさんのアメリカ人を殺し、殉教者としてアッラーにお目もじし、相応しい祝福と報酬を受けとることだった。

第一九章　三月四日　０４５５時

　突撃前の砲撃支援もなく、ヘリコプターが山へ接近していくなか、マーコウ30の指揮官はふつふつと怒りをたぎらせていた。「ちくしょうめが！」とスラブは不平をガンシップにぶつけ、それからフリエルに「旋回してくれ」と言った。そうすれば、現場の状況を確かめられるし、もしかしたらガンシップの攻撃の呼び水になるかもしれない。

「要望には応えられんな」とフリエルが返答する。着陸をやり直せるだけの燃料は残っておらず、じっさい、マーコウ30を降ろす前に燃料切れの警告が発された。

　スラブは不可能な選択を突きつけられた。ヘリコプターを引き返させ、ロバーツを見捨て、残りのメンバーとヘリコプターの乗員の命を救うか、それとも、支援なしに前回と同じＨＬＺへ突撃し、こちらの意図を余すところなく敵に周知させるか。こんなものは選択でも何でもない。

　グリム32のコクピットでも鬱憤が溜まっていた。操縦桿を握るターナーは、どれだけ地上部隊から懇願されても発砲できなかった。彼はふたつの同等な責務を担っていた。特殊部隊員への支援として敵を排除することと、〝味方殺し〟を防止することだ。ＡＣ‐１３０に乗り組めば、こういう状況は珍しくなかった。地上の兵士たちは戦場における視野が極めて狭く、たいていの場合、敵味方の位置関係がどれほど混同されやすいかを理解してくれないのだ。ターナーは火器管制担当官から「男ふたりが一晩じゅう、あの岩の周りを歩き回ってます。奴らは敵だと思うんで、撃ってやったらどうです？」と報告を受けた。攻撃の機会を与えてもらった格好だが、引き金を引くには乗組員全員の同意が必要だった。結局、フライトデッキのひとりから異議の声があがり、敵の動きを封じる最後のチャンスは消え去った。マーコウ30が銃撃を受けずに着陸できる望みも……。

ヘリコプターが着陸地点に接近したとき、フリエルがスラブに発した最後の科白は、〝修辞〟が凝らされていた。「いい結果になりそうにねえな」

０４５７時、ＭＨ‐47はレイザー03の命運が尽きたまさにその場所へ向け、着陸の態勢を整えた。二基のタービンエンジンが胴体後部へ熱と音を吐き出し、山あいのしじまを打ち破った。明けかけた夜の四方八方へ、雪が吹き散らされた。ヘリコプターから半径五〇フィートにいる者は、ローターの巻き起こす猛吹雪で何も見えなくなったろう。しかし、敵の位置はもっと遠いはずだから、頂上へ降下する巨体は支障なく視認できたに違いない。ヘリの爆音で互いの意思疎通は難しいかもしれないが、もうこの段階では意思疎通など必要なかった。彼らは完全武装しており、唾棄すべき敵と疎通するには、武器さえあればそれで充分だった。

ヘリの後部で座っている兵士たちにとって、浸透の最後の瞬間は、耐えがたき永遠に感じられた。のろのろと地面へ向かう機内で待機するのは、丸腰で敵に身をさらすのも同然であり、積極行動が取り柄の男たちは極度の無力感にさいなまれた。照明はすべて消灯され、機体後部は真っ暗闇。暗視ゴーグルで捉えられる光だけが頼りだが、あたりにはいまだ雪が舞っており、乗降用ランプごしの狭い視界には何も見えなかった。チャップマンは立ちあがり、スラブと体を密着させ、ふたりでスカイダイビングをするような体勢をとった。ほかのＳＥＡＬｓ隊員たちと同じく、アドレナリンがほとばしり、不安が押し寄せてくる。一刻も早く皮の薄い棺桶から出ていきたかった。ヘリコプターが着地し、がくんと機体が揺れる。

車輪が地面に接した瞬間、スラブとチャップマンは乗降用ランプから外へ飛び出した。膝まで雪面に埋もれつつ二歩進んだとき、スラブは顔から先に倒れ込んだ。暗視ゴーグルに雪が詰まり、一時的に何も見えなくなる。後ろに続いていたチャップマンは、時間を無駄にすることなく、指揮官を回り込んで前進し、グリム32との空爆の調整に取りかかるため、戦闘に有利な場所か身を隠せる場所を探した。残り四名のＳＥＡＬｓ隊員はふたつの射撃チームに分かれ、素速く体勢を立て直したスラブを中心に散開する。

雪に覆われた斜面で、チャップマンはしばし立ち止まり、周りの地形に自分を順応させた。敵の銃弾が飛んできはじめたが、攻撃はレイザー04に集中している。ヘリコプターは離陸を開始し、煙をたなびかせながら、敵の銃撃を浴びながら遠ざかっていった。やがて機影は見えなくなり、一瞬、山は静寂に包まれる。チェチェン人とアルカイーダは攻撃を止め、暗闇の中で何が起こったのかを解明しようとしていた。ＳＥＡＬｓ隊員たちとチャップマンは、まだ一発も発砲していない。吹き飛ばされた雪とローターの爆音のあと、敵は暗闇と混乱の中で、何人の米兵が潜入したのか見極められずにいた。暗視ゴーグルを持たぬアルカイーダ側は、ほぼ視界ゼロの状態だった。それが続くのも、あと四五分間だけだが……。

静けさは短命に終わった。敵がつるべ撃ちを始め、マーコウ30はあらゆる方角から攻撃を受けた。チャップマンは素速く決断し、銃撃へ突っ込む形で、山の斜面を駆けのぼっていった。スラブが立ちあがったかどうかも、ほかのチームメイトが何をしているかも、振り返って確かめようとはしなかった。いったん立ち止まって片膝を突き、いちばん近い閃光《マズルフラッシュ》に応射し、ひとつ目の掩蔽壕――バンカー・ワン――の戦闘位置にも弾を撃ち込んだ。

二〇フィート後方では、ＳＥＡＬｓ隊員たちが身を寄せ合い、状況を確認してから、ふたたびふたり構成の射撃チームとして別行動をとった。スラブは斜面を登るチャッピーに気づき、戦闘管制員のあとを追いはじめた。

チャップマンは敵の優位性を認識していた。高地に陣取っているうえ、地形的にたやすく身を隠せるからだ。対照的に、彼が使えるような遮蔽物はなく、腰を落ち着けて空爆に取りかかることは不可能。航空攻撃は後回しにするしかない。〝今〟、何らかの行動を起こさなければ、空爆など意味がなくなる。ここでマーコウ30が全滅すれば、要請をする者は誰も残らないのだから。

標高一万フィート以上の山頂付近は空気が薄く、チャップマンの心臓は早鐘を打った。ガルデーズでさえ標高は七五〇〇フィートに過ぎず、この高低差は、チームを攻撃するアルカイーダのように、彼の心肺系を攻撃してきた。もう一度、しばし立ち止まったあと、力のかぎり登攀を続けた。膝丈のゲートルより深い雪には、敵の足跡が残っており、それを蹴散らしながら進む。ブーツを雪中に沈ませながら、Ｍ４突撃銃を肩口に構え、銃身の先を斜面と平行に保つ。立ち止まって一息つき、武器を構え直し、レーザー照準器と暗視ゴーグルで〝バンカー・ワン〟に狙いをつけ、トリガーを数回引いた。肺に痛みを感じつつ、右側へ向かってふたたび走り出す。勢いよく斜面を登っていくとき、暗視ゴーグルごしの掩蔽壕が上下に揺れた。しかし、明るく映し出される円の外は真っ暗で、まるで泳いでいるような映像効果が醸し出されていた。

スラブは後ろからチャップマンを追いはじめた。前方のＣＣＴがまた片膝を突き、三点ないし五点バーストを敵に叩き込む。スラブが追いつく前に、チャップマンは立ちあがって前進を再開し、両足と両膝で新雪の上に痕跡を刻みつけていった。ふたりの距離がふたたび広がる。ＣＣＴの動きは、まるで何かに取り憑かれたかのようだ。後ろを振り向くそぶりさえなく、機械の如く射撃と前進を繰り返し、敵の攻撃に向かって突っ込んでいく。スラブは足を止め、周囲の地形と、部下たちの状況を確認した。

片方の射撃チーム（〝第一射撃チーム〟と呼ぶ）は、先ほどの集結地点から左側へ移動し、山の斜面を数フィート登ったところで、上方の見えない敵に銃弾を撃ち込んでいる。もう片方の射撃チーム（〝第二射撃チーム〟と呼ぶ）は、集結地点の近くに散開し、標的を探している。マーコウ30は今、三方向――東と西と北――から攻撃を受けていた。そのうち最もやっかいなのは、チャップマンの真正面、北方の高所から鉛玉の雨を降らしてくる敵だ。スラブは前に向き直り、斜め上の戦闘管制員に視線を転じた。彼我の距離は二〇フィートに開いている。ふたたび射撃しながら敵へ突進するチャップマンの姿を、スラブは啞然としながら見守った。

チャップマンは一度も後ろを振り返らず、スラブが追いついてきているかどうかも確かめなかった。バンカー・ワンから飛来する弾は、CCTはもちろん、ほかのSEALs隊員の脇もヒュンヒュンとかすめていく。今まで命中しなかったことは、チャップマン本人にとっても信じがたい幸運だった。苦しい呼吸の合間合間で、暗視ゴーグルがAK-47のマズルフラッシュを捉えるたび、内蔵された光増幅機能が働き、まぶしさで何も見えなくなる。チャップマンは機を待たず、頭から掩蔽壕へ突進していった。いや、深い積雪に足を取られて倒れ込んだ、という表現のほうが正確かもしれない。

盆栽みたいな高さ一〇フィートの木の下にあるバンカー・ワンは、弓形の構造をしており、防御陣地としての構造に優れていた。二〇年前、ムジャヒディン勢力がソ連と闘うために造ったものを、チェチェン人とアルカイーダ兵がさらに改良したのだ。内部には二名のチェチェン兵が駐在。頭上の木だけでなく、左側面に大きく張り出した岩が、格好の目隠しと遮蔽物になってくれている。二五フィート後方には第二の掩蔽壕――バンカー・ツー――があった。バンカー・ツーには、ロバーツを処刑したチェチェン人を含め、もっと多くの敵兵が詰めており、ＰＫＭ重機関銃一丁と、ＲＰＧ数本と、ロケット弾一山が配備されていた。

バンカー・ワンのチェチェン兵二名は、眼下のマーコウ30に弾幕を浴びせかけていた。アメリカ人たちの音は聞こえてくるが、暗い中で識別することは難しかった。暗視用の機器がまったくないうえ、ＡＫ－47には自らの目をくらませる効果もあった。アルカイーダ側は戦況が自軍に有利だと感じていた。すでに一機のヘリコプターを撃墜し、もう一機もよたよたと逃げ出していった。さらに言えば、彼らは最初の殺しを味わい、アッラーの栄光のために捧げていた。はるばるパキスタンを越えて山深いアフガニスタンまでやって来た理由は、まさにそれだった。神がムジャヒディン部隊にひとりの米兵を遣わしてくださったのは、命と装備品を奪えという意味ではないのか？　すでにある戦士は、米兵のゴアテックスのズボンをはき、別の戦士は黒いウールの防寒帽をかぶっている。アッラーはもっと多くのアメリカ人を、生け贄と冒瀆のために与えてくださるはずだ。彼らは発砲を続けた。彼らを突き動かすのは、恐怖と興奮だった。

しかし、装備が貧弱で服装も貧相なチェチェン兵二名にとって、これは最期の行動となった。焼けつくような痛みを肺に感じながら、チャップマンはバンカー・ワンの前の狭い棚地に辿り着き、掩蔽壕の側面を守る大岩との隙間に入り込んだ。暗視ゴーグルとレーザー照準器の優位性を生かして、ひとり目の敵兵を数秒で射殺し、ふたり目も同じ秒数で始末する。突然、アメリカ兵が暗黒の中から実体化し、肝を潰した敵兵たちは、一発も応射することなく、アッラーのもとに召されていった。ジョン・チャップマンはタクルガル山に来てきっかり二分で、三六年の人生における最初の殺人を遂行したのだった。

スラブはまだ後れをとっていたが、CCTとの距離は詰まってきた。下方に見える〝第一射撃チーム〟は、チャップマンの単独突撃のおかげで、バンカー・ワンの熾烈な発砲がやんだため、西方すなわち左側面からの乱れ撃ちを無視し、張り出した大岩へ向かって急斜面を駆けのぼってくる。〝第一射撃チーム〟の目標は、戦いに参加し、生きているなら〝フィーフィ〟を探し出し、山にいるクソ野郎どもを皆殺しにすることだった。

バンカー・ワンの主となったチャップマンは、新しい環境に自らを順応させ、航空攻撃の拠点とする場所を探した。バンカー・ツーと右側面からの射撃はまだ続いている。二方向に撃ち返し、少なくとも弾倉一本分を消費したころ、ようやく盆栽の下にスラブが到着した。ふたりは一瞬だけ目を合わせ、スラブはバンカー・ツーを狙って、三点バースト射撃を何回か叩き込んだ。

チャップマンは木の幹の横に片膝をつき、左側のスラブがバンカー・ツーと正対しているのを確認した。そのとき、バンカー・ツーからの銃弾が連射され、ふたりのあいだの地面を数フィートにわたってえぐる。スラブはさらに左へ移動し、張り出した大岩の陰に滑り込み、CCTに「敵の戦力は?」と尋ねた。

「わかりません」とチャップマンが答える。

スラブは注意をバンカー・ツーに戻した。三〇八口径ストーナーSR－25狙撃銃を構え、銃身に装着されたM203グレネード・ランチャーで、四〇ミリ擲弾を二発撃ち出した。隣の掩蔽壕までの距離が二〇フィートしかないため、一発目は着弾までに信管が起動せず、そのまま斜面を転がっていって、まったく効果のない場所で爆発した。二発目は掩蔽壕に当たったものの、敵の攻撃を止めるには至らなかった。

スラブは大岩の基部に身を隠しつつ、さらに左へ移動していった。バンカー・ツーから投じられた手榴弾が、一〇フィートの距離の雪中で爆発したが、チャップマンたちに被害はまったく及ばなかった。このときのスラブは気づかなかったが、彼のわずか数フィート先には、マーコウ30がここに来た目的が横たわっていた。しかし、我が身の生存に集中するあまり、ロバーツの遺体が目に留まることはなかった。

スラブの左奥では、〝第一射撃チーム〟が大岩まで辿り着いていたが、バンカー・ツーとその背後のＤＳｈＫ対空重機関銃が弾丸を浴びせかけてきた。激しい掃射を避けるべく、二名のＳＥＡＬｓ隊員は雪の中に伏せ、できるだけ体を低くしようとした。第一チームの下方にいる〝第二射撃チーム〟は、右側面に回り込もうとしていたが、降り注ぐ鉛玉の雨を跳ね返せず、山の斜面を三〇フィート後退した。

チャップマンはバンカー・ツーへの攻撃に集中した。ふたたび熾烈な火線に身をさらし、斜面を登っていく。ＰＫＭ機関銃の近接射撃の威力と、マズルフラッシュの目つぶし効果は、放置しておくわけにはいかなかった。一息入れながら急斜面をよじ登るチャップマンは、汗だくになっていた。運が良かったのは、スコープを覗き込んで狙う必要がなかったこと。ただマズルフラッシュにレーザーの先を合わせればいいだけだった。世界最高の戦闘射撃手集団、すなわちデルタフォースやＳＥＡＬｓ第六チームとの長年にわたる訓練は、チャップマンを自動操縦機能付きのマシーンに仕立てあげていた。アドレナリンの分泌と生理学上のストレスを感じつつ、彼は大きく息を吐き出すと、トリガーを引き絞った。武器は咳みたいなくぐもった射撃音を立てたが、その成果が目に見える形でもたらされることはなかった。

米軍部隊の側面を突こうと企てたアルカイーダ兵一名が、彼の右手から銃を乱射してきた。チャップマンはすかさず反撃し、襲撃者は数フィート先で倒れ込んだ。次の標的を探していた彼は、突然、胴体に衝撃を感じ、後ろへ吹き飛ばされた。機関銃の音に負けぬよう、「どこからの攻撃だ?」とスラブに叫ぶが、答えは返ってこない。仰向けの状態から、脇腹を下に横たわっていると、世界が真っ暗になった。

スラブは叫び声に反応しなかった。一〇フィート離れたところにCCTの姿が見える。暗視ゴーグルの緑の画面には、木に向けられたレーザー光と、チャップマンの顔と、呼吸に合わせて上下する胸が映し出された。戦闘管制員の両脚は力なく放り出されているが、命の火はまだ消えていない。

スラブとふたつの射撃チームを取り巻く山では、一斉に銃声があがっていた。左側に第一射撃チームの一番手が到着し、二番手もすぐあとに続いている。二番手はマーコウ30で唯一、火力の高いM60を与えられており、大岩を盾にしつつバンカー・ワンへ走り寄ってきた。援護の必要がないため、指揮官と一番手は相談する時間が稼げた。スラブはチャッピーを見やったが、レーザーはまだ機能しているのに、緑色の点が動く気配はまったくなく、絶命したに違いないと結論を下した。これで部下をふたりも失ってしまったわけだ。「岩のてっぺんに登って、掩蔽壕を直射しろ」と彼はM60の射手に命じた。この状況を生き延びたいなら、バンカー・ツーの息の根を止める必要があった。

「ラジャー」と答えた二番手は、六フィートほどの高さを登り、片膝立ちの姿勢で発砲を始めた。角度的に掩蔽壕の内部をうまく狙えないため、立ちあがって敵陣に連射を浴びせる。一方のスラブは第一射撃チームの一番手のところへ移動し、左側の敵の抵抗を完全に鎮圧する準備に取りかかった。M60の圧倒的な火力にさらされたバンカー・ツーからは、手榴弾が投じられ、二番手の足の近くで爆発した。さらに意を決した敵兵のひとりが、M60の直射に身をさらしながら、AK-47で二番手の太腿を撃ち抜く。岩から転げ落ちたSEALs隊員は、「撃たれた!」と大声で叫び、スラブの足下に倒れ込んだ。

一番手は大岩の左側から敵を攻撃しつつ、もう一度スラブと短い打ち合わせをした。今のところ、敵が全力で突撃してくる気配はない。山にどれだけのチェチェン人とアルカイーダ兵がいるかは不明だが、自陣の近くまで空爆を誘導できるチャップマンの専門技術が使えない今、敵が全力で攻めてくれば全滅は免れないだろう。ひとつの岩に隠れる二・五人と、重火器を持たない下方の第二射撃チームの頼りない支援だけでは、殺到する敵を食い止めることなどとてもできない。

「胸を撃たれたのか？」とスラブは訊いた。

「いや、脚です」。不幸中の幸いだ。

「動けるか？」

「はい」

山に降りてまだ八分しか経っていないのに、死傷者は二名増え、弾薬は心許なくなり、地形的な優位性は着陸時から向上していない。スラブはすでに四〇ミリ擲弾を撃ち尽くし、Ｍ２０３グレネード・ランチャーを雪の中に廃棄しており、残る武器は狙撃銃だけだった。指揮官は決断を下した。我々は撤退する。今すぐに。

三名のＳＥＡＬｓ隊員は即刻、バンカー・ワンを捨てて山頂部からの退去に取りかかった。実は、第一射撃チームの一番手も銃撃戦で、膝にかすり傷を負っていた。このあと、急いで斜面を下る途中も、チャップマンの状態を確かめようとする者はいなかった。チャッピーが撃たれたのを知っていたのは、スラブだけだったが……。

プレデターの遠隔操縦員は〝コクピット〟の椅子に背中を預け、無言のまま、ＳＥＡＬｓ隊員とチャップマンの命がけの戦いを見守っていた。〝コクピット〟はエアコンのきいたトレーラーの中にあり、トレーラーは戦場から五〇〇マイル離れた場所に、標準時間帯《タイムゾーン》ひとつぶん離れた場所にあった。

マーコウ30が撤退するなか、名もなき操縦員は、戦場の様子をもっとよく観察するため、旋回して戻ってきたプレデターを一〇〇〇フィート降下させた。名前も知らないＳＥＡＬｓ隊員たちが、掩蔽壕から下へ降りていく。〝コクピット〟のスクリーンには、赤外線センサーの画像が映し出されていた。盆栽の下にはっきりと見えるチャップマンの体はまだ温かい。それより冷たいロバーツの体は、マーコウ30の撤退経路の脇に横たわっていた。

　遠隔操縦員の監視の下、ＳＥＡＬｓ隊員たちはバンカー・ワンの下方で身を寄せ合った。倒れたままのチャップマンから一〇フィート離れた場所で、掩蔽壕を盾にしつつ応射を続ける。斜面の下のほうでは、第二射撃チームが同じ行動をとっていた。大岩から第二射撃チームの現在地まで移動した場合、チャップマンのそばを通ることはない。おそらく、暗闇の中でスラブはロバーツの遺体も素通りするだろう。ロバーツはバンカー・ワンの〝上方〟ではなく、バンカー・ワンと大岩のあいだに横たわっていた。バンカー・ワンの〝上方〟にいるのはチャップマンで、彼が敵弾に倒れたのは、側面から襲ってきたアルカイーダ兵と交戦した場所だった。[20]

　チャップマンが死んだと思っているスラブは、さしあたり自分たちの生存に意識を集中させた。マーコウ30は戦力が分断されており、合流して山を離れない限り、戦闘の初期段階で安堵と救済をもたらしてくれたチャップマンと同じ末路を辿ることとなる。三名のＳＥＡＬｓ隊員は四分間を費やして、体の状態と、弾薬の残量と、周囲の状況を確認した。掩蔽壕の下で話し合いをしながらも、敵との撃ち合いは続いていた。

　準備が整うと、スラブは撤収の動きを隠すため、発煙手榴弾《スモーク・グレネード》を近くに放り、０５１０時少し過ぎに山頂部をあとにした。太腿を撃たれたM60の射手が先頭に立ち、三人は急ぎ足で、ときに斜面を滑りながら、第二射撃チームのもとへ向かった。殿を務めるスラブが、バンカー・ワンの端に差しかかったとき、突如として目の前にロバが現れた。とっさに銃を二連射し、ロバは雪の中に座り込む。これも撤退の目くらましになってくれるかもしれない、とスラブは思った。

三人は崖際で足を止め、第二射撃チームの合流を待った。残りのふたりは、見通しがいい鞍部の反対側にいた。鞍状になった窪地は、向こうの尾根まで延び、終端には鰭《ひれ》形の岩がそびえ立っている。交戦のさなか、アルカイーダ兵二名が尾根を越え、第二射撃チームに接近してきたが、途中で引き返していった。どうやら、暗闇の中で米兵に忍び寄ることと、そうしたときのリスクを天秤にかけたようだった。

第二射撃チームはほかの三名と合流すべく、遮蔽物がないおよそ五〇メートルの鞍部を渡りはじめた。バンカー・ツーのPKMからの射撃が、走るふたりを追いかけていき、片方のSEALs隊員が倒れて、痛みに悲鳴をあげる。弾は右のくるぶしに命中し、足首から先はもげかけていた。もう片方のSEALs隊員は仲間を、半ば支え、半ば引きずるようにして鞍部の残りの距離を渡り切った。合流が済んだとき、隊員のひとりが人数を数える。ひとり足りず、彼は「チャッピーはどこに？」と尋ねた。

20　本書のこのシナリオを採用すれば、ほかの説や作戦事後報告書やスラブ本人の証言から生じる矛盾点のうち、いくつかが解決される。現在、スラブは遺体を確認したと確信している。しかしながら、さまざまなインタビュー、歴史的記録、証言台におけるスラブの発言は一貫性がなく、内容が食い違っている部分さえある。事件の一五年後、空軍の名誉勲章に関する調査が行なわれたとき、生き残ったSEALs隊員五名は証言を変化させる。彼らの元々の証言は、チャップマンに空軍十字章を授与する際や、空軍の姿勢を批判する際に使われ、世間一般に広く流布されてきたが、それと相反する内容を述べはじめるのだ。のちにスラブは、チャップマンの両足の上をまたいだと主張し、生きていたならなぜ何も反応しなかったのかと疑問を呈した。しかし、スラブは倒れた兵士を見ても立ち止まらず、脈をとるなどの方法で生死も確認しなかった。じっさい、この兵士はチャップマンではなく、ほぼ間違いなくロバーツである。

「あいつは死んだ」とスラブは答え、もう一度、漸減するチームの現状を確認した。死者二名、負傷者三名、うち二名は重傷。被弾した第二射撃チームの隊員は、大量出血をして激痛に苦しんでいる。現在地の岩陰には長くとどまれない。行くべき道はひとつだけ——下山する道だけ——だが、ここから下方の地形は、雪に覆われたほぼ垂直の斜面であり、途中で待ち受けているのは、高さ不明のまっすぐな岩棚だけ。もしも敵とのあいだに充分な距離を稼げれば、スラブは通信機でグリム32を呼び出し、山の頂上部を根こそぎ破壊させられるかもしれない。一〇〇パーセント確実とは言えないが、ロバーツは死んでいる〝はず〟だ。チャッピーについても、スラブは同じく生きているとは思っていなかった。山頂を吹き飛ばしたとしても、ふたりを失った事実は変えられない。[21]

バンカー・ツーではチェチェン兵たちが交戦を続けていた。煙幕が次第に薄れ、夜も明けはじめており、SEALs隊員たちの姿は、敵の攻撃にさらされやすくなっている。暗視ゴーグルがない者たちにとって、曙光は相手の動きを伝えてくれる放送局だった。さらに言うと、米軍の兵器は識別がたやすい。マズルフラッシュや連射の安定性で見分けられるのはもちろん、発射された弾丸に関する報告からも情報は得られた。SEALs部隊が使用する弾丸は二種類のみ。米国製の七・六二ミリ弾と五・五六ミリ弾は、独特な発射音をしており、経験豊富な戦闘員なら簡単に聞き分けられる。旧ソ連圏の七・六二ミリ弾とAK-47の組み合わせについても、事情は同じだ。武器を間違えることなどあり得ない。チェチェン兵とウズベク兵が、相手にどれだけの損害を与えたかを知っていたかどうか、あるいは、闘っている米兵の数が少ない事実を知っていたかどうかは、今となっては知るすべがない。〝当時〟でも明らかだったのは、彼らが並々ならぬ覚悟で戦いに臨んでいたことだ。

この時点で、SEALs隊員たちにとって戦闘は、実践ではなく観念の領域に入っていた。彼らはチャップマンの遥か下方で頭を寄せ合い、五分間にわたって協議した。そして、ヘリコプターの乗降用ランプを飛び出してから一三分後、険しい崖を下りはじめた。ひとり目の隊員の動きで雪崩が起き、雪が垂直に落ちていく。ほかの四名もあとに続いた。もしかしたら、雪が彼らの命を救うことになるかもしれない。チャップマンが雪のおかげで命拾いしたように……。斜面が急峻なおかげで、深手を負った二名の隊員も直立する必要がなく、体を引きずったり滑ったりしながら進むことができた。マーコウ30の前方で雪崩が起き、スピードを速めながら山を下っていく様子は、プレデターのビデオ映像にも捉えられていた。

バンカー・ツーへの攻撃がやみ、勇気を得た三名のアルカイーダ兵は、崖上にある鰭形の大岩のところまでやって来た。ＳＥＡＬｓ部隊が滑降を始めた一分後、イスラム教徒の同胞三名のうち、二名が行動に出た。反撃の心配なく崖に歩み寄り、鰭形の大岩の奥側にいる米兵たちを見下ろす。大岩の終端はむき出しの岩壁で、五〇フィート下まで急勾配が続いていた。斜面を滑り降りるアメリカ人たちの姿がはっきりと確認できる。これは相手を全滅させられる絶好の機会だった。

バンカー・ワンを覆う盆栽みたいな木の下で、チャップマンの体はぴくりとも動かなかった。誰の目にも彼は死んでいるように見えた。

21　戦力不明で有利な位置取りの敵に対し、ＳＥＡＬｓ隊員たちよりも先に正面から突撃したジョン・チャップマンのことを、スラブははっきりとこう証言している。「わたしが思いますに、もしもジョンが第一の敵陣地を攻撃していなければ、我々は遮蔽物に辿り着く前に、間違いなく全滅していたでしょう」。さらに続けて、「ジョンは命と引き替えに、我々を敵の銃撃から救ってくれました。彼が殺されたとき、敵は三方向から発砲してきていたんです」。締めくくりに、「彼と知り合えたことを、そして友と呼べることを、わたしは光栄に、名誉に感じています。ジョンに相応しいのは、我々が授与できる最高の勲章です」。この発言は、戦闘管制員の勇敢さと大胆さに対する感謝を表したものだが、のちのち、ＳＥＡＬｓ第六チームの首脳陣の一部にとって、目の上のたんこぶみたいな存在となる。

第二〇章　三月四日　0300時ごろ

シャヒコット渓谷でガンシップとCCTがアルカイーダを手早く始末しているとき、[22]ゲイブ・ブラウン二等軍曹はバグラム基地の寝棚でぐっすり眠り込んでいた。突如として肩を揺すぶられ、深い快眠から引き戻されたゲイブは、誰に起こされたのかわからなかった。遠くに感じられる声だけが聞こえてくる。「あなたをお呼びですよ」。視界がぼんやりしたまま、頭を振って眠気を振り払い、軍服のようなものを急いで身に着け、おぼつかない足取りでJOC（統合作戦センター）に向かった。どうせまた誤報だろう。この地では、何度かCSAR（戦闘捜索救難）の出動要請が来たが、結局、どれもみな虚偽の警報による空騒ぎだった。

二九歳の戦闘管制員は、アフガニスタンに赴任してまだ二週間しか経っておらず、この国に派遣されたことを多少なりとも幸運と感じていた。第一六〇特殊作戦航空連隊のCSAR任務に参加し、二名のパラレスキュー隊員（PJ）――片方のキーリー・ミラーはCSARの指揮官であり、もう片方のジェイソン・カニンガムはゲイブと同じく、〝助っ人スカウト合戦〟の一環として、ほかの部隊から引き抜かれてきた――とともに警戒態勢をとるのは、ゲイブにとって幸運以外の何物でもなかった。

とはいえ、CSARは大きな戦績をあげられるような任務ではない。CCTのあいだでよく言われているとおり、刺激を与えてくれる潜在性はあっても、出動中に敵と交戦して殺害し、味方の命を救うような墜落事故が起こる確率は極めて低い。記録にある限り、特殊戦術飛行隊の最後のＣＳＡＲは、一九九三年のソマリアで行なわれた。悪名高き〝ブラックホーク・ダウン〟が発生した際、第二四特殊戦術飛行隊から選ばれたＰＪ二名とＣＣＴ一名のパッケージは、地獄みたいな辛く激しい一八時間の戦闘のあいだに、レンジャー隊員とデルタフォース隊員数名の命を救った。ゲイブはこのような情報を網羅するほどＣＳＡＲにのめり込んでいた。

空軍のＣＳＡＲパッケージと、陸軍レンジャー連隊の緊急対応部隊（ＱＲＦ。Quick Reaction Force）との合同チームは、バグラム基地に事前展開されており、不測の事態に備え、一日二四時間の警戒態勢を敷いていた。合同ＣＳＡＲチームに参加しているのは、レンジャー連隊麾下の一個小隊と、空軍特殊戦術飛行隊がＣＳＡＲ用に選抜した三名構成――戦闘管制員一名とＰＪ二名――のパッケージであり、その使命は、最悪の戦闘現場や墜落現場へ飛び、周辺制圧、負傷者救助、火力支援、

22　以下の引用文は、敵戦力の構成がいかに国際色豊かであるかを実証してくれる。『夜の最初の兆候とともに、航空機［ＡＣ‐１３０］がやって来た。ＤＳｈＫ（一二・七ミリ）と同程度の口径の機関銃を装備し、ミサイルを発射することもでき、最大六キロ先の標的を捉えられる暗視装置まで持っている。我々には何もできず、ただ両手を掲げてアッラーに祈るしかなかった。我々の同胞たちはちりぢりになり、塹壕の中でじっと身を潜めた。なぜなら、敵の兵器はどんな動きも探知できるからだ。同胞たちが交戦を始めてから日が暮れるまで、航空機は我々を発見すると、簡単な夜間標的と看做し、実際に夜になってから、およそ二〇名のムジャヒディンが航空機に殺された。そのうち七名がアラブ人であり、以下に名前を記す。アブルバラー・アルマグリビ（モロッコ）、アブルバラー・アシュシャミ（シリア）、アブ・バクル・アルマグリビ（モロッコ）、アブルハサン・アスソマリ（ソマリア）、ハリド・アルイスランブリ・アルガミディ（アラビア半島）、アブ・バクル・アッザーム・アルウルドゥニ（ヨルダン）、アブドゥッサラーム・ガジ・アルミスリ（エジプト）』

治療回復をひとまとめで行なうことだ。負傷者救助はレンジャー隊員が、火力支援はCCTが、治療回復はPJが受け持つ。

決意と自信を内に秘めるゲイブは、身長五フィート九インチのずんぐりした体型で、どこをとっても筋肉が分厚く、びっしり生え揃った金褐色の髪に穏やかな顔立ちをしていた。ビールを手に持っているときも、そうでないときも、彼はよく笑った。戦闘管制員と聞いて思い浮かぶような体格はしていないが、〝ユーコン準州からハドソン湾まで歩いて横断しろ、道中の支援はなく出発は明日だ〟と命じられたとしても、〝ああ、いいですよ〟というふうに肩をすくめてみせ、リュックサックに荷物を詰めて、疑問さえ口にせずに旅立つだろう。そして、四カ月後には大陸の反対側にふたたび姿を現し、ビールはないかと探し回っていることだろう。

二〇〇一年秋、戦闘管制員になって七年目のゲイブは、デスクワークに感じられる任務の中途に差しかかっていた。アーカンソー州リトルロック空軍基地でC－130のパイロット養成学校を補助する仕事だ。彼はこの任務をこなしつつ、学位取得という目標に精力を注ぎ込んだ。今までも若い家族を育みながら、勤勉に努力を続けてきており、同期の一部と違って、〝24〟への入隊を追い求める道は選ばなかった。「僕は〝24入りを高望みするような連中とは一線を画してた。自主的に夜間の鍛錬を追加したり、座学で作戦理論を磨いたりするより、夜はビールを嗜みたかったからね」。しかし、9／11のテロ攻撃が発生すると、アーカンソー州というぬるま湯に取り残されたような感覚に襲われた。だからゲイブはアフガン派兵に志願し、フロリダ州ハルバート・フィールドを経由して、第二三特殊戦術飛行隊とともに現地入りしたのだった。

大きな転機が訪れたのは、二〇〇二年二月、アフガニスタンでキーリー・ミラー率いるCSARパッケージに加わったときだ。ゲイブは指揮官に好感を持った。六フィート四インチの巨体と、モップみたいな茶色い髪をしたキーリーは、現実的な考え方をする人物で、少しくらいルールを曲げることは厭わなかった。空軍の特殊戦術部隊の界隈では、特に〝２４〟では、落ち着いた物腰と外傷治療の腕前で、広く尊敬を集めていた。

もうひとりのＰＪは、ジェイソン・カニンガム。身長五フィート一一インチで痩せ形の二六歳は、少年っぽい笑顔とおしゃべり好きな性格で人気者になっていた。三名の空軍下士官の中では、階級がいちばん低く、経験もいちばん少ない。ゲイブと同じく、ジェイソンも若い家族を育んでおり、家では妻のテリーサと幼い娘ふたりが待っている。四歳のカイラと、まだ一歳のハンナ。ゲイブとジェイソンは互いの家族のことを大いに語り合った。

ＪＯＣに到着したゲイブは、「南部で搭乗者一名が行方不明。自主ＳＡＲを開始」と聞かされた。現時点での情報はこれだけ。〝自主ＳＡＲ（捜索救難）〟は、行方不明者がほかの搭乗者や友軍部隊とはぐれたことを示唆するが、待てど暮らせど、戦闘管制員にとって有用な詳細は続報されず、そもそも初めの通報の内容からして本当かどうかわからなかった。「僕は深刻に考えてなかった。どうせ誤報のスタンバイなんだろうから、早くベッドに戻らせてくれないかなって」

しかし、ゲイブとキーリーとジェイソンは出動を命じられ、ヘリコプターの駐機場に向かう途中で、〝２４〟のＣＳＡＲパッケージ――グレッグ・ピットマンＣＣＴとスコット・ダフマンＰＪともう一名のＰＪで構成――と出くわした。グレッグのチームはちょうど別の任務を終えたところだった。腕の確かなＣＣＴ二名とＰＪ四名は、ヘリの乗降用ランプで円陣を組み、誤報ではないと判明した案件をどちらのチームが担当するか話し合った。三月の凍てつく朝、弱々しい光の中で、装備と武器をめいっぱい身に着け、ランプに並び立つ六名のうち、二名はアフガニスタンの地で斃れることとなる。ひとりは数時間以内に、もうひとりは四年以内に……。

MH‐47のローターが回りつづけるなか、乗降用ランプの上で事態は急展開を見せた。レンジャー連隊のQRFも同じ任務に割り当てられたのだ。一二名の若いレンジャー隊員から成り、ネイト・セルフ大尉に率いられるQRFは、間違いなく出撃準備に取りかかっていた。ここでの問題はひとつ。外傷治療と航空機復旧と近接航空支援を専門とするパッケージのうち、どちらがQRFと協働するのか？

「グレッグ・ピットマンとスコット・ダフマンは任務を終えたばかりだった。たぶん、アナコンダ作戦で送り込まれるAFOに空挺支援を行なったんだと思う。とにかく、ツー・フォーの隊員でうちのリーダーでもあるキーリーは、連中とちょっと言い合いをして、論争に勝ったらしかった。なぜって、彼は［ゲイブとジェイソンに］『うちが行くぞ』って宣言して、じっさい、そのとおりになったからね。僕はレンジャー部隊と指揮官のセルフ大尉を探しに行った。面識はなかったけど、攻撃について確認しとく必要があったんだ」とゲイブは回顧する。[23]

CSARに割り当てられたヘリコプターの周りでは、猛烈な勢いで準備作業が繰り広げられていた。機体は第一六〇特殊作戦航空連隊のMH‐47Eで、コールサインは〝レイザー01〟。パイロットを務めるグレッグ・カルヴァート上級准尉は、ちょうど一時間前、エンジンが暴走したヘリの代替機をガルデーズまで飛ばしており、ある程度、現場の地理にも明るかった。さらに、カルヴァートとほかの二名のパイロット（CSARに使用される〝鳥〟はパイロット三人体制で運用され、三人目はコクピット後方の補助席に座る）は、このような緊急事態に備え、〝24〟などの部隊と救難訓練をこなしてきていた。ゲイブとジェイソンとキーリーは、近くの装備に駆け寄り、ローターの回転数を上げるレイザー01に取って返し、レンジャー隊員たちとともにランプをのぼった。

ゲイブは次のように回想する。「我々は追加の情報なしに出動した。［シャヒコット渓谷までの］

一時間のフライトのあいだに、セルフはいくつか座標が記されたホワイトボードを回してきたけど、僕にとってはクソほどの意味もなかった。地球上のある空間にほっぽり出されて、あとは勝手にしろって言われるのも同然だった」つまり、彼は視界ゼロの状態で任務を遂行させられるわけだ。

カルヴァートは自らの置かれた状況に苛立ちを覚えていた。詳細は知らされていなかったものの、運んでいる男たちの素性はよく知っている。コクピットの中で三名のパイロットは、受けとったグリッド座標について検討を始めた。地上の現況に関しては、大まかな情報しか与えられていない。「移動マップで見る限り、目標地点は高い山の頂で、たぶん二度、山頂の周りを飛んだことがあった。しかし、〝あの場所〟と決めつけるには、まだ不明瞭な点が残っていて、取り残された兵士とレイザー03が同じ場所にいる（もしくは、近い場所にいる）可能性も、我々は捨てていなかった。わたしは［ほかのパイロット二名と］、何か嫌な予感がすると言い合った。じっさい我々は〝うなじの毛が逆立つ〟感覚を共有していたが、ドン［補助席の最先任パイロット］が暗いムードを吹き飛ばそうとして、『おまえのうなじを触ったのは俺の指だよ』とおどけてみせたんだ」

しかし、空の男たちの直感は、ＴＦ－11からの情報より多くを語っていた。タクルガル山では事態が動きはじめており、山頂へ急行するパイロットとＱＲＦの中には、どんな結果が待ち受けているかを知る者はひとりもいなかった。

23　レンジャー連隊の若き士官は、チーム内に戦術航空管制班（ＴＡＣＰ）を抱えていた。しかし、ゲイブと協議した結果、セルフは「攻撃はおまえに任せる」と言った。合同チームが地上に降りたあと、誰が空爆を取り仕切るかについては、これで混乱が避けられたわけだ。

第二一章　三月四日　0515時ごろ

ジョン・チャップマンは徐々に……痛みを感じながら、意識を取り戻していったらしい。彼は雪の中に倒れていた。両脚の上にくずおれた体は、もみくちゃにされたような乱れっぷりだった。何が起こったのか、はっきりとは思い出せない。あたりは暗いようだが、暗視ゴーグルはまだ機能していた。夜空に雲はなく、空気は身を切るように冷たい。頭上には一本の樹木が見えた。太い幹が一〇フィートほど天へ向かって伸び、そこから濃密な枝葉が横へ広がって、特大の盆栽のような外観を呈している。芸術としての美を感じられるかどうかはともかく……。チャップマンは何が起こったのかを把握する必要があったが、無視できない激痛が続いていた。自分の体をひととおりチェックすると、胴部にふたつの銃創が確認できた。痛みの源は、ＡＫ－47が命中した衝撃だけではなかった。弾丸の侵入した部分は細胞が破壊され、穴の周りはすでに壊死が始まっているが、それだけでなく、腹の中からもとてつもない痛みが湧きあがってくる。ひとつの銃創は、臍のすぐ右上にあった。もうひとつの銃創は、同じく右側の肋骨の直下。弾丸が貫通した箇所の軍服は血にまみれ、闇の中で黒く粘ついていた。激痛が走る。内出血をしているのだろうか？　軍服の下の損傷については確認が難しい。マーコウ30は誰も防弾衣《ボディアーマー》を着用しておらず、熱いナイフをバターに押し込んだときのように、二発の鉛玉はチャップマンの生体組織をいともたやすく切り裂いたのだった。

ひととおり自己診断を終え、チャップマンは自らの置かれた状況に精神を集中させた。まずはあたりをさっと見回し、周囲の環境を把握する。すぐ隣には塹壕があった。斜面の上のバンカー・ツーに突進したとき、この塹壕からアルカイーダ兵に攻撃されたのだ。塹壕の暗い凹部には、ふたつの死体が転がっている。近くに見えるもうひとつの骸は、チャップマンに弾を命中させた敵兵だった。少なくとも、〝自分〟は死んだと看做されたらしい。左側には、張り出した大岩があった。最後にスラブを見かけたのはあそこだ。スラブとほかの連中は、いったいぜんたい、どこにいるのだろうか？　みんな死んでしまったのか？　それとも、〝自分〟が死んだと思って行ってしまったのか？　ちくしょうめ！

上方のバンカー・ツーから発砲音が聞こえ、チャップマンはすぐさま状況把握に努めた。PKMが使われたのは確かだが、自分を狙った攻撃ではない。背後の下方から応射の音が響く。たやすく聞き分けられる味方の射撃音は、SEALs隊員たちの居場所に関する疑問を解決してくれた。味方部隊は下方のどこかにいる。遙か遠く離れてはいないものの、負傷者にとっては命が尽き果てる距離だ。彼らの姿は見えないが、MBITRで連絡をとれるだろう。

痛みと闘いながら、かじかむ指先で胸の通信機を探った。もう汗はかいていない。ショックと寒さで生体機能が奪われ、猛烈な痛みが走った。腕時計に目をやると、時刻は0520時過ぎ。まだあたりは暗いが、あと三〇分で曙光が山を照らしはじめ、裸眼に対する暗視装置の優位性はなくなる。今すぐ助けが得られなければ、太陽の光の下で、チェチェン人とウズベク人に蹂躙されるのは間違いない。それまで生きていられればの話だが……。

ガルデーズを発つ前に設定しておいたとおり、空爆専用の火力管制周波数から、戦場全体で使われる見通し線（LOS）通信用のUHF周波数に切り替えた。今この瞬間、航空攻撃は必要ない。スラブたちが山頂部にいないのは明らかだが、彼らの現在地はわからないし、何人生き残っているのかも不明だ。しかし、この近辺にはジェイ・ヒルやアンディ・マーティンなど、ほかの戦闘管制員がいるはずであり、すべてのCCTは、本来の目的と違うことは承知の上で、戦場共有のUHF周波数を、仲間内の連絡手段のように看做していた。

「誰でもいい、応答を請う。誰でもいい、応答を請う。こちらマーコウ・スリー・ゼロ・チャーリー」と言って、暗闇の中で独り応答を待つ。

普通の人間の場合、真の〝置き去り〟が示唆するところを、理解するのは不可能に近い。兵士にとって最悪の事態とは、戦場で置き去りにされることであり、チャップマンはまさしくその状況に陥っていた。この時点で、ジョン・チャップマンの位置づけは、〝徒歩兵《グラント》〟——戦場における最小の基本戦闘単位——のようなものだった。彼の運命は〝殺すか殺されるか〟にまで凝縮されており、過去に受けてきた幅広い特殊訓練は、無意味とは言わないまでも、ほとんど役には立たない。今、この山にいるすべての男たちは、アルカイーダ兵もSEALs隊員もチャップマンも、古典的な定義の兵士にすぎなかった。このような兵士としての戦いは、太古の昔から、汗と寒さと恐怖と決意のもとで遂行される。勝敗の決め手となる要素は、ともに生き、ともに闘う仲間を最後まで守り抜く姿勢だった。

兵士たちには戦闘時の不文律がある。〝決して〟仲間を敵の前に置き去りにしない、だ。英雄的行為、勇敢さ、臆病さ……これらに関する基準は人それぞれで、環境によって変わったり、一日ごとに変わったりする。ひとりの人間の中で変わることさえ珍しくない。この考えを民間人が理解するのは難しい。民間人にとって、兵士とは兵士らしく闘うものだ。命令一下、臨機応変に英雄的行為を披露してみせるものだ。しかし、戦闘の現実は、民間人の認識とは真逆を行く。仲間が危機に陥ったとき、行動を起こすのに必要なのがまさに勇敢さである。行動を〝起こさない〟ことが臆病さであり、臆病さは同胞を救う際に最大の障害となる。当然ながら、戦場での勇敢な行動によって勲章を授与された兵士たちは、自らの行動をこう看做している。「ただ義務を果たしただけですよ。彼らもわたしのために、同じことをするはずです」。仲間が敵の攻撃にさらされ、捕囚される危機に見舞われたとき、兵士たちのこの感覚は最も鋭くなる。

しかし今、破られるはずのないルールが破られてしまった。捕虜を拷問して〝から〟殺害するつもりの敵に対し、仲間が捕らえられる危険を防ぐためなら喜び勇んで闘う男たちにとって、同胞を置き去りにする兵士は、子供を捨てる母親も同然だった。このような行為は人間不信につながる。このような新しい現実は、子供にしろ兵士にしろ、心の防壁を突き破ってくる。「こんなことが起こるはずがない」。取り残されたという認識が骨身に染みていくとき、チャップマンがどんな衝撃を受けていたかは、今となっては想像するしかないだろう。

三キロ離れた標高一万フィートの山頂で、ジェイ・ヒルも凍えそうになりながら座り込んでいた。いっしょにいるのは、友人でもありチームの指揮官でもあるクリスだ。寒さの中でもジェイは忙しかった。目が回るような忙しさだった。山頂の監視所の内部では、彼を中心にさまざまな通信機が並べられ、すべてが手の届く範囲にある。アルカイーダの複数の陣地に対する監視作業は、まったく休みなく四日目に突入していた。もう七二時間のあいだ一睡もしていない。果てしない寒気と不眠の獰猛な組み合わせは、敵勢力圏の奥深くで、ジェイ・ヒルを絶え間なく苦しめつづけていた。

ジェイとクリスは少し前、衝撃的な場面を目の当たりにした。タクルガル山頂への直接降下という非通告の作戦をマーコウ30が実行したのだ。「わたしの位置からは、向こうの山頂がよく見通せた。事前に教えられてなかったから、連中があそこへ突っ込んでいったのにはびっくりしたよ。

うちの監視所も大忙しだった。三日間ずっと寝てなかったんで、ちょっと横になったとたん、敵が迫撃砲を撃ちはじめやがってね。砲弾が飛んできたとき、［デルタの］連中はわたしの通信機をつかんで、到着報告《チェックイン》してくるB‐52と話をしだした。そのころには目が覚めてて、会話が聞こえてきたから、わたしはチームメイトにこう言った。『おいおい。通信機はこっちに渡してくれ。それは〝自分の〟仕事だ。おまえらには周囲の監視と安全の確保を頼む』。連中はレーザー測距器で座標を特定してたんだが、空爆用の座標に間違いがあってな。だから、わたしは起きあがって、仕事を引き継いだ。しかし、連中にばつの悪い思いはさせたくなかった。大切なのはチームワークだ。座標をダブルチェックして、計算にかけて、それから地図に打ち込んでいった。あの当時は、〈タフブック〉で〝ファルコン・ヴュー〟を走らせて、二四分の一地図を相互参照に使ってた。最新の機器に比べたら、どれも当てにならない代物だが」

二時間後、Jチームはふたたび驚愕した。別のMH‐47がタクルガル山に飛来したからだ。あの場所は、Jチームが浸透の際に通過した地点であり、一度は監視所の候補地として検討したものの、ほぼ同じ標高で敵のいない現在地を選んだ経緯があった。「我々はあの場所に登ったとき、渓谷を監視するのに絶好の立地だと理解した。有効に活用するつもりでいたが、問題は、周りが悪人だらけってことだった」。あの晩、タクルガル山では「ヘリが飛んでいくのも見えたし、銃撃の光も見えた。RPGも。盆栽の木も見えたが、根元までは見えなかった」。

ジェイ・ヒルは通信網を駆使し、アンディやホータリングと話し合い、情報と航空資産を共有していた。そして、チャップマンの最初の呼びかけを耳にした。発信元の位置はわからなかったが、２４

の同僚であることは間違いない。あれは確かにチャッピーの声だ。コールサインの末尾に〝チャーリー〟がついていたのだから、マーコウ30のSEALs隊員ではない。

「マーコウ・スリー・ゼロ・チャーリーへ。こちらはヤンキー・ユニフォーム・スリー、どうぞ」。

〝YU3〟はジュリエット・チームにおけるジェイ・ヒルのコールサインだ。コールサインに〝チャ《C》ーリー〟をつけないCCTは珍しく、ほかには数人しかいない。いずれにせよ、ジェイの通信に返ってきたのは空電ノイズだけ。チャップマンから何の反応もないため、彼は自分の任務に注意を戻した。

数分後、ふたたびメッセージが発信された。「誰でもいい、応答を請う。こちらマーコウ・スリー・ゼロ・チャーリー」

「どうぞ、スリー・ゼロ・チャーリー」。やはり今回も空電ノイズだけ。ジェイ・ヒルは暗闇のなか、手の感触だけで通信機をチェックした。設定に誤りはない。チャップマンの声が流れたのは、戦場共有のUHF周波数。火器管制以外の情報をやり取りする際や、緊急事態が発生した際、米軍の特殊部隊員が味方との連絡に使用する周波数だ。

件の通信について、ジェイ・ヒルは次のように語った。「彼の声は……。彼はやっとのことで言葉を絞り出してた。苦痛を受けてるのが声から聞きとれたんだ。間違いなく彼本人だった。声のことはもちろん、末尾の〝チャーリー〟を使うのは戦闘管制員だけだからね」

タクルガル山に独り取り残されたことを理解した瞬間、ジョン・チャップマンが何を感じたのかは知る由もない。もちろん恐怖はあっただろうし、すでに肉体は痛みとショックに支配されていただろう。しかし、決意は彼を突き動かしたはずだ。呼びかけに何も反応がなかったとき、おそらく、チャップマンは通信機器の動作をひとつずつ確かめていっただろう。まずは通信機本体、それから通信ケーブルとヘッドセット、最後にイヤホンとマイク……。彼は複数回呼びかけを行なったが、何らかの理由により、ジェイ・ヒルの応答を聞きとれなかったらしい。チャップマンはしばらく通信を諦めた。失血が原因で体温は低下するばかり。防寒に役立つ着衣といえば、黒くて薄い〈キャプリーン〉のスパッツ、緑の軽量フリースのシャツ、砂漠用迷彩柄のズボンとジャケットだけ。ウールの靴下と頑丈な〈アゾロ〉の革製ハイキングブーツで両足は暖かく、両手にはゆったりとした作りの灰色の指なし手袋がはめられているが、ボディアーマーもヘルメットも着けていないため、胴体と頭は防御力不足に苦しめられていた。PVS-15暗視ゴーグル用のパッド付き固定器具は、兵士のあいだでは広く〝出来損ないのハーネス〟と呼ばれており、ヘルメットなしでもゴーグルを装着できる代わりに、パッドやストラップの不快さと不格好さを我慢しなければならなかった。

MBITRと接続された片耳用ヘッドセットには、会話のためのブームマイクが用意されていた。発信したいときは、人差し指でボタンを押しさえすれば、事前にプログラムされた周波数で信号が送られる。しかし今は、発信に対する返信がまったくない。

少なくともM4は動いてくれていた。銃の有無は生死にかかわる。M4には、反射式照準器と、AN/PEQ-2レーザー・ポインター――マーコウ30が撤退する直前、スラブが目撃したのと同じポインター――と、消音器が取りつけられているが、三つ目の消音器は意味がないだろう。現在の位置関係と戦闘範囲を考えれば、敵の耳をごまかす効果は期待できないからだ。ここでひとつ問題が持ちあがる。果たしてチェチェン兵とウズベク兵はジョン・チャップマンの存在を知っていたのか？

実際のところ、二名のアルカイーダ兵が尾根に沿って斜面を登り、状況を分析中のチャップマンに近づいてきていた。しかし、敵兵たちの視線は、崖の表面を滑り降りるSEALs部隊に固定されたままだった。彼らはアメリカ兵をもっとよく見られる場所まで、忍び足で移動を続けていった。有利な高台を抑えられれば、一方的に撃ち下ろすことができる。

この時点でも、スラブを含めたＳＥＡＬｓ隊員たちは、チャップマンからわずか五〇メートルしか離れていなかったが、置き去りにした仲間のことは、もう頭の中から消え去っていた。彼らは生き残ることだけに集中した。戦闘管制員が失われたため、スラブは仕方なく自分のＭＢＩＴＲを抜き出し、射撃指揮専用の周波数に合わせようと、通信機のプリセットボタンを操作しはじめた。

上空のガンシップを操縦するターナーは、惨禍が広がっていく様子を見守るしかなかった。五〇〇〇フィート下で繰り広げられる〝電話ボックス内の銃撃戦〟に対しては、助けの手を差し延べることはできないし、チャップマンやほかのチームメンバーと連絡をとることもできない。クリス・ウォーカー二等軍曹はＡＣ‐１３０の機体後部で、〝センサー区画〟内の持ち場に座っていた。この区画は飛行機胴部の右側に組み込まれており、左側には二五ミリＧＡＵ‐12ガトリング砲と、ボフォース四〇ミリ機関砲と、一〇五ミリＭ１０２榴弾砲が並んでいる。低光量ＴＶ（ＬＬＬＴＶ）操作係を務めるウォーカーの仕事は、些細な光を増幅する装置で、暗闇の中の標的を浮かびあがらせること。ＬＬＬＴＶを使用すると、月明かりのない夜でも、戦場の鮮明な画像が得られる。ウォーカーに加え、赤外線システム操作係と、電子戦担当官と、航空偵察員の三名が、閉所恐怖症を引き起こしそうな空間に椅子を並べていた。この四名と、パイロット二名と、フライトデッキの火器管制担当官が力を合わせれば、地上の出来事をすべて可視化できるのだ。

無線でスラブに呼び出されたとき、グリム32の乗組員たちは話し相手が見つかって胸を撫で下ろした。これでようやく腕を振るえる。敵に包囲された友軍の周りを旋回し、戦場の流れを逆転させるという芸当は、世界じゅうを見渡しても、この火力支援プラットフォームにしかできないのだ。

スラブは真っ先に緊急対応部隊（ＱＲＦ）の出動を要請した。要請が無事に伝達されると、今度はガンシップの武器に目を向け、ターナーに言う。「我々は小さな崖の縁に隠れてるような状態だ。航空攻撃の手順に反するのも、〝限界着弾〟の範囲内なのもわかってるが、今、我々に空爆が必要だってことを報せておきたい」。スラブは山頂部の様子について説明を続けた。

「山頂に友軍はいないんだな？」とターナーは念を入れて質問した。ターナーのガンシップはわずか二日前、ブレイバー中佐とハース中佐の車列に対し、誤射事件を起こしたばかりだった。この歴史を繰り返すわけにはいかない。すでにＳＥＡＬｓ部隊は赤外線ストロボを点灯させており、ウォーカーは画面上でストロボをはっきりと認識した。ＳＥＡＬｓ隊員たちの姿も視認できた。

「いない」とスラブは答えた。山頂付近の盆栽の下でチャップマンが動きだしていたことを、スラブもガンシップも知らなかった。そして、射撃指揮専用の周波数での交信をやめたチャップマンは、アルカイーダよりも同胞に殺される危険性が高まったことを知らなかった。

「上方にあるふたつの大きな木立を撃ってほしい。大岩の近くのやつだ。ふたつしかないからすぐわかる。ストロボは確認できるか？」これはＳＥＡＬｓ部隊の現在地を示す赤外線ストロボのことだ。

「ああ、ストロボは確認した」。三〇秒後、ガンシップは山頂部に数発の弾丸を撃ち込み、スラブに誤差の修正を求めたが、ＳＥＡＬｓ部隊には着弾地点を観測するための機器がなかった。地上からの着弾修正が望めず、ガンシップは闇雲な攻撃を続けた。盆栽の下に逃げ込んでいたチャップマンは、周りの山が爆発するのを、掩蔽壕の中でうずくまって耐えるしかなかった。

ＳＥＡＬｓ部隊の少し南側の尾根では、二名のアルカイーダ兵がこっそりと接近を続けていた。鰭形の岩に残った三人目は〝同胞〟たちを見守っている。彼は安全な岩陰から、事態の進展を観察した。

ガンシップの副操縦士がスラブに尋ねる。「あんたの南側に誰かいるか？」

「いや、部下は全員ここに揃ってる」

「南へ移動中の人影をふたつか三つ捉えた」

「うちの連中じゃない」

「ラジャー」

一〇五ミリ榴弾砲が火を噴き、鰭形の岩の遠端部に命中した。岩の露頭が四散し、敵の〝観察者〟が蒸発する。

「奴らはもう動いてない」とガンシップが簡潔に攻撃評価を下す。

ＳＥＡＬｓ部隊に忍び寄っていた二名のアルカイーダ兵は、一五〇フィートしか離れていない場所での爆発に方針を変え、稜線まで引き返していった。そして、レイザー04の降下地点のすぐ下、狭い岩石の堆積地でいったん様子をみる。ふたりのうちひとりはウズベク人で、身に着けている砂漠迷彩柄のゴアテックスのズボンは、ロバーツの背嚢から奪い取ったものだった。しばらくするとこの堆積地に、単身で涸れ谷を登ってきた別のアルカイーダ兵が加わる。三人は今後どう行動すべきかを話し合った。アメリカの部隊は撤収したかもしれないが、いまだＡＣ－１３０という絶大な火力を保持しており、じっさい、頭上では飛行音が執拗に鳴り響いている。バンカー・ワンとツーの奥側の山頂部は、容赦ない攻撃にさらされつづけていた。米軍の猛襲のあいだ、聖戦の闘士たちに打てる手といえば、アッラーに祈りながら嵐が通り過ぎるのを待つことくらいだった。

反対方向へ数キロ離れた地点で、ベン・ミラー戦闘管制員を含むマーコウ21の面々は、タクルガル山頂の大混乱を観察していた。遠くない距離で繰り広げられる派手な戦闘に、彼らは参加したくてたまらず、ベンはチームを代表して繰り返し要請した。マーコウ21は「現在の交戦地の約七キロ西」に位置し、司令部が「ヘリを迎えに寄越して」くれさえすれば、味方に対する支援が可能であると。シャヒコット渓谷の車輌内で指揮を執るピート・ブレイバー中佐は、山をはっきり見渡せる場所を確保し、多数の兵士の通信を傍受していた。中佐はベンの主張を我慢強く聞き、最後にこう答えた。「現状を維持せよ」。SEALs隊員たちは戦闘の中に自らの居場所を見出しており、マーコウ21を率いるアルは、謀反でも起こしそうな部下の猛抗議を鎮めなければならなかった。「こっちの山を離れるなとのブレイバーのお達しだ」。しかし、ブレイバーはきちんと現状を把握していた。CSARのヘリコプターが現場へ向かっていることも、マーコウ21の輸送にもう一機ヘリを調達するのは不可能なことも。そもそもアルたちは装備の面で、銃撃戦を継続する能力がない。対するゲイブとキーリーとジェイソンとレンジャー隊員たちは、複数の重機関銃と、充分な弾薬および手榴弾を携行している。マーコウ21は当初の目的地になかなか辿り着けず、凍結した地面に苦労させられていた。Jチーム向けの補給品は、すでに第一〇一空挺師団に配達を託しており、自分たちのために流用することはできない。本来の任務を果たすまでの道のりはまだまだ長く、寄り道をしている場合ではなかった。[24]

窮地に追い込まれたチャップマンは、通信機で繰り返し呼びかけを行ない、そのたびに四キロ遠方のジェイ・ヒルは即座に応答した。果たしてジェイの応答はチャップマンに受信されなかったのか？それとも、受信はされたものの、ガンシップの攻撃のせいで聞きとれなかったのか？　いずれにせよ、チャップマンはAC－130の火力管制周波数を傍受していなかったと考えられる。傍受していれば、必ず自分の存在を報せたはずだからだ。友人の身を案じるジェイ・ヒルの思いは募るばかりだった。ガンシップが山をなぶりものにしていたからだ。「[タクルガル山で何が起こっているのかについて]我々は監視所で話し合った。みんなの意見が一致したのは、山にはふたつの戦闘単位がいるって

点だ。スラブはＦＤＯ［射撃指揮周波数］でグリムとしゃべってたし、チャップマンはＬＯＳか何か

の周波数で呼びかけをしてた」

掩蔽壕の中のチャップマンは出血が止まらなかった。ＡＣ－１３０の猛攻が恐怖を引き起こす。彼は誰よりもよく知っていた。一〇五ミリ榴弾の直撃を受けたら、跡形もなく消え去ることを……。時折、彼は通信機に手を伸ばし、ＵＨＦ周波数で誰かを、いや、誰でもいいから呼び出そうとしたが、応答してくれる者はいなかった。そのうち、とうとう敵に存在が知られてしまい、チャップマンは防戦に注意を振り向けた。敵の意図が判明したのは、頭の数フィート上、バンカー・ワンの上側の棚地で、ＲＰＧの弾頭が炸裂し、土くれが降り注いできたからだ。ＲＰＧは五、六メートルの致死半径を有しているが、爆風のエネルギーのほとんどが、頭とは別の方向へ逸れてくれたため、チャップマンはどうにか生き延びることができた。しかし、鼓膜へのダメージは免れず、いつまでも耳鳴りが響いている。そう、彼がここにいることはばれてしまった。皮肉にも、味方の存在を知らぬガンシップと、山頂部を破壊する弾薬は、チェチェン兵とウズベク兵の殺到を抑えてくれているようだった。敵の認識に対する懐疑を払拭するように、バンカー・ツーから投じられた手榴弾が、敵と味方の陣地のあいだで爆発する。バンカー・ツーのアルカイーダ兵がＡＫ－47とＰＫＭで射撃を繰り返すなか、チャップマンは掩蔽壕の上方へ乗り出し、ＰＥＱ－２レーザー・ポインターで狙いを定め、Ｍ４のトリガー

24　マーコウ30と同様、ＳＥＡＬs第六チームの上層部はマーコウ21を性急に戦場へ送り出した。結果として、任務のための準備は不足し、重要な装備を置いていくという失態も招いた。ガルデーズのＡＦＯ司令部は知らなかったが、マーコウ21はバグラム基地のタスクフォース・ブルーＴＯＣとのあいだに、独自の通信回線を構築しており、この回線で任務からの離脱を求めた。最終的に、彼らは目的地を見ることなく、一度も空爆を要請することなく、早期の撤退を実行してしまった。

を引いてから、すぐに身をかがめた。

　ガンシップの攻撃を受けながらも、山頂側の斜面には、アメリカ人を追い求める敵兵がさらに集まってきた。ふたり組あるいは単独のアルカイーダ兵が、あっちでもこっちでも標的を探している。ローバーツのゴアテックスのズボンを身に着けたウズベク兵は、意を決した。バンカー・ワンに米兵がひとりいるのは間違いない。あれは彼自身が築造に参加した防御陣だ。待望のアメリカとの輝かしき戦闘に備えて駐留していた陣地だ。それなのに今、異教徒のひとりが我が物顔で〝彼の〟山を占拠している。彼はバンカー・ツーからの銃撃を目隠しに使いながら、米兵の位置からは見えにくい角度で、掩蔽壕に続く斜面をこっそりと登りはじめた。

　ほかのアルカイーダ兵も米軍部隊の分断を認識していた。ひとつの集団は崖を滑り降りていき、聖戦の闘士たちは追跡を諦めた。バンカー・ワンには少なくともひとりが残っており、こちらでは本物の銃撃戦が激しさを増している。アルカイーダの関心のほとんどは、包囲網の中の戦闘管制員に注がれ、当然の結果として、攻撃もチャップマンに集中した。怪我人を抱えて撤退し、敵から距離を取るべく、斜面を滑降しつづけるＳＥＡＬｓ部隊は、プレッシャーの軽減という恩恵にあずかった。上空のプレデターのカメラは瞬きもせずに、繰り広げられる暴力を静かに記録しつづけた。

　チャップマンの世界は、果てしなき孤独な抵抗の様相を呈した。射撃は控え目に行ない、弾丸の消費ペースを抑えようとする。失血で力が出なくなったのか、身をさらすのはまずいと考えたのか、彼は手榴弾を投げなかった。理由はわからないが、ひとつも使用しなかったのだ。下方の斜面に展開するアルカイーダは、味方殺しの可能性などどこ吹く風で、迫撃砲でバンカー・ワンを狙いはじめていた。孤独感がいや増し、寒さとショックで体が震えるなか、チャップマンは闘いつづけた。ほかに選択肢はない。スラブたちが戻ってこようがこまいが、救援部隊が到着しようがしまいが、彼は弾薬が尽きるまで、もしくは敵に殺されるまで反撃しつづけるつもりだった。ＳＥＡＬｓ部隊はもう銃を撃っていない。死んでしまったか、山頂部を脱出したかのどちらかだろう。いずれにせよ、チャップマンはこの戦いを独りで遂行しなければならなかった。

敵の掩蔽壕で横たわっていると、太陽がゆっくり地平線に近づき、暗闇を山から追い出しにかかった。日の出前の薄明かりがアルカイーダ兵たちの足下に射し込んでくる。光がもたらす恐ろしい効果は、チャップマンの残り少ない優位性を奪いはじめていた。用なしになった暗視ゴーグルが跳ねあげられ、〝出来損ないのハーネス〟に受け止められる。腕時計によれば０５５３時。正式な日の出時刻の二〇分前だが、それはほとんど意味がない。これだけ高い山の上だと、すでにあたりの明るさは視認に充分。〝誰もが〟裸眼で闘える環境だった。

上空のクリス・ウォーカーは、眼下の戦況の観察を続けた。ウォーカーの隣に座る赤外線センサー操作係のゴードン・バウアーは、グリム32の赤外線システムを駆使し、パイロットたちの前に敵を標的として差し出している。ＡＣ－１３０Ｈの赤外線システムは、チャップマンが点灯させた赤外線ストロボの類いを感知しなかった。システムが記録するのは熱の痕跡のみで、周囲の環境より温かいものを黒い輪郭で表示する。二名のセンサー操作係は頻繁に、センサーからの情報と地上の状況を比較し、戦場の大局的な構図を描き出していた。ウォーカーは証言の中で、次のように述べている。「バンカー・ワンで友軍が敵と交戦中というしるしは、頻繁に、一貫して検知されております。００４２標準時［ＳＥＡＬｓ部隊が山頂から撤退したグリニッジ標準時］以降、バンカー・ワンからは、反射テープや、ストロボの光や、マズルフラッシュや、ＩＺＬＩＤのレーザーの動きが、継続的に観察されました」

無菌室みたいに安全な高所からの観察は、地上における凄惨な蹂躪を伝え切れていない。チャップマンは命がけで闘い、敗戦が濃厚となっていた。両腕と胴体は破片で切り刻まれており、止まらない腹部の出血による体力低下が、彼の悲惨な窮状に追い討ちをかけている。「誰でもいい、応答を請う。誰でもいい、応答を請う。こちらマーコウ・スリー・ゼロ・チャーリー」と呼びかけるが、やはり徒労に終わった。実際のところ、ジェイ・ヒルは十数回応答したのだが、チャップマンの耳に届くことは一度としてなかった。

二発目のRPGを含め、バンカー・ツーからの斉射は絶えることがなく、チャップマンは一方向だけに気をとられていた。すると、側面にいるアルカイーダ兵のひとりが、右手から斜面を横切り、バンカー・ツーの下を通って突っ込んできた。チャップマンは狙い澄ました数発の射撃で、新たな脅威を手早く片付けた。

孤立した掩蔽壕の中では、立て直しをする暇などなかった。何の前触れもなく、バンカー・ワン上方の巨岩からウズベク兵が現れた。ロバーツのゴアテックスのズボンと、ロシア製の緑の迷彩服を身に着け、顎髭をヘナで染めた男は、銃を撃ちながら、ロバーツの死体を乗り越えて突進してきた。幸運にも、ゴアテックス野郎は思ったほど速く移動できていない。滑り止めのないスリッポンの靴を履いているため、摩擦を得られずになかなか前へ進めないのだ。それでも、米兵を直射しつつ、至近まで距離を詰めてくる。チャップマンはM4をさっと振り、わずか一〇フィート手前で、貴重な弾を数発、敵の胸板に叩き込んだ。ウズベク兵は一瞬硬直してから後ろへ倒れ、ねじれた姿勢で最期を迎え、二度と立ちあがることはなかった。生気のない眼が空へ向けられている。時刻は0600時ちょうどだった。

チャップマンの息は荒くなっていた。まさに〝闘争/逃走反応〟のアドレナリンが駆け巡り、激痛を押し返してくれているが、無痛の状態には程遠い。二分間に二名の敵兵が突撃してきた。現在の弾薬の消費ペースは危険な水準にある。三〇発入りの弾倉は、最初の七本からわずか二本にまで減っていた。しかも、ＳＥＡＬｓ隊員と違って、彼はサブ武器として拳銃を携帯していなかった。

突如として訪れた凪は、両刃の恵みだった。事実、しばらくのあいだ誰もチャップマンを撃たなかったが、狭くて汚い塹壕の底で体を丸め、クソ冷たい雪と死体に囲まれていると、孤独感は今までになく強まった。秒は分に感じられた。時間は間延びし、痛みは長引いた。永遠……。選択肢はなく、彼は待った。

四分が経過した。チャップマンはまた通信を試みて失敗に終わった。これは何度目だろうか？　彼は回数がわからなくなっていた。

脅威となる攻撃はどれも、間違いなく重機関銃からのもので、飛来する方向は上と左右だった。最初の突撃は右から。ゴアテックス野郎は突貫の前段階で、左側から回り込んできていた。そして、チャップマンは気づいていなかったが、もうひとり別の敵兵が斜面を登りつつあった。

この男は忍び足で接近を続けた。〝同胞〟ふたりが掩蔽壕の米兵に倒されるのを目撃して、男は三度目の突撃を強行するのは得策ではないと結論づけた。発砲音からしてＭ４を装備している米兵は、自らの得物《えもの》の扱いに長けており、正面からやり合ったら命にかかわる。ここは隠密作戦の出番だ。バンカー・ツーからワンへの散発的な銃撃は、忍び寄る動きの隠蔽に手を貸してくれるだけでなく、米兵の注意もそらしてくれている。男は斜面を登りつづけた。

０６０６時、男は単独でバンカー・ワンの下に辿り着いた。チャップマンを置き去りにする直前、ＳＥＡＬｓ隊員たちが集結したのとまったく同じ場所だ。男とＣＣＴのどちらが先に攻撃を仕掛けたかは、永遠に謎のままだが、両者は激しい肉弾戦を繰り広げた。たくさんの破片が刺さり、出血も著しいチャップマンの肉体は、この戦いで徹底的に痛めつけられた。少なくとも数回、敵兵から殴りつけられており、公式の検屍報告書によれば、「頭と首と四肢に鈍器による損傷」、「額に打撲傷」、「唇と鼻と頬に擦過傷」が残っていた。

しかし、深手を負ったチャップマンは、どうにか敵兵を打ち負かし、とどめを刺し、死体を掩蔽壕の入口に放置した。へとへとに疲れ果てているものの、さらなるアドレナリンの湧出で興奮状態の彼には、回復のための時間は与えられなかった。バンカー・ツーが今までにないほど激しい攻撃を始め、チャップマンの砦に三発目のRPGを放ったのだ。[25]

早朝の薄明かりのなか、MH－47の重厚なローターが澄んだ冷気を打ち据える音を、チャップマンは耳にした。ヘリコプターが接近する姿も目にしたかもしれないが、見たか見なかったかは些細な問題だ。貨物を満載したMH－47が、重苦しいローター音を響かせながら、山の斜面に沿って上昇してくるなら、向かう場所はただひとつ。タクルガル山しかない。投入したヘリをスラブが呼び戻してくれたか、司令部がQRFを派遣してくれたのだろうと理解し、チャップマンの全身を安堵の波が洗っていった。ああ、自分を迎えに来てくれたんだ。しかし、すぐさま別の現実に襲いかかられる。HLZを防御する者が誰もいない状況では、MH－47は先の二機と同じ運命を辿るはめになってしまう。

チャップマンは知る由もなかったが、このヘリには、陸軍のレンジャー隊員多数と、空軍のPJ二名と、戦闘管制員の仲間であるゲイブ・ブラウンが詰め込まれていた。乗員乗客は総勢一八名。完全な警戒態勢と準備態勢をとる敵に迎えられ、複数のRPG陣地と重火器の餌食にされた場合、人命の損失は悲劇的なレベルに達し、アフガン戦争における現時点での最悪の失態となるだろう。

チャップマンは敵の望みを理解していた。自分が戦闘陣地として使っているバンカー・ワンからは、ヘリコプターの接近をはっきり見通せるうえ、予想される着陸地点を直射することができる。しかし、バンカー・ワンより高い位置にある現在の敵の諸陣地は、米軍の救援部隊に攻撃を仕掛けられない。

だから、アルカイーダはバンカー・ワンを奪取し、ＲＰＧを配備する必要があるわけだ。もしも、レンジャー隊員たちが無傷で山頂を制圧すれば、戦闘の流れは逆転し、壊滅の危機にさらされるのは、チャップマンではなくアルカイーダになるだろう。

チャップマンに選択の余地はなかった。自分を救うために送り込まれてきた救援部隊を救うためには、脅威を無力化しなければならない。一時間前、ほかのチームメンバー全員の命を救ったときと、同じことをすればいい。チャップマンが生き残るには、重傷と出血でぼろぼろの体を奮い立たせ、どうにかして掩蔽壕から這い出し、敵を相手に戦闘を繰り広げ、もう一度死地をくぐり抜ける必要がある。ここに立て籠もりつづければ、間違いなく終焉が待ち受けている。彼には一丁の銃と乏しい弾薬しかないが、取るべき行動ははっきりしていた。

三月四日の朝、チャップマンは戦友に対する献身を行動で示した。レイザー01に誰が乗り込んでいるかは知らないものの、戦友たちを救うために掩蔽壕の外へ出ていったのだ。彼の振る舞いは、〝友愛〟の一言に凝縮される。そして、軍人にとって〝友愛〟は〝愛情〟と同じだ。これらふたつの言葉

25　チャップマンは生存時にバンカー・ワンを占拠していなかった、という主張を展開しようとする勢力は、もしも彼ではなく敵がバンカー・ワンを占拠していたのなら、送り込まれたのはバンカー・ツーの駐屯兵以外ではあり得ない、という事実によって論破される。じっさい、バンカー・ツーではない場所からやって来たのは、ゴアテックス野郎と肉弾戦の男だけだった。たとえゴアテックス野郎が間違って味方を攻撃し、六分後にも肉弾戦の男が同じ間違いを犯したのだとしても、その後、バンカー・ワンとツーのあいだで（ふたたび）銃撃戦が勃発したことは、説明がつかない。この時点では、相手もアルカイーダだと気づいていなければおかしい。ゴアテックス野郎と肉弾戦の男の顚末を目撃しているのだし、そもそも、ひとり目の側面からの突撃兵は、バンカー・ワンを奪取すべくバンカー・ツーから出撃していったのだから。結論を言うと、これが現在の理解である。

に違いはない。こういう考えがチャップマンの心をよぎったのかどうか、刹那の瞬間に少しでも自覚していたのかどうか、確かめるすべはない。しかし、あの時点で行動を起こそうと決断したことは、置き換え可能なふたつの言葉の具現化に他ならなかった。

０６１１時、神々しい日の出が東向きの掩蔽壕に襲いかかったとき、ジョン・チャップマンは一生のうちで最も勇敢な決断を下した。血にまみれた傷だらけの顔で、痛みにさいなまれる体を無理矢理動かし、弾の破片が散らばる棚地に登って、血染めの汚い雪を踏みしめ、まばゆい朝の陽射しに目をしばたたく。チェチェン兵とウズベク兵は、独りぼっちの米兵がまだ生きているかどうか疑問を持っていたかもしれないが、チャップマンの最初の連射で回答を得た。ＰＫＭを直接狙ったバースト射撃が炸裂し、空へ向かって排出された薬莢が曙光を浴びてきらめく。彼はＭ４の弾を撃ち尽くすと、弾倉を新しいものと交換し、ＰＫＭから応射が来たため、雪の中に身を伏せた。

バンカー・ワンに対する総攻撃の火ぶたが切って落とされたとき、アルカイーダの戦士たちはＭＨ－47に気づいた。兵士を満載したヘリは、最終進入段階に入り、着陸まであと数秒というところだった。山頂部の奥側では、ＲＰＧを持った兵士が単身で持ち場につき、バンカー・ツーの中でも、ＲＰＧを担当する別の兵士が、発射筒に弾頭をセットしている。山腹のいたるところでアルカイーダ兵は集結を続けており、またぞろ東方向からの突撃が敢行された。

チャップマンは両脚を前にして斜面を滑り降り、バンカー・ワンと盆栽の真下で止まった。新しくしたばかりの弾倉で、東からの襲撃者と交戦して撃ち殺す。しかし、比較的安全な盆栽の下で、ぐずぐずしている暇などない。雪に覆われた岩の出っ張りを、もがきつつも何とかよじ登った。発砲しながら移動し、ふたたびＰＫＭへの攻撃にアドレナリンを振り向ける。東からはＡＫ－47の弾幕が厚くなり、彼はぎらぎらする陽射しに目を凝らして標的を探した。ヘリコプターを守るため、捨て身で銃を撃ちつづける。ヘリはローターの風圧で雪を巻きあげ、強力なタービンエンジンの轟音で、敵の銃声をかき消していた。げっそりしたチャップマンは、巨大な盆栽に寄りかかり、幹を遮蔽物として使いながら、山の上で動くものすべてに整然と攻撃を加えた。しかし、独りで相手にするには、あまりにも敵の数が多すぎた。

蟻塚から蟻が出てくるみたいに、南の尾根沿いにさらなるアルカイーダ兵たちが姿を現した。聞き違えようのないＲＰＧ弾頭の爆発音が時を止める。チャップマンの背後では、直撃の反動でＭＨ‐47チヌークの巨体がふらついていた。弾頭の起爆と同時に右エンジンが破壊されており、パイロットは推力低下を補うため、すぐさま右エンジンが回転数を上げる。しかし、この対処は何の役にも立たなかった。過積載と高高度により、ヘリの命運はすでに決していたのだ。じっさい、副操縦士はもう脚とヘルメットに被弾している。操縦士のカルヴァートは、片肺飛行で山頂からの降下を試みようと考えたが、目の前の尾根を越えるのは不可能と判断した。直ちにヘリを垂直落下させ、熟練の技で、ドシンという軽い衝撃だけに収める。

チヌークが斜面にうまく着陸すると、チャップマンはアルカイーダとの交戦を再開した。ふたたび雪の中に伏せ、不時着したヘリに最も近い脅威を狙い撃つ。ＭＨ‐47の機体からは、まだ兵士も乗員も跳び出してきていない。尾根沿いに並ぶアルカイーダ兵は、〝鳥〟の横っ腹の眺めを堪能したあと、間髪容れずに猛烈な砲火を浴びせはじめた。ＲＰＧを含むこの攻撃で、レンジャー隊員数名と乗員一名が命を落とす。稜線上の敵へ銃弾を浴びせるチャップマンの背中は、バンカー・ツーから出てきた兵士の集団と、ＤＳｈＫ陣地から丸見えになっていた。

レンジャー隊員とＰＪとゲイブ・ブラウンが、乗降用ランプから雪上へ吐き出されはじめたとき、チャップマンは背後から一斉射撃を受け、数発の鉛玉が脚部に命中した。二発が左のふくらはぎを切り裂き、一発が左の踵に食い込んだ。右脚の状態はさらに悲惨だった。膝の上から入った一発は、数インチぶんの肉をえぐり、反対側へ抜けていった。二発が太腿に叩き込まれ、そのうちの一発目が大腿骨を粉砕した。彼の体はこの衝撃で不随意に跳ねあがった。

小火器の射撃と弾丸の破片でずたずたにされても、ジョン・チャップマンは戦いを続け、使用可能な最後の弾倉に交換した。身に着けておいたもう一本の弾倉は、ローデシアン・ベストごしに敵の銃弾を浴び、使い物にならなくなっていたのだ。彼は尾根沿いに見える標的をひたすら攻撃した。後方に大勢の敵兵が集まり、自分の背中に狙いを定めていることには気づいていなかった。

敵兵のひとり――チェチェン人かウズベク人――が、伏せているアメリカ人に照準を合わせた。米兵は地面に横たわっていて、遮蔽物は何もない。数歩の距離しかないカモに、敵兵はＡＫ－47を二連射した。

正面のいちばん近い敵に、文字どおり最後の弾を発射したばかりのチャップマンには、自分の急所に命中する鉛玉の感触があったはずだ。連射された二発の弾丸は、胴体上部にふたつの近接する穴をうがち、同じような軌跡で大動脈を破裂させ、血圧をゼロまで急低下させた。弾薬と生命力を使い果たし、ジョン・チャップマンは息絶えた。永遠に瞼が閉じられる直前、彼の目に映ったのは、荒涼たる山頂の血しぶきを浴びた岩と雪。チャップマンの周りではまだ、男たちが命がけの激闘を繰り広げていた。

第二二章　三月四日　0613時

タクルガル山に最初の接近を行なう際、グレッグ・カルヴァートは着陸地点の状況がわからないことを懸念していた。正副二名のパイロットは、乗員と乗客の命を危険にさらす前に、一度上空を通過して様子をみようと決断した。「山頂部の上を高速で通過しているとき、右のウィンドウごしにいくつかの黒点が見えて、爆発のあとみたいだなと相棒に話した。小火器の射撃と思われる閃光も、張り出した大岩と樹木のところで視認できた。そんな情景が右側面を通り過ぎたあと、我々はスピードを得るために、断崖の上から急降下をかけた。絶好の標的にならないよう、ジグザグに飛ぶのも忘れなかった」

緊急対応部隊（ＱＲＦ）を乗せたレイザー01が、絶好の標的だったかどうかはわからないものの、確かなことがひとつあった。着陸が一筋縄ではいかないという点だ。「我々は頂上から可能な限り身を隠そうと、山の裏側で見つけた涸れ谷にとどまった。そして、二時の方向、大きな岩と樹木がある場所を着陸地点に選んだ。それからあとの出来事は、スローモーションみたいに進んでいった。高さ約一〇〇フィートからの短い最終進入のとき、自分でこう思ったのを今でも憶えている。『さあ、これからが正念場だ。うまくやってみせろよ』。そして、わたしは機体に減速姿勢をとらせた」。最終進入の状況を判断すべく、操縦室の外へ視線を向けたとき、「コクピット全体が噴火口に飛び込んだみたいだった。耳にはヘリの音しか届いていなかったが、前面と側面のウィンドウにぴしぴしと穴が空きはじめた。それでもわたしは進入を続け、『二時方向から銃撃』と叫んだ。フィル（フィリップ）・スヴィタク軍曹の銃が右側面を攻撃しはじめたのが音でわかった。弾丸の〝そよ風〟がかすめていくのが感じられた。わたしの頭は何度か左へ〝小突かれ〟たし、胸［ボディアーマー］にも着弾の感触があった」

ここで状況が一変し、ヘリのパイロットにとって最悪の可能性が現実となった。一発目のRPGがレイザー01の右側面に命中し、エンジンを破壊し、燃えさかる破片が胴体後部を切り刻む。カルヴァートは「機体の激しい震動と機首の跳ねあがりを感じた。音と感触から、エンジンを失ったことはわかったが、どっちのエンジンかはわからなかった」

機体が落下しているのは、疑いようのない事実だった。MH-47を一〇年以上も飛ばしてきたカルヴァートは、どうにか「対気速度ほぼゼロの着陸」を成し遂げた。山の斜面は急峻で、ヘリも制御系が怪しかったものの、「あの環境下では、乱暴ながらもまあまあの着陸ができたという手応えはあったんだが、機体からはぐらつきを感じた。後ろのお客さん方を降ろさなきゃいけなかったんで、わたしは操縦桿を保持しつづけ、［副操縦士の］チャックは手を伸ばして［出力制御レバーを］引き戻した。二度と離陸できないと理解したのは、あの瞬間だ。チャックがわたしの肩を叩き、『俺はここから出るぜ』と言い残して、左の非常脱出口から姿を消した」

コクピットの中は煙が充満しており、カルヴァートの正面の計器と配電パネルからは火が噴き出してきた。機外へ目をやると、張り出した大岩のところでは、三名の敵兵が銃を発射している。[26] 左手の操縦桿で機体の安定を保ちつつ、カルヴァートはM4を摑んで弾を装塡し、ウィンドウごしに攻撃を始めた。コクピットに独り取り残されたことを考え合わせれば、この冷静さと勇気の発露は、注目に値する。

ようやくヘリの機体がしっかり安定したように思えたため、カルヴァートは左手を操縦桿から放し、そのまま非常脱出口を開きにかかった。〝これをやるのは初めてだな〟と考えながら、どうにか非常口を開け、ドアパネルにキックを叩き込んで、四フィート下の雪の上へ蹴り落とす。右腕一本で銃を撃ちつづけていると、ふと高く挙げた左腕が、「左のほうへ強くはじかれるのを感じた。どれぐらいの時間そこに座っていたのかはわからないが、座ったまま左手をじっと眺めていた記憶がある。外れかけた手袋が裏返って、指先からぶら下がっていた。痛みはなかったが、「自分の手が」ラバライトみたいだなと思ったことは憶えている。どくどく流れ出てくる血が、手首の両側から地面に落ちていて、掌が灼熱の光を放っていた」。当時のカルヴァートはショックで認識できなかったが、白熱する物体は七・六二ミリの曳光弾だった。曳光弾が掌に刺さって燃えあがっていたわけだ。

ゲイブ・ブラウンはヘリコプターの後部で座席についていた。座席の場所はコクピットに近く、右扉のミニガン射手であるフィル・スヴィタクの真後ろ。ゲイブは機体の激しい揺れを感じ、エンジンとローターの甲高い音が響くなか、ＲＰＧの爆発音を聞きとった。彼はキーリーと視線を交わした。「ふたりとも同じことを考えてた。『俺たちの出番だ！』ってね」。兵員輸送用の区画全体が前へ後ろへと揺すぶられる。同時に、スヴィタクは毎分六〇〇〇発の武器をぶっ放しはじめ、自分と敵とのあいだを銃弾の水流でつないだ。しかし、Ｍ１３４ミニガンの〝ヴルルルルッ！〟という轟音は、一

26　カルヴァートが目に留めたこの〝張り出した大岩〟は、Ｍ60の射手であるＳＥＡＬｓ隊員が、脚を打たれて転げ落ちたのと同じ大岩であり、チャップマンが立ち退いたばかりのバンカー・ワンのすぐ隣に位置する。

秒ほどで突如として停止した。ゲイブの目に映ったのは、武器の上に崩れ落ちた射手の姿。空の男は機関銃の連射を胸に浴びせられて絶命していた。

手負いの〝鳥〟が地上に降り立ったあと、ヘリコプターの機内は虐殺の舞台となった。レンジャー隊員のマーク・アンダーソン特技兵は、二名いるM240機関銃射手のリーダーを務めており、さまざまな音が混じり合うなか、助手に向かって「今日はレンジャーらしい気分だぜ！」と叫んだ。この科白が唇を離れた直後、彼は見えざる敵が放った銃弾に斃れた。紙のように薄いヘリの外板ごしの射撃だった。兵士たちが機体後部から吐き出されているとき、ブラッド（ブラッドリー）・クローズ軍曹とマット（マシュー）・コモンズ伍長も、アンダーソン特技兵と同じような末路を辿った。乗降用ランプからわずか数歩のところで、敵の機関銃によって薙ぎ倒されたのだ。

立ちあがったゲイブ・ブラウン戦闘管制員は、死の罠から脱出する順番を待っていた。外のほうが状況はましな〝はず〟だ。スヴィタクは機関銃の弾をすべて受けてくれた。自らの命を犠牲にして、ゲイブを救ったと言ってもいいかもしれない。しかし、幸運を噛みしめている時間はなかった。まだヘリコプターを降りてもいないのに、三名の仲間の死を目の当たりにした。このペースで行けば、あと五分で部隊は全滅する。ゲイブはここがどこかも正確に把握していなかったし、CSARのほかのメンバーが辛辣に批判するとおり、タクルガル山や周辺部の地図は誰も持っていなかった（当該地域は危機が起きるまで認知さえされておらず、地図そのものが存在していなかったのだ）。このまま死を待つか、それとも、前の男たちにならって、尻に火がついたみたいにヘリを脱出するか……。時刻は0615時だった。

ランプから外へ足を踏み出すと、ジェイソンとキーリーが死傷者を処置していた。「彼らはPJらしく傷の手当てをしてたんだ」。ゲイブは雪に足を取られながら、心の中でこう自問した。「わたしは何をすべきなのか？　どうすれば戦況にプラスの影響を及ぼせるのか？」いたるところで銃火があがり、彼は低い岩の陰に身を隠した。着弾のたびに雪が舞い踊り、土が空中へ跳ねあげられる。背後では、ヘリコプターに二発目のＲＰＧが襲いかかった。今回は機首に命中したが、爆風と衝撃波は機体に沿って後部へ、そしてゲイブの現在地まで達した。彼はふくらはぎの高さしかない岩を見て、片膝をついた。この岩を除くと、周りには雪しかない。ゲイブはいちばん近くのレンジャー隊員に、「チームの指揮官は誰だ？」と大声で訊いた。奇妙な質問に感じられるかもしれないが、「思い出してほしいんだけど、わたしは指揮官と面識がなかったし、全員が同じヘルメットをかぶってやがった。しかもあの混乱ぶり。死んだのが誰かも知らなかった」

レンジャー隊員たちが山頂に集中砲火を浴びせ、耳をつんざく銃声が響くなか、ゲイブは指揮官のセルフと手早く情報を共有した。ジョン・チャップマンが死んだため、斜面の上では、アルカイーダがバンカー・ワンを再占領していた。またぞろ異教徒の一団が山に降下してきたが、この掩蔽壕を押さえておけば、高所からの撃ち下ろしという新たなチャンスが生まれる。自陣営の死傷者はどんどん増えているものの、〝三機目〟のヘリコプターを屠れる僥倖は、間違いなく、偉大なるアッラーがお与えくださったものだ。今回の獲物は前の二回よりも大規模な部隊だが、アルカイーダ側は数でも火力でも上回り、有利な陣地まで確保していた。

ゲイブ・ブラウンは逃げ込める場所もないまま、自分の位置を確認し、周りの地形を把握し、こちらへ向かっているはずの航空資産を制御しなければならなかった。敵の優位を覆すべく、独りぼっちの戦いが始まる。今も頭上からは複数のＡＣ‐１３０の飛行音が聞こえてきており、ゲイブはまずガンシップの共通周波数にダイヤルを合わせた。「マイク・ブッシュとジョー・ヒックス［ＣＣＴ］に連絡がついた。ふたりは別々のガンシップに搭乗してたが、ふたりとも『すまん、お呼びがかかった』と言って、山を離れてった」。当時、ガンシップには援護の要請が引きも切らず、彼らの側に非はなかった。[27]

今回の任務は一筋縄ではいきそうになかった。「だから、わたしは連携を模索しながら、何が起こってるのかを理解しようとした。とにかく、持ってる手札で事態を打開するしかなかった。手札がない場合は、状況にもよるが……」ひとつだけ確かだと思えたのは、見通しのいい場所では生存の可能性が低いという点。さっと辺りを見回し、今よりましな遮蔽物を探す。左側では、ヘリコプターの残骸から煙が立ちのぼっていた。さらにもう一発ＲＰＧが発射されたが、弾頭は跳ねながら機体後部のランプを横切り、山腹を転がり落ちていった。間違いなく〝あそこ〟は移動すべき場所ではない。前方へ目をやると、開けた斜面でレンジャー部隊の主力が交戦しており、あちこちに死体が横たわっていた。右側では、レンジャー隊員二名が必死に敵と撃ち合っている。ゲイブは現在地にとどまることを選択した。

次に行なうべき重要な連絡は、航空支援の要請であり、そのためには衛星通信を使う必要があった。ＳＡＴＣＯＭと接続すべく、黙々と衛星アンテナを立て、ＰＲＣ－１１７通信機とつなぎ、即刻、〝チャンプ20〟との回線を開く。〝チャンプ20〟は〝ＴＦ－11〟の火力支援部門のコールサインで、その仕事は、航空機を調達して戦闘管制員に振り向けること。ゲイブのコールサインである〝スリック01〟は、この瞬間、アフガニスタンでのアメリカの全軍事行動における最優先事項となった。タクルガル山にいるすべての米兵の命は、ゲイブのハンドセットに握られていたのだ。

すでにチャンプ20は、複数の航空機の目的地を変更させ、スリック01のもとへ向かわせていた。最初に到着したのは、Ｆ－15ストライクイーグルの編隊。しかし、戦闘機の姿を見せつけるだけでは充分ではない。ゲイブであれほかのＣＣＴであれ、流動的かつ無秩序な危機が推移している中で、空爆を要請する場合は、友軍に被害が及ばないことを、支援の航空機に納得させておく必要がある。ＳＥＡＬｓ部隊（マーコウ30の残存兵）が近くにいるとしても、それは山頂部ではないと判断するまでに、貴重な数分間が費やされてしまった。現在地の上方にある大岩と盆栽を攻撃しても、いちばん近い味方への脅威にはならないと確信したゲイブは、長ったらしい手順に取りかかり、現場まで戦闘機編隊を〝口頭誘導〟した。この時点では……。いずれにせよ、敵を抑止する効果があるなら、どんな攻撃でも弾投下を渋った。ゲイブとレンジャー隊員たちが攻撃目標に近すぎたため、パイロットたちは爆役に立つだろうし、もしかしたら、直接的に仲間の命が救われるかもしれない。ただし、「Ｆ－15編隊はこんな掃射をした経験がなかった。そもそもＦ－15の機銃は空中戦用だし、許容範囲を遥かに超える急角度で、二万フィートの高さから突っ込んでくる必要があったんだ。それでも彼らはやり遂げてみせた。パイロットたちはまさに、ゲームを昇華させた。昼も夜も一日じゅう、わたしは近接航空支援（ＣＡＳ）を要請しつづけたが、〝やめやめ［攻撃中止］〟を余儀なくされたのはたった二回。ほんと、驚くような体験だった」

27　アナコンダ作戦に参加したガンシップは、良い結果を出せなかったという点、もしくは、戦場上空にとどまらなかったという点で、しばしば批判の対象とされる。この批判に反駁する際は、Ｄ・Ｊ・ターナーとグリム32の乗員の例を持ち出すのが最善だろう。グリム32は夜が明けたあとも、戦場上空にとどまった。これはＡＣ－１３０の運用ルールにも、基地へ帰還せよという直接命令にも反する。しかし、Ｋ２空域へ向かって北上し、〝タスクフォース・ダガー〟の司令官、マルホランド大佐からのきつい〝お叱り〟が確定していても、乗組員たちの意見はひとつにまとまっていた。日の出のあとであろうと、燃料が許す限り戦域にとどまるのは正しい行ないだと。つまり、ゲイブとＱＲＦはたまたま、不幸なタイミングで戦場に到着してしまったわけだ。

カルヴァートはヘリの操縦室で、ウィンドウごしに下方の雪面を見つめていたが、突然、このまま地上へ降りるのはよろしくないと結論づけた。敵の攻撃を受けている側だったからだ。座席に引っかかった飛行服を外してから、機体後部へ分け入っていった。いちばん近くにいた衛生兵、レイザー01所属のコーリー・ラモローに、「撃たれた！」と大声で伝えた瞬間、ゲイブが目撃したRPGによって機首が破壊される。コーリーの返答はかき消されてしまったが、しばらくしてから、「そのヘルメットを脱げって言ってるんだ！」という声がはっきり聞きとれた。数人の兵士のそばで床に倒れ込み、命じられたとおりヘルメットを脱ぐと、コーリーによる手当てが始まり、出血を止めるための圧迫帯が巻きつけられた。

それに、わたしは腹を立ててた。「この手はやけにでかいし、すごい紫色だな、って思ったのを今でも憶えてる。カルヴァートは燃え尽きた曳光弾が掌から突き出ているのを見て、「理由はわからないが、わたしは弾を抜いて、袖のポケットにしまってた」。コーリーは彼の腕に点滴の針を刺し、ジェイソン・カニンガムPJは彼の指にオキシメーターをはめて、血中の酸素飽和度を測ろうとしたが、計器は作動しなかった。苛立つジェイソンが原因を調べると、銃撃でコードが切断されてしまっていた。PJは点滴袋に加圧管を取りつけて、点滴の速度を上げようとしたが、加圧管にも弾痕が開いている。カルヴァートの記憶によれば、スヴィタクに目が留まったとき、衛生兵たちはなぜ彼を治療しないのかと疑問に思い、コーリーとジェイソンの顔を見あげたという。「我々は相変わらず、ヘリの壁ごしに銃弾を浴びてたが、まだコーリーとジェイソンは立って動き回ってた。だから、わたしは言ってやったんだ。『いいかげん屈んでくれ。おまえらを失うわけにはいかないんだ』って」

最終的に、カルヴァートは機外へ運び出され、ほかの負傷者の横に並べられた。「コーリーとドン

［第三の操縦士］とジェイソンは、怪我人の手当てと敵への応射を交互に繰り返してた。あの時点で敵は、ヘリの六時方向から、大きな岩と盆栽みたいな木の後ろから攻撃してきた。わたしはＭ４を取り戻したかったが、もうすでに誰かの手に渡ったあとだった」

一方、ゲイブは複数の航空支援を取りつけていた。「わたしの手駒は、［Ｆ－］15と16と、その他諸々。ちょうどジェイとも連絡がついて、攻撃を手伝ってくれた」。二名の戦闘管制員は、一致協力して戦闘を構築しはじめた。ゲイブは高台の側面から上を見あげていたため、山頂部のアルカイーダの防御態勢を、具体的には敵兵の数や位置を把握できていなかったが、Ｊチームは北側から山頂部をはっきり見渡せた。ふたりは情報交換を繰り返し、遂行すべき難業は少しずつ詳細が固まっていった。

ゲイブは自信を得ると、タクルガル山への爆弾の〝口頭誘導〟を開始した。相変わらずバンカー・ワンはＱＲＦを撃ち下ろしていた。ひとりのレンジャー隊員のＳＡＷ機関銃が、鉛玉を食らって手の中で四散し、周りの隊員たちも破片を浴びせられる。

マーコウ30のＳＥＡＬｓ隊員たちについては、山頂部にいないのは確認できたものの、ゲイブは相変わらず行方を掴めずにいた。これから先、ほぼ間違いなく敵兵がわらわらと集まってくるはずで、その前に味方の居場所を特定しておくことは必須だ。最終的に、三二〇〇メートル南方のホータリングが、マーコウ30の残存兵が包囲されている現場を視認してくれた。〝チャンプ20〟もこの情報に注目し、ＳＥＡＬｓ部隊に接触するようホータリングに求めた。０７４５時、ホータリングは次のように報告した。「マーコウとの接触は不可。ジャガー［ホータリングのコールサイン］の現在地はマーコウの南方。約三〇秒後、ヘリ［の近く］に爆弾投下の予定。高台の上のヘリだ。戦闘機はスリック［ゲイブのコールサイン］の指示で活動中」。ホータリングと豪軍部隊は、監視所からマーコウ30の捜索を続け、ようやくＳＥＡＬｓ部隊を見つけて〝チャンプ〟に連絡した。「ジャガーより報告。マーコウは［ヘリの］不時着地点の南側にいる。尾根の西側面、谷を見あげる位置だ」

友軍の位置がすべて判明したため、三名の戦闘管制員——ゲイブとジェイとホータリング——は、すべての航空攻撃の統御と、レイザー01を中心とする激しい戦闘の上空制圧に取りかかった。戦闘管制員とチャンプ20と航空機のあいだの交信は、部外者からすると紛らわしく聞こえるかもしれない。航空交通管制官の場合と同じく、各組織は正確に情報を伝達するために、独自の略語や頭字語や語順を採用しているからだ。以下に紹介する交信記録は、公式の戦闘ログを出典としているが、記録から書き起こせたのはこの部分だけ。戦闘のさなか、無線交信は膨大な量にのぼり、専門家でも聞きとりは至難の業だった。

AFO［ブレイバー中佐］：豪軍の指揮官は、一六・八八グリッドに分隊を送り込む意向だ。マルザクの南側、渓谷の東方面を注意しておけ。連中がそこへ爆弾を投下する。

チャンプ：その空爆の管制を任せるために、南のマーコウ［31のアンディ・マーティン］を呼び出していたんだが、［Jチームが］現場を見通せる位置にいるらしい。［AFOが］爆撃機を［Jチームに］向かわせるはずだ。

ジェイ：ラジャー。豪軍に警告。誤爆の危険あり。距離外に退避を！

ホータリング：移動中の豪軍は、部隊内通信のチャンネル［周波数］に切り替えてるはずだ。

ＡＦＯ：今後、〝鯨〟に関する航空攻撃は［Ｊチームに］任せるぞ。

ジェイ：ラジャー。

チャンプからゲイブ：スリック01、上空を武装型のワイルドファイアが飛行中だ。山の麓に一三名のレンジャー隊員を送った。現在は斜面を登っている。もう連絡をとったか？[28]

ゲイブからチャンプ：まだだ。［我がチームは］死亡者四名、負傷者多数。スリック01は戦闘機との交信に戻る。［射撃指揮周波数とＳＡＴＣＯＭを使い分けるため、「わたしはアンテナ・ゲームに没頭した。（通信機は）ＰＲＣ－１１７ひとつだけだったから、ＳＡＴＣＯＭと見通し線通信のＵＨＦを切り替える必要があったんだ。切り替えるたび、うんともすんとも言わなくなるんで、わたしは相手から死んだと思われた」とゲイブは回顧する。］

ホータリングからチャンプとジェイ：スリック01が誘導してたＦ－15編隊は、弾切れを起こしてる。今、空域にいるのはＦ－16の二編隊だ。スリックはＡＣ［航空機］との通信状況は良好か？

28　この一三名は、二機目のＭＨ－47で輸送されてきたレンジャー隊員とＱＲＦの第二陣だ。状況が安定化もしくは明確化するまでガルデーズに回され、ようやくタクルガル山の麓に着陸して一三名のレンジャー隊員を吐き出した。ＭＨ－47にはＳＥＡＬｓ隊員のヴィックも同乗していた。ブレイバーにも誰にも断わりなく、マーコウ30と合流するため、秘密施設を出てヘリに潜り込んだのだ。この一件は、戦闘がだらだらと続くなか、広範囲に影響を及ぼすこととなる。

ゲイブ：良好だ。Ｆ－15編隊はいい仕事をしてくれる。機銃掃射だけで。

監視所のジェイ・ヒルは、〝鯨〟の上に爆弾を落としながら、危機にさらされた友軍を見守っていた。盆栽のところにアルカイーダ兵を視認し、ゲイブに伝える。「おい、奴らはまだ生きてるぞ。木の後ろで動いてるのが見える。見えるんだ。ひとり、ふたり」

ゲイブは応答した。「あそこにいるのか。有利な場所をとられちまったな。敵はあそこで寝っ転がって、俺らが斜面を登ろうとしたら、ひとりを選んで好きに料理できる」

ここでワイルドファイアの登場と相成る。上記の交信記録に出てきたＣＩＡの無人機だ。ゲイブは次のように回顧する。「ワイルドファイアが現れて、『バンカー・ワンへの』一撃を提案してきた」。目標は最も近いレンジャー隊員と五〇メートルしか離れておらず、ゲイブはチーム指揮官のセルフを説得にかかった。盆栽は戦場の目立つ基準点として広く知られている。ワイルドファイアの遠隔操縦員は戦闘機のパイロットと違って、しばらくのあいだ無人機を当該地域にとどまらせ、周回しながら戦闘を観察しているため、認識不足から誤爆を引き起こす可能性は低いと。「セルフ『レンジャー隊の指揮官』はこの空爆に乗り気じゃなく、提案を断われって意見だったが、ワイルドファイアもうまくやれるって主張を崩さなかった」。張り詰めた時間の中で、若き戦闘管制員は素速く思考と計算を巡らせた。彼にとって初めての銃撃戦は、生きるか死ぬかの空爆をも伴っていた。「結局、操縦員には『あの忌々しい木を吹っ飛ばしてくれ』って言ったんだけど、心の中は『なんてこった、頼むからうまくいってくれ』だった。あの当時、うちのチームは〝限界着弾〟のずーっっっっと内側にいたから、攻撃許可には自分のイニシャルを添える必要があった。「承認する、ゴルフ・ブラボー」って言ったあと、僕は指で十字を作って神に祈った。結果として、攻撃は掩蔽壕のど真ん中に命中した。それを合図に、うちのチームは斜面を登りはじめたんだ」

ジェイソン・カニンガムはレイザー01の機体の後方で、増えつづける患者を順に見回っていた。カルヴァートは次のように回顧する。「ジェイソンはわたしの首に点滴をつなげようとしたが、うまく針が刺さらなかった」。ほかの負傷兵を手当てしていたコーリーが、「それはあとで何とかしよう」と声をかけてくる。

カルヴァートは蓄積された体のダメージを感じはじめた。手の傷と激しい痛みに加え、RPGの何発目かが爆発したとき、いくつか破片が肉に食い込んでいたのだ。雪の上で担架に固定された彼は、顔の前に置かれたボディアーマーのせいで敵が見えず、今日がどんな終わりを迎えるか見当もつかない有様だった。「相変わらず、敵の弾が土と雪を跳ねあげてた」。カルヴァートは何度か気を失った。容態を確かめようとコーリーが屈み込んできたとき、「わたしはコーリーに頼んだ。もしも生きて帰れなかったら、家族に話してやってほしい。あの日、彼の奮闘ぶりは素晴らしかった。彼は家族を心の底から愛していたと」

「馬鹿も休み休み言え。すぐに俺らはこの山とおさらばする。あんたが気づかないぐらい迅速にな」と答えるコーリーは、患者の意識がしっかりしていることを喜んでいた。時刻は１０３０時。カルヴァートはこう回想する。「頭上にプレデターが見えて、音も聞こえてきた。姿はどこにもないが、ジェット戦闘機の音もした。近くで闘ってる航空戦力の存在が耳と肌から伝わって、不思議な安堵感に包まれたんだ」

この時点のゲイブは航空支援に没頭していたが、多忙な状況は両刃の剣だった。指揮命令系統の上流に情報を流しつづけ、アンテナの切り替え回数を減らすためには、ジェイ・ヒルとホータリングに中継役を頼むしかなかった。重傷の怪我人は山から下ろさねばならず、この件でもゲイブはジェイに掛け合った。あんたなら救急ヘリ《メディヴァック》を安全に誘導できるはずだと。使用する機体はMH－60が最適と思われた。重々しいMH－47と比べた場合、接近時と脱出時のスピードが段違いに速いからだ。

ジェイからブレイバー：スリック01は高台を制圧したが、二〇〇メートル東方で効果薄の迫撃砲攻撃［を受けている］。彼の感触では、今ならメディヴァックを呼び寄せても安全だ。

ブレイバー：彼に伝達を。ATFが迫撃砲で攻撃中［味方の攻撃という意味］。

ジェイ：ラジャー。スリックはQRF［二機目のヘリで来た一三名のレンジャー隊員］と接触済み。八〇〇メートル東の人影は敵と思われる。メディヴァックが調達でき次第、当該地点に［攻撃機を］差し向ける予定。スリックの感触では、HLZの安全の確保と、到着時刻込みのメディヴァックの出動要請が可能。

AFO（戦場のブレイバーを支援する要員）からチャンプ：［AFOが］通信内容を繰り返す。高台を制圧。東方で効果薄の迫撃砲攻撃。メディヴァック呼び寄せは安全との［スリックの］感触。チョーク2［レンジャー部隊の第二陣］との接触開始。

ジェイ：［Ｊチームより］伝達。スリックはメディヴァックの着陸地として、不時着現場わきの高台の上を要望。［ヘリの］方位指示はスリックが行なう。

すべての〝お偉方〟が駐在するバグラム空軍基地とオマーンのマシーラ空軍基地では、相変わらず現場の状況がきちんと把握されておらず、むしろ、根本からの誤った理解はさらに悪化していた。ふたつの空軍基地には、それぞれＴＦ‐11のＪＯＣ（統合作戦センター）があり、ずらりと並ぶコンピューター・モニターには、プレデターからの映像がどんどん流れ込んでくる。上層部はこの情報に依存しすぎたため、戦況を見誤ったわけだ。トレボン准将とその参謀たちは、撤退用にもう一機のヘリコプターと乗員を送り込む、という試みに前向きではなかった。この構図――ゲイブとセルフがメディヴァックの出動を求め、ＴＦ‐11が要請を拒否する、あるいは回答を引き延ばす――は、作戦の最後まで続いた。

だらだらと時間が経つなか、ゲイブは敵への猛攻を継続し、情報の伝達はジェイに託した。渓谷南部のアルカイーダ陣地を空爆するホータリングとは、時折、航空戦力を受けわたしたり受けとったりした。

カルヴァートは生まれて初めて、近接航空支援を文字どおり身をもって経験した。ヘリコプターのパイロットという仕事柄、地上で兵士とともに過ごしたことはなかった。しかし、初体験という点では、高台の周りにいる全員が似たようなものだった。ゲイブの空爆は〝限界着弾〟攻撃であり、ＣＣＴ本人を含め、山にいるすべての男たちからすると、今まで目撃してきた空爆とは一線を画していた。こんな状況を想像してみてほしい。平均的な成人がある地点に立ってフリスビーを投げる。フリスビーが届いた距離は、五〇〇ポンド級爆弾が炸裂したとき、誰もが望む退避距離とは程遠い。もうひとつ想像を追加しよう。恐ろしい爆弾を投下するのは、操縦桿一本で時速五〇〇マイルのジェット戦闘機を飛ばす弱冠二八歳のパイロットだ。これらの要素を考え合わせれば、爆心地から遠くない山頂部にいることは、好ましくないという結論に達するだろう。パイロットと戦闘管制員に対して至上の信頼を持っていない限りは……。

「我々は『衝撃まで三〇秒』っていう［ゲイブの］叫び声を聞いた。最初はどういう意味かわからなくて、爆弾が命中したときにようやく理解できた。世界が丸ごと揺れてるみたいだった。バグラムの地震に似てたが［この前日、首都カブールはマグニチュード七・四の地震に見舞われ、全国で一五〇人の死者を出した］、あれよりもっと暴力的だ。あの瞬間は、甲高い音とともに空から落ちてくる爆弾が、見えたような気がした。腕のいいパイロットなのを願うしかない、ってチャックに言ったのを今でも憶えてる。視界を横切ってく爆弾は、至近距離に着弾するように思えたんだ」

有能なCCTがどれほど精密に空爆を遂行できるかを、カルヴァートはこのときまで知らなかった。「憶えてるのは、自分が大岩と盆栽を見つめてたこと。爆弾が命中すると、人間の体が舞いあがり、土くれと破片があたりに降り注いだ。わたしは快感を覚えた。爆発音が鎮まったあと、岩場の向こうからは悲鳴が聞こえてきた」。しかし、カルヴァートたちは危険から解放されたわけではなかった。高台の上の掩蔽壕は、複数の方向から猛攻を受けている。現在、戦場全体では敵に包囲された場所がいくつもあり、ここはその〝一カ所〟に過ぎない。一三名のレンジャー隊員が加わっても、負傷者の数は積みあがるばかりで、敵に打ち負かされる可能性は依然として高いままだった。

カルヴァートたちは負傷者集積地に並んで寝かされており、その周囲では至るところに敵弾が穴を穿っていた。怪我人を移す安全な場所などどこにもない。「こっちへ発砲してくる敵の姿が実際に視認できた。コーリーとジェイソンはまだ膝立ちで手当てをしてくれてたから、わたしは『伏せるか逃げるかしろ』って叫んだんだ」。敵の攻撃に身をさらしつづけてきた経験豊かな救命員二名は、カルヴァートの叫びを無視したものの……警告から一瞬ののち、アルカイーダ兵の一連射でふたり同時に薙ぎ倒された。「目の前でふたりが崩れ落ちた。とっちも動かなくなって、てっきり死んだんだと思った」。ようやくコーリーがもぞもぞと動き、自分の容態をチェックしはじめる。彼は腹部に二発食らっていた。「巨大なハンマーで力一杯殴られたような衝撃だった」と二児の父は後日証言した。意識を取り戻したときのコーリーは、父親がこんなところで命を落とすのは、子供たちにとって理不尽きわまりない話だと感じたという。重傷を負ったジェイソンは、ぴくりとも動かなかった。コーリーは外傷治療の専門家である同僚を診察し、内出血がひどいと判断を下した。じっさい、銃弾によってジェイソンの骨盤は粉砕されていた。現在、時刻は1130時。

空爆は一日じゅう続いていた。ゲイブは山の高みの新しい持ち場で、死んだチェチェン人という同伴者と巡り会った。「褐色の肌をした小柄な男は、ラスタ帽をかぶって武器を握りしめ、膝まで雪に埋まって、僕の隣で屈み込んでた。帽子をちょっとずらしてみたら、なんとまあ、レンジャー隊員にみごと眉間を撃ち抜かれてたんだ。そういうわけで、僕は彼といっしょに一日を過ごした。あそこからの見通しは今までで最高だったよ」

1217時：ゲイブからチャンプ：現在、スカーフェイス11［二機編隊のF－16］と協働中だが、JDAMの投下は不可。スカーフェイスは給油の必要あり。

チャンプ：チャンプはボスマン［上空を旋回するAWACS］に掛け合い、CASを増派する予定。

1310時：チャンプからゲイブ：ＣＡＳ［攻撃用航空機］との通信はつながってるか？

ゲイブ：ラジャー。現在、ストーン31と交信中。

チャンプ：そのあとはスネーク41［空母から発信したF－14編隊］の受け入れを準備せよ。

1330時：チャンプからジャガー12：［Jチームは］B－1との爆弾投下を完了。［現在は］東の尾根を監視中。ジャガーは引き続き南部の制圧を。

ホータリング：ジャガー12はすべてを了解。この周波数で待機する。

1420時：ゲイブからチャンプ：スリック01から伝達。撤収は総勢三三名。HLZにいる任務前の死亡者二名［ロバーツとチャップマン］は、ブービートラップの可能性あり。負傷者は計六名。うち五名が担架使用。要緊急手術三名。優先患者二名。通常患者一名。LZで発見された二名を含め、戦死者は六名。

チャンプ：チャンプは情報を病院と医師に伝達し、受入準備を整えさせる。治療態勢の心配はないと、兵士諸君に報せてほしい。情報は［撤退救援の］指揮官にも伝達する。連中はまだ出動の許可を得ていない。

ゲイブ：［我々の］後方の敵を牽制するため、スリックはＣＡＳの供給継続を希望する。

１４４０時：ホータリングからチャンプ：ジャガーからは敵の散開を確認できない。引き続き南部から西方の標的を攻撃する［予定］。

チャンプ：Ｈアワー［ゲイブとレンジャー隊員と死傷者を退避させる時刻］には、ボスマンからＣＡＳを調達し、スリックと分け合え。アパッチが北と西から進入する前に、目標エリアの安全確保を支援する［ためだ］。予定進路上の稜線と谷を制圧せよ。

ホータリング：ジャガー12はすべてを了解。

１４５６時：チャンプからゲイブ：これから二機編隊の戦闘機をそちらへ回す。現在は［Ｊチームと］協働中。迫撃砲の攻撃を受けているとのこと。

ゲイブ：ラジャー。

１６０７時：ホータリングからチャンプ：ジャガーはＣ２［指揮統制］のテントとトラック置き場を処理する。スリックは味方兵士と奔走中。敵との直接交戦の有無は不明だが、上空のＣＡＳとの連携に忙殺されている模様。目標の一・五キロ圏内に、友軍が存在するか確認を願う。

チャンプ：ラジャー。

1758時：ジェイからチャンプ：［Jチームは］うるさい迫撃砲を排除するため、WB一七七九一四付近の四〇〇×一〇〇〇メートル区画に絨毯爆撃を希望する。

チャンプ：チャンプは当該区画に友軍がいないことを確認。

だらだらと時間が経つなか、ゲイブはTF-11の説得を続けた。メディヴァックを派遣し、重傷者を回収してほしいと。1800時までにセルフ大尉はチャンプと連絡をとり、「KA16R［セルフのコールサイン］」はチャンプ経由で撤収時刻の前倒しを要請する。認められない場合、重傷者二名は確実に死亡するだろう」。チャンプの返答は、〝現在手続きを進めている〟で一貫していた。

不幸にも、〝黄金の時間《ゴールデン・アワー》〟はとうに過ぎ去っていた。負傷者はゴールデン・アワーに、すなわち六〇分以内に治療を受けられれば、生存率が二倍超に跳ねあがるのだ。レンジャー所属の衛生兵であるマット・ラフレンツは、コーリーが使い物にならなくなって以降、ジェイソンにできる限りの治療を施してきた。ひどいショック状態に陥り、あたりを包む冷たい闇に震えながら、カルヴァートはこの様子を目撃しており、のちにこう回顧した。「ジェイソンが治療を受けてる光景と、そのあとで死亡を宣告される光景は、ありありと脳裡に浮かんでくる。セルフ大尉にまたひとり仲間を失ったと報告するマットは、声に怒りを漂わせてた。ジェイソンと彼の家族のために祈ったのことは、今でも忘れられない」

1814時、セルフは無線でチャンプを呼び出し、レイザー01の機密品目（通信機器）の完全な廃棄を確認済みと報告した。これは、ＱＲＦと負傷者を回収する際、機密保持に気を遣う必要がなくなったという意味だ。セルフは通信を素っ気ない科白で締めくくった。「戦死者数は七名に」。ジェイソン・カニンガム――他人を救命治療するため、あらゆる修練に傾注してきた若者――は、タクルガル山における最後の死者となった。

ようやく撤収用のヘリコプターが到着しはじめた。一機目の着陸は２０１６時。カニンガムが息絶えた二時間後だ。第一六〇特殊作戦航空連隊のＭＨ‐47は、負傷者たちを乗せて飛び去った。彼らの長旅は、ドイツ経由で本国まで続くこととなる[29]。

二機目にして最終便でもある撤収ヘリは、２０２７時に到着した。ゲイブはＣＡＳの管理権限をデイヴ・スミスに移譲した。デイヴは〝２４〟のＣＣＴで、二機目に乗り合わせていた。「僕はツー・フォーの特殊部隊員と握手を交わして、『この地点で敵から攻撃を受けてる』ってブリーフィングした。予備のバッテリーはないかって聞かれたから、僕は笑って『ない』って答えた。」

二機目のＭＨ‐47は遺体も輸送していった。チャップマンとロバーツを含め、戦死者は高台の上まで運ばれて後送を待っていた。ベテランＰＪのキーリー・ミラーは次のように回顧する。「ブービートラップを仕掛けられてる懸念があって、レンジャー隊員たちは最初、ロープで亡骸を引っ張ったんだ」。山腹に散らばる遺体の中から、〝２４〟のグリーン隊時代の同僚を見つけるには、ある程度の時間がかかった。「敵に突撃していったアメリカ人はひとりだけだと聞いてたのに、じっさい山頂部に辿り着いてみると、ジョンだけじゃなく、敵どももロバーツの［アメリカ人っぽい］服を着てやが

29　コーリー・ラモローは生きて子供たちと再会した。グレッグ・カルヴァートは手を失わずに済み、驚くなかれ、制限なしの航空士資格を再取得し、パイロットとしての仕事を継続した。

ったんだ」。QRFのレンジャー隊員とゲイブは、戦死者とともにタクルガル山を去った。ゲイブは疲れ切った体で乗降用ランプを上がっていった。感情が涸れかけている一方、いまだ昂ぶりは収まる気配がなかった。彼は当時のことを鮮明に憶えている。「ヘリに乗り込むときは、木材みたいに積みあげられた遺体を、またぎ越さなくちゃいけなかった。不気味な感じがして、特有のにおいがして、ヘリの燃料のにおいと混じり合ってた。僕は後部からいちばん遠いところに座った」。ゲイブの脳みそはまだ働いていた。「次に向けての心構えはできてた。『着陸したら、これと同じことをまた一から始めるだけだ』ってね。航空機が撃ち落とされたときのために、装備を揃えて出動に備える。心の中じゃ、『まだやるのかよ?』が日常の戦闘管制員学校に戻ったような感じがしてた」

一〇時間の時差があるノースカロライナ州フェイエットヴィル、三月の朝は温暖で陽射しにあふれていた。アメリカ東海岸ではすでに芝生が芽吹き、緑色が冬の茶色を押しのけはじめている。ヴァレリー・チャップマンは五歳の長女マディソンを幼稚園に送り届け、次女ブリアナを保育所に預けたところだった。訪問看護師の事務所に到着すると、自分のデスクから〝24〟に電話をかけ、人事部門の担当者に回してもらう。挨拶を交わし、ジョンの新しい郵送先住所を尋ねた。送りたい荷物があるからだ。住所を教えてもらったあと、緑色のファミリー用ミニバンに乗り込み、一軒目の顧客のもとへ向かった。

昼前に訪れたのは、短期契約の外傷患者の家。寝たきりの人などに比べれば、ほとんど手のかからない案件と言える。この顧客は上司の父親で、ヴァレリーが担当に選ばれたのは、上司に丁寧な仕事ぶりが評価されていたからだ。長椅子に座って患者の傷を確認すると、深刻な状況ではない。テレビのチャンネルは〈フォックス・ニュース〉に合わされており、ヴァレリーと患者は、画面下にずっと流れている〝緊急速報〟のバナーに目を留めた。『本日、アフガン戦争勃発以降の最も激しい戦闘で、六、七名の特殊部隊兵士が死亡』

退役軍人である患者とヴァレリーは、バナーの内容を読んだが、ニュースキャスターから詳しい続報は語られなかった。『なんてこと、陸軍の家族のみなさんはお気の毒に』と彼女は思い、悲しい事件ですねと患者と言い合った。仕事がすべて終わったので、ヴァレリーはルートを逆に辿り、娘たちを回収し、夕食を作るために自宅へ向かった。

第二三章　三月四日　夕刻

ジェフ・ジョージ戦闘管制員は、バグラム基地のタスクフォース・ブルーJOC（統合作戦センター）に帰還したところだった。ジェフはSEALs部隊とともに拠点封鎖作戦を実施し、その後は、数百マイル南方のカンダハルで進行している別作戦を支援すべく、QRFとして待機に入った。しかし、どの作戦もたいした成果はあげられず、次の任務を求めて基地に戻ってきたのだ。

三月四日、SEALsの作戦センターに足を踏み入れたジェフは、何か大事件が起こっていることに気づいた。SEALs第六チーム司令官のカーナン大佐は、JOCの外に出ていき、〈イリジウム〉の衛星電話でヴィックと話を始めた。この時点で、ヴィックはタクルガル山の麓近くの斜面におり、スラブを含むマーコウ30の残存兵と合流していた。「大佐の表情と態度から、ストレスを溜めてるのが看て取れた。配下の部隊を確実に失いそうな状況で、正しい判断を下そうとしてるみたいだった。完全に余裕がなくなってたね」とジェフは回想する。

JOCの内部は、張り詰めた混沌と化していた。表面上、責任者はトレボン准将だが、タスクフォース・ブルーの戦術作戦センター（TOC）は、SEALs第六チームの独擅場だ。将軍の存在によって、TF-11は司令部としての格を高めたものの、ショーを取り仕切っているのはSEALsだった。

ジェフとチームメイトたちは、タクルガル山へ派遣されたQRFを救出すべく、QRFとして派遣される可能性を通告された。「我々は出動の命令が下るのを、もしくは、事態が現場だけで沈静化するのを待った。時間が経つにつれて情報が漏れてきはじめ、その後は、負傷者と戦死者が出たって噂が聞こえてきたが、我々に出番は回ってこなかった」

日が暮れて夜になるまで、ジェフはタスクフォース・ブルーのTOCをぶらつき、出たり入ったりを繰り返した。「我々はその間、ヘリで連中が戻ってくるのを待ってた」。ようやく、一機目のヘリが到着するとの報せが届いた。負傷者の積み替えを手伝っていると、ゲイブや戦死者を乗せた二機目が着陸する。遺体は第二四および第二三特殊戦術飛行隊のPJの手で集められ、バグラム基地からドイツ、ドイツからデラウェア州ドーヴァー空軍基地へと移送される予定だ。米軍の戦死者はみな、ドーヴァー基地に受け入れられ、さまざまな処置を施されたあと、家族に引き渡されることとなっている。

二七歳のジェフ・ジョージ戦闘管制員に、海外派遣部隊時代から親交のあるSEALs隊員のロスが近づいていき、単刀直入に話を切り出した。「残念だ。戦死者の中にチャッピーがいる」

「わたしは訃報を聞かされた最初の空軍軍人だった」とジェフは回想する。ジョン・チャップマンは〝24〟の同僚であり友人でもあったのだ。ほどなく、レンジャー隊員たちが〝24〟の関係者を探しはじめ、近くにいた唯一のCCTであるジェフが話を聞いた。「これは誰に渡せばいい？」と尋ねるレンジャー隊員は、緑色の飛行士用ナップザックを手にしていた。軍隊内でよく見かける二フィート四方のカンバスの布袋。中身はチャップマンの軍服以外の全装備で、遺体から医官によってはぎ取られたものだ。ジェフはナップザックを受けとり、〝24〟のかまぼこ形兵舎へ向かった。チャップマンの簡易ベッドと私物は、出撃した四八時間前とそっくりそのままだった。ほとんどの特殊部隊員と違って、彼の生活空間はきちんと整頓されている。簡易寝台、いくつか並ぶ急ごしらえの低い棚、ナイトスタンド兼デスク代わりの小さな折りたたみテーブル……。テーブルの上には、マディソンとブリアナの写真が何枚か飾られていた。

ジェフはナップザックを覗き込み、友人の人生の最期に関わる物品を眺めた。敵弾を何発も受けておシャカになった銃。ずたずたのローデシアン・ベストは血糊に覆われており、苦闘の様子がありありと目に浮かぶ。ベストに差し込まれた満タンの弾倉は、使い物にならなくなっている。弾倉を貫通したAKの弾は、チャップマンに傷を負わせたか命を奪った。ジェフは友人の私物の脇にナップザックを置いた。もう何もできることはなく、泥と血にまみれたジョン・チャップマンの遺留物とお別れする。父親の形見を守るかのように、娘たちの写真が歩哨に立っていた。

ノースカロライナ州の自宅では、ヴァレリーとジョンの小さな歩哨たちが、三月五日の夜を迎えようとしていた。家の外で郵便受けを開けているとき、ヴァレリーは隣人たちと顔を合わせた。ラヴァーンとロジャーは「典型的な年配の夫婦で、すごく仲良くさせてもらってた。ラヴァーンに『今日のあなたはいつもと違うオーラが出てるわよ』って言われて、わたしは〝どういう意味かわからないけど、まあいいか〟って思った。でも、自分じゃ〝違う〟って感覚はぜんぜんなかった」。超のつく現実主義者で迷信をまったく信じない彼女は、いとまごいをして夜の支度に取りかかった。ほぼ非の打ち所がない家族は、普通の夕食をとり、九時には娘たちを寝床へ入らせた。とそのとき、玄関の呼び鈴が鳴った。娘たちは非日常の出来事と、少し夜更かしできる可能性に興奮し、玄関のドアに駆け寄って「だあれ？」と大声で訊いた。

「パパのお友達よ」と母親が答え、別の部屋から姿を現す。しかし、玄関の脇窓ごしに青い軍服が見えると、ヴァレリーはこの後の展開を悟り、「ベッドに戻りなさい、ふたりとも」と言いつけた。娘たちが金色と茶色の巻き毛をたなびかせ、膝丈のナイトガウン姿で走り去る。

ヴァレリーは扉の前で姿勢を正し、ノブを回し、子供に聞かれないよう外へ踏み出した。玄関ポーチの踏み段に立っていたのは、〝24〟指揮官のケン・ロドリゲス中佐と、ケニー・ロングフリッツ先任曹長（〝24〟における役割は、所属隊員およびその家族に福利厚生と各種支援を提供すること）と、空軍付き牧師だ。

「お願いだから、彼が重傷を負っただけだって言って」と彼女は哀願した。しかし、ロドリゲス中佐がかぶりを振り、中で話せませんかと提案してくる。ヴァレリーは三人組をポーチで待たせ、娘たちを預かってほしいと隣人に電話した。玄関先に立つ三人組は落ち着かない表情をしていた。気の重い任務が長引きそうだったからだ。

子供たちが隣家に連れていかれると、三人組は家の中へ招き入れられ、それぞれ腰を下ろした。ロドリゲスは前置きなしに、すべての軍人の妻が恐れる科白を話しはじめた。「ヴァレリー、残念だが、ジョンは戦闘中に死亡した」。これは空軍の規定どおりの弔辞ではなかった。本来なら、簡素な言葉ではっきり伝えるべきなのだが、ロドリゲスはここへ来る途中で考えを改め、違う話の進め方を採用することにしたのだった。「あの訃報は、三人の女性の人生を不可逆的に変えようとしていた。そして、訃報から変化の過程が始まってしまっても、わたしはヴァルと子供たちのために、できる限りの手助けをしようと思った。できることがあるとしてだが……。官僚の作文を読みあげるのだけは、絶対にしたくなかった」

長椅子に座るヴァレリーは、ロドリゲス中佐のほうへ身を乗り出し、相手の目を見据えて尋ねた。「何が起こったの？　教えてちょうだい」。彼女にはもうわかっていた。中佐が率直に真実を述べ、愛する人の命が――永遠に――失われたと報されることを。

信心深くて感情的なロドリゲスは言った。「知っていることは、機密情報を含めてすべて話そう。これまでにわかっているのは、ジョンの極めて献身的な行動のおかげで、チームメイトたちの命が救われたらしいということだ」。中佐は話を続け、この時点で判明している情報を開示していった。もちろん、事件の全貌は――まだ――明らかになっていなかった。

ヴァレリーは夫も娘もいない自宅で、三人組の〝死の伝令〟と向かい合い、情報を取り込みながらいくつか質問を発した。彼らは四人目の〝24〟の到着を待っていた。ジョンのCCT仲間であり友人でもあるアレックス・ジョーンズは、ヴァレリー担当の家族連絡係を務める予定だった。家族連絡係の仕事は、遺体の送還から、葬儀、追悼式典に至るまで、未亡人の要望に応えること。アレックスは今後数週間、ときどきシャワーや着替えで自宅へ戻るのを除くと、チャップマン家の母娘とほぼ行動をともにすることとなる。

ロドリゲス中佐とロングフリッツ先任曹長はいとまごいをしたが、最後に中佐は「いっしょに祈りを捧げても構わないかな？」と訊いた。温情に満ちた意思表示は、死亡通知の儀典から完全に外れている。しかし、あの瞬間はためらいなく、ロドリゲスは感じるままに行動したのだ。彼の本能は正しかったことが証明された。計り知れぬ喪失感に押し潰されそうな者と、訃報を届ける責務に押し潰されそうな者は、膝をついて祈りを捧げた。ほとんど親交のなかったヴァレリーとロドリゲスは、死によって結びつきができ、これを契機に、思いもよらない生涯の友情関係を築きあげることとなる。

旧ソ連の軍用飛行場だったバグラム基地では、ゲイブ・ブラウンが第二三特殊戦術飛行隊の駐留区画に到着していた。バグラムはいくつかの区画に分かれており、〝23〟は、〝24〟やタスクフォース・ブルーとは違う区画に配備されている。ゲイブはまず、思いついたとおり妻のグロリアに電話をかけた。「短い通話だった。悪い状況が続いて、重大な出来事も経験したけど、とりあえず無事でいるって」という彼の話は、表現がかなり控え目だった。配属先の指揮官であるパトリック・ピハナ中佐は、ウィスキーを一本どこからか調達し、ゲイブとキーリーと飲むために待ってくれていた。ゲイブは一杯だけ引っかけたあと、へとへとの体を寝台に横たえた。翌日、タクルガル山へ出動する前の週にジェイソン・カニンガムPJと交わした会話が思い出された。「退屈を持て余してた日に、彼と散歩をしたんだ。地雷原に石を投げて、うまく当たれば爆発させられるかもなんてジョークを飛ばしてた」。そのとき、PJが何気なく口にした。「うちの娘［四歳のカイラ］が夢を見たらしくて、『パパが、パパが撃たれて死んじゃうの』って言ってきたんだよ」。実際にカニンガムが大量出血で死にかけているとき、ゲイブは「彼が命を取り留めるってずっと信じてた。僕は救いようがないほどの楽天家でね」。このような経験——タクルガル山での任務、ジェイソンの死、カイラの夢の話——をしたことで、彼の心は「帰郷と家族との再会に傾いてた。僕は役割を与えられて、うまくやってみせた。もっとうまくできたかもしれないけど、適切な時期の適切な人材だった自負はある。僕はあの場にいられて嬉しかった。昔から憧れてきたし、これ［CCT］になった目的でもあるしね」

〝アナコンダ作戦〟はほとんどの側面から失敗と看做された。ズィヤ司令官のATF部隊が〝鎚〟、第一〇山岳師団と第一〇一空挺師団が〝鉄床〟になり、逃げてくるアルカイーダ兵を叩き潰す目論見は、空振りに終わった。しかし、AFOにとっては手応えのある勝利と言えた。最終的に、敵の戦死者の大多数をAFOが稼ぎ出したのだ。国防総省《ペンタゴン》は敵の総死者数を最大で八〇〇人と推計した。これはほぼ確実に水増しの数字だ。入手したさまざまな書類と、敵方の通信の傍受記録と、物的証拠から判断するに、死者数は一五〇ないし三〇〇の範囲に収まる可能性が高い。TF－11を指揮するトレボン准将の推計では、ブレイバー中佐のAFO部隊の一三名が、敵の戦死者の六〇パーセントに貢献していたが、この計算には重要な要素が抜け落ちている。死者数のかなりの部分が、たった五人に帰するという事実だ。五人に挙げられるのは、まずジェイ・ヒルとアンディ・マーティン。〝タクルガル山頂の戦い〟を含めると、ジム・ホータリング、ゲイブ・ブラウン、ジョン・チャップマンが追加される。

作戦の掉尾を飾る茶番劇では、タクルガル山で七人の男――SEALs隊員のニール・ロバーツ、CCTのジョン・チャップマン、PJのジェイソン・カニンガム、航空機乗組員のフィリップ・スヴィタク、レンジャー隊員のマーク・アンダーソンとブラッドリー・クローズとマシュー・コモンズ――の命が失われた。彼らが死亡した原因は、デルタフォースのピート・ブレイバー中佐とAFOではなく、SEALs第六チームの幹部陣、とりわけジョー・カーナン大佐とティム・シマンスキー中佐にある。このふたりは、兵士たちを拙速に戦場へ送り込み、作戦の主導権をブレイバーの手から奪い取ったのだから。しかし、ブレイバーの立場からすると、ヴィック（ガルデーズ駐在のSEALs士官）が事前調整なしに秘密施設を抜け出したことは、職務放棄に等しいだけではなく、この件がタクルガル山の戦場に及ぼした混乱は、ジェイソン・カニンガムの死という結果に直接結びついた。

もちろん、アルカイーダ側の損失も甚大だった。AQのナンバー2であるアルザワヒリが、シャヒコット渓谷にいたという強力な証拠が存在しており、最終的には逃亡してしまったものの、頭部に怪我を負ったとの噂も取り沙汰されている。ウズベキスタン・イスラム運動の指導者、タヒル・ユルダシェフも戦場から逃げ去った。部隊旗を掲げて闘うサイーフ＝ウル＝ラフマン・マンスールは、ほかのふたりほど幸運に恵まれず、最前線で勇敢に指揮を執り、戦死した。アルカイーダは山岳地帯に立て籠もり、有志連合軍に対する総力戦を試みたが、最後の大反抗は失敗に終わり、結果として〝国外脱出〟が引き起こされた。有志連合軍の勝利は割に合わないものだったかもしれない。脱出していった敵兵たちの多くは将来、アフガニスタンとイラクでの戦闘に戻ってくることとなる。

以下は敵方の言説である。

『我々は司令官のサイーフ＝ウル＝ラフマン・マンスールに、兄弟たちが渓谷を離れる許しを請うた。数ではかなわない敵や、圧倒的な武器を持つ敵からは退く、というのがムジャヒディンの戦い方だった。我々は水が底を尽き、わたしは口から出血していて、痛みでパンも食べられなかった。ウズベク人はすべて殉教者となり、アフガン人はすべて去っていった。

そんなとき、司令官が殉教したとの話を耳にして、わたしは声をあげて泣きはじめた。我々は彼の遺体をどうにか運び出そうとしたが、敵の空爆があまりも多く、至るところに敵兵が入り込んでいた。

ＰＫ機関銃とＲＰＧ－７の射手を除き、わたしは兄弟たち全員に撤退を提案した。アブ・タリブ・アッサウディは残留を主張し、「アメリカ人どもから退却するなど、アッラーの前で恥ずかしくてできん」と言った。激しい爆撃にさらされて、アッサウディはかなり正気を失っていたが、我々が撤退を始めると彼もあとをついてきた。

兄弟たちはみな散り散りになった。わたしは一〇人のアラブ人の兄弟と移動した。増員された有志連合軍の部隊があたりを封鎖し、制空権も抑えられていたため、我々は極めて苛酷な環境下で三日三晩、徒歩での旅を続けざるを得なかった。食べるものは何もなく、あるのは緑茶が一箱と、雪を溶かす鍋だけ。寒さと雪に苦しみながら、山の頂をいくつも越え、谷をいくつも抜け、長い旅の末、ようやくひとつの村に辿り着いた。村人たちは熱烈な歓迎をしてくれ、我々はそれまでの艱難辛苦をすべて忘れ去ることができた。すべての賞賛はアッラーのために』

サイーフ＝ウル＝ラフマン・マンスール司令官は、ジェイ・ヒルが差配するB－1の攻撃で爆死した。Jチームは光学機器で敵司令官を監視していた。クリスは次のように回顧する。「奴は短身（五フィート四インチないし八インチ）で、がっしりした体格で、長くも短くもない顎髭と、黒い髪の毛をしてて、降ろされた旗だか幟《のぼり》だかを運びながら、手と腕を使って信号を出してた。［ジェイは］ようやく回ってきたB－1に、JDAM六個セットの空中爆発を注文した。六発のうち、一発が直撃、一発がほぼ直撃した」。爆撃後の敵の動きを探るべく、Jチームは現場の監視を続けた。すると翌日、「白いターバン姿の敵兵七名が、破壊された戦闘陣地へ移動して、司令官の死体を廃墟から運び出そうとしたんだ」

AFO部隊は、誰にも想像できないほど鮮やかに任務を達成してみせた。ブレイバー中佐にとってこの成功は、自らの方法論の正しさと、部下の有能さと、部隊の使命の正当性を証明してくれるものだった。アンディ・マーティンとマーコウ31は、監視所をこっそりと廃棄し、友軍である第一〇山岳師団の前線をすり抜け、ちょうどチャップマンが命がけの戦いをしているとき、ガルデーズの秘密施設へ帰還を果たした。翌朝、目を覚ましたアンディたちは、チャップマンとロバーツの訃報に接することととなる。

その二日後、Ｊチームは任務を終わらせるべく、密かに山をあとにした。ジェイが最後の空爆を要請したわずか一時間後、チームは信頼篤いＡＴＶにまたがり、アルカイーダが駆除された山腹を下りはじめた。道中では例の洞穴施設に立ち寄って状況を確認した。ここは作戦初日の朝に空爆した施設であり、潜入時にも、施設から出てきたアルカイーダ部隊に、危うく待ち伏せ攻撃を受けるところだった。Ｊチームが発見したのは、旧ソ連製Ｄ‐30榴弾砲二門分の破片と、三七ミリ対空砲一門の残骸。周りの建物群に足を踏み入れると、屋内にはもれなく調理用の炉が設えられていた。洞穴の中の道沿いには、アクセントとして木が植えられたり、縁石が組まれたりしており、これらはアルカイーダの高位指導者の滞在を示唆した。建物内には、捨てられた寝袋や、アラビア文字が書かれたフルーツジュースの紙パックがあった。洞穴施設の外部は、堅固な戦闘陣地に囲まれ、施設から続くタイヤの跡は東へ……パキスタンの方角へ向かっていた。

味方の同士討ちに近い事例を、現場で何度か目撃してきたＪチームは、日没前に第一〇一空挺師団の前線を通過すべく、陽が高いうちに洞穴施設を出発した。念には念を入れ、ジェイはＰ‐３哨戒機の護衛を手配した。日没後にはなったが、無事に味方の前線を通り抜け、二機のＭＨ‐47との合流地点に辿り着いた。疲れ切ったメンバーたちはＡＴＶに乗ったまま、渓谷を横切って脱出用ＨＬＺに接近してくるヘリコプターを無言で見守った。ローターが回りつづけるなか、Ｊチームはヘリの機内に収容され、自分たちで蹂躙し尽くした渓谷の上空を運搬されていった。ＡＦＯが開戦当初に編成した三チームのうち、いちばん最後の帰還となる彼らは、ガルデーズへ向かうヘリコプターから、眼下の荒れ果てた大地を眺めた。Ｊチームのメンバーは全員、ブレイバー中佐から与えられた高等作戦（Ａ

FO）任務のリスクと難題に直面した。しかし、目の前の敵を殲滅する際、正確性と〝失敗が許されない〟重荷を背負わされたのは、ジェイ・ヒル――孤高の戦闘管制員――ただひとりだった。

戦闘管制員にとって〝アナコンダ作戦〟は、ラオスのジャングルで始まった約四八年間の進化が成熟期に入ったことを、実証する場となってくれた。上からの指令や事前の計画がない環境下で、面識のない相手が混じっていたにもかかわらず、個々の戦闘管制員たちは、自律的に組織化と指揮命令を行なうネットワークを築きあげ、アルカイーダとタリバンが戦場に投入した史上最強の戦力を、最も一体性と効率性の高い戦力を粉砕したのだ。〝アナコンダ作戦〟に従事したCCTは合計で一四名を数える。

〝アナコンダ作戦〟に限らず、CCTの役割についてジェイ・ヒルはこう述べている。「我々［戦闘管制員］は、戦場で最も技術に通じた種族だ。経験を引き出さしてくれる相手は、世界最高の連中が揃ってる。豪軍のSAS、英軍のSBS、デルタフォース、SEALs第六チームなどなど。ほかの誰も、誰も、我々と同じような機会と経験は与えられないんだ。我々と各特殊部隊との協働方式は独特で、彼らが相互にそういう協働をすることはない。たまに遂行される二部隊合同作戦を除けば……。ときどき、［作戦ブリーフィングの際に］我々が挙手をすると、SEALsやデルタの若手連中は、呆れたように目をぐるっと回してみせるんだ。『なんで空軍の奴が出しゃばってくる？』って。だが、古株連中はちゃんとわかってくれてる」

第三部　余波

第二四章　三月五日

コネティカット州ウィンザーロックスでは、ジョン・チャップマンの実母であるテリーが、チキンスープを作るために、自宅の台所で鶏から肉をそぎ落としていた。午後一〇時三〇分、彼女は玄関の扉がノックされる音を聞いた。この町でこんな深夜に、表玄関から人が訪ねてくることはついぞなかった。テリーは次のように回顧する。「知り合いはみんな裏口に回ってくるから……。居間に行って、玄関の灯りをつけて、ドアを開けた。わたしは『違う、ジョニーじゃない。ジョニーじゃないわ！』とつぶやくのが精一杯だった。彼らを招き入れて、夫のニコラスを大声で呼んだ。弔辞が読みあげられるあいだ、わたしは長椅子の上で、取り乱して泣くことしかできなかった」

一〇時四五分ごろ、ニコラスはジョンの姉であるロリに連絡した。爆睡から引き戻されたロリは、すぐさま何か悪いことが起きたのだと理解した。普通ならこんな時間に誰も電話をかけてこないからだ。受話器を取ると、テリーのむせび泣きが背後で響くなか、ニコラスがようやく「おまえの弟が」と言葉を発した。ロリは受話器をガチャンと戻し、娘のレイチェルを起こして車に乗せ、五分離れた母親の家へ向かった。車中ではずっと「お願いです。怪我で済ませてください！」と神に祈っていた。しかし、実家の前から黒い車が走り去るのを見たとき、彼女は真実を知ってしまった。裏口の踏み段を駆けあがると、そこには母親の姿があった。テリーは娘の胸の中へ倒れ込み、言葉に詰まりながら、止めどなく涙を流しながら、どうにか甲高い声を絞り出した。「ジョニーが死んだの！　わたしのジョニーが死んじゃったの！」

抱擁と涙のあと、テリーは続けた。「ケヴィンとタミーにも伝えないと。でも、わたしには無理。どうしても無理よ」。深夜なので、時差がマイナス二時間のケヴィンは後回しにし、ロリはまずバーモント州に住む妹のタミーと連絡をとった。妹が電話に出ると、姉は「デイヴィッドはそばにいる？」と質問をぶつけた。これだけで相手に意図は伝わった。タミーはすでにニュースを視聴済みだったが、その言葉の続きを待った。「今日、ジョンが命を落としたの」という姉の言葉を聞いて、妹は床の上に崩れ落ちた。胎児のように丸くなった姿を発見したのは、夫のデイヴィッドだった。

狼狽したまま、ロリは電話を切り、今度は兄のケヴィンを呼び出した。コロラド州の現地時間では午後九時三〇分。兄が電話に出たとき、可能な限り自分を落ち着かせようとしたものの、心のうちが口からほとばしった。「悪い報せがあるの。今日、ジョンが命を落としたの」。ロリはしばし間を置き、自分の言葉が理解されるのを待ったが、ケヴィンは床の上にへたり込み、しゃべれなくなってしまった。ケヴィンの妻コニーが代わって電話口に現れ、改めてジョンの件を聞いたあと、「もう切るわね。ケヴィンについていてあげないと」と言って受話器を置いた。

むき出しの痛みは津波となってミシガン州へ押し寄せ、無防備な実父のジーンとその妻テスを呑み込んだ。空軍の通告団は家を探すのに手間どってしまい、ようやく到着したときには、ジーンとテスはすでにジョンの死を知っていた。ジーンは二〇〇四年一月に逝去したが、テスはこの夜のことを今でも鮮明に記憶している。「わたしたちは待ってたのよ。うちの住所が見つからなかった原因はわからないけれど、彼らが着いたときはもう深夜だった。玄関までやって来た彼らは、わたしたちが知ってることに気づいてた。でも、型どおりの通告をしないわけにはいかなくて、ジーンはわたしの前に立って聞き入ってたわ……。わたしたちはすでに知っていたけれど、それでも夫は床に倒れ込んでしまいそうだった」

世界がぐるぐると回転しつづける一方、ノースカロライナ州フェイエットヴィルに集結したチャップマン家は、翌日からほぼ一週間以上のあいだ、スローモーションのような時間の動きを経験した。ポープ空軍基地の巨大な格納庫では、〝24〟の主催する追悼式典が執り行なわれた。洞穴を彷彿させる建造物の中は立ち席のみだが、赤いベレー帽と青い制服の海に満たされており、演壇にのぼったロドリゲス中佐は、〝死地〟に立ち向かったジョンとその勇気を讃えた。聴衆は中佐のスピーチにすっかり魅せられた。チャップマン一家はジョンの仲間の多くと対面し、どんな傾向の人々の中で働いていたのか理解を深めていった。同僚たちは何から何までジョンとそっくりだった。

仲間のうちの二名、デイヴィッド・ジェンドロン一等軍曹とスコット・トナー二等軍曹が護衛役に志願し、デラウェア州ドーヴァー空軍基地から、埋葬地であるペンシルベニア州ウィンドバーまで遺体に付き添った。ふたりはジョンの最期の任務において、両翼を務める栄誉に与《あずか》ったわけだ。

ヴァレリーはウィンドバーに戻り、実の両親の近くで娘ふたりを育てようと考えたため、祖国の英雄たちが眠るアーリントン国立墓地ではなく、故郷の町をジョンの埋葬場所に選んでいた。ポープ空軍基地での追悼式典のあと、参列者全員がペンシルベニア州の小さな町へ大移動してきた。ジョンの子供時代の友達は、多くが最後の〝さよなら〟を言うために、コネティカット州から七時間かけて車を走らせてきた。友人のうちの三名――ブライアン・トーパーとデイヴィッド・レイベルとマイケル・トース――は、一台の車に相乗りし、泣いて笑って、ジョンと過ごした時間を懐かしんだ。そして、ウィンドバーに着くころには、葬儀など「あっていいはずがない。ジョンが永遠に死んだままのはずがない」という結論に達していた。

人口四〇〇〇のウィンドバーは、ジョンの故郷の町よりも小さいが、ウィンザーロックスと同じく〝手を取り合って事に当たる〟気風があった。英雄が葬られるとの噂は瞬く間に広がり、ジョンの家族と友人を歓待すべく、町の人々は力を結集させた。文字どおり洪水のごとく押し寄せた会葬者は、好意的な町民と、街路をふちどる星条旗に出迎えられたのだった。

〈ウィリアム・キーシェル斎場〉では、開け放たれた棺のわきを、一〇〇〇人の参列者が通り過ぎていった。ジョンの隣にはジェンドロンとトナーが交替で立ち、微動だにしない厳粛な姿を見せつけている。斎場の控え室でも、葬儀後のホテルのバーでも、子供時代の友人たちと〝24〟の同胞たちとの初顔合わせが行なわれ、両者はチャッピーの想い出を肴に絆を結んだ。数え切れないほどのCCTと親族と友人がホテルのバーに集い、ジョンの物語を共有し、グラスを掲げ、アメリカの最も新しい英雄に乾杯し、バーの酒をすべて飲み干した。群衆のひとりだったブライアン・トーパーは、次のように追想する。「葬儀の前夜、俺らがホテルに入ると、そこには［〝24〟の］連中もいた。ジョンのもうひとつの同胞団、戦闘管制員と顔を合わせるのはあれが初めてだった。俺は圧倒された。なぜって、あの連中は……。彼らは選り抜きの軍人で、俺らにとっても良くしてくれた。彼らの何がすごいって、俺らにとっては友人であり、誰かにとっては兄や弟であり、もしかしたら普通の人かもしれないのに、仕事となったら超人的な能力を発揮するところだ。連中は血統からして違ってて、ジョンと同じ素養が看て取れた。ジョンは恐れ知らずで、機転が利いて……頭脳明晰で……自信満々。かといって傲慢じゃないし、向こう見ずでもなかった。ああ、もちろんリスクはとってたが、リスクをとるのと向こう見ずなのは別物だ。ジョンは失敗と無縁だった」。ジョンの〝24〟の同僚と会ったとき、デイヴィッド・レイベルは次のような感想を得た。「連中の話を聞く限り、チャッピーはまったく変わってなかった。子供のころみんなに愛されてた、俺らが知ってるとおりのチャッピーだった」

　翌朝、追悼ミサが行なわれる聖エリザベス・アン・シートン教会は、ふたたびの赤いベレー帽の海を含め、四〇〇人以上の参列者であふれかえった。ジョンの妹のタミーは、会衆の前で兄について語り、次のように締めくくった。「ジョンはいつだってわたしのヒーローでした。そして今、兄さんはアメリカのヒーローにもなったんだよ」。ケヴィンは弟といっしょにどんな子供時代を過ごしてきたか、弟をどれほど誇りに思っているか、弟を失ってどれだけ寂しいかを語り、教会内のティッシュは需要に追いつかなくなった。トーパーとレイベルは旧友に賛辞を送った。「ガキのころ、俺らはよく陸軍ごっこ（とか空軍ごっこ）をしてて、いつかグリーンベレー（とか戦闘管制員）になって、英雄になりたいって夢見てました。ジョンが〝24〟のメンバーになったのを知ったとき、俺らは彼を通じてもう一度、夢を甦らせることができたんです」。説教壇の上でトーパーは、昔日を回想した。「彼が何かの訓練でテキサスに出掛けるとき、こんな会話を交わしたのを今でも憶えてます。ジョンはCCTについて言葉を濁す傾向があって、『どんな訓練なんだ?』って訊いても、『軍事訓練さ』って答えるんです。だから俺はずっと楽しみにしてました。退役したあと、くつろぎながらビールを何本か飲み干せば、ジョンもいろんな話を披露してくれるだろうって」

　長い長い葬列は、聖母マリア・ビザンティン・カトリック教会墓地に続く道をうねうねと進んでいった。レイベルが回顧するとおり、軍人の「共同体意識の強さは、僕たちの心に永遠に焼き付けられた。いかにも退役軍人って老人が、前庭の星条旗の横に立って、安息の地へ向かうジョンに敬礼したんだよ」。墓地に至る沿道では、町民たちが家から出てきて旗を振り、英雄の葬列に敬意を示した。会葬者が見守るなか、空軍儀仗兵がゆっくりとジョンの棺を墓の脇まで運び、上空ではA-10サンダーボルト攻撃機の編隊が、轟音とともに殉職者への追悼飛行を披露する。ヴァレリーは左右をマディソンとブリアナに挟まれ、厳粛な顔で最前列に座っていた。ジョンの尊い犠牲を讃え、棺を覆っていた旗がきっちりと畳まれ、ロドリゲス中佐からヴァレリーに贈呈される。ジーンとテリーも自席ですすり泣きながら、中佐の謝辞に耳を傾け、それぞれ差し出された旗を受けとった。彼らは正式に〝クラブ〟の一員となった。入会希望者がひとりもいないこの〝クラブ〟は、誰も脱会することができない。

最後のお別れをするため、ジョンの棺の横を通り過ぎる親族と友人は、花を捧げる者もいれば、硬貨を供える者もいた。テリーは棺にキスをしてから歩み去った。ジーンは棺の上に手を置き、心の中でさよならを言った。CCTの同胞数人は、最後の別れを惜しみ、ぐずぐずとその場にとどまった。鍛えあげられた屈強な戦士たちは、互いに抱擁を交わし、ひとしきり泣いたあと、棺の縁に硬貨やベレー帽のピンを供え、体を支え合いながら墓地をあとにした。

ジョンが埋葬された場所は、ペンシルベニア州シャンクスヴィルから二〇マイルしか離れていない。シャンクスヴィルは〈ユナイテッド航空〉九三便――九月一一日に〝行方不明〟となった四機目の旅客機――が悲劇的な最期を迎えたところだ。9／11は、ジョンと仲間たちをアフガニスタンでの〝テロとの戦争〟に引き込み、ジョン個人にとっては終わりの始まりとなった。ジーンはウィンドバーを発つ前に、ヴァレリーの父親であるジムと、ジョンの墓について話し合った。ジョンを実の息子のように可愛がっていたジムは、聖母マリア墓地から少し丘を下ったところに住んでおり、ジョンの墓は自分が守るとジーンに約束した。現在でも、毎日彼は墓地まで散歩し、義理の息子の墓を世話している。ジョンの墓の位置がわからない場合は、いちばん緑が多くていちばん手入れの行き届いた墓を探すだけでいい。このような状況が生まれたのは、ジム・ノヴァクと、父親ふたりが交わした約束のおかげだ。

ジョンの旧友三人組、ブライアンとデイヴィッドとマイケルにとって、コネティカット州へ戻る帰路は、癒やしと創造の時間となってくれた。ウィンドバーへ向かう往路では、ジョンとの関係を葬儀で終わらせないことを決めており、帰りの車内は、具体的に何をするかをブレインストーミング方式で話し合う場となった。デイヴィッドは次のように回想する。ジョンの記憶を昨日のニュースみたいに色褪せさせない、という方針の下、「僕たちは山ほどのアイデアを議論の俎上にあげた。空港、道路、ハイウェイの一部を改名するとか、あらゆる案を検討したんだ。結局、ジョンの記念物を〝どこ〟に設置すべきかって話になって、その流れで、〝どんな〟記念物にするべきかって話に行き着いた。いちばん相応しいのは、ウィンザーロックス高校。みんながプレーしてたサッカー場の隣だ」。ブライアンがこう付け加える。「町として記念物をまつるのが、最も意義深いことだって僕たちは考えてたけど、実は別の考えも持ってた。チャッピーの墓はウィンザーロックスの町内にも近郊にもないから、町民が訪問して追想する場所が必要だって。これはジョンのお母さんのためでもあった」

最終的に彼らは、経験豊かな発起人たちが一年かけてもできないことを、全身全霊を傾けてわずか七カ月で達成してみせた。「僕が感銘を受けたのは、しがない――草の根の――素人集団でも、みんなの力を合わせれば、ここまでやり遂げられるって事実だ」とデイヴィッドは誇らしげに回顧し、ブライアンはあとを続けた。「たとえばジョンに対する強い思い入れみたいな、共通の絆を持った人々を集めれば、どんなことだって成就させられる。当時の俺は、自分の仕事よりこっちに力を注いでたっけ！」。デイヴィッドも「ああ、僕もさ。まだ就職したばかりだったのに！」と同意した。「仕事をしてない時間は、記念碑にかかりっきりだったな」というブライアンの言葉に、マイケルはうんうんと頷き、「もうちょっとで仕事も女房も失うところだったよな！」とおどけた。最後のくだりは、膨大な時間を注ぎ込んだ点を強調するための単なる誇張だ。じっさい三人組の妻たちは、夫にとってこのプロジェクトがどれほど重要か――ジョンがどれほど大切な存在か――を理解し、一から十まで協力してくれていた。
ジョンの記念碑は二〇〇二年一〇月一九日にお披露目された。皮肉にも、〝不朽の自由作戦〟で最初の地上部隊が配置されたのは、一年前の同日だった。記念碑はウィンザーロックス高校のサッカー場の隅、広葉樹の木立の隣に建てられていた。意匠はシンプル。高さ三〇フィートの旗竿の頂上に、金色の鷲が鎮座しており、鷲に見下ろされる形で大きな丸石が置かれている。丸石にはめられた青銅のプレートはこう読めた。

追悼
ジョン・A・チャップマン
〝チャッピー〟
ウィンザーロックス高等学校一九八三年度卒業
ともに学んだ同窓生にして、ひたむきな運動選手にして、誠実な友人にして、献身的な家庭人にして、真の愛国者
あなたを決して忘れはしない

ケニー・ロングフリッツ先任曹長と、もうひとりの支援係であるマイク・リズート曹長を含め、記念式典には〝24〟隊員たちも参加していた。式を始めるにあたり、ロングフリッツは三角形に畳まれた星条旗を広げ、リズートはゆっくりと旗を掲揚していった。旗竿の横に立ち、手を心臓に添えているのは、ジョンの子供時代の友人たち。頭上を仰ぎ見る視線は、のぼっていく国旗に固定されてい

た。彼らの夢、血と汗と涙、ジョンに対する敬意が、ようやく輝かしき実を結んだのだ。星条旗が金色の鷲に届き、国歌『星条旗』の最後の音が消えると、ブライアン・トーパーは演壇にのぼり、式典の開始を告げた。「ジョンと面識のない人たちは、アメリカン・ヒーローとしての彼しか知りません。でも、学校でのジョンは、〝チャッピー〟で、学生で、同級生で、チームメイトで、友達でした。彼は熱い心で人生を生き、チームプレイを重んじていたんです」。続いて、ブライアンは記念碑について語った。「相応しい場所に建てられたと思っています。町の人々はここを訪れて、しゃべってもいいし、笑ってもいいいし、大声で泣いてもいい。ジョンのような人物がいてくれたからこそ、わたしたちは夜、安心して眠ることができるんです」

幼少期から高校時代まで親交のあったビル・ブルックスは、感動的なスピーチの中でジョンを賞賛した。無条件の友情と励ましのおかげで、人生をがらりと変えることができたと。「高校時代のほぼ全期間を通じて、わたしは痛々しいほど引っ込み思案な生徒でした。誰とも、しゃべることができなかったんです」。ジョンは根気強くビルに話しかけ、自信をつけさせた。そんなこんなでビルは料理人の道を歩み、世界じゅうを旅して回ったり、大勢の前で講演をしたりできるようになった。「ずっと昔の話ですし、わたしが助けられたことを、ジョンが知っていたかどうかはわかりません。しかし、今わたしがここにいられるのは、彼の助けがあったからこそなんです。高校を卒業したあと、それなりの交流はありましたが、ジョンがわたしの人生に戻ってきてくれるのは、つねにわたしが彼を必要としているときでした。ジョンが関わってくれなかったら、自分の人生がどうなっていたのかは、想像することすらできません」

続いてケン・ロドリゲス中佐が登壇し、ジョンに対する賞賛をこう締めくくった。「この素晴らしきアメリカの町。すべては〝これ〟に尽きます。ジョンはこれを守るために闘ったんです」。式典の掉尾を飾るのは、バグパイプのソロ演奏。コネティカット州警察パイプ・ドラム隊のパートリーダーであるパトリック・ウィーランは、記念碑の後ろに立ち、あたりに『アメイジング・グレイス』の旋律を響かせた。

　チャップマン一族は二〇〇二年のこの時点で、タクルガル山の戦いの全貌を知らなかったが、教えられた情報がごく一部であることは、第六感で感じとっていた。海軍はすぐさまヴァージニアビーチの〝名誉の壁〟に、SEALs隊員以外では初めてジョン・チャップマンの名前を追加した。チャップマン一族は首をかしげた。任務で小さな役割を演じただけなら、なぜ海軍はこんな行動に出たのか？　なぜ空軍はジョンを叙勲する際、勲章のランクに関して内部で論争を起こしたのか？　空軍十字章にすべきか、それとも、最上級の名誉勲章にすべきか？　結局のところ、二〇〇三年一月一〇日、ジョンに対する死後表彰が行なわれ、空軍十字章が授与された。そして、勲章に関する空軍の内部論争は、チャップマン一族の疑念を深めることとなった。

　新たな情報が少しずつ漏れ出し、ジョンの家族は疑念に悩まされつづけたが、時は過ぎ、人生は彼らを前へ進ませた。二〇〇五年初頭、海軍が艦艇にジョンの名前をつける、という話が伝わってきた。じっさい二〇〇五年四月八日の晴天の下、ノースカロライナ州サニーポイント軍事海洋ターミナルで式典が催され、海軍の軍事海上輸送司令部にリースされている〈シーリフト〉社所有のMV〈マーリン〉号――全長六七〇フィートの貨物コンテナ用RO《ロー》-RO《ロー》船――が、MV〈ジョン・A・チャップマン一等軍曹〉号に改名された。軍需品輸送船にジョンの名前を冠するのは、適切な判断と言えた。特殊部隊に所属するエリートたちの中でも、戦闘管制員という職業は、軍需品を駆使することによって、戦場の趨勢と人間の運命を変えるからだ。

ジョン本人と彼の遺産に対しては、次から次へと敬意が表されてきており、本書の出版は、その最新のものとなるだろう。二〇〇六年六月一四日、ラックランド空軍基地では空軍創設六〇周年の記念行事が催された。この日は、志願兵の英雄たちを讃える一環として、第三二六訓練中隊の本拠である〝チャップマン訓練所〟の除幕式も行なわれ、テリーが列席した。ジョンを崇める行為は、枚挙に暇がなかった。甥のひとりがジョン・チャップマン・ロングフリッツと命名され、複数の道路と一ヵ所のＦＯＢ（前進作戦基地）が改名され、大勢の人々が彼の名を刺青として体に刻んだ。ジョンの旧友三人組は正しかった……。彼自身も彼の名前も彼の遺産も、葬儀で〝終わり〟にはならなかったのだ。

第二五章

故ジョン・チャップマンが最初に授与された勲章――無私の行動と武勇に対して贈られる合衆国で序列第二位の勲章――は、偶然が重ならなければ、空軍十字章のままだったろう。空軍長官のデボラ・リー・ジェームズは、執務室の中をうろつき、短い自由時間を楽しんでいた。普段の日々のスケジュールは多忙を極め、一〇分刻みの予定を自分自身ではなくブレーンたちに管理されてしまっているのだ。二〇一五年五月一五日は、美しい春の朝を迎えた。空軍長官室はペンタゴンの愛すべきE棟の四階にあり、窓からは一〇〇万ドルの絶景が、アメリカの首都とモニュメント群が見渡せる。真下の三階は国防長官室になっており、空軍省は国防省より上なのよ、とジェームズ長官はよく軽口を叩いた。

鮮やかな赤いビジネススーツに身を包んだ彼女は（ペンタゴンの職員はおおむね柔らかい色調を好んでおり、そんな風潮に多少なりとも色を添えたいと感じていた）、たまたま空軍発行の週刊新聞《エアフォース・タイムズ》を手に取り、腰を下ろして〝国民〟の声をチェックしはじめた。「マスコミは素晴らしい情報源で、国民が何を考えているかの目安になってくれるわ」と、報道記者を敵視する向きに長官は苦言を呈した。束の間の息抜きを堪能しつつ、ページをめくっていくと、ひとつの記事が目に留まる。「彼は八〇人の命を救った――なぜ名誉勲章が授与されない？」の見出しで始まる記事は、戦闘管制員二名にまつわる話を紹介していた。ひとり目はダスティン・テンプル上等空兵。テンプルは何度も敵の攻撃に直接身をさらしながら、敵方の戦闘員一八名を殺害し、米国人とアフガニスタン人の合計八〇名を死地から救い出した。ふたり目はロバート・グティエレス二等軍曹。グティエレスは待ち伏せの最中、負傷したグリーンベレーの隊長の命を救ったが、自分は胸に銃弾を食らってしまった。両方の肺が潰れてもなお、通信機を離さずに空爆の要請を続け、三〇フィート以内の爆撃を何度か成功させ、特殊部隊のメンバー全員を生きながらえさせた。この間、グリーンベレーの衛生兵は、しぼんだ肺を膨らませるため、彼の胸に注射器を突き立てた……一度ならず二度までも。

この記事は的確な疑問を提起していた。空軍兵士が名誉勲章を授与される条件は何なのか？

感銘を受けたジェームズ長官は、記事から視線を上げ、〝まさに的を射ているわね〟と心の中でつぶやいた。次の会合が迫っていたため、当該記事のページを破りとり、余白に〝条件は何なのか？〟と走り書きしたあと、補佐官である空軍大佐に手渡し、幹部職員たちにこの件を検討させるよう指示した。こうして三年間に及ぶ任務が開始された。名誉勲章に関してこれほど徹底的な調査が行なわれ、公式の文書に調査内容が記録されたのは、史上初めてのことだった。

空軍長官（ＳＥＣＡＦ）が疑問を投げかけると、職員の軍団はすぐさま活動に取りかかった。さらにＳＥＣＡＦから指示が下され、任務は具体的な形をとっていった。9／11以降、空軍銀星章と空軍十字章の受章者すべてを再吟味し、新たに判明した情報を基に、名誉勲章への昇格に値するかどうかを見定めるのだ。空軍全体を数カ月にわたって調査した結果、長官の問いに答えが返された。二〇一五年の晩夏、ジェームズ長官は空軍特殊作戦コマンド（ＡＦＳＯＣ）の司令官、ブラッド・ハイトホルド中将から連絡を受けた。ハイトホルド中将によれば、長官の再調査基準を満たす案件が、空軍じゅうを探して一件だけ見つかったという。「これに関しては、正義が行なわれなかった可能性があります」と中将は空軍を率いる最高位の民間人に報告した。「彼は生存していましたし、我々はその具体的な証拠を持っております」

「よろしい」とジェームズ長官は言った。「この件を進めなさい」

ハイトホルド中将の指示の下、AFSOCの第二四特殊作戦航空団（すべての特殊戦術飛行隊とすべての戦闘管制員を統轄する組織）は専従チームを編成した。調査がうまくいけば、ベトナム戦争以来初めて、空軍軍人に名誉勲章が授与されるかもしれなかった。専従チームは、空軍の攻撃目標分析官（戦闘時に当直を務めていた主任分析官を含む）と情報分析官に意見を求め、入手したビデオを国家地理空間情報局――アメリカで最先端の画像解析技術を持つ組織――に送り、調査で明らかになった新発見の評価を依頼した。専従チームはさらに、アナコンダ作戦の事後報告書、二〇〇二年三月四日～五日の出来事に関する統合特殊作戦コマンド（JSOC）の公式調査、関係者の宣誓証言、ジョンの解剖所見（法医学者だけでなく、実際に解剖を担当した医師にも意見を求めた）を再検討し、生き残ったAFO部隊のメンバーからは新たに証言をとった。これらの証拠を基に、ハイトホルド中将は水も漏らさぬ完璧な論理――ジョンには合衆国最高の勲章が相応しい――を組み立てた。同時並行的に、JSOCは特別顕彰委員会を開き、ジョンの勲章を格上げするよう推薦の勧告を出した。これを皮切りに、特殊部隊コミュニティでも独自の重要な動きが起こり、さまざまな組織で推薦の決議が相次いだあと、アメリカ特殊作戦軍が格上げを推薦するという結末に至った。ジェームズ長官は調査を命じて以降の一年間にわたり、「ジョンの件の進捗状況を確認しつづけたのよ」。二〇一六年六月九日、ようやくAFSOCの格上げの勧告書が届けられると、彼女は長官室のデスクで署名を行ない、その日のうちに国防長官のもとへ回送した。

しかしながら、その後も二年間にわたり、空軍とAFSOCは調査と新事実の検証を続けながら、同時に、SEALs第六チームの特定の幹部たちと争うこととなった。SEALs側は、味方を見殺しにした事実を受け入れられなかったのだ。論争には海軍の上層部までが加わり、名誉勲章に詳しい専門家によれば、史上初めて、合衆国軍の一部門が提出した叙勲申請を、別の部門が妨害するという事態に発展してしまった。[30] SEALs第六チームの幹部二名にとって、部隊のイメージを守る必要性は、SEALs撤退後もジョンが生きていた事実より優先された。海軍上層部を焚きつけて論争に巻き込んだ二名とは、当時のSEALs第六チーム司令官――J・Wのイニシャルで知られる――と、現在、提督として海軍のすべての特殊戦を取り仕切るティム・シマンスキーだ。シマンスキーといえば、アナコンダ作戦当時にピート・ブレイバーともジミー・リースとも対立し、稚拙な計画を立案して遂行した張本人である。

時間が経過して政局も変化し、二〇一七年一月、新政権の誕生とともに、ジェームズ空軍長官は退任を迎えた。ジョンに名誉勲章を取らせるという彼女の誓いは、ほかの人々に引き継がれたが、叙勲を実現させた立役者としては、ボブ・ワーク国防副長官の名が挙げられる。二〇一七年夏の時点で、チャップマンの案件がホワイトハウスに送られることは確実視されていた。ボブ・ワーク国防副長官が最後に送信した電子メールのひとつの宛先は、新任のヘザー・ウィルソン空軍長官とデイヴィッド

30 名誉勲章の叙勲手続きの第一人者とされるペンタゴン職員によれば、三月四日朝のジョン・チャップマンの行動は、名誉勲章二個分に値するという。SEALs部隊に先んじて掩蔽壕へ突っ込み、機関銃兵を倒して味方の命を救ったことで一個分。CSARのヘリコプターを敵から守ったことでもう一個分だ。どちらの行為も国家最高勲章の授与基準を満たしているが、空軍は一個のみの申請にとどめた。（おそらく）両者を一体化させ、反論を難しくするほうを選んだのだろう。

・ゴールドフィン空軍参謀総長。日付が二〇一七年七月一二日、件名が〝合意成立《ホワイト・スモーク》〟のメールは、以下のような内容だった。

チーム・エアフォースへ

チャップマン一等軍曹の空軍十字章を名誉勲章に格上げする件が、国防長官の承認を得られたことを諸君に報告できるのは、喜ばしいかぎりだ。重要証拠の一番と二番は、両方とも採用された。従前の合意どおり、叙勲の検討を行なう際、重要証拠第二は秘密会議の席でのみ議論される。表彰の文言は、負傷に屈するまでチャッピーは闘いつづけた、というものになるだろう。

FBIは幅広い分析の末、チームが撤退して山腹を下りたあとも、山頂部の銃撃戦は一時間継続されたと結論づけた。交戦が味方対敵だったか、それとも敵対敵だったか、FBIは断定できていないが、長官は下記の点に基づき、味方対敵の交戦だったと判断を下した。

1. チーム（SEALs隊員たち）はチャッピーが死んだという最終的判断を一度も下していない。
2. チャップマン一等軍曹の遺体は、チームの示唆とは違う場所で発見された。
3. 遺体の七カ所の負傷と、ほぼ撃ち尽くされた弾薬は、戦いが長時間に及んだことを示唆する。
4. 交戦の終盤は、陽射しの下、近距離で行なわれた。長官が指摘したとおり、M4とAK‐47の銃声は明らかに異なるため、敵対敵の交戦が長く続いたという見解には説得力がない。

現在も我々は申請の努力を継続している。諸君の忍耐と根気に感謝を表したい。この報せを届けたとき、チャップマン一等軍曹とご家族に、よりよい平安が訪れるのを願うばかりだ。高みを目指せ！

ボブより

ボブ・ワーク国防副長官はこの二日後に辞任した。ジョンが最期まで闘い抜いたことを、一度たりとも疑わない信念の人だった。

二〇一七年一〇月二四日、国防長官府は空軍長官と空軍参謀総長に対し、ジョンの名誉勲章の推薦文書を合衆国大統領に送ったと通知した。そして、二〇一八年三月二六日、トランプ大統領はヴァレリーに電話で朗報を伝えた。奇しくもこの日は、彼女の誕生日だった。

第二六章　二〇一八年八月二二日〜二四日

ロリの目から見たホワイトハウス、ペンタゴンの〝英雄の殿堂〟、米国空軍記念塔

一六年前に、わたしは知っていた。弟のジョンの行動が、軍の説明より立派だったことを、わたしは知っていた。彼が即死ではなかったことを、わたしは知っていた。ホワイトハウスでジョンに名誉勲章が授与されたとき、この直感の正しさがやっと証明された。一六年の歳月は長く、感情のジェットコースターを経験させられたが、弟が米国軍人最高の栄誉に浴するのを目の当たりにして、わたしは言葉を失ってしまった。考えてみると、すべての始まりは、「空軍兵士が名誉勲章を授与される条件は何なのか？」というデボラ・リー・ジェームズ空軍長官の簡潔な問いかけだった。答えが出されるまでには、調査続きのじれったい二年間を要したが、最後には、ジョンの人生を讃える特別な祝典が、二週間にわたって次々と催されることとなった。その第一弾こそが、二〇一八年八月二二日のホワイトハウスでの授与式だ。

わたしは〝東の間《イースト・ルーム》〟の優美さに心を打たれた。真っ白な壁と、金色のカーテンと、クリスタルのシャンデリアが豪奢な雰囲気を醸し出しており、特別な表彰を行なうには打ってつけの部屋といえた。正面の窓から射し込み、イースト・ルームを満たす柔らかな光が、時間の感覚を失わせる。舞台の前には、金色の椅子が半円形に何列も並べられ、クッションのきいた白い座面の上には、きれいに作ら

れた式次第が載せられていた。イースト・ルームの静寂は、厳かではあるが悲しさは感じさせない。小さな舞台も部屋の雰囲気にぴったりで、金色のカーテンを背景に、三枚の旗が掲げられていた。国旗と議会旗と空軍旗だ。

家族が集合し、祝賀ムードは高まっていった。そう、ようやくジョンが相応しい栄誉に浴する場面を目撃できるのだから。わたしたちは語らい、笑い、緊張気味の興奮をまき散らした。ちらっと部屋の中を見渡し、会場の空気を取り込むと、涙があふれてくる。背後では、マスコミのカメラが三脚の上にずらりと並び、歴史的な行事を収めようと静かに待ち構えていた。ホワイトハウスの職員と空軍の儀典係が忙しく動き回り、手落ちがないように確認を行なっていく。来賓が集まりはじめるにつれ、室内のエネルギーの高まりが感じとれた。各人が自分の席を見つけて座り、周りの人々と会話を弾ませる。イースト・ルームは、ジョンが愛した人々で、ジョンを愛した人々で満席になった。ジョンの叙勲に列席するため、子供時代の友人たちもたくさん駆けつけてくれた。いっしょに成長してきた少年が、笑いと涙と秘密を分かち合った青年が、アメリカの英雄になったことは、彼らにとって驚きの出来事だった。特殊戦術飛行隊の仲間も大勢で出席していた。青の礼装軍服を着た現役兵――落下傘と翼を組み合わせたバッジと、何列ものメダルをつけているため、戦闘管制員はすぐに見分けがつく――と、ぱりっとした黒のスーツを着た元CCTは、肩と肩が触れ合うようにして座っている。かつてジョンとそうしたように、一昔前と同じように……。この一団はほかの出席者よりも、今から起こることの重大性を理解していた。

わたしは最前列の左側に、息子のジョンと夫のケニーに挟まれる形で座り、時折腕時計に目をやりつつ、わくわくしながら式典の始まりを待った。後ろを振り返ると、兄のケヴィンと妻のコニーは、期待に顔を輝かせており、甥のジェイクと姪のシエラも、早く叔父の叙勲の生き証人になりたいと、笑顔で眼をうるうるさせている。

　視線を前へ戻すと、母のテリーとブリアナとマディソンとヴァルが、自分たちの席に案内されてきた。彼女たちはこの直前に、トランプ大統領と面会したばかりで、四人のにこやかな表情がすべてを物語っていた（のちにケニーが母から聞いたところによれば、大統領が目の前で、叙勲の承認書と表彰状に署名をしたときは、天にも昇る気持ちだったという。例のジョンとアフガン人の女の子の写真を、ヴァルが大統領にプレゼントすると、大統領は写真を見てから母のほうを向き、「息子さんはあなた似だね」と言った。この短い言葉は、母にとって全世界と同じ価値があった）。『大統領万歳《ヘイル・トゥ・ザ・チーフ》』の演奏を合図に、全員が起立し、大統領の入場が告げられた。立ちあがったわたしの心臓は早鐘を撞いていた。心拍数を高めた原因は、大統領そのものではなく、大統領の登場でジョンの勲章授与が近づくという認識だ。大統領が舞台に上がって聴衆と向き合ったとき、わたしは畏敬の念に包まれた。叙勲の必要書類にすべてサインし、当然と思われる褒賞をジョンに授与する人物は、わずか数フィート先にいる。トランプ大統領は演壇に立ち、柔らかい口調で滑らかに話しはじめた。わたしは視線を落とした。大統領が語る内容はすでに知っている。表彰状の文面も知っている。もう一度、同じことを聞かされるのは嫌だった。少なくともこのときは……。わたしの思考は、ジョンと過ごした幸せな時間へ押し流されていった。心の中に大切にしまってある楽しかった日々。四人きょうだいで馬鹿をやっていた日々。みんないっしょに歳をとり、昔を懐かしむのだろうと思っていた日々。この短い幕間の劇は、わたしを幸福と平和で満たしてくれた。わたしはホワイトハウスのイースト・ルームで、ジョンをそばに感じることができた。表彰状の読みあげが終わると、わたしは想い出を天国へ向かって解き放った。現実の世界へ戻り、授与の瞬間に立ち会いたかったからだ。

　ヴァレリーがジョンの名誉勲章を受けとる場面を見ても、弟を誇る気持ちが以前より強まったわけではなかった。あの瞬間、わたしの体にあふれていたのは、一六年ごしの希望が叶ったという大きな喜びと満足だった。とはいえ、目の前の光景は現実離れしていた。そう、わたしたちはホワイトハウスに招かれ……弟の行動が一〇〇パーセント評価されて……大統領から栄誉を授けられる場面に臨席している。長年の闘争の目的が、ようやく実現するのだ！　ときどき、大統領の言葉が聞きとれなくなった。視界もぼやけ気味になったが、わたしは歓喜の心とともに見守った。ヴァルは優雅な物腰で、ジョンの勲章を拝受し、大統領に感謝の言葉を述べた。大統領がマディソンとブリアナと母にも、舞台へ上がってくるよう身振りで示す。出席者全員が立ちあがってスタンディングオベーションを始めたが、彼らは舞台上の人々のために立ちあがったわけではない。彼らはジョンのために、ジョンが成し遂げたことのために立ちあがった。そして、彼らが立ちあがったのは、ジョン自身が立ちあがれないからでもあった。満場の喝采と拍手と感謝の念は、すべてジョンに、各人にとってのジョンという存在に向けられたものだった。

弟が米国軍人として最高の栄誉を受けるのを目の当たりにし、わたしは喜びにあふれていた。わたしは姉として、ジョンの行動が認められることを要望してきた。彼が生き様を貫いたことを、無私無欲を貫いたことを、みんなに知ってほしかった。ジョンは人生を通じて、名もなき大勢の人々の英雄となってきたが、二〇〇二年三月四日の働きぶりによって、アメリカの英雄の地位にまで押しあげられた。わたしはいつも姉として弟を誇りに思ってきた。しかし、二〇一八年八月二二日に感じたのは、誇りではなかった。わたしが感じたのは、あの運命の日、ジョンが示した無私の行ないが、最終的かつ永久的に認知されたことに対する感謝だった。きっとジョン本人は認知の有無にこだわらないだろう。しかし、〝わたし〟はこだわる。母のためにこだわり、正義のためにこだわり、真実のためにこだわる。

ジョンの名誉勲章授与に立ち会えたことは、大いなる満足を与えてくれたが、わたしを深く感動させてくれたのは、ペンタゴンの〝英雄の殿堂〟と、空軍記念塔での式典だった。なぜなら、これらふたつの催し、ジョンの行動を認知するだけでなく、ジョンその人を〝賛美〟するために開かれたからだ。八月二三日、〝英雄の殿堂〟におけるジョンの加入式典で、わたしは数え切れないほどの兵士を目にした。ジョンとともに訓練を受け、ともに従軍した男たちが、会場まで足を運んだ目的は、長年にわたって敬意を抱いてきた同胞が、公の場で同じように敬意を表される場面を見るためだった。わたしはジョンについて――弟について――話す機会を与えられ、ぞくぞくする感覚を抑えられなかった。じっさい、母とわたしがスピーチをしたとき、ふたりの言葉が彼らの琴線に触れたようすが看て取れた。あとで夫がふざけて言ったように、参列者の多くはタマネギを回覧したのかもしれない。なぜなら、屈強な男たちが眼になみなみと涙を溜めていたからだ。ジョンがこれほど気にかけられていることに、わたしは心を打たれた。

八月二四日、空軍記念塔で催された式典は、さらに輪をかけて素晴らしかった。パレードの車列が記念塔へ向かうあいだ、わたしは数え切れないほどの人の波を目にした。彼らの多くは軍服姿で、開始時間に間に合わせようと急いでいた。ひとりの将校が立ち止まり、通過する車に向かって敬礼をしてくれた……通りすがりの将校が！　示された敬意と尊崇に、わたしは嗚咽を漏らした。空軍当局は軍人の参加者を七〇〇名と見込んでいたが、のちに判明したとおり、実際の数字は一二〇〇名以上だった。会場で後ろを振り返ると、赤いベレー帽と青い軍服と興奮した顔の海は、わたしの視界を越えて広がっていた。記念塔に刻み込まれたジョンの名前――アフガン戦争関連ではジョン〝ひとり〟のみ――がお披露目されたときは、誇らしさで心がはち切れそうになり、涙があふれるのを抑えきれなかった。ジョンの名前ではなく、〝ジョン本人〟を列席させられるなら、どんな犠牲を払っても惜しくなかったが、とにかくこれほど名誉なことはない。

今までの賞賛では足りないとでも言うように、名前のお披露目のあとも式典は続き、故人に対する曹長への一階級特進が発表された。ジョンが生きていれば固辞するに違いない。式が終わったあと、ジョンと同じ釜の飯を食った兄弟姉妹たちは、空軍記念塔の下に押し寄せ、この場所では初めての、そして、おそらくは最大規模の〝記念の腕立て伏せ〟を行なった。勇ましき男と女の大集団は、文字どおり横に横に横に並び、号令に合わせて体を上下動させた。いっしょに成長してきた少年が、さまざまな方法で栄誉を浴びる日が来るなどと、いったい誰が想像できたろう？

もしも今日ジョンが生きていたら、静かにこう言うはずだ。「わたしは自分の仕事をしただけ、なすべきことをなしただけだ」。いやいや、親愛なる弟よ、あなたのなしたことは、〝自分の仕事をしただけ〟のレベルを遙かに超えている。あなたはこの栄誉に相応しい。あなたは栄誉を〝勝ちとった〟のだから。歳をとって髪が白くなったころ、ビールを片手に車座になり、語れなかった話をあなたから聞かせてもらう……それができなくなったのは悲しいけれど、チャップマン四きょうだいのひとりとして、あなたとともに育ってきたことを、わたしは光栄に思う。葬儀でのタミーの言葉が、今でも耳に響いている。ジョンはいつだってわたしのヒーローでした。そして今、あなたはアメリカのヒーローにもなったんだよ。わたしはぜんぜん急いでいないけど、あなたと再会して例の話をしてもらうのを、楽しみにしている。毎日毎日、あなたのいない寂しさは、わたしの心を締めつけてくる。わたしにとってあなたは、いつまでも大切な人です。

エピローグ

挑戦を追い求めたジョン・チャップマンは、世界で最も門戸が狭く、おそらくは最もユニークな特殊作戦部隊（SOF）に行き着いた。SOFの訓練を始めた若者たちの大多数と同じく、自ら選択した分野の特異性を完全に認識したのは、一人前のメンバーとして受け入れられたあとのことだった。一九八九年、原隊勤務に平行して訓練を受けはじめたとき、戦闘管制員は全世界で三〇〇名にも満たなかった。アメリカ史上最長の戦争が闘われているあいだに、CCTの総数は六〇〇名近くまで膨らんだが、それでも姉妹組織に比べると規模は数分の一に過ぎない。グリーンベレーやレンジャーやSEALsなど、他軍のSOFは一〇〇〇人単位の隊員を抱えている。合同チームを構成する際の比率を考えれば、これらの数字は適正といえるのだが……。いずれにせよ、戦時にチームへ派遣され、メンバーたちの身を守るCCTは、孤独な戦士として活動しつづけている。

戦闘管制員の志望者の立場からすると、二一世紀の戦争が発展するのに合わせ、養成課程も進化を遂げていた。ジョン・チャップマンと同じ世代の若者たちが体験したのは、一日目から〝火の試練〟を課される一年余の地獄だったが、現在は、戦闘管制学校を卒業後に、一年間の先端技術訓練を受けることを含め、旅の全行程は二年半に延長されている。教育手法が高度化された点や、志願者が研修内容を事前に把握して準備できるようになった点などは、改善点として挙げられるが、途中脱落者の割合は相変わらず七五パーセント。これは、しごきのような訓練の性質と、要求される水準の厳格さが原因だ。

名称に〝戦闘〟がつくうえ、実際に戦闘を最重要視しているにもかかわらず、戦闘管制員には果たすべき第二の役割、もしかしたら第一より大切かもしれない役割がある。それは人命救助だ。意図的にふたつの役割を持つSOFは、CCTしかない。一九七八年一一月下旬、パナマに駐在するCCT三名は、緊急任務を与えられて南米のガイアナに飛んだ。彼らが降り立ったのは、常軌を逸した邪悪な殺戮、いわゆる〝ジョーンズタウンの大虐殺〟のど真ん中だった。現場で指揮を執れる者がほかにいないため、三名は遺体の回収を取り仕切り、アメリカ本国の政府上層部に状況を報告した。彼らは九一八人の犠牲者を、米国本土の家族の元へ返すべく、感謝祭を死体の山のあいだで過ごすこととなった。

CCTは現着最速の即応部隊として、この役割を何度も繰り返し果たしつづけた。アメリカ人にとって最も印象的なのは、二〇〇五年にハリケーン・カトリーナが来襲したときの活躍だ。州兵空軍特殊戦術飛行隊に所属するCCTは、数千人のホームレスと打ちひしがれたルイジアナ州民のために、救助と物資輸送と再建の作業を取り仕切った。彼らは州間高速道一〇号線を大規模ヘリポートとして使用し、孤立した被災者のもとへ小型のゾディアック・ボートを次々と送り込んだ。二〇〇五年のハリケーン・リタと二〇〇八年のハリケーン・アイクでも、彼らはめざましい活躍をしてみせた。

二〇〇四年、クリスマスがボクシングデーに変わってすぐ、史上三番目に大きな地震がインド洋で発生し、津波によって複数の国が壊滅的な影響を受けた。かつてジョン・チャップマンが所属していた第三二〇特殊戦術飛行隊はすぐさま、インドネシアの最も辺境で最も被害の大きいアチェ州に出動した。地震が原因の巨大な津波は、高さが一〇〇フィートにも達して、いくつもの村を丸ごと押し流してしまっており、彼らは救援物資を届けるだけでなく、救助活動の支援も行なったのだった。

戦闘管制員による最も意義深い人命救助作戦は、アメリカに近い場所で遂行され、結果としてCCTは、ほかの米軍下士官が受けたことのない賞賛を受けることとなった。生え抜きのCCTであるトニー・トラヴィス曹長は、ハルバート・フィールドの第二三特殊戦術飛行隊に所属しており、二〇一〇年一月一二日夕刻に任務を命じられた。貧困にあえぐ島国ハイチが、マグニチュード七・〇の地震に揺すぶられ、甚大な被害に見舞われたからだ。首都ポルトープランスでは二〇〇万人が被災していた。

数時間で荷物をまとめて準備を整えたトニーは、翌日の1536時、第一陣のチームを率いて現地に降り立った。彼らの任務は、トゥーサン・ルーヴェルチュール国際空港の安全を確保し、滑走路を開き、航空管制を機能させること。各人の携帯型通信機と全地形対応車（ATV）二台だけを武器に、八名の戦闘管制員は二八分間で滑走路を保全して航空管制を確立した。独自のCCT基準を満たしたと判断し、目標の三〇分を二分残して、最初の航空機を離陸させたのだ（トニーはハイチの土を踏んだ瞬間に、ストップウォッチのボタンを押していた）。世界各国が混乱に陥るなか、彼らはATVに乗ったまま、もしくは、廃棄物の折りたたみテーブルの上で、一二日間にわたって空港を運営した（この後は空軍の航空交通管制官が引き継いだ）。ルネ・ガルシア・プレヴァル大統領の親書を錦の御旗に、トニーはハイチの全空域を一手に掌握し、一日当たり二五〇機以上の航空機を着陸させた。救援機を送り込んでくる国は五〇カ国を超えており、二五〇という数字は空港の想定発着容量を一四〇〇パーセント上回っていた。空港管理の専門技術を持つ男たちは、粛々と仕事に取り組み、飛行機とヘリコプターを隙間なく並べ、しかも一件も事故を起こさなかった。さらに増援としてハイチ入りしたCCTたちは、僻地の調査を行ない、三〇カ所に着陸ゾーンと投下ゾーンを設置し、総量一五万ポンドの人道支援物資の空輸を管理した。幅広い戦闘経験を持ち、意図せずナイフで敵を刺殺したこともあるトニーは（「建物のクリアリングをしくじっちまってね。サブの拳銃に手が届かなかったんで、ナイフを使うしかなかったんだ」）、ハイチでの体験から心に響く影響を受けていた。「戦闘でさまざまな行動をしても、決して結果を目にすることはない。しかしハイチでは、肯定的な反応がすぐに返ってきた」。世界最速の即応部隊を現地に送り込み、怪我人を搬出させ、混乱する空港に秩序をもたらすのは、トニーからすると戦闘管制員の要諦だった。「それが我々の仕事だ。現着して設営して空を管制する。事前通告なしにこれをやれる組織は、世界広しといえどもほかにないだろう」。世界有数の貧困国の空港に乗り込み、設備が不充分で損傷が激しい一本きりの滑走路を活用し、各国からの救援が無秩序に集まるなか、橋頭堡の構築を指揮したトニー・トラヴィスは、《タイムズ》誌の同年版〝世界で最も影響力のある一〇〇人〟に選出された。

トニー・トラヴィスと同様、すでに世界でも指折りのエリート戦士となっていたジョン・チャップマンは、〝最高〟への究極の一歩を踏み出す選択をした。具体的には、CCTの上位一〇パーセントに入る決断をしたのだ。グリーンベレーとレンジャーの選良がデルタフォースの適性試験を受けるように、あるいは、〝普通〟のSEALs部隊の上位者が第六チームに志願するように、ジョンは出世の階段をのぼり、空軍最高のエリート部隊――いくつかの指標では世界最高のエリート部隊――と言うべき〝24《ツー・フォー》〟に入隊を果たした。

CCTはその歴史を通じて、戦闘分野でも非戦闘分野でも、ユニークな〝一番〟を達成してきており、達成時にはとりわけ、彼らお得意の送り込み手段である落下傘が用いられた。一九五五年から五六年にかけて、アメリカは南極での活動に力を入れ、空軍機での空中投下や大陸への着地を行なった。この活動における最初の足がかりは、南極点に構築される予定となっていた。ニュージーランドのクライストチャーチを本拠とする合衆国空軍のC-124グローブマスターは、装備品や補給品を苛酷な環境の現場へせっせと輸送しつづけた。しかし、貨物用パラシュートは制御が効かず、目標の投下ゾーン（DZ）から外れたり行方不明になったりする事例が出はじめた。重要な特別機材の大部分が損害を受けるに至り、精密な空中投下技術を持つ専門家が招来された。パラシュート降下の経験がわずか三一回の空軍兵、リチャード・J・パットン一等軍曹だ。一九五六年一一月二五日（日曜日）の0154グリニッジ標準時に、パットンは高度二〇〇〇フィートで、〈ステート・オブ・ニュージャージー〉号と名付けられたC-124からジャンプを決行した。一分後、空を漂ってきた彼は氷の上に着地し、南極点への落下傘降下に初挑戦して初成功した人物となった。以降の数時間で、DZを設営して運用を開始。物資投下の正確性はほぼ一〇〇パーセントだった。リチャード・パットンはこの功績により、空軍殊勲十字章と大統領表彰の栄誉に浴した。

五年後、ジェームズ・A・〝ジム〟・ハウエル戦闘管制員は、〝Bシート〟として知られる上方回転式超音速射出座席の実験に成功し、生きたまま機外へ放り出される最初の〝人間の被験体〟となった。ニューメキシコ州ホロマン空軍基地の上空、高度二万二〇六〇フィートを五六〇ノットで切り裂くF-106B戦闘機から、彼は大気中へ撃ち出され、〝実験用ダミー〟という用語に新しい意味を追加した。恐れを知らぬ戦闘管制員は、四三秒のあいだロケット推進の座席にとどまり、一万四〇〇〇フィートを過ぎたところで離脱すると、無事にパラシュートを開き、約五年間の実験プログラムを成功裡に締めくくったのだった。

二〇〇一年一一月一四日、四〇年後の地球の裏側で、若手CCTがまた別種類の新記録を樹立した。凍てつくようなアフガニスタンの夜、高地の気温は華氏マイナス八〇度を下回っており、〝24〟所属のマイク・ベイン二等軍曹は、戦闘HALO降下とパラシュート貨物投下を組み合わせるという史上初の試みを実践した。貨物とのタンデム降下という歴史的任務をともに遂行したのは、デルタフォースの二名の上級曹長、クリスとビルだ（両名はのちのちジェイ・ヒルと合流してアナコンダ作戦に参加し、ジョン・チャップマンの独り舞台を目撃することとなる）。マイクはMC－130コンバットタロン輸送機の乗降用ランプから、高度一万八五〇〇フィートで空中へ押し出された。彼の体は、直径三フィート長さ八フィート重さ五二八ポンドの筒の上部にストラップで固定されており、筒の内部には、デルタフォース全員分の背嚢が詰め込まれていた。ビルの筒の中身は、チームの食糧と水、クリスのは装備品だ。当然ながら、チームの任務目標は、タリバンが掌握する補給ルートに空爆を要請すること。結果として彼らは、勇猛果敢に偉業を達成した。マイクは大胆不敵にも、敵の頭上六五〇〇フィートで落下傘を開くと、ジェームズ・ボンドの小説張りの離れ業に取りかかった。パラシュートの傘の下で通信機をつなぐと、最初の攻撃用航空機――二機編隊のF－15――を受領し、胸に装着したコンパス付きナビボードと油性ペンを使って、初回攻撃用に三つの標的をどうにか設定する。また、ISRのプラットフォーム機である海軍のP－3哨戒機とも連絡をとり、P－3から受け渡された標的についても、地面へ降り立つ前に破壊の準備を整えていた。創造力と洞察力と専門知識を併せ持つマイクは、前例のない新発想と空軍力を組み合わせ、実現可能な計画を立案することができたわけだ。〝黒い〟特殊部隊に属する兵士の多くにとって、これは歴史に残る最も印象深い戦闘パラシュート降下だったが、素人にとっては単なる信じがたい出来事でしかなかった。

デルタフォース隊員たちは人里離れた高地の山あいの谷に着地し、マイクは降下予定地点のど真ん中に降り立った。マイクを含むデルタ・チームは、その後の二四時間を費やして、一〇〇ポンドの背嚢を背負ったまま、ふたつの山の頂を越えていった。周辺の山岳地帯が人を寄せつけないと知っている敵は、自らの補給ルートがアメリカの監視と空爆から安全だと思い込んでいたが、その判断は誤りだった。（当然のごとく）通信機を手にしたマイクとそのチームメイトたちは、任務初日に、弾薬や燃料を運ぶトラックを何台も破壊した。夜になるとマイクはAC－130の空爆で、補給ルートの路面にたくさんのクレーターを穿った。通行する車の速度を下げさせ、タリバンの車輛だけを狙えるようにしたのだ。マイクを含むデルタ・チームは三日のあいだ、カンダハルとカブール間の敵の主要補給ルートを攻撃し、タリバンの増援をすべて撃退した。

六六年の歴史を刻んできたCCTは、まだ潜在能力を全開させはじめたばかりである。ジム・スタンフォードが敵勢力圏の真ん中で、軽飛行機の翼の上に立ち、ポンプで燃料を注ぎ込んでいたときから、ジョン・チャップマンが命がけで敵と闘い、同じチームのSEALs隊員五名と、面識もないレンジャー隊員一八名を救ったときまでは、長い長い道のりだった。しかし、古きも新しきもCCTは同じ認識を共有している。誰かに知られなくても、存在さえ疑われても、空軍はそこにいるのだ。

ジョンの生涯と本書は、二〇〇二年のアフガニスタンの戦場で終焉を迎える。それ以降の一七年間で、三〇〇ないし六〇〇名の戦闘管制員は、青銅星章を数百個、空軍銀星章七五個のうち三五個、空軍十字章九個のうち六個、名誉勲章一個のうち一個を授与された。およそ五〇万人の空軍兵力のうち、CCTは〇・一パーセントに過ぎないが、獲得した銀星章の比率では約半分、空軍の最高の勲章である十字章では、占有率は三分の二に達する。これらの英雄たちについて年代記を綴れば、戦闘管制員の分厚い歴史書ができあがるだろう。しかし、本書を締めくくるに当たって重要となるのは、死を運ぶ影の軍団が空軍とアメリカ合衆国にもたらした影響、そして将来の展望である。

戦闘管制員の未来を語るにあたり、第二四特殊作戦航空団――現代の空軍[31]において勲章受賞数が最多の航空団――の元司令官、マイク・マーティン准将の話を傾聴しよう。CCTが新しいフロンティアに挑戦しつづけねばならない理由を、准将は説明してくれる。

『宇宙空間を利用・管理して戦場とする、という任務を与えられた個人や組織はほかにない。我々だけだ。SEALsは海の領域を支配しているが、宇宙の領域には踏み入っていない。［陸軍の］特殊部隊も同様だ。複数の領域を活用する点で、CCTの右に出る者はいないと思う。

敵対が起きやすい未来の環境は、我々に手法の変更を迫る可能性が高い。現地の協力が得られにくい環境において、戦闘管制員の能力は、ほかの部隊には入手不可能な機動性を与えてくれる。これにより、我々は必要とされる空中および宇宙での動的《キネティック》攻撃任務のために、情報提供と計画立案を行なうことが可能となる。将来、もしも［特殊戦術部隊を］低地球軌道の近くまで打ちあげられれば、世界じゅうどこでも四五分で浸透させられる。アナコンダ作戦を例にとると、極超音速などのキネティック攻撃を行なう際、CCTを支援する戦力は、我々の〝一番乗り〟に後れをとらぬ能力を持つ必要がある。戦闘管制員がよく使うB-52は、今言ったような迅速性についてくることができない』

未来の進化はともかく、今日の戦闘管制員は戦史上、最も死に神に近い存在として戦場を闊歩しつ

31 飛行士以外で構成される組織が叙勲数最多となるのは、空軍――アメリカの空軍に限らない――の歴史上初めてのことだ。じっさい第二四特殊作戦航空団にはパイロットがひとりも所属していない。

づけている。彼らはいったん戦いの場に足を踏み入れれば、軍事力と専門知識を組み合わせて破壊を創造し、一度に複数の主要戦略目標を、もしくは一〇〇人単位の敵兵を葬り去ることができる。実例として打ってつけなのは、トラボラで六八万八〇〇〇ポンドという驚異的な量の空爆を行なったジョー・オキーフだろう。一方、CCTのユニークな技能——世界最強の空軍力と、戦闘における比類なき洞察力と、物事を三次元で捉える認識力が融合された技能——を駆使すれば、彼らは希望と救済を真っ先に届ける役目も果たせる。苦しみにさいなまれる人々がいれば、世界のどこであろうと、即座に駆けつけることができるからだ。

タクルガル山の戦いは、〝比率〟という点から見ると、合衆国軍の歴史上、最も勇敢な戦いといえた。あの日、払暁時の山頂部には二五名の米兵がいたが、そのうち一三名が銀星章、一名が海軍十字章、一名が空軍十字章、最終的に二名が名誉勲章を授与されているのだ。この戦闘は〝ロバーツ尾根の戦い〟（不注意でヘリコプターから転落したSEALs隊員にちなむ）とも呼ばれるが、正確を期せば、ロバーツではなくジョン・チャップマンを中心に繰り広げられた。チャップマンは死んだものとして置き去りにされたが、敵対するふたつの勢力のあいだで、梃子の支点のような作用を起こし、戦闘の規模を拡大させたのだった。

意識を取り戻し、文字どおり孤高の戦闘管制員となったジョン・チャップマンは、最期の数時間、山頂の戦場で最も恐れられる存在と化していた。しかし、彼を鬼神に仕立てあげたのは、空爆の力ではなく、昔からアメリカ人の戦士に伝わる魂の美徳だった。祖国でも有数のエリート兵であり、CCTとして独りで闘う男は、チームの中に組み込まれても、大勢の命運をその手に握るという重責を背負わされても、いつもどおりに任務を遂行した。二カ所の致命傷と引き替えに、五名のＳＥＡＬｓ隊員の命を救ったあとも、チャップマンは一時間以上のあいだ、最期の瞬間を迎えるまで、二十数人の敵兵を足止めしつづけた。銃弾を一六カ所に撃ち込まれ、無数の破片を浴びせられ、格闘戦で強《したた》かに殴打された彼は、拷問のごとき痛みに耐えつつ、自己保存より自己犠牲を優先することを選択した。そして、いまわの際には、一面識もない一八名の同胞の救世主となったのである。

謝辞

ダン・シリング

わたしはこの本を書きたくなかった。二〇一六年九月に軍を退役したあとは、ゆっくり妻と時間を過ごし、フィクションの執筆に取り組み、スキーと登山を楽しみたかった。優先順位はほぼ今言ったとおりだ。だから、CCTの同僚であり友人でもあるカイル・スタンプロが退役一週間後に、ロリがジョンの物語を書くつもりだから協力してほしいと言ってきたとき、わたしはその依頼を断わり、プロポーザルの作成に手を貸すことと、わたしのエージェントを紹介することにだけ同意した。しかし、三〇年間の軍人生活は、わたしに教えてくれていた。準備万端整ったと感じていようがいまいが、ときとして任務は向こうからやって来ると。その後の二週間で、わたしは自分がユニークな立場にいることを理解した。依頼を受ければ、ジョンの物語を綴るだけでなく、戦闘管制員の同胞たち——運良くわたしも同胞団の一員として数に入れてもらっている——に関する驚くべき物語を紹介できるからだ。こうしてわたしはロリに電話をかけ、出版プロジェクトに全力で参加したいと伝え、まるまる二年がかりの奮闘が緒に就いた。その結果がこの本である。

わたしを信じてジョンの遺産を開示し、長い二年間の協働をやり遂げてくれたロリに、感謝の意を表する。ホワイトハウスでジョンの名誉勲章の式典に立ち会えたのは、光栄の極みだった。参列した数多くの人々を、ジョンの友人と家族の顔を見渡したとき、わたしごときが混じっていいのかと申し訳ない気分になった。ジョンの人生を世間に発表する際、わたしを信じて支援してくれたジョンの親族一同にも、感謝の意を表する。ジョンのみならず次の夫の死も乗り越え、わたしが親友と思っているヴァレリー・ノヴァク・チャップマン・ネッセルには、寄せてくれた信頼と示してくれた寛大さに感謝の意を表する。あなたの不屈の魂のおかげで、わたしは数多くの着想を得ることができた。

本書を執筆するにあたり、取材を受けてくれた以下のCCTたちに感謝したい。勇敢さと剛胆さが織りなす驚くべき物語の多くを本書に盛り込めなかったことは、謝罪しなければならない。理由は単に、ページ数に限りがあったからだ。取材対象の中には、導師的な存在もいれば、ともに作戦を遂行した退役組もいれば、僭越ながら戦闘管制学校で教鞭を執ったときの教え子も少数いるが、全員がわたしの〝兄弟〟である。もし本書の内容に間違いがあれば、それはひとえにわたしの落ち度だ。以下のリストは順不同である。ジェイ・ヒル。アンディ・マーティン。ゲイブ・ブラウン。マイク・ストックデール。マイク・ラモニカ。ジェフ・ジョージ。ジョー・オキーフ。カルヴィン・マーカム。ベン・ミラー。ディンク・ダルトン。デイヴィッド・ネッターヴィル。マイク・ランプ。ウェイン・ノーラッド（ハルバート・フィールドにいたころ、彼とその妻のトレーシーは、いつも特別なワインと葉巻を用意し、自宅から遠く離れた場所で自宅のような雰囲気を創り出してくれた）。ジム・ホータリング。ボブ・ビーバー。ジャック・ティーグ。ジーン・アドコック。ボブ・エイゼルタイン。クリス・バラダット。バート・デッカー。ロン・マン。アラン・ヨシダ。ドン・スティーヴンス。ブルース・ディクソン。エド・プリースト。デイヴ・ジェンドロン。グレッグ・ピットマン。マイク・スナイダー。ジョー・メイナー。ブルース・バリー。パット・エルコ。ジョン・ワイリー。フィル・フリーマン。スコット・ライト。カイル・スタンブロ。ジョン・コーレン。トニー・トラヴィス。マイク

・ベイン。以下に挙げるSTO（特殊戦術将校）は、取材と協力の両方、もしくは片方に応じてくれた。ジョン・カーニー。ケン・ロドリゲス。マイク・マーティン。スペンス・コカヌール。マイク・ファツィオ。匿名を希望するSTOとCCTにも感謝する。リストから漏れてしまった人がいれば、その方々にも謝意を表したい。PJのキーリー・ミラーとマイク・リズート（彼は独力で第七二四特殊戦術群を切り盛りしている）にも感謝を捧げる。

アナコンダ作戦とジョンの行動調査の両方、もしくは片方に関わった多くの人が、わたしを支援してくれた。まずは、アナコンダ作戦でAFO諸部隊を率いた元デルタフォース指揮官のピート・ブレイバー。彼の洞察力と率直な情報提供に感謝する。デルタ士官のジミー・リースとトム・ディトマソ（〝ゴシック・サーペント作戦〟をともに闘った退役軍人）にも同様の感謝を捧げる。デルタ隊員の〝アイアンヘッド〟は、わたしが知っている偉大な特殊部隊員のひとりだ。AC－130のパイロットを務めたD・J・ターナーと、センサー操作係のクリス・ウォーカー。オーストラリア軍特殊空挺連隊の元司令官で友人でもあるグレッグ・デイリーは、ありがたくもオーストラリア人の物の見方を教授してくれた。

STOのマイク・ウェンデルケンは、ジョンの行動の調査に、およそ二年の歳月を注ぎ込み、当時の状況を誰よりも知っている人物だ。真実の解明に全力を尽くしてくれたこと、そして、わたしが独自の調査を行なった際、厄介な質問にもぎりぎりまで快く答えてくれたことに、特別な感謝を表したい。第二四特殊作戦航空団のSTOのカイル・ウィッティア、同航空団の広報士官のカトリーナ・チーズマンならびにジャッキー・ピエンコウスキー、空軍特殊作戦コマンド（AFSOC）の広報士官のピート・ヒューズは、合衆国空軍の公式な調査許可を得るにあたり、決定的な後押しをしてくれた。史学研究官事務局のティム・ブラウンと、空軍歴史研究所のフォレスト・マリオン博士にも感謝したい。国防総省の刊行前安全保障評価部のダン・チカーダは、この類いの本に必要な、原稿の事前審査の手続きをてきぱきと進めてくれた。機密情報の取り扱いについて助言をくれた元法務総監のマイク・スミットに、感謝の意を表する。

〈グランド・セントラル〉社の発行人ベン・セヴィアは、我々の本の出版権を個人的に買い、のちに自ら編集も行なった。彼はこの物語の価値にすぐさま気づき、現実的なアプローチで本を形作ってくれた。時間のかかる要望を数多く出したにもかかわらず、本書に深く肩入れしてくれたことは、感謝しても感謝しきれない。ベンのオフィスで働くジョナサン・ヴァラカスとエリザベス・クルハーネクは、仕事の調整に労をとってくれた。ブライアン・マクレンドンとジョセフ・ベニンケースとカレン・トーレスとアマンダ・プリツカーは、マーケティングと営業の専門家として、本書の成功の土台を築きあげてくれた。マシュー・バラストとジミー・フランコとブリタニー・ロウとアッリ・ローゼンソールは広告宣伝を通じ、全米で本書の販売促進に取り組んでくれた。編集主任のマリ・オクダ、原稿整理のリック・ボール、校正のクリスティン・ロス・ナピアとクリスティン・ヴォース・デュランは、多くの間違いを正し、文章を読みやすく整えてくれた。オーディオ・ブックを製作してくれたエリース・グリーンとゲネット・ハーヴィー、そして、地図を作成してくれたジェフリー・L・ウォードに、感謝を捧げる。

卓越した作家であるジム・デフェリスは、この出版プロジェクトを押しつけようとするわたしに、きっぱりこう答えた。「だめだ。君が自分で書きなさい」。彼の手ほどきと、フィードバックと、揺るぎなき信頼に感謝する（葉巻の差し入れにも）。尊敬すべきデボラ・ジェームズ元空軍長官は、ありがたくも、ジョンの叙勲のきっかけを作り、すべての反対をねじ伏せてくれた。

エージェントのラリー・ワイズマンとサーシャ・アルパーに感謝する。彼らは経歴管理と激励と専門知識でわたしを助けてくれた。とりわけラリーは、ほかの仕事を止めてでも、本書に傾注するよう叱咤してくれた。ふたりは代理人というより友人である。

最後に、妻のジュリーは最初に原稿を読む編集者となり、いつもわたしの文章に信頼を寄せてくれた。わたしが「なあ、もう一工夫してくれと頼まれたんだが……」と言うと、彼女は必ず〝そうしなさい〟と答えた。君はわたしという存在の中心だ。わたしからの愛と賞賛は言葉で表すことなどできない。

ロリ・チャップマン・ロングフリッツ

誰をおいても夫のケニー・ロングフリッツに、忍耐と支援と激励に対する感謝を表したい。あなたがいなければ、長年の躊躇いをようやく振り払って、最初の一歩を踏み出すための自信は持てなかったろう。あなたはわたしにとって、疲れを知らぬ共鳴板であり、何でも話せる親友でもある。わたしが疑問を抱いたとき、あなたは前へ押し出してくれ、ふたりで真実を学んだとき、あなたは痛みを分かち合い、わたしの涙をぬぐい、わたしの怒りを鎮めてくれた。あなたは先任曹長時代にジョンを知っていて、今は家族として彼をもっとよく知っている。ジョンはふたりを引き合わせてくれた。そして今は、〝あなたのおかげで〟、わたしはジョンの英雄的行為と遺産を世界と共有できる。あなたを愛しているわ！

息子のジョン・チャップマン・ロングフリッツにも感謝を捧げる。母親には部屋に閉じこもって為すべきことがあると、あなたは幼心にも理解してくれた。できればこの本を読んで、叔父さんをもっと深く理解してほしいし、叔父の名をもらったことがどれほどの名誉なのかをわかってほしい。あなたへの愛は無限、いいえ、無限以上よ！ 可愛い娘、レイチェル・マッキーニー・スミスにも感謝を捧げる。あなたはわたしを支えてくれ、ちびたちが母親に会いたかったとき、〝今はだめ〟と答えてもいいといつも思い出させてくれた。子供を拒絶するのはとってもきついことなのに！ 愛するあなたたちのためなら、わたしは月にだって行ってこられる！

ベン・ゲットラーとカイル・スタンブロにも感謝したい。彼らはCCTにしかできない方法で、自ら進んで手を差し伸べてくれた。右も左もわからない状況で、わたしはふたりといっしょに、本を執筆して出版する方法を模索した。基本的には、どちらも手探りのような有様だったが、〝旧交を温める〟目的でカイルとダンが昼食をともにしてから流れが変わり、誰も予測できない大きな成功につながったのだった。ふたりがいてくれなければ、本書『米特殊部隊CCT　史上最悪の撤退戦』が書かれることは決してなかった。

ダン・シリング、あなたについては、何を言えばいいのだろうか？ 助力の申し出があったとき、わたしはあなたとのコンビにすぐさま信頼を置いた。ダンはジョンと知り合いではなかったけれど、同じ戦闘管制員として働いてきていたからだ。ふたりで仕事に取りかかり、わたしの当初の構想を、傑作の域にまで変化させていった。わたしたちは米軍が所有する最も破壊力の高い人間兵器、すなわち戦闘管制員の紹介を内容に盛り込んだ。このほとんど知られていない職業分野を初めに理解しておかなければ、ジョンの行動と犠牲の大きさを理解することはできないからだ。ダンはわたしが存在すら知らない情報を根気強く集め、軍事関係の記述のほとんどを受け持ちながら、原稿整理という新たな喜びを発見したわたしを励ましてくれた。本書の執筆に打ち込むため、ジュリーとの隠退生活を二年以上も延期したダンに、謝意を表したい。あなたの未来の創作プロジェクトが、成功しつづけることを願うばかりだ。ジュリー・シリング、ダンとの人生計画を快く先延ばししてくれてありがとう。ジョンの物語に対するあなたの興味と支援は、わたしにとってすごく大きな意味があった。

　マイク・ウェンデルケンは素晴らしい人物で、謙虚な英雄で、わたしの理解を遥かに超える頭脳の持ち主だ。骨の折れる作業を二年のあいだ続け、タクルガル山の戦いのビデオ二本をひとつに縫い合わせ、最終結果として戦闘の真実を暴き、ジョンのいまわの際の奮闘ぶりを、白日の下にさらしてくれた。あなたと、あなたのチームと、チーム一丸の決意がなければ、絶対的真実が世間に知られることはなかったかもしれない。あなたとウォルフ・デイヴィッドソンとマイク・マーティンとブルース・ディクソンと、ジョンの行動の解明に手を貸してくれた大勢の人々に、心の底から感謝の意を表する。

〈ラリー・ワイズマン・リテラリー〉社の著作権エージェント、ラリー・ワイズマンとサーシャ・アルパーには、ありがとうの言葉を山ほど贈りたい。ふたりの献身的な助力のおかげで、わたしたちは精力的で力強いプロポーザルを創りあげることができた。そして、彼らの貴重かつ独創的なアイデアと、ジョンの物語への純然たる熱意は、結果として、望みうる最高の出版社と契約することにつながった。わたしたちを信じ、わたしたちとわたしたちの本を、わたしたちの代理として売り込んでくれたことに、謝意を表したい。

　わたしとダンに信頼を寄せ、専門知識を駆使してくれた〈グランド・セントラル出版〉のベン・セヴィア発行人に、心からの感謝を！　彼はこの物語を語ることの重要性をすぐさま理解し、わたしたちのプロジェクトに仲間入りし、本書の方向性と構成を決定づける賢明な識見を提供してくれた。この導きのおかげで、わたしたちは焦点の絞り込みが可能となり、戦闘管制員という存在を丁寧に概観しつつ、タクルガル山の戦いの真相について読み出したら止まらない物語を提供できた。

〈グランド・セントラル出版〉と、この旅に同道した人々に、大いなる感謝を捧げたい。ベンの助手を務めるエリザベス・クルハーネクは、助けが欲しいときにいつも時間を割いてくれた。宣伝本部長のジミー・フランコは、わたしの緊張をほぐし、自分と本をどうアピールすればいいかに集中させてくれた。宣伝部長のマシュー・バラスト、宣伝助手のブリタニー・ロウとアッリ・ローゼンソールは、本書の販売促進の方針をうまく調整してくれた。親愛なる編集者と校正者、とりわけリック・ボールとマリ・オクダは、専門知識と調査能力を駆使して、本書のすべての細部について裏付けをとってくれた。本書を可能な限り最高の本にするため、面識のないたくさんの人が手を貸してくれたことを、わたしは知っている。フラッグ、クリステン・レミア、トム・ルーイ、ショーン・フォード、ダン・リンチ、そしてローラ・アイゼンハード。みんなありがとう！

ケヴィン・チャップマンとコニー・ルッソ、タミー・クラインとデイヴィッド・クライン。両夫妻からの激励は、わたしにとってお金では買えない価値があった。テス・チャップマン（実父の再婚相手）の記憶と、ジョンの死後に父が〝24〟へ送った手紙のおかげで、わたしはいくつかの重大な点で納得のいく答えが得られた。わたしに進んで協力し、記憶をもう一度甦らせてくれてありがとう！　父さんが生きているあいだに、活字で真実を読ませてあげたかったけれど、これでもうわかるわよね？　ヴァレリー・ネッセル、ジョンとの大切な想い出を——つらいものも含め——隠し立てなく分かち合ってくれてありがとう。マディソン、父親を亡くしたときまだほんの子供だったのに、あなたの〝真〟の記憶は本当に役立ってくれたわ！　みんなのことが大好きよ！

特殊戦術部隊〝ファミリー〟に属する多くの人々は、チャッピーについての想い出と笑いを喜んで分かち合ってくれた。トニー・ボールドウィン、ランディ・ブライズ、カート・ブラー、ロンとアンのチルドレス夫妻、スティーヴ・コロナート、ブルース・ディクソン、ロブ・ドンラン、パット・エルコ、ボブ・ホームズ、マイク・ラモニカ、ケニー・ロングフリッツ、ウェイン・ノーラッド、ケン・ロドリゲス、ビリー・サッサー、ジェレミー・シュープ、スマ・ステリー、マイク・ウエスト、トラヴィス・ウッドワース。彼らに特別な謝意を表する。ひとつひとつの言葉と記憶は、この本に、もしくは別の本に、もしくはわたしの心に寄与してくれた。ジョンのことを共有できてわたしは幸せだ。進んで想い出を分かち合ってくれてありがとう。あなた方を含め、過去と現在と未来のアメリカ軍人全員に言いたい。おつとめご苦労様！

ジョンの生まれ故郷の友人たちは、貴重な時間を割いて想い出話を提供してくれ、わたしは一語一語にじっと耳を傾けた。ジョンの友達選びの確かさを彼らは実証していた。トムとダイアンのアレン夫妻、ブライアン・トーパーとデイヴィッド・レイベル（ジョンの〝べつの母親のもとに生まれた兄弟〟）、スタンリー・トーパー（ジョンの第二の父親）、マイケル・トース、マイケル・デュポン、ダン・ウォルシュ、ビル・ブルックス、ダン・トレーシー、ケリー・クレイ・セイヴァリー、キャシー・トース、リン・ノイズ・クライン（ジョンが憧れていた高校の友達）、スージー・リンドバーグ・ブリネガー、マーク・ノーラン、スーザン・ジャッコーネ・ロバーツとカレン・スター・ジャンネッリ（ジョンの特別な友人たちで、わたしがウィンザーロックスを訪れたとき、それぞれの自宅に迎え入れてくれた）。みなさん時間と記憶をありがとう！

最後に、わたしは個人として本書を母のテリー・チャップマンに捧げたい。あなたはわたしの奮闘を支え、涙と笑いの水門が決壊しても、ジョンの物語を思い出す手助けをしてくれた。母さん、あなたは感情を顧みず、わたしの要望に必ず応えてくれた。数え切れないほどの電話を許容し、大小を問わず記憶を呼び覚まし、決して揺らぐことなく助けの手を差し伸べ、わたしを正しい方向へ導いてく

れた。この本は〝あなた〟のものよ……だって、母さんには真実を知る資格があるんだから。心から
愛しているわ！

参考文献抜粋

書籍

●チャーリー・A・ベックウィス&ドナルド・ノックス『Delta Force: The Army's Elite Counterterrorist Unit』（ニューヨーク、Avon Books、二〇〇〇年）

●ギャリー・バーントセン&ラルフ・ペズーロ『Jawbreaker: The Attack on Bin Laden and Al-Qaeda; A Personal Account by the CIA's Key Field Commander』廉価版（ニューヨーク、Three Rivers Press、二〇〇六年）

●ピート・ブレイバー『The Mission, the Men, and Me: Lessons from a Former Delta Force Commander』廉価版（ニューヨーク、Dutton Caliber、二〇一〇年）

●ジョン・T・カーニー・ジュニア&ベンジャミン・F・シェマー『No Room for Error: The Covert Operations of America's Special Tactics Units from Iran to Afghanistan』（ニューヨーク、Ballantine、二〇〇二年）

●ジャン・チャーチル『Classified Secret: Controlling Airstrikes in the Clandestine War in Laos』（カンザス州マンハッタン、Sunflower University Press、二〇〇〇年）

●スティーヴ・コール『Ghost Wars: The Secret History of the CIA, Afghanistan, and bin Laden, from the Soviet Invasion to September 10, 2001』（ニューヨーク、Penguin、二〇〇四年）

●ドルトン・フュアリー『Kill Bin Laden: A Delta Force Commander's Account of the Hunt for the World's Most Wanted Man』（ニューヨーク、St. Martin's Griffin、二〇〇九年）

●エリック・L・ヘイニ、伏見威蕃訳『デルタ・フォース極秘任務――創設メンバーが語る非公式部隊の全貌』（早川書房、二〇〇二年）

●マルコム・マクファーソン『Roberts Ridge: A Story of Courage and Sacrifice on Takur Ghar Mountain, Afghanistan』（ニューヨーク、Bantam Dell、二〇〇六年）

●フォレスト・L・マリオン『Brothers in Berets: The Evolution of Air Force Special Tactics, 1953-2003』（アラバマ州マックスウェル空軍基地、Air University Press, Curtis E. LeMay Center for Doctrine Development、二〇一八年）

●ショーン・ネイラー『Not a Good Day to Die: The Untold Story of Operation Anaconda』（ニューヨーク、Berkley Caliber、二〇〇五年）

●ショーン・ネイラー『Relentless Strike: The Secret History of Joint Special Operations Command』（ニューヨーク、St. Martin's、二〇一五年）

●エド・ラジマス『When Thunder Rolled: An F-105 Pilot over North Vietnam』（ワシントンDC、Smithsonian Books、二〇〇三年）

●クリストファー・ロビンズ『The Ravens: The Men Who Flew in America's Secret War in Laos』（ニューヨーク、Pocket Books、一九八九年）

●ダグ・スタントン、伏見威蕃訳『ホース・ソルジャー』（ハヤカワ・ノンフィクション文庫、二〇一八年）

政府文書

●「Executive Summary of the Battle of Takur Ghar」二〇〇二年五月二四日、国防総省を通じて公開

●エドガー・フレーリ少佐&アーネスト・ハワード大佐&ジェフリー・ヒューキル&トーマス・R・サール『Operation Anaconda Case Study』（アラバマ州マックスウェル空軍基地、College of Aerospace Doctrine, Research and Education、二〇〇三年）

●アンドリュー・N・ミラーニ大佐『Pitfalls of Technology: A Case Study of the Battle on Takur Ghar Mountain, Afghanistan』（ペンシルベニア州カーライル陸軍基地、US Army War College、二〇〇三年）

インターネット・メディア

●マシュー・コール「The Crimes of SEAL Team 6」《ジ・インターセプト》二〇一七年一月一〇日付、theintercept.com/2017/01/10/the-crimes-of-seal-team-6/

●マシュー・コール「With Medal of Honor, SEAL Team 6 Rewards a Culture of War Crimes」《ジ・インターセプト》二〇一八年五月二二日付、theintercept.com/2018/05/22/medal-of-honor-navy-seal-team-6-britt-slabinski/

●ショーン・D・ネイラー「The Navy SEALs Allegedly Left Behind a Man in Afghanistan. Did They Also Try to Block His Medal of Honor?」《ニューズウィーク》二〇一八年五月七日付、http://www.newsweek.com/2018/05/18/navy-seals-seal-team-6-left-behind-die-operation-anaconda-slabinski-chapman-912343.html

●ショーン・D・ネイラー&クリストファー・ドルー「SEAL Team 6 and a Man Left for Dead: A Grainy Picture of Valor」《ニューヨーク・タイムズ》二〇一六年八月二七日付、https://www.nytimes.com/2016/08/28/world/asia/seal-team-6-afghanistan-man-left-for-dead.html
●バングラデシュ・ドットコム・ディスカッション・フォーラム「Operation Anaconda or Operation Giant Mongoose?」《バングラデシュ・ドットコム・バングラデシュ・チャンネル》二〇〇二年八月二七日付、www.bangladesh.com/forums/religion/10948-operation-anaconda-operation-giant-mongoose.html

新聞・雑誌

●リチャード・S・アーリック「Afghanistan: An American Graveyard?」《レッセ・フェール・シティ・タイムズ》二〇〇一年一〇月二九日付

訳者あとがき

イギリスの詩人A・E・ハウスマンの引用から始まる本作品は、詩の内容と同じく、祖国のために戦場へ赴き、敵兵たちの心胆を寒からしめた漢の物語である。ページをめくっていけば、繰り広げられる濃厚な人間ドラマを味わえるのはもちろん、秘められた米軍特殊部隊の歴史をひもときつつ、血湧き肉躍る迫真の戦闘シーンを追体験することができるでしょう。盛りだくさんの内容を、たっぷりと堪能いただければ幸いです。

本作品の主人公を務めるジョン・チャップマンは、学生時代から人格面でも運動能力面でも優れており、アメリカ空軍に入隊すると難関を軽々と突破し、エリート中のエリートであるCCT（戦闘管制員）の資格を勝ちとりました。軍人生活は順風満帆そのものでしたが、守るべき家族を手に入れると、彼は前線ではなく後方での勤務を希望します。しかし9／11のあと、続々と中東の戦地へ赴くCCTの同僚たちを見送るしかなかった彼は、忸怩たる思いにさいなまれはじめました。そして最後には、アフガニスタン行きの派遣部隊に加えてほしいと上司に直談判し、紆余曲折の末、現地で「アナコンダ作戦」を遂行することとなります。乗っていたヘリコプターが敵地の真っ只中で不時着し、部隊は窮地に陥りますが、ジョンの捨て身の活躍で多くの命が救われる……というのが本書の大まかな流れです。

本書の読みどころは、このジョン・チャップマンの活躍ぶりとともに、アメリカ空軍の特殊部隊の歴史を追体験できるところでしょう。ラオス内戦とベトナム戦争から始まり、失敗したイランの人質救出作戦、グレナダ侵攻とパナマ侵攻、湾岸戦争と「ブラックホーク・ダウン」とボスニア・ヘルツェゴビナ紛争に至るまで、米軍をほぼ無敵の存在にした「近接航空支援」の進化の様子が語られるのです。詳細に描かれる特殊部隊の訓練の模様も、読者のみなさんには興味を持ってもらえると思います。

続いては著者の紹介です。共著者ふたりのうち、ダン・シリングは空軍で三〇年のあいだ軍人生活を送り、世界各地を舞台にCCTとしてあまたの軍事作戦を遂行してきました。ソマリアで発生した悲劇的な米軍ヘリ撃墜事件、いわゆる「ブラックホーク・ダウン」の戦闘にも関与し、現場からレンジャーとSEALsの隊員たちを救出したとされています。ダンは危険を楽しむタイプで、ベースジャンプ（高い建物や断崖からの落下傘降下）の二四時間最多記録を叩き出し、ギネス・ワールド・レコードに認定されたほどです。現在、彼は軍人としての経験を基に、セキュリティ分野で講演業務やコンサル業務を国際的に展開しています。妻のジュリーも元NSA（国家安全保障局）のサイバー戦の専門家です。ダンが関与したほかの作品には、当事者の観点から「ブラックホーク・ダウン」を語る *The Battle of Mogadishu*, 2004（『モガディシュの戦い』、未訳）や、認知能力が研ぎ澄まされた戦闘のプロの視点から、能動的な危機回避の方法を指南する *The Power of Awareness*, 2021（『認知の力』、未訳）があります。

もうひとりの共著者、ロリ・チャップマン・ロングフリッツは、チャップマン家の四きょうだいの二番目にあたります。三番目のジョンとは同じ「中間子」の立場にあったからか、ほかの兄弟よりも通じ合う部分が大きかったようです。文字通り命がけで祖国に尽くした弟の墓前に、最高の勲章を供えたいと心に決めた彼女は、ダン・シリングという強力な味方とともに本作品を書き上げました。ジョンの生き様を世に知らしめる執筆活動と講演活動は今も続けられており、ロリは現在、西部開拓時代の趣が残るワイオミング州シャイアンで、夫と息子といっしょに暮らしています。

最後に朗報をひとつ。二〇二一年の報道によりますと、本作品は〈MGM〉が映画化に向けて動いているらしく、主演には、『デイ・アフター・トゥモロー』や『ナイトクローラー』でおなじみのジェイク・ギレンホール、監督には『タイラー・レイク　―命の奪還―』のサム・ハーグレイブを起用する計画があるそうです。コロナ禍のせいでハリウッドのプロジェクトは軒並み停滞を余儀なくされており、今のところ進捗状況についての続報は入ってきていませんが、ようやく映画業界も以前のような活況を取り戻しつつあるので、気長に楽しみに待つことにしましょう。

米特殊部隊《べいとくしゅぶたい》ＣＣＴ　史上最悪《しじょうさいあく》の撤退戦《てつたいせん》

2024年２月20日　初版印刷
2024年２月25日　初版発行

＊

著　者　ダン・シリング
　　　　ロリ・チャップマン・ロングフリッツ
訳　者　峯村利哉《みねむらとしや》
発行者　早川　浩

＊

印刷所　三松堂株式会社
製本所　大口製本印刷株式会社

＊

発行所　株式会社　早川書房
東京都千代田区神田多町２－２
電話　03-3252-3111
振替　00160-3-47799
https://www.hayakawa-online.co.jp
定価はカバーに表示してあります
ISBN978-4-15-210313-0　C0031
Printed and bound in Japan
乱丁・落丁本は小社制作部宛お送り下さい。
送料小社負担にてお取りかえいたします。

本書のコピー、スキャン、デジタル化等の無断複製は
著作権法上の例外を除き禁じられています。